Die 100 des Jahrhunderts: Ideen und Taten, die das 20. Jahrhundert geprägt haben, vorgestellt in 100 präzisen biographischen Porträts.

Die Schriftsteller: Sie brachen mit überlieferten Normen und literarischen Traditionen, sie spiegelten Zeitgeschichte und sorgten für anspruchsvolle Unterhaltung. Zu ihnen gehören Samuel Beckett, Bertolt Brecht, Maxim Gorki, Ernest Hemingway, James Joyce, Franz Kafka, Thomas Mann, George Orwell, Jean-Paul Sartre, Virginia Woolf und 90 weitere Schriftsteller.

DIE 100 DES JAHRHUNDERTS

▸ SCHRIFTSTELLER

rororo
ROWOHLT

Idee und Konzeption: Jordan/Lenz TARGET DATA, Dortmund
Autoren: Attila Czock, Jasper Kalldewey, Ursula Klee-Bender
Redaktion im Verlag: Wolfgang Müller
Umschlaggestaltung: Helmut Egerer
Fotos: dpa, mit Ausnahme der Seiten 9 (André Salmon); 15, 19, 23, 31, 33, 53, 57, 71, 75, 91, 105, 107, 137, 145 (Ullstein Bilderdienst, Berlin); 35, 103, 185, 187 (Rowohlt Verlag); 37 (Aus: A Pictorial Biography of Mikhail Bulgakov. Ann Arbor, Mich. 1894); 45, 191 (Suhrkamp Verlag, Frankfurt a. M.); 51 (Associated Press, Frankfurt a. M.); 55, 143, 177, 197, 205 (The Hulton Deutsch Collection, London); 63, 89, 97, 139, 157, 163, 189 (Bildarchiv Preußischer Kulturbesitz, Berlin); 67 (Insel Verlag, Frankfurt a. M.); 101 (Carl Hanser Verlag, München); 113, 119 (Keystone Pressedienst, Hamburg); 121 (Privatbesitz); 123, 153 (Roger-Viollet, Paris); 159 (Aus: Hermann Kesten: Lauter Literaten. Porträts. Erinnerungen. Wien, München, Basel 1963); 161 (Süddeutscher Verlag, Bilderdienst, München); 183 (Otto Müller Verlag, Salzburg)

Originalausgabe
Veröffentlicht im Rowohlt Taschenbuch Verlag GmbH,
Reinbek bei Hamburg, Juni 1995

Layout und Herstellung Christina Modi
Satz Times und Frutiger PostScript Linotype Library,
QuarkXPress 3.31
Gesamtherstellung Clausen & Bosse, Leck
Printed in Germany
1690-ISBN 3 499 16455 8

Vorbemerkung

Der Zusammenstellung der 100 bedeutendsten Schriftsteller des 20. Jahrhunderts liegen folgende Kriterien zugrunde:

- Es wurden nur Schriftsteller aufgenommen, die ihre Hauptwerke im 20. Jahrhundert verfaßt haben.
- Kriterien bei der Auswahl der Schriftsteller waren ihre Bedeutung für die Weltliteratur sowie ihr Einfluß auf Literaturgattungen und -formen.

Alle Artikel sind nach einem einheitlichen Prinzip aufgebaut, das einen schnellen Überblick erlaubt:

- Ein Vorspann würdigt die Bedeutung der Schriftsteller des Jahrhunderts.
- Die ausführliche Biographie folgt chronologisch dem Lebenslauf des Schriftstellers.
- Die Zwischenüberschriften nennen Eckdaten in Leben und Leistung.

Das Namenregister auf Seite 206–208 erschließt Zusammenhänge und führt zu Schriftstellern, die nicht mit einem eigenen Artikel berücksichtigt wurden.

Jean Anouilh

▸ Der arbeitsame Moralist ◂

(23.6.1910–3.10.1987)

Der französische Schriftsteller ist einer der meistgespielten Dramatiker des Jahrhunderts. Im Mittelpunkt stehen Pessimismus und Kompromißlosigkeit der Protagonisten, die an der Gesellschaft scheitern.

Anouilh wurde in Bordeaux als Sohn eines Schneiders und einer Geigerin geboren. Mit 15 Jahren kam er nach Paris, wo er seine Schulzeit beendete und sich an ersten Stücken versuchte. 1928 heiratete er die Schauspielerin Monelle Valentin (ein Kind; zweite Ehe ab 1953 mit Nicole Lancon; drei Kinder). Anfang der 30er Jahre begann Anouilh eine Tätigkeit als Sekretär des Regisseurs Louis Jouvet.

1937: «Der Reisende ohne Gepäck» Anouilhs Erstling, «Der Hermelin» («L'hermine», 1932), wurde auf Anhieb zum Erfolg. Der bankrotte Geschäftsmann Frantz begeht einen Mord aus Liebe, der aber als Tat aus Habgier ausgelegt wird und die Liebe zerstört. In der Folgezeit schrieb Anouilh bis in die 60er Jahre fast in jedem Jahr ein Theaterstück. Der Durchbruch gelang ihm 1937 mit «Der Reisende ohne Gepäck» («Le voyageur sans bagage»): Der an Amnesie leidende Soldat Gaston wird nach 18 Jahren Sanatoriumsaufenthalt entlassen und muß erkennen, daß die Familie, die ihn aufgenommen hat, nur an seiner Invalidenrente interessiert ist. Gaston flieht aus dieser neuen Identität und wählt ein englisches Waisenkind als neue Bezugsperson.

1939: «Ball der Liebe» In «Die Wilde» («La sauvage», 1938) beendet eine mittellose Musikerin die Beziehung zu einem reichen Geschäftsmann, da sie ihre Lebenseinstellung nicht durchsetzen kann. Wie auch in späteren Dramen stand im Frühwerk Anouilhs die Frage nach dem Sinn der menschlichen Existenz im Mittelpunkt. Seine Protagonisten waren dazu verurteilt, ein absurdes Leben durchstehen zu müssen. Humanismus und Liebe können den Pessimismus Anouilhs nicht durchbrechen: Sie gewähren nur kurzzeitige Erlösung. Die endgültige Befreiung von der Sinnlosigkeit ermöglicht nur der Tod, der als Ausweg aus allen (zumeist moralischen) Konflikten dient. In «Ball der Liebe» («Le bal des voleurs», 1939) wird Anouilhs zweiter thematischer Schwerpunkt deutlich: das Theater im Theater. Die Akteure schlüpfen auf der Bühne in neue Rollen, um ihre Ziele zu erreichen. Das Bühnenspiel entwickelt sich so zum Modell der Realität, da die Protagonisten den Rollencharakter der Existenz widerspiegeln. In «Ball der Liebe» verwandeln sich drei Diebe in spanische Adlige, um den Schmuck einer englischen Lady zu rauben. Einer der Diebe verliebt sich in deren Tochter, bringt den geraubten

Schmuck zurück und wird als vermeintlich verschollener Sohn des die Lady begleitenden Lords in die Gesellschaft eingeführt.

40er Jahre: Mythologische Stoffe In der Folgezeit bearbeitete Anouilh Stoffe aus der griechischen Mythologie, in denen er allen Kompromissen auf der Suche nach Lebensidealen eine Absage erteilte: In «Eurydike» («Eurydice», 1942) stirbt Orpheus freiwillig, um die Erfüllung seiner Liebe zu Eurydike zu finden; «Antigone» (1944) geht für ihre Überzeugungen in den Tod, was im von Deutschen besetzten Paris als Aufruf zum Widerstand gewertet wurde. Auch «Romeo und Jeanette» («Romeo et Jeanette», 1946) können ihre Liebe nicht ausleben und wählen den Freitod. Zwei Jahre später schilderte Anouilh in «Medea» («Médée») das Schicksal einer Frau, die aus Liebe zur Verbrecherin wird.
In «Ardèle oder das Gänseblümchen» («Ardèle ou la marguerite», 1948) kritisierte Anouilh die Doppelmoral einer liebesunfähigen Familie, die sich über die aufrichtige Liebe der buckligen Ardèle zu ihrem behinderten Hauslehrer empört. Sechs Jahre später folgte «Jeanne oder die Lerche» («L'alouette»), die Geschichte der Jeanne d'Arc als Spielsequenzen in einer Gerichtsverhandlung. Jeanne zerbricht am Widerspruch zwischen ihrem humanistischen Ideal und der Wirklichkeit.

1959: «Becket oder Die Ehre Gottes» Ende der 50er Jahre wurden zwei der erfolgreichsten Stücke Anouilhs uraufgeführt: «Der arme

Jean Anouilh

Bitos oder Das Diner der Köpfe» («Pauvre Bitos ou le dîner de têtes», 1956) führte zum Skandal, da Anouilh die Französische Revolution kritisierte, indem er ihre Inhumanität hervorhob. Zusätzliche Brisanz erhielt das Drama durch den Vergleich des despotischen Revolutionärs Robespierre mit einem Résistance-Kämpfer und Staatsanwalt des 2. Weltkriegs. In «Becket oder Die Ehre Gottes» («Becket ou l'honneur de Dieu», 1959) geraten zwei Freunde, der normannische König Heinrich und sein Berater Becket, in Konflikt: Als Heinrich ihn zum Erzbischof ernennt, setzt sich Becket gegen den König für kirchliche Rechte ein. Folge: Becket wird von Vasallen des Königs ermordet. Anouilhs folgende Dramen knüpften nicht mehr an frühere Erfolge an. Mit 77 Jahren starb er 1987 in seinem Wohnort Lausanne.

Guillaume Apollinaire

(26.8.1880–9.11.1918)

▸ Erneuerer auf allen Ebenen ◂

Der französische Schriftsteller ging in seinen lyrischen, erzählerischen und dramatischen Werken neue Wege. Apollinaire setzte sich für den Kubismus ein, führte den Begriff «Surrealismus» in die Kunst ein und verband in seinen Gedichten konsequent Inhalt und Form zu einer neuartigen Symbiose.

Der uneheliche Sohn eines italienischen Offiziers und einer baltischen Adligen kam als Wilhelm Apollinaris de Kostrowitzky in Rom zur Welt. Er besuchte zunächst die Schule in Monaco, wohin er mit seiner Mutter gezogen war. 1899 siedelte er nach Paris über und verkehrte in avantgardistischen Künstlerkreisen (u.a. mit den Malern André Derain, Raoul Dufy, Pablo Picasso sowie den Schriftstellern Max Jacob und Alfred Jarry) sowie in politischen Zirkeln. Nachdem de Kostrowitzky zu schreiben begonnen hatte, nannte er sich in Guillaume Apollinaire um. 1902 ging er als Hauslehrer auf ein Schloß im Rheinland, wo er sich in die englische Hausdame Annie Playden verliebte, die jedoch – trotz jahrelangen Werbens – nicht seine Frau wurde. Die unglückliche Liebe thematisierte Apollinaire in zahlreichen Gedichten.

1911: Lyrik-Erstling Aus finanziellen Gründen schrieb Apollinaire pornographische Romane, deren bekanntester, «Die elftausend Ruten» («Les onze mille verges»), 1907 erschien, und stellte die Werke des Marquis de Sade neu zusammen.
Zwei Jahre später folgte «Der verwesende Zauberer» («L'enchanteur pourrissant»), eine von Derain bebilderte Erzählung, in der Apollinaire erstmals seine Hauptthemen ansprach: Liebesschmerz, Vermischung von Realität und «Über-Realität» sowie von Lüge und Wahrheit. Stilistisch ging Apollinaire neue Wege: Er kombinierte zahlreiche Erzählstile und hob die klassische Raum-Zeit-Struktur (chronologischer Aufbau von Romanen und Erzählungen) auf. 1911 erschien seine erste Gedichtsammlung «Bestiarium oder das Gefolge des Orpheus» («Le bestiaire ou le cortège d'Orphée») – gereimte, zumeist auf Tiere bezogene Vierzeiler mit Illustrationen von Dufy.

1913: «Alcools» 1913 legte Apollinaire sein kunsttheoretisches Werk «Ästhetische Betrachtungen – Die kubistischen Maler» («Meditations esthétiques – Les peintres cubistes») vor. In dieser «Ästhetik der Überraschung» sah er den Kubismus als Ausgangspunkt für sein lyrisches Schaffen. Im selben Jahr erschien die Gedichtsammlung «Alcools», die ab 1898 entstanden war. Der Titel spielte auf den Rauschzustand der «Neuen Welt» an, ihre Technisierung und Schnellebigkeit. Die rund 50 Gedichte lassen sich keiner einheitlichen Stilrichtung zuordnen, weisen futuristische Elemente auf und zeigen Apollinaires thematische und stilistische Vielfalt. Das erste Gedicht, «Zone», ein Lobgesang auf den Eiffelturm und die Großstadt, aber auch Eingeständnis der Vereinsamung, steht im Zeichen der modernen Lyrik: Dinge und Gedanken, Realität, Gefühle und Traumbilder werden zu einer neuen Einheit zusammengesetzt. Apollinaire verwendete gereimte und ungereimte Langverse, verzichtete auf Interpunktion und konventionelle Metrik. Symbolistische und romantisch-herbstzeitliche sowie Gedichte mit Anklängen an Volkslieder (vor allem über den Rhein) machen den Hauptteil der Sammlung aus. Bekannt wurden das sehnsuchtsvolle Liebesgedicht «Le pont Mirabeau», in dem Apollinaire sein Liebesleid mit der unaufhaltsam fließenden Seine verglich, und «Das Lied des Ungeliebten» («La chanson du malaimé»), ein autobiographisch gefärbtes Gedicht, in dem Apollinaire seine unglückliche große Liebe thematisierte. Darin stellte er sich – wie auch in anderen Werken – als sozialen Außenseiter dar, ein Schicksal, das nach seiner Meinung avantgardistischen Künstlern in der Gesellschaft bestimmt war.

Guillaume Apollinaire, um 1906

1918: Kalligramme Im 1. Weltkrieg erlitt Apollinaire 1915 als Frontsoldat eine Kopfverletzung, die eine Schädeloperation notwendig machte. 1916 erschien «Der gemordete Dichter» («Le poète assassi-né»), in dem er den idealen Dichter beschrieb. Auch als Dramatiker tat sich Apollinaire hervor: 1917 veröffentlichte er das Stück «Die Brüste des Tiresias» («Les mamelles de Tirésias»), das durch irreale Handlung sowie durch Bühnenbild, Tanz, Akrobatik und Geräusche Apollinaires Vorstellung eines «totalen Theaters» aufzeigen sollte und aufgrund der neuartigen ästhetischen Form als ein Ausgangspunkt des absurden Theaters gilt. Für diese Art des Dramas prägte Apollinaire als erster den Begriff «surrealistisch».
1918 erschienen die «Bildgedichte» («Calligrammes»). Apollinaire ordnete die Verse visuell an und schuf so erstmals sog. lyrische Ideogramme, wobei Texte und Textbilder zu einer Einheit verschmolzen. Im selben Jahr starb er 38jährig in Paris an der Spanischen Grippe. Postum erschien die Erzählungssammlung «Erzketzer & Co.» («L'hérésiarque et Cie.», 1920), in der sich Wirklichkeit und Fiktion zu einer neuen phantastischen Realität verbinden.

Miguel Ángel Asturias

(19. 10. 1899 – 9. 6. 1974)

▸ Kampf gegen US-Einfluß in Guatemala ◂

Das von starkem politischem Engagement geprägte Werk des guatemaltekischen Schriftstellers ist in den kulturellen Traditionen und Mythen der Mayas verwurzelt. Asturias gilt als einer der Wegbereiter des lateinamerikanischen Magischen Realismus.

Die Vorfahren des in Guatemala-Stadt geborenen Asturias waren indianischer Herkunft. Der Vater, Rechtsanwalt und Gegner der Diktatur von Manuel Estrada Cabrera, wurde 1900 in die Provinz nach Salamá verbannt, wo der Junge aufwuchs. Ab 1915 studierte Asturias Jura in Guatemala-Stadt und machte 1923 mit einer Arbeit über das «Soziale Problem der Indios» seinen Abschluß.

1924–33: In Europa Wegen zunehmender politischer Schwierigkeiten mit dem rechtsgerichteten Regime verließ Asturias 1924 sein Heimatland und zog nach Paris, wo er bis 1928 an der Sorbonne Völkerkunde und Religionswissenschaften studierte. In der französischen Hauptstadt bekam er Kontakt zur surrealistischen Bewegung und arbeitete ab 1929 als Europakorrespondent zahlreicher mittelamerikanischer Zeitungen.
Nach seinem schriftstellerischen Debüt mit dem lyrischen Werk «Rayito de estrella» (1929) ließ Asturias 1930 die Märchenerzählungen «Legenden aus Guatemala» («Leyendas de Guatemala») folgen, eine Collage aus Traumbildern, Magie und Mythen der Maya.

1946: «Der Herr Präsident» 1933 kehrte Asturias nach Guatemala zurück und arbeitete als Zeitungsredakteur und Universitätsdozent. Die Veröffentlichung seines Romans «Der Herr Präsident» («El señor presidente»), eines Schlüsselwerks über die Diktatur Estrada Cabreras, untersagte das Regime unter General Ubico. Asturias wurde unter Polizeiaufsicht gestellt, mehrfach verhaftet, seine Familie mit Sippenhaft bedroht. Dennoch gründete er 1938 den Radiosender «Diario del Aire», die einzige Station, die Nachrichten und politische Kommentare ausstrahlte.
1946, nach dem Sturz des Regimes, durfte Asturias' Diktatorenroman in seiner Heimat erscheinen: Cara de Angel, Günstling des allmächtigen Präsidenten, verliebt sich in die Tochter von dessen Gegenspieler, General Canales. Als der General von dieser Liaison erfährt, fühlt er sich verraten und stirbt. Cara de Angel, der sich längst vom Präsidenten losgesagt hat, wird denunziert und geht im Gefängnis zugrunde. Das zutiefst pessimistische Werk stellte die Strukturen diktatorischer Herrschaft dar, die letztendlich zur Perversion zwischenmenschlicher Beziehungen führen.

1949: «Maismenschen» 1946 ernannte der neue Präsident Arévalo Asturias zum Kulturattaché in Mexiko (ab 1947 in Argentinien). 1949 veröffentlichte Asturias den von mystisch-mythischen Zügen bestimmten Roman «Maismenschen» («Hombres de maíz»), ein Musterbeispiel des sog. Magischen Realismus. Das für europäische Leser nur schwer zugängliche Werk vermischte Reales mit den Mythen der Ureinwohner, die für sie Teil der Wirklichkeit sind (z. B. Unsterblichkeit, Personifizierung eines Menschen als Stein oder Tier). Thema des Romans ist der Kampf eines Maisbauern gegen die Agrarunternehmer.
Ebenfalls 1949 erschien der erste Band der sog. Bananentrilogie, die sich gegen den wirtschaftlichen und politischen Einfluß der amerikanischen United Fruit Company wandte. Asturias verzichtete auf stilistische Experimente und orientierte sich am klassischen Realismus, um in erster Linie Fakten zu vermitteln.

1954–66: Exil Der von den USA mitgetragene Sturz Präsident Arbenz Guzmáns, der eine Bodenreform eingeleitet hatte, trieb Asturias 1954 ins Exil nach Buenos Aires. Als die Behörden ihn wegen «antiguatemaltekischer Aktivitäten» auswiesen, ging er nach Europa und lebte in Paris, Genua und Rom. Die Invasionserlebnisse verarbeitete er in dem Roman «Weekend in Guatemala» («Week-end en Guatemala», 1956). In Europa entstanden u. a. «Don Niño oder die Geographie der Träume» («El alhajadito», 1961), ein Roman, der in der Vorstellungswelt eines Kindes spielt, und «Mulata de Tal» (1963), eine Art mythologischer Bilderbogen über die unterschiedlichen Vorstellungen vom Bösen.

Miguel Asturias erhält den Nobelpreis für Literatur aus der Hand König Gustaf Adolfs von Schweden, 1967

1967: Literatur-Nobelpreis 1966 kam es in Guatemala zum erneuten Umsturz. Neuer Präsident wurde Méndez Montenegro, ein Freund Asturias', der den Schriftsteller zum Botschafter in Frankreich ernannte. Ein Jahr später erhielt er als zweiter Lateinamerikaner (nach der Chilenin Gabriela Mistral 1945) den Literatur-Nobelpreis. 1969 erschien sein Religionsroman «Der böse Schächer» («Maladrón»), der im Jahrhundert der Konquistadoren angesiedelt ist. Im Folgejahr trat Asturias wegen des Rechtsrucks der Regierung von seinem Amt als Botschafter zurück. 1974 starb der Schriftsteller mit 74 Jahren in Madrid.

Wystan Hugh Auden

(21.2.1907–28.9.1973)

▸ Vom Kommunismus zum Christentum ◂

Der Dichter war in den 30er Jahren führender Repräsentant der sog. roten Dekade in England und trat für radikale gesellschaftliche Änderungen ein. Bekannt wurde Auden durch sein von Religiosität geprägtes Spätwerk, das sich mit den Ängsten des Menschen auseinandersetzt.

Der Sohn eines Mediziners wurde in York geboren und wuchs in Birmingham auf. Nach dem Schulabschluß unternahm Auden 1925 eine Europareise, ehe er in Oxford Literatur studierte (Abschluß 1928). Während der Studienzeit entstanden frühe Gedichte; der erste Lyrikband, «Poems», erschien 1930.

Anfang der 30er Jahre: Gesellschaftskritik 1930 nahm Auden eine Stelle als Lehrer in Helensburg an und wechselte zwei Jahre später nach Colwall. Beeinflußt von den Auswirkungen der Weltwirtschaftskrise sowie der Bedrohung Europas durch den Faschismus, näherte sich Auden den Kommunisten an. Die bis dahin praktizierte Trennung zwischen Dichtung und Politik gab er auf. Mit anderen Literaten, darunter Cecil Day-Lewis, schloß er sich in den 30er Jahren zu den politisch engagierten Pylon Poets zusammen, die auch als «Auden-Group» bekannt wurden.
In seinen ab Anfang der 30er Jahre veröffentlichten Gedichten übte Auden Kritik an den gesellschaftlichen Fehlentwicklungen in England und forderte eine neue Gesellschaftsordnung. Dabei ließ er sich von einer Mischung aus Gedanken von Karl Marx und Sigmund Freud leiten. In den sprachlich vielschichtigen Gedichtbänden «Die Redner» («The Orators», 1932) und «Sieh, Fremder!» («Look, Stranger!», 1936) bediente sich Auden sowohl der Umgangssprache als auch eines technischen Wortschatzes. Der Schriftsteller entwickelte einen lakonischen, kühl-distanzierten Ton, der zahlreichen nachfolgenden Lyrikern als Vorbild diente.

Ab 1933: Dramen 1933 entstand das erste von vier Bühnenstücken, die Auden gemeinsam mit seinem Freund Christopher Isherwood verfaßte. Das Versdrama «Totentanz» («The Dance of the Death»), stark beeinflußt von Bertolt Brecht, war eine bittere Analyse der euopäischen Bourgeoisie. Dabei projizierten die Autoren alltägliche Erlebnisse auf eine mythische Ebene.
1935 heiratete Auden Erika Mann, Tochter des deutschen Schriftstellers Thomas Mann, damit sie einen britischen Paß erhielt. Im selben Jahr schlossen Auden und Isherwood das expressionistische Drama «Der Hund unter der Haube oder Wo ist Francis?» («The Dog Beneath the Skin or Where Is Francis?») ab. Das politisch orientierte Stück war – ebenso wie die beiden folgenden

Dramen «Die Besteigung des F6» («The Ascent of F6», 1936) und «Im Grenzland» («On the Frontier», 1938) – eine Absage an den Naturalismus. Auden und Isherwood übernahmen Züge des epischen Theaters und integrierten Elemente aus Radio, Varieté und Zeitungssprache. Alle Stücke fanden beim Publikum jedoch keinen Anklang.

Ende der 30er Jahre: Wandlung Im Spanischen Bürgerkrieg engagierte sich Auden auf seiten der Republikaner. Seine Erlebnisse und Erfahrungen als Mitarbeiter eines Radiosenders flossen in den Gedichtband «Spanien» («Spain», 1937) ein. 1938 flog er mit Isherwood nach China und erlebte den Chinesisch-Japanischen Krieg. Anschließend veröffentlichten beide den politischen Reisebericht «Reise in einen Krieg» («Journey to a War»).
1939 emigrierten die Schriftsteller in die USA. Auden ließ sich in New York nieder und arbeitete als Dozent an verschiedenen Hochschulen. In dem 1940 publizierten Lyrikband «Ein anderes Mal» («Another Time») waren erste Zweifel Audens an der politischen Wirksamkeit von Dichtung ablesbar. In der Folgezeit wandte er sich vom Kommunismus ab und dem christlichen Glauben zu. Seine Gedichte aus den 30er Jahren betrachtete er äußerst kritisch und revidierte viele von ihnen. Von einigen distanzierte er sich sogar völlig und bezeichnete sie als Heuchelei.

1947: «Das Zeitalter der Angst» Die Auseinandersetzung mit dem dänischen Schriftsteller und Philosophen Sören Kierkegaard sowie mit dem

W. H. Auden

deutschen Theologen Reinhold Niebuhr veränderte die Thematik von Audens Gedichten, die philosophischer wurden. Erstes Beispiel war der 1941 erschienene Band «Neujahrsbriefe» («New Year Letter»).
Die bedeutendste Vers- und Prosadichtung Audens nach dem 2. Weltkrieg war «Das Zeitalter der Angst» («The Age of Anxiety», 1947), in der er Ängste und Verlassenheit des modernen Menschen thematisierte. Das Werk setzt sich aus Versen, die germanischen Stabreimen nachempfunden sind, und eingeschobener Prosa zusammen.
Auden, ab 1946 amerikanischer Staatsbürger, arbeitete auch als Librettist, u.a. für Benjamin Britten, Hans Werner Henze und Igor Strawinsky. 1956 wurde Auden Professor für Lyrik in Oxford. Zwei Jahre später siedelte er nach Kirchstetten (Österreich) um, wo er 1973 im Alter von 66 Jahren starb.

Ingeborg Bachmann

(25.6.1926–17.10.1973)

▸ Vergebliche Suche nach Zuflucht ◂

In Lyrik, Hörspiel und Prosa beschrieb die österreichische Nachkriegsautorin die unüberwindbare Vereinsamung des modernen Menschen. Bachmanns Werk ist geprägt vom Wunsch nach dem Ausbruch aus einem unverbindlichen Leben zu einer vollkommenen Existenz.

Bachmann wurde in Klagenfurt als ältestes von drei Kindern einer Lehrerfamilie geboren. Nach dem Abitur studierte sie ab 1945 in Innsbruck, Graz und Wien Philosophie, Germanistik und Psychologie. 1950 promovierte sie mit einer Arbeit über «Die kritische Aufnahme der Existentialphilosophie Martin Heideggers». Anschließend arbeitete sie im Sekretariat der amerikanischen Besatzungsbehörde in Wien; 1951 ging sie als Hörfunkredakteurin zum Sender «Rot-Weiß-Rot».

Ab Anfang der 50er Jahre: Lyrik Nach einer ersten Lesung auf einer Tagung der Gruppe 47 erhielt Bachmann 1953 den Preis der Schriftstellervereinigung. Diese Auszeichnung sowie der Erfolg ihres ersten Lyrikbands «Die gestundete Zeit» (1953) ermöglichten ihr, die Stelle beim Rundfunk aufzugeben und nach Italien überzusiedeln. Im Anschluß an ihre zweite Lyriksammlung, «Die Anrufung des Großen Bären» (1956), veröffentlichte sie nur noch vereinzelt Gedichte.
In ihrer verschlüsselten Gedankenlyrik befaßte sich Bachmann in prägnanter Sprache mit dem Gefühl der Existenzbedrohung. Der Mensch findet nur noch Halt in dem Wunsch, von einer nicht mehr tragbaren Gegenwart loszukommen und den Aufbruch in eine bessere Zukunft zu wagen. Bachmann verwendete zumeist freie Rhythmen und strenge Reimschemata, Bilder und Metaphern aus der Natur sowie aus Märchen und Mythen.

1954–59: Hörspiele 1954 entstand Bachmanns Hörspiel «Die Zikaden», eine Parabel, die dazu auffordert, sich in der gesellschaftlichen Ordnung einzurichten – trotz des Bewußtseins ihrer Mängel. 1957 ging Bachmann als Dramaturgin zum Bayerischen Rundfunk nach München, wo ein Jahr später ihr Hörspiel «Der gute Gott von Manhattan» Premiere feierte. Das 1959 mit dem Hörspielpreis der Kriegsblinden ausgezeichnete Werk thematisiert die Unmöglichkeit der reinen Liebe und des vollkommenen Glücks in einer bestehenden sozialen Ordnung: Der «gute Gott», Hüter der menschlichen Ordnung, steht vor Gericht, weil er einen Anschlag auf ein Paar begangen hat, das sich in immer intensiverer Liebe von der Wirklichkeit zurückgezogen hatte. Der damit einhergehende Bruch aller Konventionen war zur Gefahr für die Gesellschaft geworden.

Ab 1961: Prosa 1961 veröffentlichte Bachmann, die Ende der 50er/Anfang der 60er Jahre eine Beziehung mit dem Schweizer Dramatiker Max Frisch hatte, ihren ersten Erzählband, «Das dreißigste Jahr». Die sieben Novellen handeln vom Gefangensein des Individuums in Beziehungen sowie den scheiternden Versuchen, sich gegen die Zwänge der Gesellschaft aufzulehnen und ein neues Leben zu beginnen. Die handlungsarmen Erzählungen sind in ihrer Anlage eher lyrisch als episch.
In den folgenden Jahren legte Bachmann eine Pause in ihrem erzählerischen Schaffen ein. Für den Komponisten Hans Werner Henze verfaßte sie einige Libretti (u.a. zu «Der Prinz von Homburg», 1960, und «Der junge Lord», 1965). 1964 wurde sie mit dem Georg-Büchner-Preis ausgezeichnet.

Ingeborg Bachmann

1971: «Malina» Sieben Jahre später erschien «Malina», der einzige abgeschlossene Roman des «Todesarten»-Zyklus, den die Autorin schon seit den 50er Jahren geplant hatte (Fragmente der weiteren Zyklusbände erschienen postum 1978). In «Malina» betreibt die Ich-Erzählerin eine schonungslose Selbstanalyse. Vordergründig geht es um eine Dreiecksbeziehung zwischen der Erzählerin und zwei Männern, von denen einer, Dr. Malina, sich als ihr abgespaltener rationaler Persönlichkeitsteil entpuppt. Eine Verbindung des leidenschaftlich liebenden und des pragmatischen Teils gelingt nicht: Die emotionale Seite der Persönlichkeit muß abgetötet («ermordet») werden. Der Roman spielt sich auf einer hauptsächlich monologischen Reflexionsebene ab, einen herkömmlichen Handlungsstrang gibt es nicht.

1972: Letztes Werk Der Erzählungsband «Simultan» (1972) bietet von feiner Ironie durchzogene psychologische Momentaufnahmen aus dem Leben fünf verschiedener Frauen, die in einer von Männern dominierten Welt ihre Lebensstrategie entwickelt haben. Folge: Sie sind resignativer und härter geworden. Der höchste Stellenwert kommt der Eigenständigkeit – oft verbunden mit Einsamkeit – zu, denn nur durch sie ist es möglich, das «wahre» Leben in Freiheit zu finden.
1973 starb die Schriftstellerin in Rom an den Folgen schwerer Verbrennungen, die sich die 47jährige bei einem Brand ihrer Wohnung zugezogen hatte. Bachmann war vermutlich mit einer Zigarette in der Hand eingeschlafen.

James Baldwin

▸ Kämpfer gegen Rassismus ◂

(2.8.1924–1.12.1987)

Der amerikanische Schriftsteller befaßte sich mit der Gleichheit der Rassen in den USA. Baldwins Roman «Giovannis Zimmer» (1957) über seine Homosexualität gehörte zu den ersten Werken der sog. Gay Literature.

Baldwin wurde als uneheliches Kind im New Yorker Schwarzenviertel Harlem geboren, wo er auch aufwuchs. Als der Junge drei Jahre alt war, heiratete die Mutter einen schwarzen Fabrikarbeiter, mit dem sie acht Kinder hatte. Ebenso wie sein Vater betätigte sich Baldwin als Laienprediger in einer christlichen Sekte (1938–41).

Ab 1948: Selbstfindung Baldwin besuchte die High-School und half mit Gelegenheitsjobs, den Lebensunterhalt der Familie zu sichern. Abends verfaßte er Artikel und Kommentare zur sog. Negerfrage sowie zur schwarzen Kultur. Durch Zeitungsveröffentlichungen wurde der afroamerikanische Schriftsteller Richard Wright auf den 21jährigen aufmerksam und verschaffte ihm ein Literaturstipendium. 1948 erhielt Baldwin ein weiteres Stipendium, das ihn nach Paris führte. In Europa wurde er sich des völligen Fehlens eigener historischer Wurzeln bewußt. Die Erkenntnis, ein «Bastard des Westens» zu sein, führte Baldwin dazu, die Welt nicht ausschließlich aus der Sicht des schwarzen Schriftstellers zu betrachten. Mehr und mehr verstand er sich als Amerikaner und setzte sich fortan mit den Möglichkeiten einer Gesellschaft ohne Rassenunterschiede und der Identitätssuche Schwarzer in den USA auseinander.

1953: Romandebüt Baldwins autobiographischer Roman «Gehe hin und verkünde es vom Berge» («Go Tell it on the Mountains», 1953) berichtet von dem 14jährigen John Grimes, der während eines Erwekkungsgottesdienstes miterlebt, wie Vater, Mutter und Tante Rechenschaft über ihr bisheriges Leben ablegen. Dabei wird eine von Rassendünkel zerrüttete Gesellschaft sichtbar. Doch ekstatische Religiosität hilft der Familie, die Verzweiflung zu überwinden. In dem Roman – geschrieben im Rhythmus von Spirituals und stilistisch beeinflußt von Henry James und William Faulkner – beschrieb Baldwin die individuelle Erlösung als einzige Hoffnung des Menschen auf eine bessere Zukunft.

1957: Auseinandersetzung mit Homosexualität Im Gegensatz zu seinem Erstling spielte Baldwins zweiter Roman «Giovannis Zimmer» («Giovanni's Room», 1957) ausschließlich unter Weißen. Zentrales Thema war die Homosexualität, den autobiographischen Hintergrund bildete die Beziehung Baldwins zu dem Schweizer Künstler Lucien Happensberger. Die Titelfigur David ist zwischen der Liebe zu Mann und Frau hin- und hergerissen und unfähig, seine homophile Veranlagung zu akzeptieren. Am Ende bleibt er in Selbstverachtung und Verzweiflung allein zurück. Durch ständige Durchbrechung der Chronologie erzeugte Baldwin eine beklemmende Atmosphäre, die deutlich macht, in welchem Labyrinth David gefangen ist.

Ab 1962: Schriften zur Rassenfrage 1958 kehrte Baldwin in die USA zurück und engagierte sich in der Bürgerrechtsbewegung. Vier Jahre später erschien sein Essayband «Hundert Jahre Freiheit ohne Gleichberechtigung» («The Fire Next Time»), in dem er das Rassenproblem als amerikanisches Dilemma beschrieb, bei dem es sich keineswegs nur um eine vorübergehende Randerscheinung handle. Vielmehr habe die Rassenpolitik eine von zunehmender Militanz geprägte Entwicklung eingeleitet, die den Weißen zu entgleiten drohe.
Im selben Jahr wurde auch Baldwins Roman «Eine andere Welt» («Another Country») veröffentlicht. In der Geschichte um die Liebe zwischen dem schwarzen Jazzmusiker Rufus und der Weißen Leona zeigte er eine Gesellschaft, die bis in den intimsten Bereich vom Rassenwahn geprägt ist. 1964 hatte sein Stück «Blues für Mister Charlie» («Blues for Mister Charlie») am Broadway Premiere. Das Werk ging auf einen authentischen Fall zurück, bei dem der weiße Mörder eines Schwarzen freigesprochen worden war.

Ab 1968: In Frankreich Nach der Ermordung des Schwarzenführers

James Baldwin

Martin Luther King ging Baldwin erneut nach Paris. Im selben Jahr entstand der Roman «Sag mir, wie lange der Zug schon fort ist» («Tell Me How Long the Train's Been Gone»), in dem ein gefeierter schwarzer Schauspieler mit seinem bisherigen Leben abrechnet. Zwei Jahre später erlitt Baldwin einen Nervenzusammenbruch und siedelte nach Saint-Paul-de-Vence/Provence über.
Auf Vorwürfe militanter Schwarzer, sein Werk sei egozentrisch und anpasserisch, reagierte Baldwin 1974 mit «Beale Street Blues» («If Beale Street Could Talk»). In einem Gut (Schwarz)-Böse(Weiß)-Schema rief er die Schwarzen auf, für ihre Rechte zu kämpfen. 1979 entstand Baldwins letzter Roman «Zum Greifen nah» («Just Above My Head»), ein weiteres Werk über Rassenfrage und Homosexualität. 1987 starb er 63jährig in Saint-Paul an Magenkrebs.

Simone de Beauvoir

(9. 1. 1908–14. 4. 1986)

▸ Kämpferin für Gleichberechtigung ◂

Das Werk der französischen Schriftstellerin ist dem Existentialismus verpflichtet. In ihren Romanen und Essays forderte Beauvoir die Freiheit der Frau, selbst über ihr Leben zu bestimmen, und wurde damit zu einer führenden Theoretikerin der Frauenbewegung in den 70er Jahren.

Beauvoir wurde in Paris geboren und wuchs in kleinbürgerlichen Verhältnissen auf. Sie erhielt eine streng katholische Erziehung im Mädcheninstitut Cours Désir. Ab 1925 studierte die 17jährige zunächst Philologie und Mathematik. Im folgenden Jahr nahm sie ein Philosophiestudium an der Sorbonne auf, wo sie Jean-Paul Sartre kennenlernte.

1943: Erster Roman 1929 bestand Beauvoir das Examen als Zweitbeste; Bester war Sartre. Anschließend erhielt sie eine Stelle als Lehrerin, zunächst in Marseille, dann in Rouen. Zwar litt sie unter der Trennung von Sartre, doch erreichte sie durch ihren Beruf die langersehnte Unabhängigkeit vom Elternhaus. 1936 kehrte Beauvoir nach Paris zurück, sieben Jahre später zog sie mit Sartre zusammen.
Ebenfalls 1943 erschien Beauvoirs erster Roman «Sie kam und blieb» («L'invitée»), die ewige Geschichte der Eifersucht. Zwar teilte die Autorin die Grundanschauungen des Existentialismus (der Mensch ist zur Freiheit verurteilt und muß sich selbst einen Sinn suchen), doch unterschieden sich ihre Werke von denen Sartres durch die Hoffnung und das Warten auf Glück. In ihrem Erstling prägte Beauvoir ein neues Bild der Frau in der Literatur. Mit wachem Verstand und äußerst gefühlvoll versucht die Frau, ihrem Leben Sinn zu geben und lehnt sich gegen die vom Mann gestaltete Welt auf.

Ab 1944: Moralische Periode Um das Verhältnis von Freiheit und Verantwortung geht es in dem 1944 publizierten Roman «Das Blut der anderen» («Le sang des autres»). Im selben Jahr gab Beauvoir den Schuldienst auf. Nach Kriegsende wurde ihr Theaterstück «Die hungrigen Mäuler» («Les bouches inutiles», 1945) um die Frage, ob der einzelne für das Allgemeinwohl geopfert werden darf, uraufgeführt, blieb aber erfolglos. 1946 legte sie den Roman «Alle Menschen sind sterblich» («Tous les hommes sont mortels») vor, die Geschichte eines Menschen, der Unsterblichkeit erlangt hat. Im Laufe der Zeit erkennt er jedoch, daß er nur im Tod Erlösung finden kann. Beauvoir faßte diese drei Werke später unter der Bezeichnung «Moralische Periode» zusammen.
In der Folgezeit unternahm sie mit Sartre zahlreiche Reisen, die sie als Protestkundgebungen gegen die Politik des Westens verstanden. Beispielsweise wandten sie sich gegen

die Kriege in Vietnam und Algerien. Ihre Reiseerlebnisse beschrieb Beauvoir in der Reportage «Amerika – Tag und Nacht» («L'Amérique au jour le jour», 1948).

Simone de Beauvoir, 1948

1949: «Bibel» des Feminismus Zwischen 1946 und 1949 verfaßte Beauvoir die populärwissenschaftliche Studie «Das andere Geschlecht» («Le deuxième sexe»), in der sie die Gleichberechtigung der Frau forderte. Kernsatz: «Man wird nicht als Frau geboren, man wird erst Frau.» Beauvoir verlangte die Freiheit der Frau, das Leben nach ihren Vorstellungen zu gestalten. Mit der Untersuchung der Gründe für die Unterdrückung legte sie die theoretische Basis des modernen Feminismus.
1953 ließ sich die 45jährige nach anfänglichem Zögern zum Marxismus «bekehren». Ein Jahr später erschien ihr Roman «Die Mandarine von Paris» («Les Mandarins») über den Zerfall der linksintellektuellen Führungsschicht. Kurz nach Erscheinen wurde das Werk mit dem Prix Goncourt ausgezeichnet.

1958–63: Memoiren Der 1958 veröffentlichte Roman «Memoiren einer Tochter aus gutem Hause» («Mémoires d'une jeune fille rangée») war das erste von drei autobiographischen Werken, in denen Beauvoir ihren Ausbruch aus bürgerlichen Verhältnissen schilderte. Das Dokument einer Befreiung schockierte viele Leser durch die freimütige Auseinandersetzung mit sexuellen, sozialen und intellektuellen Problemen. Zweiter Band der Memoiren war «In den besten Jahren» («La force de l'âge», 1960); im dritten Band, «Der Lauf der Dinge» («La force des choses», 1963), beschrieb Beauvoir ihr Leben mit Sartre.

70er Jahre: Im Dienst des Feminismus Nach dem Tod ihrer Mutter, den Beauvoir in «Ein sanfter Tod» («Un mort très douce», 1964) beschrieb, wurden Alter und Tod zum zentralen Thema, z. B. in der essayistischen Schrift «Das Alter» («La vieillesse», 1970). Beauvoir stellte sich der Frauenbewegung «zur Verfügung» (wie sie es nannte) und wurde 1974 Präsidentin der Liga für die Rechte der Frau. Ein Jahr nach Sartres Tod (1980) legte sie «Die Zeremonie des Abschieds» («La cérémonie des adieux») über ihre letzten zehn gemeinsamen Jahre vor. 1986 starb Beauvoir 78jährig in Paris.

Samuel Beckett

(13.4.1906–22.12.1989)

▸ Auf Sinnsuche in der absurden Welt ◂

Der irische Schriftsteller und Nobelpreisträger (1969) thematisierte in seinen von Pessimismus, Zerfall und Tod geprägten Werken den hoffnungslosen Versuch von Menschen, einen Sinn in ihren Handlungen zu entdecken.

Beckett kam in Dublin als Sohn eines Unternehmers zur Welt. Im Anschluß an eine dreijährige Internatszeit in der Kleinstadt Enniskillen studierte Beckett ab 1923 am Trinity College in Dublin Neuere Literatur, Französisch und Italienisch (Abschluß 1927). Der begeisterte Sportler begann eine Lehrtätigkeit in Belfast und Paris, wo er seinem augenkranken Landsmann James Joyce bei der Arbeit an «Finnegans Wake» half. Mit 24 Jahren kehrte er als Lehrer ans Trinity College zurück, wo er 1931 promovierte.

30er/40er Jahre: Krisenzeit Obwohl Beckett ab 1930 erste Gedichte und Essays – u. a. über Marcel Proust – veröffentlicht hatte, gelang ihm der erhoffte Durchbruch als Schriftsteller zunächst nicht. 1934 veröffentlichte Beckett, der in den 30er Jahren oft mit psychischen Problemen zu kämpfen hatte und viele Reisen unternahm, den Erzählband «Mehr Prügel als Flügel» («More Pricks than Kicks»), vier Jahre später folgte der Roman «Murphy».

1937 ließ sich Beckett in Paris nieder, wo er ein Jahr später bei einem Messerattentat schwer verletzt wurde. Er lernte seine spätere Lebensgefährtin, die Pianistin Suzanne Dumesnil, kennen und schloß sich nach der deutschen Besetzung der Résistance an. 1942 floh er mit seiner Freundin vor der Gestapo in das südfranzösische Dorf Roussillon, wo er neben seiner Arbeit als Landarbeiter seinen – wenig erfolgreichen – Roman «Watt» (veröffentlicht 1953) schrieb.

1952: Durchbruch mit Drama Der Freiwillige des Irischen Roten Kreuzes (1945) fand erst 1952 mit seinem in französisch verfaßten Schauspiel «Warten auf Godot» («En attendant Godot»; UA 1953) die langerhoffte Beachtung. Während zwei Landstreicher an einer Landstraße auf einen Menschen namens Godot warten, betreiben sie sinnlose Konversation. Unterbrochen wird die «Handlung» durch den Auftritt eines Herrn mit seinem Knecht und – jeweils am Ende der beiden Akte – durch einen Jungen, der mitteilt, daß Godot nicht kommen wird. Mit dieser völlig neuartigen Form des Dramas – sinnentleerte, absurde Handlung und Sprache – erschloß Beckett den Existentialismus für die Bühne und irritierte Publikum und Kritik.

Auch Becketts Romane wurden nun aufmerksam verfolgt: In seiner Trilogie «Molloy» (1951), «Malone stirbt» («Malone meurt», 1951) und «Der Namenlose» («L'innommable», 1953), die er auf französisch schrieb und danach ins Englische übersetzte, experimentierte er wiederum mit der Sprache, um die Suche seiner zumeist ziellosen Charaktere nach Orientierung zu verdeutlichen. Diese Thematik durchzog samt ihrer pessimistischen Weltsicht seine weiteren Arbeiten, zu denen in der Folgezeit auch Hörspiele und Fernsehinszenierungen zählten.

1957: «Endspiel» In seinem zweiten Erfolgsdrama «Endspiel» («Fin de partie») sehnen der schwerbehinderte Hamm und sein Diener Clov, die einander in Haßliebe verbunden sind, das Ende ihres öden Lebens herbei. Dennoch klammern sie sich an jede kleine Illusion einer besseren Zukunft, wodurch sie sich letztendlich zum Weiterleben verurteilen.

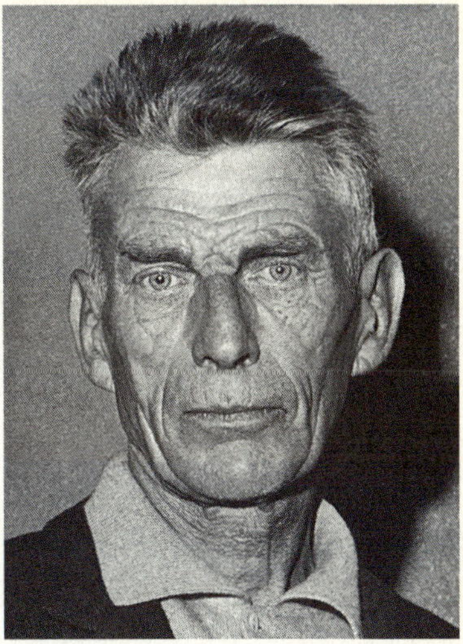

Samuel Beckett

Acht Jahre nach Erscheinen seines letzten Romans, «Wie es ist» («Comment c'est»), erhielt der 63jährige 1969 den Literatur-Nobelpreis. Becketts Versuch, Sprache und Handlungen auf ein Minimum zu reduzieren und strenge formale Prinzipien vorzugeben, zeigte sich auch in seinem Spätwerk. In den 80er Jahren veröffentlichte er Arbeiten, in denen in ihrem Ich gespaltene Menschen mit sich selbst sprechen, z. B. in «Rockaby» (1981) und «Ohio Impromptu» (1981). Im Alter von 83 Jahren starb der zurückgezogen lebende Beckett in Paris.

Weitere wichtige Dramen

1958 Das letzte Band (Krapp's Last Tape): Ein alter Mann stellt anhand eigener früherer Tonbandaufzeichnungen fest, daß er sich selbst fremd geworden ist und sein früheres Ich nicht mehr versteht.
1961 Glückliche Tage (Happy Days): Eine in die Erde eingegrabene Frau findet Hoffnung in kleinen Alltagsdingen, die sie sich und ihrem Mann in einem Monolog ins Gedächtnis ruft.
1963 Spiel (Play): Drei Personen (F1, F2 und M) in großen Urnen sehen ausdruckslos in eine Richtung und werden nur durch einen Scheinwerfer jeweils zu einzelnen Monologen «geweckt».
1966 Kommen und Gehen (Come and Go): Kurzes Stück, in dem eine Menschengruppe durch Pantomime und wenige inhaltsleere Texte agiert.
1973 Nicht ich (Not I): Ein großer, ständig redender, beleuchteter Mund erzählt die Geschichte einer alten Frau, die stumm auf der Bühne steht.

Gottfried Benn

(2.5.1886–7.7.1956)

Benn ist einer der bedeutendsten Repräsentanten der deutschen Lyrik nach dem 1. Weltkrieg. In seinen theoretischen Schriften formulierte er seinen unbedingten Glauben an die formale Kraft der Kunst in einer ansonsten sinnlosen Existenz.

Der in Mansfeld/Brandenburg geborene Sohn eines protestantischen Pfarrers und einer Schweizer Gouvernante wuchs zusammen mit seinen sieben Geschwistern in bescheidenen Verhältnissen auf. Nach dem Abitur in Frankfurt (Oder) studierte der 17jährige auf Wunsch seines Vaters zunächst Theologie und Philologie in Marburg und Berlin. 1905 wechselte er zur Medizin und promovierte sieben Jahre später. Nach einem kurzen Intermezzo als Militärarzt arbeitete Benn als Pathologe an verschiedenen Berliner Krankenhäusern.

Ab 1912: Ästhetik des Häßlichen
G. Benns erste Gedichtsammlung, «Morgue» (1912), schockierte die Leserschaft ebenso wie die Erzählungssammlung «Gehirne» (1916) um den Arzt Rönne. Die Bilder von Siechtum und Verfall des menschlichen Körpers bedeuteten einen Affront gegen die bürgerliche Kunstauffassung und ihr idealistisches Menschenbild. Getragen von einem radikalen Nihilismus, zerstörte Benn die Vorstellung vom Menschen als der «Krone der Schöpfung». Dabei benutzte er eine zynische Sprache, die durch Verwendung des nüchternen medizinischen Fachjargons noch brutaler wirkte. Zahlreiche Gedichte Benns wurden in expressionistischen Zeitschriften wie dem «Sturm» veröffentlicht. 1914 heiratete Benn, den eine enge Freundschaft mit Else Lasker-Schüler verband, Edith Osterloh († 1922, ein Kind). Während des 1. Weltkriegs diente Benn als Militärarzt in Belgien (1915–17), ehe er eine Praxis für Haut- und Geschlechtskrankheiten in Berlin eröffnete.

Ab 1924: Geschichts-Feindlichkeit
Benn hielt sich in selbstgewählter Abgeschiedenheit vom gesellschaftlichen Leben der Haupstadt fern. In den 20er Jahren trat die expressionistisch-provokative Dichtung zugunsten des Strebens nach formaler Perfektion zurück. Durch seine philosophischen und ästhetischen Reflexionen suchte Benn nach Lebensmöglichkeiten; eine Überwindung des Nihilismus sah er allein in der Sprache selbst.
Der Gedichtband «Schutt» (1924) leitete eine geschichtsfeindliche Phase in Benns Schaffen ein. Er selbst formulierte: «Jenseits der Geschichte beginnt die Wirklichkeit.» In dem 1931 verfaßten Aufsatz «Können Dichter die Welt verändern?» lehnte er ein soziales Engagement katego-

risch ab, da allein die formale Kraft der Kunst der Existenz einen Sinn zu geben vermöge.

1932–34: Unterstützung des Nationalsozialismus 1932 wurde Benn auf Betreiben von Heinrich Mann Mitglied der Preußischen Akademie der Künste. In seiner Antrittsrede trat er dem Geschichtspessimismus entgegen und pries eine neue Epoche mit einem anderen Menschentypus. Nach der Machtergreifung Hitlers unterstützte Benn offen die NS-Ideologie. 1934 erkannte er seine politische Blindheit und trat ein Jahr später als Stabsarzt in die Wehrmacht ein: Er selbst gab dies als «aristokratische Form der Emigration» aus. Der «Fall Benn» war 1937 Anlaß der sog. Expressionismusdebatte, die in der Moskauer Exilzeitschrift «Das Wort» geführt wurde. Diskussionspunkt war die Frage, ob der Expressionismus ein Vorläufer des Faschismus gewesen sei.
Nachdem Benn öffentlich Zweifel am NS-System geäußert hatte, wurde er 1938 aus der Reichsschrifttumskammer ausgeschlossen, was einem Veröffentlichungsverbot gleichkam. Im selben Jahr heiratete er die Wehrmachtssekretärin Herta von Wedemeyer († 1945).

Nach 1945: Später Ruhm 1945 eröffnete der literarisch in Vergessenheit geratene Benn seine Praxis in Berlin wieder und heiratete ein Jahr später die Zahnärztin Ilse Kaul. 1947 entstand die Novelle «Der Ptolemäer», eine Analyse der menschlichen und künstlerischen Existenz.
Erneute Beachtung in der literarischen Öffentlichkeit fand Benn erst

Gottfried Benn

mit seinen Gedichtbänden «Statische Gedichte» (1948), «Trunkene Flut» (1949), «Fragmente» (1951), «Destillationen» (1953) und «Apréslude» (1955). In teilweise resignativem Ton thematisierte er den Dualismus von Kunst und Wirklichkeit. Die 1950 publizierte Autobiographie «Doppelleben» war eine Rechtfertigung von Benns Lebensweg.
In seinem Vortrag «Probleme der Lyrik» (1951), einem Manifest der literarischen Moderne, charakterisierte Benn das Gedicht als vollständig autonome Leistung des Künstlers: Die künstlerische Ausdruckswelt sei isoliert von der geschichtlichen Welt zu sehen. Diese Abkehr von der wahrnehmbaren Wirklichkeit prägte die deutsche Lyrik der Nachkriegszeit. 1953 gab Benn, der neben seiner schriftstellerischen Tätigkeit stets als Arzt tätig gewesen war, seine Praxis auf. Drei Jahre später starb er 70jährig in Berlin.

Thomas Bernhard

(10.2.1931–12.2.1989)

▸ Reizfigur des österreichischen Bürgertums ◂

Das Werk des österreichischen Schriftstellers ist gekennzeichnet durch pessimistische Weltsicht und grotesken Humor. Mit seinen Romanen und Dramen provozierte Bernhard mehrfach die Öffentlichkeit seines Heimatlandes.

Bernhard wurde in Heerlen bei Maastricht (Niederlande) geboren. Das uneheliche Kind einer Hausgehilfin und eines Tischlers wuchs bei den Großeltern mütterlicherseits in Wien und Seekirchen am Wallersee auf. Nach Schwierigkeiten in der Schule schickte ihn sein Großvater, der Schriftsteller Johannes Freumbichler, in ein Heim für schwererziehbare Kinder. In den letzten Kriegsmonaten arbeitete Bernhard in einer Gärtnerei im bayerischen Traunstein, wohin die Mutter nach ihrer Heirat gezogen war.

Ab 1947: Krankheitsjahre Nach dem Krieg besuchte Bernhard das Salzburger Johanneum, das er mit 16 Jahren ohne Abschluß verließ, um eine Lehre als Kaufmannsgehilfe zu beginnen. Auch diese Ausbildung schloß er nicht ab, da ihn eine schwere Rippenfellentzündung mit anschließender Tuberkulose zu einem vierjährigen Krankenhaus- und Sanatoriumsaufenthalt zwang. In der Lungenheilstätte Grafendorf begann Bernhard um 1950 zu schreiben.

Ab 1952 studierte er an der Universität in Wien Musik, Schauspiel und Dramaturgie, seinen bescheidenen Lebensunterhalt verdiente er sich als Gerichtsreporter. 1957 schloß Bernhard das Studium mit einer vergleichenden Arbeit über Bertolt Brecht und Antonin Artaud ab.

1963: Romandebüt Als 26jähriger legte Bernhard seinen ersten Gedichtband («Auf der Erde und in die Hölle») vor. In der Lyrik klangen bereits die Hauptthemen Bernhards an: Sinnsuche, Trostlosigkeit, Einsamkeit, Krankheit und Tod. 1963 entstand sein erster Roman, «Frost», in dem er die Absurdität der Welt beschrieb und das kalte, menschenfeindliche Leben in der österreichischen Provinz attackierte: Ein Student kommt in ein Gebirgsdorf, wo er den Maler Strauch beobachten soll. Der Maler hat sich innerlich längst aus der Welt zurückgezogen und betrachtet den Wahnsinn als einzige mögliche Antwort auf das sinnlose Dasein.

Die Figur des Künstlers, der existentiell an der Welt leidet und radikal gegen sie opponiert, bestimmte auch die folgenden Romane Bernhards, z. B. «Verstörung» (1967) und «Das Kalkwerk» (1970). Der Schriftsteller, der ab 1965 in selbstgewählter Isolation auf einem Bauernhof in Oberösterreich lebte, benutzte in seinen Werken, die wegen ihrer komplexen Struktur (mehrfache Brechungen, verschiedene Erzählperspektiven) nur schwer zugänglich sind, die traditionellen Schauplätze des Heimatromans. Er entwarf jedoch keine heile, sondern eine unmenschliche Welt, was ihm – in Anspielung auf den deutschen Heimatdichter Ludwig Ganghofer – die Bezeichung «Unterganghofer» einbrachte.

Ab 70er Jahre: Erfolge als Dramatiker Ab Anfang der 70er Jahre trat Bernhard verstärkt als Dramatiker hervor. Hauptthema seiner von bitterer Ironie geprägten Stücke ist das Leiden des Individuums am unlösbaren Widerspruch zwischen individuellen Sehnsüchten und Zwängen der spätbürgerlichen Gesellschaft. Einen ersten größeren Erfolg verbuchte Bernhard mit «Ein Fest für Boris» (1970) und dem 1974 bei den Salzburger Festspielen uraufgeführten Stück «Die Macht der Gewohnheit», das die Sinnlosigkeit künstlerischen Strebens thematisiert.
1975 erschien mit «Die Ursache» der erste Band von Bernhards fünfteiliger Autobiographie, in der er seine negativen Kindheitserfahrungen sowie die Krankheitsjahre reflektierte. Die Bücher sorgten wegen ihrer Kritik am «kleingeistigen» Bürgertum Salzburgs für Aufsehen.

80er Jahre: Skandale Bernhards Theaterstücke ab Ende der 70er Jahre waren durch komödienhafte Züge und schwärzesten Sarkasmus gekennzeichnet. Viele seiner sog. Kunststücke schrieb er seinem Lieblingsschauspieler Bernhard Minetti sowie dem Ensemble von Claus Peymann auf den Leib. Die Stücke waren in erster Linie ein Spiel mit dem Zuschauer und dessen Erwartungen, z.B. «Vor dem Ruhestand» (1979)

Thomas Bernhard

über den alten und neuen Nationalsozialismus, «Der Weltverbesserer» (1980) um das Scheitern philosophischer Weltgebäude und «Theatermacher» (1985), eine Abrechnung mit dem Theaterbetrieb und dem österreichischen Bürgertum.
Die tragikomische Farce «Holzfällen» (1985) brachte ihm einen Ehrenbeleidigungsprozeß ein. Nach Eröffnung des Verfahrens, das mit einem Vergleich endete, ließ Bernhard die Auslieferung seiner in Deutschland publizierten Bücher nach Österreich neun Monate lang stoppen. Mit seinem Prosawerk «Auslöschung – Ein Zerfall» (1986), in dem er das «nationalsozialistisch-katholische» Österreich kritisierte, sowie dem Drama «Heldenplatz» (1988) sorgte er für nationale Skandale. Trotz heftiger Bürgerproteste wurde das Stück um Antisemitismus in Österreich im November 1988 am Wiener Burgtheater uraufgeführt. Drei Monate später starb Bernhard 58jährig in Gmunden an den Folgen seiner Lungenkrankheit. Testamentarisch untersagte er jegliche Aufführung, Drucklegung oder Rezitation seiner Werke in Österreich.

Heinrich Böll

(21.12.1917–16.7.1985)

▸ Anwalt der «kleinen Leute» ◂

Der deutsche Schriftsteller zählt zu den meistgelesenen deutschsprachigen Autoren der Gegenwart. Themen des kritischen Moralisten waren Nationalsozialismus, Krieg sowie die Auswüchse der Konsum- und Mediengesellschaft. Die Bemühungen um eine humane Gesellschaft bestimmten Bölls Werk und sein politisches Engagement.

Böll wurde als achtes Kind eines katholischen Tischlermeisters in Köln geboren. Nach dem Abitur (1937) begann er eine Buchhändlerlehre in Köln, wurde 1938 zum Reichsarbeitsdienst eingezogen und studierte vor seiner Einberufung 1939 ein Semester Germanistik und Klassische Philologie in seiner Heimatstadt. Im 2. Weltkrieg wurde er als Infanterist eingesetzt. 1943 heiratete Böll die Lehrerin Annemarie Çech (vier Kinder). Nach 1945 nahm er sein Studium wieder auf und bestritt den Lebensunterhalt durch Gelegenheitsarbeiten.

Ab 1945: «Trümmerliteratur» Nach der Veröffentlichung von etwa 60 Novellen in verschiedenen Zeitungen (1945–47) debütierte Böll 1949 mit einem Kurzroman: «Der Zug war pünktlich» bot – ebenso wie die folgenden Erzählungen und Romane «Wanderer, kommst du nach Spa...» (1950), «Wo warst du Adam?» (1951), «Und sagte kein einziges Wort» (1953), «Haus ohne Hüter» (1954) – eine stilistisch bewußt vereinfachte Darstellung des Alltagslebens in Krieg und Nachkriegszeit. Ausgehend vom Erlebnis des Krieges wurde dessen Sinnlosigkeit zum zentralen Begriff; ein Thema, das sein gesamtes Werk durchzog. Dieser Sinnlosigkeit stellte er die Humanität einzelner Menschen gegenüber. Trotz aller Widrigkeiten verlieren seine Protagonisten jedoch nie den Glauben an den Sinn ihrer Existenz. 1951 erhielt Böll für seine satirische Erzählung «Die schwarzen Schafe» den erstmals vergebenen Preis der Gruppe 47, einem Zusammenschluß deutscher Nachkriegsschriftsteller. In dem Aufsatz «Bekenntnis zur Trümmerliteratur» (1952) schilderte Böll die Bedingungen, unter denen die deutsche Literatur nach 1945 wiederauflebte.

Ab 1958: Erweiterung des Spektrums In dem Epochen- und Generationenroman «Billard um halbzehn» (1959) verknüpfte Böll konsequent die Kriegsvergangenheit mit seiner Kritik an der Gegenwart. Der kompliziert strukturierte Roman besteht aus Rückblenden und Erinnerungen, innerem Monolog und erlebter Rede, Symbolen und Leitmotiven. Die Kritik an dieser ausgefeilten Konstruktion entzündete sich hauptsächlich an der biblischen Symbolik. Erst mit Bölls zunehmender

Enttäuschung über die Amtskirche (Kirchenaustritt 1976) verschwanden diese strukturierenden religiösen Elemente aus seinem Werk.

Ab 1963: Gegenwartsbezug Eine pointiert-satirische Kritik an politischen und kirchlichen Verhältnissen formulierte Böll in seinem Roman «Ansichten eines Clowns» (1963). Die Freiheit des Individuums wird hier als höchstes Gut gegen jede Art von politischem oder weltanschaulichem Machtanspruch verteidigt. Von nun an konzentrierte sich Böll auf die bundesrepublikanische Gegenwart, was mit zunehmender Politisierung einherging. In den «Frankfurter Vorlesungen» (1966) forderte er eine allgemeinverständliche Literatur, die sich zeitkritisch für eine humane Gesellschaftsordnung einsetzt. Fünf Jahre später wurde Böll zum Präsidenten des Internationalen P.E.N.-Clubs gewählt (bis 1974). Ebenfalls 1971 erschien sein umfangreichster Roman, «Gruppenbild mit Dame», thematisch eine Zusammenfassung früherer Arbeiten. Die geschilderte Zeitspanne reicht von 1899 bis 1970, Kirche und Leistungsgesellschaft sind wiederum Zielscheibe der Kritik. Ein Jahr später erhielt der 54jährige als erster Deutscher nach dem 2. Weltkrieg den Literatur-Nobelpreis.

Ab 1972: Öffentliches Engagement Trotz wachsender internationaler Wertschätzung wurde Böll in der Bundesrepublik mehrfach Opfer von Kampagnen der rechtskonservativen Presse. Diese stempelte ihn zum Sympathisanten des Terrorismus, als er sich 1972 gegen die RAF-

Heinrich Böll, 1982

Berichterstattung des Springer-Konzerns wandte. Die von den Massenmedien geschürte Hysterie und die Einschränkung bürgerlicher Freiheiten durch den Staat verarbeitete er 1974 in seiner Erzählung «Die verlorene Ehre der Katharina Blum oder Wie Gewalt entstehen und wohin sie führen kann». Die Kritik lobte vor allem die realistische Ausgestaltung des Themas. 1974 nahm Böll den sowjetischen Dissidenten Alexander Solschenizyn bei sich auf und griff mit seinen Werken zunehmend in tagespolitische Diskussionen ein. So ging es in seinem vorletzten Roman, «Fürsorgliche Belagerung» (1979), um die Gefahren des Überwachungsstaats, in dem Essay «Bild, Bonn, Boenisch» (1984) erneut um den Mißbrauch der Pressefreiheit.
In den 80er Jahren wurde Böll zu einem Protagonisten der Friedens- und Anti-Atomkraft-Bewegung. 1985 starb Böll 67jährig in Langenbroich. Postum erschien sein letzter Roman, «Frauen vor Flußlandschaft» (1985), der das Leben von Politikerfrauen in Bonn thematisiert.

Jorge Luis Borges

(24. 8. 1899 – 14. 6. 1986)

▸ Meister literarischer Formen ◂

Der argentinische Schriftsteller schuf ein umfangreiches lyrisches, erzählerisches und essayistisches Werk. Borges' Erzählungen, in denen er sich immer wieder mit den Mysterien der menschlichen Existenz auseinandersetzte, stehen der phantastischen Literatur nah.

Der Sohn eines wohlhabenden Psychologieprofessors wurde in Buenos Aires geboren. 1914 zog die Familie nach Genf, wo Borges vier Jahre später Abitur machte. Ab 1918/19 lebte er in Barcelona und kam dort mit der literarischen Avantgarde in Kontakt. Borges schloß sich den Ultraisten an, die die traditionelle Lyrik überwinden und zu einer neuen Metaphern- und Bildersprache gelangen wollten.

Ab 1923: Lyrik Nach der Rückkehr in die Heimat gründete Borges 1921 die Zeitschrift «Prisma», in der er eine argentinische Variante des Ultraismus propagierte. Zwei Jahre später erschien sein erster Gedichtband «Buenos Aires mit Inbrunst» («Fervor de Buenos Aires»), 1925 der zweite («Luna de enfrente»). Mit außergewöhnlichen Metaphern verwirklichte er in den Gedichten, in denen er Mythen und Figuren seiner Geburtsstadt verarbeitete, seine Vorstellungen vom Ultraismus. Ab 1931, zwei Jahre nach Erscheinen seines dritten Lyrikbands («Cuadermo San Martín»), gehörte Borges zum Mitarbeiterstab der neugegründeten Zeitschrift «Sur».

1935: Debüt als Erzähler Sein erstes herausragendes erzählerisches Werk war 1935 «Der schwarze Spiegel» («Historia universal de la infamia»). In dem Band erzählte Borges Räubergeschichten und unheilvolle Begebenheiten nach und entwarf so eine Universalgeschichte der Niedertracht (so die wörtliche Übersetzung des Titels). Alle Geschichten handeln von Rachsucht, verletzter Ehre und von Gewalt; verbindendes Element ist die geheime Todessehnsucht der Protagonisten. Einzige Originalerzählung des Bandes ist «Mann von Esquina Rosada» («Hombre de la Esquina Rosada»), in der Borges die düstere Dramatik isländischer Sagas auf die Welt argentinischer Vorstädte übertrug.

1944/49: «Labyrinthe» 1938 nahm Borges eine Stelle als Bibliothekar in einem Vorort der argentinischen Hauptstadt an. An Weihnachten desselben Jahres büßte er infolge eines Unfalls einen Großteil seiner Sehkraft ein. In der Folgezeit arbeitete er an weiteren Erzählungen und übersetzte Werke von William Faulkner, Franz Kafka und Henri Michaux ins Spanische. Seinen Ruhm als Erzähler begründeten die beiden Bände «Fiktionen» («Ficciones», 1944) und «Das Aleph» («El Aleph», 1949). Die darin enthaltenen Geschichten stehen in der Tradition phantastischer Literatur. Borges griff auf Okkultes und Mystisches zurück und trieb ein virtuoses Spiel mit den Realitäten, so daß eine Unterscheidung zwischen den Ebenen nicht mehr möglich war: Beispielsweise berichtet in einer Geschichte ein Verräter das Geschehen so, als sei er der Verratene. Zudem schuf Borges mit der Bibliothek von Babel, Tloen, Uqbar und Orbis Tertius Reiche, die Eingang in die (phantastische) Weltliteratur fanden.

1946: Repressionen Nachdem Borges ein Manifest gegen den diktatorisch regierenden Präsidenten Juan Domingo Perón unterzeichnet hatte, verlor er 1946 seinen Bibliotheksposten. Vier Jahre später wurde er zum Präsidenten des argentinischen Schriftstellerverbands gewählt. 1952 veröffentlichte er seine Essaysammlung «Befragungen» («Otras Inquisiciones»), in der er sich mit Autoren auseinandersetzte, die er mit Vorliebe las (z. B. Samuel Taylor Coleridge, Gilbert K. Chesterton, Dante, Kafka und William Shakespeare). Nach Peróns Sturz (1955) ernannte die neue Militärregierung um Präsident Pedro Aramburu Borges zum Direktor der Nationalbibliothek. Im folgenden Jahr erhielt er eine Professur für Englische Literatur an der Universität von Buenos Aires.
1960 erschien «Borges und ich» («El hacedor»), eine Sammlung von Gedichten und poetischer Kurzprosa. Borges Lyrik unterschied sich von seinen Frühwerken durch die sparsamere Verwendung von Bildern, eine strenge Form und eine Sprache, die an der Alltagssprache orientiert war.

Jorge Luis Borges, 1982

Ab 60er Jahre: Fast völlige Erblindung Anfang der 60er Jahre verschlechterte sich Borges' Sehkraft weiter. Zur großen Hilfe wurde sein langjähriger Freund, der Schriftsteller Adolfo Bioy Casares, mit dem er u. a. Kriminalromane veröffentlichte. 1969 legte Borges mit «Lob des Schattens» («Elogio de la sombra») wieder einen Gedichtband vor. Ein Jahr später folgte «David Brodies Bericht» («El informe de Brodie»). Die darin enthaltenen Erzählungen berichten in kurzen Szenen von zurückliegenden Zeiten und zeigen den ungebändigten, unkultivierten Menschen.
Zwei Jahre nach seiner Pensionierung erschien 1975 der Erzählungsband «Das Sandbuch» («El libro de arena»). 1986 heiratete Borges in zweiter Ehe seine langjährige Sekretärin Maria Kodama. Zwei Monate nach der Hochzeit starb er 86jährig in Genf.

Bertolt Brecht

(10. 2. 1898–14. 8. 1956)

▸ Gesellschaftspolitik durch episches Theater ◂

Der deutsche Schriftsteller gehört zu den bedeutendsten Dramatikern und Bühnentheoretikern des 20. Jahrhunderts. Einflußreich war der marxistische Denker auch als Lyriker und Verfasser didaktischer Kurzprosa.

Eugen Berthold Friedrich Brecht wurde in Augsburg als erster Sohn des Direktors einer Papierfabrik geboren. Schon früh lehnte er sich gegen Eltern und Schuldrill auf.

Ab 1917: Frühe Dramen Als Student der Literatur- und Theaterwissenschaften sowie der Medizin in München (ab 1917) schrieb Brecht sein erstes Stück «Baal» (1919; UA 1923), dessen Titelfigur Brechts Ekel vor dem bürgerlichen Leben ausdrückt. Das Drama war ebenso wie «Trommeln in der Nacht» (1919; UA 1922) und «Im Dickicht der Städte» (1923) noch dem Expressionismus verpflichtet. Brecht, der 1922 die Sängerin Marianne Zoff geheiratet hatte (Scheidung 1927; ein Kind), arbeitete ab 1924 als Dramaturg an Max Reinhardts Deutschem Theater in Berlin, wo er sich zum überzeugten Marxisten entwickelte. Die Wendung zur Parabelform vollzog Brecht mit seinem Lustspiel «Mann ist Mann» (1926), das sich auch sprachlich vom Metaphernreichtum der ersten Stücke unterschied.

Ein Jahr später erschien die erste von fünf Fassungen der «Hauspostille». In der Gedichtsammlung stellte Brecht mit kraftvoller, sachlicher Sprache der christlichen Moral des Bürgertums den individuellen Freiheits- und Glücksanspruch gegenüber und propagierte die Sinnenfreuden. Zur selben Zeit arbeitete Brecht an den «Geschichten vom Herrn Keuner» (erschienen ab 1930). Mit zumeist kurzen Dialogen und antithetischen Texten fordert «Herr K.» den Leser auf, sein Verhalten zu anderen Menschen mit Hilfe aller Sinne ständig neu zu überprüfen. Denken soll so als Form von Veränderung begreifbar werden.

1928: «Dreigroschenoper» Berühmt wurde der 30jährige mit der zynischen, antibürgerlichen «Dreigroschenoper» (UA 1928; Musik von Kurt Weill): Der Verbrecher und Frauenheld Mackie Messer heiratet Polly, die Tochter des Bettlerkönigs Peachum, die fortan seine «Geschäfte» leitet. Auf seine Hinrichtung wartend, wird Mackie Messer begnadigt und mit einer Leibrente bedacht. Zum Skandal geriet die Leipziger Uraufführung der Oper «Aufstieg und Fall der Stadt Mahagonny» (1930; Musik von Kurt Weill). In den «Anmerkungen zu Mahagonny» legte Brecht, seit 1929 mit der Schauspielerin Helene Weigel verheiratet (zwei Kinder), erstmals seine Theorie vom epischen Theater dar: Das Publikum soll sich mit Schauspielern und Handlung nicht identifizieren können und so zum eigenen Nachdenken gezwungen werden. Die Verfremdung der Handlung wollte Brecht durch direkte Ansprachen und kommentierende Songs erreichen. Ziel seines epischen Theaters war die Veränderung gesellschaftlicher Verhältnisse.

Ab 1933: Exil In der «Heiligen Johanna der Schlachthöfe» (1930; UA 1959) wandte er sich wieder konkreten menschlichen Schicksalen zu: Während der Weltwirtschaftskrise wird ein Fleischfabrikant von einer christlichen Missionarin mit dem von ihm verschuldeten Elend der Arbeitslosen konfrontiert. Zur Sanierung der Missionsfinanzen nimmt sie Geld des Unternehmers und sieht sterbend ein, daß nur mit Gewalt ein Umsturz möglich gewesen wäre.
Einen Tag nach dem Reichstagsbrand ging Brecht 1933 ins Exil. In Svendborg (Dänemark) entstanden die antifaschistischen «Svendborger Gedichte» (1939) sowie seine bedeutendsten Dramen: In «Leben des Galilei» (1939; UA 1943) thematisierte er die Notwendigkeit des Widerstands gegen die Obrigkeit und die Gefahren des Mißbrauchs wissenschaftlicher Forschungsergebnisse. «Galilei» ist ein undogmatisches Stück; Urteile und Ansichten werden als veränderungsfähig dargestellt. Eine Konstante bleibt allein Brechts Glaube an die Vernunft.
Nach «Der gute Mensch von Sezuan» (1939; UA 1943) entstand «Mutter Courage und ihre Kinder» (1939; UA 1941). Darin schilderte Brecht eine Mutter, die ihre Kinder im Dreißigjährigen Krieg schützen will und gleichzeitig als Händlerin an

Bertolt Brecht, 1927

Krieg und Soldaten verdient. Zum Schluß verliert sie ihre Kinder.

Ab 1949: Berliner Ensemble In Finnland, wohin Brecht 1940 vor den deutschen Truppen geflohen war, schrieb er das Volksstück «Herr Puntila und sein Knecht Matti» (UA 1948). Ab 1941 lebte er im kalifornischen Santa Monica. Hier verfaßte Brecht den «Kaukasischen Kreidekreis» (1944; UA 1948), die Bearbeitung einer chinesischen Legende. Nachdem Brecht 1947 vor den Ausschuß für unamerikanische Umtriebe zitiert worden war, ging er in die Schweiz und schließlich nach Ostberlin, wo er 1949 mit Helene Weigel das Berliner Ensemble gründete. 1950 nahm er die österreichische Staatsbürgerschaft an. Sechs Jahre später starb Brecht mit 57 Jahren in Ostberlin.

Hermann Broch

(1. 11. 1886–30. 5. 1951)

▸ Vom Sinn der Kunst in Krisenzeiten ◂

Der österreichische Dichter setzte sich mit den Folgen des Wertezerfalls auseinander. In seinem Hauptwerk «Tod des Vergil» (1945) befaßte er sich mit dem Sinn von Kunst in Krisenzeiten.

Der Sohn eines jüdischen Textilindustriellen wurde in Wien geboren. Schon früh interessierte er sich für Musik und Wissenschaft, beugte sich jedoch dem Wunsch seines Vaters und absolvierte eine Ausbildung an der Textilfachschule in Mühlhausen/Elsaß (1906 Abschluß als Textilingenieur). 1907 kam Broch zum Militär, schied jedoch zwei Jahre später aus gesundheitlichen Gründen wieder aus. Er trat als leitender Direktor in die Fabrik seines Vaters ein und engagierte sich im österreichischen Industriellenverband.

Ab 1912: Literarische Versuche Durch die Bekanntschaft mit dem Schriftsteller und Literaturkritiker Franz Blei fand Broch Zugang zu den literarischen Wiener Zirkeln. Hier lernte er u. a. Robert Musil, Franz Werfel und den von ihm bewunderten Karl Kraus kennen. 1913 druckte die geistesgeschichtlich orientierte Zeitschrift «Der Brenner» erste Werke Brochs ab.

Während des 1. Weltkriegs leitete Broch ein Garnisonshospital. Kurz nach Kriegsende erschien seine erste Erzählung – «Eine methodologische Novelle» –, die sich satirisch mit dem literarischen Expressionismus auseinandersetzte. In der Folgezeit modernisierte Broch seine Fabriken, hatte jedoch mit wirtschaftlichen Schwierigkeiten zu kämpfen. 1927 beschloß er, fortan ganz als «geistiger Mensch» zu leben, und verkaufte sein Unternehmen.

1928–31: «Die Schlafwandler» Innerhalb von vier Jahren verfaßte Broch seine Romantrilogie «Die Schlafwandler», in der er die historische Entwicklung von den Gründerjahren bis zum Ende des 1. Weltkriegs analysierte. Thema war der Zerfall traditioneller Werte und die dadurch entstandene vollkommene Desintegration. Die drei Protagonisten des Werks – der preußische Junker Pasenow, der rheinische Kleinbürger Esch und der elsässische Geschäftemacher Huguenau – repräsentieren die unterschiedlichen Stadien des Verfalls der bürgerlichen Gesellschaft. Während die beiden ersten Romane in traditioneller Form erzählt sind, löste Broch im letzten Teil die geschlossene Romanform auf. Bewußtes sollte ebenso wie Unbewußtes deutlich werden. Damit lehnte er sich an James Joyce an, mit dessen Roman «Ullysses» er sich jahrelang auseinandergesetzt hatte.

In den 30er Jahren veröffentlichte Broch zahlreiche Essays (u. a. «Logik einer zerfallenden Welt», 1930 und «Das Böse im Wertesystem der Kunst», 1933), die das theoretische Fundament seiner Romane bildeten.

1938: Emigration 1935 siedelte er in die Nähe von Seefeld/Tirol, dann in die Steiermark um. Für den Wiener Rundfunk verfaßte Broch 1935 eine Kurzgeschichte zum Thema «Literatur am Ende der Kultur», die zur Grundlage seines Hauptwerks «Tod des Vergil» wurde. Nach dem sog. Anschluß Österreichs an das Deutsche Reich wurde Broch 1938 verhaftet. Während eines 18tägigen Gefängnisaufenthalts in Altaussee entstand eine erste Fassung des Vergil-Romans. Ende März 1938 kam Broch mit der Weisung frei, sich unverzüglich nach Wien zu begeben. Er nutzte die Chance zur Flucht und gelangte über England in die USA.

1945: «Tod des Vergil» In der Emigration vollendete Broch den Roman «Tod des Vergil», der 1945 gleichzeitig auf deutsch und englisch erschien: Der todkranke Dichter Vergil beschließt, sein Hauptwerk, die «Äneis», zu vernichten, weil er sich durch seine Kunst dem Leben entfremdet hat. Schließlich übergibt er jedoch Kaiser Augustus sein Werk. Der großangelegte innere Monolog beschreibt die Zweifel des Dichters am Sinn der Kunst in einer zum Untergang verurteilten Epoche. Nach dem Abschluß des Welterfolgs widmete sich Broch vorwiegend der wissenschaftlichen Arbeit, die seiner Meinung nach besser in der Lage war, den Menschen unmittelbar zu helfen. Er forschte am Institute for Public Opinion Research in Princeton und entwickelte seine «Massenpsychologie», in der er politische Theorie mit seiner eigenen Erkenntnistheorie verband. Mit einer Erklärung zum Schutz der Menschenwürde wandte sich Broch Ende der 40er Jahre an die UNO.

Hermann Broch

1950: «Die Schuldlosen» 1950 erschien sein Roman «Die Schuldlosen». Die Protagonisten sind zwar nach juristischem Maßstab unschuldig, haben sich jedoch durch Gleichgültigkeit gegenüber den politischen Ereignissen moralisch schuldig gemacht. 1951 starb Broch in New Haven/Connecticut an einem Herzschlag. Zwei Jahre später erschien der Roman «Die Verzauberung», den er 1933 unter dem Titel «Bergroman» begonnen hatte: In einem Dorf löst ein «Heilsprediger» eine Art Massenwahn aus, der in einem rituellen Menschenopfer gipfelt – ein Sinnbild der politischen Verblendung im Deutschland der 30er Jahre.

Harold Brodkey

(* 25. 10. 1930)

► Autobiograph aus Leidenschaft ◄

Der amerikanische Schriftsteller thematisierte in seinen Erzählungen und Romanen die teilweise traumatischen Erfahrungen seiner Kindheit. Brodkey, dessen Hauptthemen Sexualität und Liebe sind, bekannte sich 1993 öffentlich zu seiner Infektion mit dem Aids-Virus.

Der Sohn armer russischer Einwanderer jüdischen Glaubens kam als Aaron Roy Weintraub in Staunton/Illinois zur Welt. Nach dem Tod der Mutter (1932) ließ sich der alkoholabhängige Vater für einen kleineren Geldbetrag dazu «überreden», das Kind von einer Kusine adoptieren zu lassen: Der Junge kam nach St. Louis und nahm den Familiennamen seiner neuen Eltern an, die ihn fortan Harold nannten. Trotz Verbesserung der materiellen Situation rissen die Schicksalsschläge nicht ab: Als Brodkey 13 Jahre alt war, starb sein Adoptivvater, die Mutter erkrankte an Krebs. Der hochintelligente Schüler ging nach Ende der Schulzeit (1947) auf die Harvard-Universität, wo er 1952 sein Studium der Literaturwissenschaften abschloß und seine Kommilitonin Joanna Brown heiratete (ein Kind).

Ab 50er Jahre: Freier Schriftsteller
Brodkey arbeitete zunächst als Angestellter des Fernsehsenders NBC, für den er u. a. Drehbücher verfaßte. 1954 erschienen erste Kurzgeschichten in der Zeitschrift «New Yorker». Vier Jahre später kam der erste Erzählband heraus: «Erste Liebe und andere Sorgen» («First Love and Other Sorrows»). Das Erstlingswerk, von der Kritik gefeiert als Debüt eines kommenden Genies, faßte die frühen Kurzgeschichten Brodkeys zusammen, in denen er die Erfahrungen seiner Kindheit und Jugend thematisiert hatte.
In den folgenden 30 Jahren gab es keine größeren Veröffentlichungen des Schriftstellers. Er schrieb Kurzgeschichten und Erzählungen für verschiedene Zeitschriften und arbeitete als Lehrer. Nach der Scheidung von seiner Frau (1962) nutzte Brodkey die neue Freiheit für sexuelle – auch homoerotische – Erfahrungen, die er in seinen Geschichten fortan häufig beschrieb.

1988: «Nahezu Klassische Stories»
Ende der 70er Jahre wurde Brodkey Dozent für Amerikanische Literatur und für Kreatives Schreiben an der Cornell University und am City College in New York. 1980 heiratete er die Schauspielerin Ellen Schwamm. Acht Jahre später veröffentlichte er seinen zweiten Erzählband, in dem er ab 1963 entstandene Arbeiten zusammenfaßte. Eine erste Auswahl seiner «Stories in an Almost Classical Mode» erschien 1990 unter dem Titel «Unschuld. Nahezu klassische Stories» auf deutsch. Die zweite Hälfte kam 1991 unter dem Titel

«Engel. Nahezu klassische Stories» heraus. Die Themen Brodkeys verweisen auf seine Biographie: Im Mittelpunkt steht die subtile psychologische Darstellung der Kindheit, insbesondere der kindlichen Sexualität und der frühen Bezugspersonen. Das Neuartige an diesem Thema war die intensive Darstellung des Seelenlebens sowie die genaue Schilderung sexueller Erfahrungen: «Unschuld» handelt vom ersten Orgasmus einer Studentin. Mit seiner sensiblen, einfühlsamen Sprache verlieh Brodkey der Schilderung außergewöhnliche Erfahrungsdichte. In der Erzählung «Eine nahezu klassische Story» geht es um die emotionale Auseinandersetzung mit seiner krebskranken Stiefmutter, deren Charakter Brodkey in beeindruckendem Facettenreichtum nachzeichnete. In «Engel» hat der in zahlreichen Geschichten auftretende Protagonist Wiley Silenowicz (alias Brodkey) eine Engelserscheinung auf dem Campus der Havard-Universität. Der Versuch einer subtilen Schilderung des Erlebnisses ist durchsetzt mit Brodkeys Einsichten über Religion – ein Thema vieler Erzählungen des Autors.

1991: «The Runaway Soul» 1991 erschien der langangekündigte Monumentalroman «The Runaway Soul» («Die flüchtige Seele»). Darin beschrieb Brodkey die – vor allem sexuellen – Erlebnisse von Silenowicz, der die Schicksalsschläge seiner Kindheit zu verarbeiten versucht. Die Intensität der Gefühlsschilderungen und die tiefgreifende, detaillierte Darstellung des Seelenlebens teilte das Kritikerlager: Die einen feierten Brodkey als den amerikanischen Marcel Proust, die anderen reagierten mit Unmut auf das Feuerwerk intensiver Emotionen.

Harold Brodkey

«Profane Freundschaft» («Profane Friendship») erschien 1992 als Privatdruck in Italien, 1994 folgten die erweiterte englische und eine deutsche Fassung. Brodkeys Roman über die Liebe ist die Geschichte einer Freundschaft zwischen zwei Jungen in Venedig, die sich auch als Erwachsene nicht aus den Augen verlieren. Meisterhaft zeichnete er ihre emotionale Beziehung nach. Zudem lieferte er eine Art Psychogramm des Jahrhunderts, in dem sich das Leben der Protagonisten spiegelt.
Im Juni 1993 bekannte sich Brodkey in einem Zeitungsartikel zu seiner Infektion mit dem Aids-Virus. Eine Lebensbilanz vor dem Hintergrund der Krankheit zog der 63jährige Anfang 1994 in «Dying: An Update», einem Artikel im «New Yorker».

Michail Afanasjewitsch Bulgakow

(15.5.1891–10.3.1940)

Der sowjetische Schriftsteller durfte zu Lebzeiten nur einen Roman publizieren. Mit seinen satirischen Werken bezog Bulgakow Stellung gegen die staatliche Kulturpolitik und übte Kritik an den Auswüchsen der Bürokratie.

Der in Moskau geborene Sohn eines Theologieprofessors wuchs in bürgerlichen Verhältnissen auf. Ab 1909 studierte er Medizin in Kiew und arbeitete nach dem Abschluß (1916) als Landarzt. 1919 beschloß er, sich der Schriftstellerei zu widmen, und lebte einige Monate in Wladikawkas, ehe er 1921 nach Moskau übersiedelte.

1924: «Die weiße Garde» Seinen Lebensunterhalt bestritt Bulgakow mit Kurzprosa sowie Humoresken, die er in Zeitungen und Zeitschriften veröffentlichte. Er schrieb u.a. für die in Berlin erscheinende Zeitung «Nakanune» und die Eisenbahnerzeitung «Gudok», die 1924 mit dem Abdruck seines ersten Romans «Die weiße Garde» («Belaja gwardija») begann. Das Werk schildert die aussichtslose Verteidigung Kiews durch die Menschewiken (Weiße) im russischen Bürgerkrieg. Entgegen der offiziellen Propaganda beschrieb Bulgakow die Motive der Menschewiken als patriotisch und idealistisch. Damit machte er sich zur Zielscheibe heftiger Kritik seitens der Kulturfunktionäre. Eine Veröffentlichung des vollständigen Romans – die Zeitung «Gudok» hatte vor Beendigung des Abdrucks ihr Erscheinen eingestellt – wurde untersagt. Daraufhin überredeten Freunde Bulgakow, den Stoff für das Theater zu bearbeiten. Es entstand das Stück «Die Tage der Geschwister Turbin» («Dni Turbinych»), das 1926 in zensierter Form am Moskauer Künstlertheater Premiere hatte.

1925: Einzige Buchveröffentlichung 1925 war Bulgakows grotesker Roman «Hundeherz» («Sobatsche serdze») entstanden, der auf einem medizinischen Experiment aufbaute: Durch eine Organtransplantation wird ein Hund in einen Menschen verwandelt, der sich der Sowjetwirklichkeit anpaßt. Allerdings schlagen im Laufe der Zeit nur die schlechten Eigenschaften durch, so daß sich der «neue Mensch» als Kretin erweist. Das geschickt mit Perspektivwechseln arbeitende Werk durfte ebensowenig veröffentlicht werden wie die autobiographischen «Arztgeschichten» («Sapiski junogo wratscha», 1925–27). Zu Lebzeiten konnte Bulgakow lediglich den Band «Meistererzählungen» («Djawoliada», 1925) mit fünf satirischen Geschichten publizieren.

Ab 1925/26: Theaterarbeit In der zweiten Hälfte der 20er Jahre konzentrierte sich Bulgakow auf die Theaterarbeit, u.a. entstand das Stück «Sojkas Wohnung» («Sojkina

kwartira», 1926), das die Kehrseite der neuen Wirtschaftspolitik zeigte. Sein zweites Revolutionsdrama «Beg» (1926–28) wurde unmittelbar nach der Uraufführung verboten.
Ende der 20er Jahre hatten die Behörden über Bulgakow ein Publikationsverbot verhängt. Stalin gestattete ihm lediglich eine Tätigkeit am Moskauer Künstlertheater, wo Bulgakow 1930–36 als Regieassistent arbeitete. In diesen Jahren schrieb er u. a. Dramen über Puschkin («Die letzten Tage«/«Poslednije dni», 1935) und Molière («Die Kabale der Scheinheiligen»/«Kabala swjatosch», 1936). In ihnen befaßte er sich mit der Abhängigkeit des Künstlers von der Bürokratie in totalitären Staaten. Die Stücke wurden jedoch nur mit starken Kürzungen aufgeführt und kurz nach der Premiere abgesetzt.
1936 wechselte Bulgakow ans Bolschoitheater, wo er als Opernlibrettist und Übersetzer tätig war. Seine Erfahrungen am Moskauer Künstlertheater flossen in die Satire «Aufzeichnungen eines Toten» («Teatralnyj roman», 1936/37) ein, in der er u. a. mit dem Regisseur Konstantin Stanislawski abrechnete.

1940: Unvollendetes Hauptwerk Bereits seit 1928 arbeitete Bulgakow an dem Roman «Der Meister und Margarita» («Master i Margarita»), dessen Thema die Gefährdung von Kunst und Künstler durch die Staatsmacht ist. Mit phantastischen Elementen und philosophischen Überlegungen angereichert, stellte Bulgakow den Literaturbetrieb seiner Zeit bloß. Das vielschichtige Werk ist auf mehreren Relitätsebenen angesiedelt: Im Moskau der 30er Jahre sorgt der Teufel für Unruhe, insbesondere bei den atheistischen Kulturfunktionären. Weitere Rollen spielen ein Autor (der Meister) in einer Nervenklinik, dessen Romane von der Zensur unterdrückt werden, sowie dessen Geliebte Margarita. Das Hauptwerk des Meisters, ein Roman um Christus als Opfer von Pilatus und des Geheimdienstes, ist in die Handlung integriert. Noch auf dem Sterbebett diktierte der erblindete Bulgakow Korrekturen, dennoch blieb das Werk unvollendet. Der Schriftsteller starb 1940 mit 48 Jahren in Moskau.
Erst ab 1955 wurden einige seiner Dramen zur Aufführung freigegeben und durften gedruckt werden. Mitte der 60er Jahre wurden Teile des Prosawerks veröffentlicht, darunter eine zensierte Fassung von «Der Meister und Margarita». Die erste vollständige Ausgabe in der UdSSR erschien 1973.

Michail Bulgakow, 1926

Albert Camus

(7. 11. 1913–4. 1. 1960)

▸ «Das Absurde zum Leben bringen» ◂

Das Werk des französischen Schriftstellers, der das intellektuelle Leben in Europa nach 1945 mitprägte, kreist um die Absurdität der menschlichen Existenz. Ausweg ist für Camus die Revolte, verstanden als philosophische Haltung wie auch als Kampf gegen das Unrecht.

Kindheit und Jugend verbrachte Camus in Algerien, wo er als Sohn eines elsässischen Landarbeiters und einer spanischstämmigen Dienstmagd in Mondovi geboren wurde. Als Alberts Vater kurz nach dessen Geburt in der Marne-Schlacht fiel, mußte die Mutter ihre beiden Söhne allein durchbringen. Ein Stipendium ermöglichte dem Zehnjährigen den Besuch des Gymnasiums. Ein Philosophiestudium (1932–37) konnte Camus wegen einer Tuberkuloseerkrankung nicht beenden. Statt des angestrebten Lehramts nahm er 1938 eine journalistische Tätigkeit auf.

Ab 1934: Erste Schriften Nach kurzer Mitgliedschaft in der Kommunistischen Partei (1934/35), in der er ein Forum für den Kampf um gerechte Verhältnisse für alle suchte, schrieb Camus für die Tageszeitung «Alger Républicain», die sich gegen den französischen Kolonialismus wandte. Seinen Lebensunterhalt verdiente er als Verwaltungsangestellter. In seiner Freizeit spielte der 20jährige Theater und verfaßte eine Essaysammlung, «Licht und Schatten» («L'envers et l'endroit», 1937), in der er erstmals die «ganze absurde Einfachheit der Welt» thematisierte. Die aussichtslose Auflehnung gegen das als absurd erkannte Dasein beschrieb Camus 1938 in dem Schauspiel «Caligula».

Ab 1940: Revolte als Lebenswert Nachdem Camus wegen eines sozialkritischen Zeitungsartikels aus Algier ausgewiesen worden war, wurde er 1940 kurzzeitig Redakteur des «Paris-Soir» in der französischen Hauptstadt. Im selben Jahr heiratete er in zweiter Ehe Francine Faure (zwei Kinder; erste Ehe 1933/34 mit Simone Hié). 1942 schloß sich Camus der Widerstandsgruppe «Combat» an, deren gleichnamige Zeitschrift er mitbegründete. Ein Jahr später fand er eine Stelle als Verlagslektor bei Gallimard.
Eine Sensation im besetzten Frankreich war «Der Fremde» («L'étranger»; 1942). In klarer und prägnanter Sprache geschrieben, traf die Erzählung das Lebensgefühl einer ganzen Generation, die durch den Krieg die Gültigkeit aller Wertesysteme in Frage stellte und vergeblich nach sinnvollen Lebenszielen suchte: Der in Algerien lebende Mersault findet keine Beziehung zur Gesellschaft und ihren Werten und wird nach einem Mord zum Tode verurteilt.
Im Essay «Der Mythos von Sisyphos» («Le mythe de Sisyphe»,

1942) entwickelte Camus als Antwort auf die existentielle Grunderfahrung des Absurden eine neue Ethik, deren Basis die permanente Auflehnung gegen das Absurde ist. Mit dieser selbstzweckhaften Revolte erteilte Camus dem Selbstmord eine Absage: «Leben heißt das Absurde zum Leben bringen.»

Ab 1945: Menschliche Solidarität Nach Kriegsende bestimmte der Existentialismus das intellektuelle Leben in Paris. Camus postulierte in seinem Roman «Die Pest» («La peste», 1947) die wertschöpfende moralische Kraft des Individuums: Die absurde Existenz erfährt durch die menschliche Solidarität einen Sinn. Der Pestmythos galt ihm dabei als Allegorie für die «condition humaine» schlechthin.
1948 wurde Camus' Drama «Der Belagerungszustand» («L'état de siège») uraufgeführt: Ein Mann und eine Frau (Verkörperung der Pest) herrschen mit Terror über eine Stadt. Nur ein Paar setzt sich durch Liebe und Mitleid gegen die ausufernde Pest zur Wehr; der Liebende geht für die Befreiung der Gemeinschaft in den Tod. In seinem erfolgreichsten Drama der Nachkriegszeit, «Die Gerechten» («Les justes», 1949), stellte Camus die Frage, ob ein Tyrann ermordet werden darf, um der Gerechtigkeit zum Sieg zu verhelfen. Der Attentäter akzeptiert nach der Tat selbst den Tod und wird erst so zum «Gerechten».

Albert Camus

1957: Literatur-Nobelpreis Mit den gesellschaftskritischen Essays «Der Mensch in der Revolte» («L'homme révolté», 1951) erklärte Camus freiheitsbeschränkenden ideologischen Denksystemen den Kampf. Camus wandte sich damit nicht nur gegen den Faschismus, sondern auch den Marxismus, was zum Bruch der Freundschaft mit Jean-Paul Sartre führte. Mitte der 50er Jahre kritisierte Camus die Niederschlagung der Volksaufstände in der DDR (1953) und in Ungarn (1956).
1957 erhielt der 44jährige den Literatur-Nobelpreis für sein Werk, das «die Probleme beleuchtet, die sich in unserer Zeit dem Gewissen der Menschen stellen». Die Laudatio bezog sich auf Camus' 1956 erschienene Erzählung «Der Fall» («La chute»), in der er noch einmal Ideologien als unmenschlich charakterisierte. Drei Jahre später feierte sein letztes Bühnenstück Premiere: «Die Besessenen» («Les possédés»), die dramatische Umsetzung von Fjodor Dostojewskis Roman «Die Dämonen» (1873), thematisiert die Frage der Schuld an einem Selbstmord. 1960 starb der 46jährige bei einem Autounfall in Villeblevin / Yonne.

Elias Canetti

(25.7.1905–14.8.1994)

▸ Suche nach den Wurzeln des Faschismus ◂

Das ab den 30er Jahren entstandene Werk des aus Bulgarien stammenden deutschsprachigen Schriftstellers fand erst in den 60er Jahren Anerkennung. In seinen kulturphilosophischen Essays setzte sich Canetti mit den Ursachen für den Faschismus in Europa auseinander.

Canetti wurde als Sohn einer aus Spanien vertriebenen jüdischen Familie in Rustschuk (Bulgarien) geboren. 1911 ging die Familie nach Manchester (England). Als zwei Jahre später der Vater starb, zog die Mutter mit den drei Kindern nach Wien. Nach dem Schulbesuch in Wien, Zürich und Frankfurt a. M. studierte er ab 1924 Chemie in Wien.

1931: «Die Blendung» Während des Studiums besuchte Canetti Vorlesungen des Satirikers Karl Kraus. In einer der Veranstaltungen lernte er Venetia (Veza) Toubner-Caldéron kennen, die er 1934 heiratete (†1963; eine Tochter). Nach seiner Promotion (1929 zum Dr. phil.) plante Canetti eine achtbändige Romanserie über den Wahn des Menschen. Als erster und einziger Teil entstand 1931 «Die Blendung» (veröffentlicht 1935). Im Mittelpunkt des Romans steht der Sinologe Peter Kien, der abgeschieden in seiner riesigen Bibliothek lebt, weil er glaubt, er könne sich der Welt nur nähern, wenn er sich den Menschen verschließe. Doch seine Haushälterin dringt in die abgeschlossene Welt ein und verwirrt ihn zusehends. Schließlich verbrennt sich Kien mitsamt seiner Bibliothek. Canetti zeichnete das Bild einer chaotischen, zerrissenen Welt, in der die Personen ihrem Wahn verhaftet sind. Seine Protagonisten ließ er ausschließlich innerhalb ihrer individuellen, vom Wahn beeinflußten Logik sprechen. Viele Kritiker sahen in dem Werk, das erst Anfang der 60er Jahre auf breite Resonanz stieß, eine schonungslose Darstellung der Blindheit und Tatenlosigkeit von Intellektuellen angesichts des herausfziehenden Faschismus in Europa.

1932/34: Dramen In der ersten Hälfte der 30er Jahre legte Canetti zwei Theaterstücke vor, die als Lesedramen konzipiert sind und keine Handlung im traditionell-dramaturgischen Sinn haben. Canetti spielte parabelhaft einen Gedanken mit all seinen grotesken Konsequenzen durch. In «Hochzeit» (1932) entlarvte er am Beispiel einer Hochzeitsgesellschaft bürgerliche Heuchelei. «Die Komödie der Eitelkeit» (1934) ist in einem totalitären Staat angesiedelt, der den Bewohnern die Selbstdarstellung durch Spiegel, Bilder und Fotos untersagt. Folge sind der Verlust von Selbsterkenntnis und -kontrolle sowie ein Klima der Bedrohung, das schließlich in eine Rebellion mündet.

1960: «Masse und Macht» Nach dem sog. Anschluß Österreichs an das nationalsozialistische Deutsche Reich emigrierte Canetti 1938 nach Paris; ein Jahr später ließ er sich in London nieder. Vor dem Hintergrund der politischen, sozialen und kulturellen Umwälzungen in Europa durch den Faschismus legte er sich ein literarisches Schreibverbot auf. Canetti wollte seine ganze Arbeitskraft fortan auf den Themenbereich konzentrieren, dem er sich schon seit Ende der 20er Jahre immer wieder gewidmet hatte: der wissenschaftlichen Erforschung der Masse und dem Phänomen der Macht.
Erst 1955 präsentierte Canetti mit dem Drama «Die Befristeten» wieder eine literarische Arbeit der Öffentlichkeit. In dem Stück um eine Gruppe von Menschen, die ihre genaue Lebensdauer kennen, setzte er sich mit einem seiner zentralen Themen auseinander – der Auflehnung gegen die Endlichkeit des menschlichen Daseins.
Fünf Jahre später erschien Canettis Ergebnis aus seiner mehr als 20jährigen theoretischen Recherche, der großangelegte Essay «Masse und Macht», der jegliche Gattungsgrenzen sprengte. Der 55jährige legte in diesem Werk die archaischen Triebkräfte frei, die das menschliche Verhalten bestimmen. Dabei verzichtete Canetti bewußt auf die traditionelle wissenschaftliche Terminologie und versuchte, aus seinem Material heraus zu einer eigenen, vereinfachten Begrifflichkeit zu gelangen. Dies entsprach seiner Ablehnung aller abstrakten Denksysteme, die seiner Meinung nach den freien Zugang zur Wirklichkeit versperrten.

Elias Canetti

1981: Literatur-Nobelpreis Parallel zur Arbeit an «Masse und Macht» verfaßte Canetti eine Vielzahl von Aphorismen und Reflexionen, die 1965 unter dem Titel «Aufzeichnungen» veröffentlicht wurden. 1972 folgte ein zweiter Teil der Aufzeichnungen unter dem Titel «Die Provinz des Menschen». Ab der ersten Hälfte der 70er Jahre widmete sich Canetti, seit 1971 mit Hera Buschor verheiratet, seiner dreibändigen Autobiographie, in der er sein Leben bis 1937 nachzeichnete: «Die gerettete Zunge» (1977), «Die Fackel im Ohr» (1980) und «Das Augenspiel» (1985). Die Bücher wurden nicht nur bei der Kritik, sondern auch beim Publikum zu einem großen Erfolg.
1981 erhielt der 76jährige den Literatur-Nobelpreis, sechs Jahre später erschien der dritte Teil seiner Aufzeichnungen («Das Geheimherz der Uhr»). 1994 starb Canetti mit 89 Jahren in Zürich.

Karel Čapek

(9. 1. 1890–25. 12. 1938)

▸ Die Relativität der Wahrheit ◂

Der tschechoslowakische Schriftsteller und Journalist versuchte sich erfolgreich in vielen literarischen Genres. International bekannt wurde Čapek mit seinen Dramen und Romanen, in denen er sich gegen Technisierung der Welt, Utopismus und Militarismus wandte.

Der jüngste Sohn eines Physikers kam in Schwandorf/Böhmen (heute Malé Svatoňovice) zur Welt. Čapek interessierte sich besonders für Literatur und bildende Kunst. Schon als 14jähriger schrieb er Rezensionen, Kurzgeschichten und Gedichte. Er studierte Philosophie in Berlin, Paris und Prag, wo er 1915 an der Karls-Universität seinen Abschluß machte. Während des Studiums war er mit seinem Bruder Josef Mitherausgeber eines Kulturjahrbuchs («Almanach des Jahres 1914»/«Almanach na rok 1914») und veröffentlichte «Strahlende Tiefen» («Zářivé hlubiny», 1916), eine erste Sammlung von Kurzerzählungen. Nach einer Tätigkeit als Bibliothekar und Privatlehrer arbeitete Čapek 1917–20 als Redakteur der Zeitung «Národní listy».

Ab 1918: Einsatz für Demokratie Nach Ende des 1. Weltkriegs, den Čapek in teilweise schwermütigen Erzählungen zu verarbeiten suchte (z. B. in «Peinliche Geschichten», «Trapné povídky», 1921), unterstützte er die Politik des tschechoslowakischen Staatsgründers Tomáš Garrigue Masaryk für den Aufbau eines demokratischen Staats. Ab Anfang der 20er Jahre war Čapek Redakteur in der Prager Redaktion der Brünner Tageszeitung «Lidové noviny»; seine brillanten Feuilleton-Beiträge machten ihn national bekannt. 1920 tat er sich zudem durch die feinfühlige Übersetzung französischer Gedichte («Französische Lyrik der neueren Zeit»/«Francouzská poesie nové doby») hervor.

Ab 1921: Theaterstücke Zusammen mit seinem Bruder schrieb Čapek 1921 die gesellschaftskritische Komödie «Aus dem Leben der Insekten» («Ze života hmyzu»): Negative Charakterzüge von Menschen werden durch Insekten dargestellt. Ein Landstreicher kommentiert die Ereignisse und macht die inhumane Handlungsweise deutlich. Ebenfalls 1921 wurde das Drama «W.U.R.» («R.U.R.») uraufgeführt: Von Menschen produzierte Roboter (Čapek führte den Begriff in die Sprache ein) organisieren sich als revolutionäre Einheit, bringen ihre Schöpfer um und leiten so ihr eigenes Ende ein. Die Auseinandersetzung mit der Technik und ihrer existentiellen Gefahr für die Menschheit wurde zu einem Hauptthema Čapeks.

1922: Romandebüt Kritikloser Zukunftseuphorie erteilte er auch in der Komödie «Die Sache Makropulos» («Věc Makropulos», 1922) eine Absage: Durch eine Erfindung sichert sich Elina Makropulos eine 300 Jahre währende Jugend. Schließlich entscheidet sie sich für die Sterblichkeit, da sie den Sinn des Lebens in dessen Einmaligkeit begreift. Ebenfalls 1922 erschien Čapeks erster Roman, das utopische Werk «Fabrik des Absoluten» («Továrna na absolutno»), in dem er sich – wie auch in dem Science-fiction-Roman «Krakatit» (1924) – mit den Gefahren des Totalitarismus und den Chancen für eine humane Zukunft befaßte.

1927 feierte Čapeks Bühnenwerk «Adam, der Schöpfer» («Adam Stvořitel») Premiere: Adam, unzufrieden mit seinem Leben, kreiert sein Alter ego als eigenständiges Wesen, das all das ausleben soll, was Adam selbst versagt blieb, doch noch unzufriedener mit der Welt ist. Zwei Jahre später veröffentlichte Čapek die «Erzählungen aus der einen und der anderen Tasche» («Povídky z jedné kapsy» und «Povídky z druhé kapsy»), in denen er sich als Meister der Erzählkunst präsentierte und sich teilweise humorvoll mit Verbrechen, Justiz und Strafe beschäftigte.

Ab 1933: Romantrilogie In seinem Meisterwerk, der Romantrilogie «Hordubal» (1933), «Meteor» («Povětroň», 1934) und «Ein gewöhnliches Leben» («Obyčejný život», 1934), beleuchtete Čapek seine Protagonisten und Themen aus verschiedenen Perspektiven, aus denen sich ein neues Ganzes zusammensetzt: Glaubt man im ersten Band, alles über den Bauern Hordubal zu wissen, so gelangt man im zweiten Teil zu einer anderen Beurteilung derselben Fakten. Im dritten Buch entzieht sich der facettenreiche Hauptcharakter einer Einordnung.

Karel Čapek

1935 veröffentlichte Čapek seine «Gespräche mit T. G. Masaryk» («Hovory s TGM»), deren erster Teil schon 1928 erschienen war, sowie das Folgewerk «Schweigen mit T. G. Masaryk» («Mlcení s TGM»). Die Darstellung seiner demokratischen Überzeugung steht im Mittelpunkt dieser Werke.

1936 erschien der erfolgreiche Roman «Der Krieg mit den Molchen» («Válka s mloky»). Ein Jahr später bezog Čapek in seinem Drama «Die weiße Krankheit» («Bílá nemoc») gegen Nationalsozialismus und Faschismus Stellung und bekannte sich zu Frieden und Humanismus. Völlig desillusioniert vom Münchner Abkommen 1938, das den Deutschen die Annexion des tschechoslowakischen Sudetenlandes ermöglichte, starb Čapek mit 48 Jahren in Prag.

Alejo Carpentier

(26. 12. 1904–24. 4. 1980)

▸ Von der wunderbaren Wirklichkeit ◂

Der kubanische Schriftsteller gehörte zu den Begründern der modernen lateinamerikanischen Literatur. In seinen Romanen entwarf Carpentier ein facettenreiches Bild des karibischen Raums.

Carpentier wurde als Sohn eines französischen Architekten und einer russischen Sprachlehrerin in Havanna geboren. Als der Junge elf Jahre alt war, zog die Familie auf einen Gutshof in der Nähe der kubanischen Hauptstadt. Alejo interessierte sich früh für Musik und Literatur, nahm auf Wunsch des Vaters jedoch 1921 ein Architekturstudium in Havanna auf. Wenige Monate später brach er die Hochschulausbildung ab, um als Journalist zu arbeiten.

Ab 1923: Opposition 1923 schloß sich Carpentier der sog. Minoristen-Gruppe an, die sich als kulturelle und politische Avantgarde verstand. Ein Jahr später wurde er Chefredakteur des Wochenblatts «Carteles». Nebenher organisierte Carpentier, der Anfang der 20er Jahre auch Libretti, Choreographien und Gedichte schrieb, Konzerte neuer Musik. Als ständiger Mitarbeiter einer Oppositionszeitung bezog er Stellung gegen die Diktatur von General Gerardo Machado. 1927 kam Carpentier für sieben Monate in Haft, nachdem er das sog. Minoristische Manifest, eine regierungsfeindliche Erklärung der «rebellischen kubanischen Intelligenz», unterzeichnet hatte. Kurz nach der Freilassung floh Carpentier nach Frankreich, wo er enge Kontakte zur surrealistischen Bewegung unterhielt.

1933: Erstlingsroman Sein Romandebüt «Ecué-Ymaba-O» (1933) erzählt von einer Schwarzenfamilie, die von einem US-Konzern zum Verlassen des Landes gezwungen wird. Die erste Fassung des von surrealistischen Einflüssen geprägten Werks hatte Carpentier während seines Gefängnisaufenthalts 1927/28 geschrieben. Im Spanischen Bürgerkrieg publizierte Carpentier seine Reportage «Spanien unter Bomben».
1939 kehrte er nach Kuba zurück, wo er als Journalist arbeitete und musikgeschichtliche Forschungen betrieb. Zwei Jahre später heiratete Carpentier in zweiter Ehe die Kubanerin Lilia Esteban (erste Ehe mit der Französin Eva Fréjaville). 1945 siedelte der 40jährige nach Caracas (Venezuela) über und erhielt im folgenden Jahr einen Lehrstuhl für Kulturgeschichte an der Schule für Bildende Künste. Ebenfalls 1946 erschien sein Standardwerk über die Musik Kubas («La música en Cuba»).

1949: Wunderbare Wirklichkeit Mit dem Roman «Das Reich von dieser Welt» («El reino de este mundo», 1949) grenzte sich Carpentier von der europäischen und nordamerikanischen Literatur ab und begründete das Konzept der sog. wunderbaren Wirklichkeit («real maravilloso»). Das Wunderbare war für Carpentier sichtbar im mythischen Denken, das für Schwarze und Indios Bestandteil der Wirklichkeit ist. Der Roman verfolgt über mehrere Generationen den vom Voodooglauben angetriebenen Sklavenaufstand gegen die französischen Kolonialherren in Haiti. Carpentier konfrontierte das Ideengut der Französischen Revolution mit den Mythen der Ureinwohner. Auch in seinem 1953 veröffentlichten Werk «Die verlorenen Spuren» («Los pasos perdidos») setzte er Lateinamerika der intellektuell geprägten westlichen Zivilisation als mythischen Ort gegenüber.

1958 entstand der Roman «Explosion in der Kathedrale» («El siglo des las lunes», veröffentlicht 1962): Der Jakobiner Victor Hugues soll die Ideale der Französischen Revolution auf der Insel Guadeloupe verwirklichen und wird dabei zum Tyrannen. Carpentier zeigte, daß jahrhundertelange Unterdrückung nicht durch eine von außen herangetragene bürgerliche Revolution beseitigt werden kann.

Nach dem Sieg Fidel Castros in der kubanischen Revolution kehrte Carpentier 1959 in seine Heimat zurück. Er erhielt eine Literaturprofessur und übernahm 1962 die Leitung des Staatsverlags. Zwei Jahre später veröffentlichte er «Stegreif und Kunstgriffe» («Tientos y diferencias»), eine Sammlung mit Essays zu Literatur, Musik und Architektur.

1978: Revolutionsroman 1974 legte Carpentier, seit 1966 Botschaftsrat in

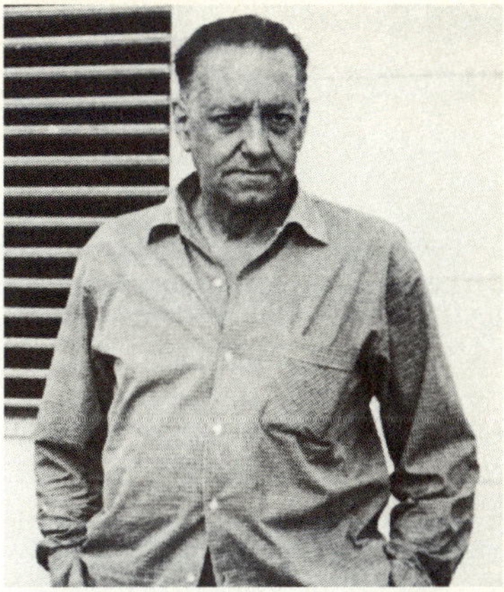

Alejo Carpentier

Paris, den teilweise burlesken Diktatorenroman «Staatsraison» («El recurso del método») vor. 1974 wurde auch «Barockkonzert» («Concierto barroco»), eine märchenhafte Musikgeschichte, veröffentlicht, deren Ausgangspunkt die Vivaldi-Oper «Montezuma» ist. Ganz dem Thema der Revolution widmete sich Carpentier in «Le sacre du printemps» («La consagración de la primavera», 1978): Der Roman spannt einen Bogen von der Oktoberrevolution in Rußland bis zur fehlgeschlagenen Invasion in der Schweinebucht, wo 1961 von den USA unterstützte Exilkubaner gelandet waren.

In seinem letzten Roman «Die Harfe und der Schatten» («El arpa y la sombra», 1979) entlarvte Carpentier mit beißender Ironie den Mythos des Amerika-Entdeckers Kolumbus. Er schilderte ihn als Glücksritter, der mit falschen Versprechungen seine Ziele erreicht und das Land für seine Geschäfte verwüstet. 1980 starb Carpentier 75jährig in Paris.

Paul Celan

(23. 11. 1920–2. 4. 1970)

Der deutschsprachige Lyriker war einer der eigenwilligsten Vertreter der Moderne. In der Wortwahl durchaus dem traditionellen Repertoire europäischer Poesie verpflichtet, schuf Celan eine eigene Gedichtsprache, die sich einem eindeutigen Verständnis entzieht.

Celan kam als Paul Anczel im rumänischen (heute ukrainischen) Czernowitz als einziges Kind deutschsprachiger Juden zur Welt. Der Vater, ein Brennholzhändler, wollte dem Jungen durch Erziehung und Schulbildung den gesellschaftlichen Aufstieg ermöglichen. Ab 1930 besuchte Anczel das Staatsgymnasium, wechselte allerdings 1934 wegen des Antisemitismus in Rumänien auf das Ukrainische Gymnasium (Abitur 1938). Schon als Schüler verfaßte Anczel Gedichte, die er in privaten Lesezirkeln vortrug. Bewundertes Vorbild war Rainer Maria Rilke.

30er Jahre: Frühe Gedichte 1938 ging Anczel nach Tours, um Medizin zu studieren. Als 1939 der 2. Weltkrieg ausbrach, konnte er aus der Heimat, wo er die Ferien verbracht hatte, nicht mehr nach Frankreich zurückkehren. Er belegte an der Hochschule von Czernowitz Romanistik und lernte nach dem Einmarsch sowjetischer Truppen (1940) die Sprache der Besatzer.

Die Beziehung zu der jüdischen Schauspielerin Ruth Lackner, die er 1940 kennengelernt hatte, verarbeitete Anczel in romantisch-traumhaften Gedichten. Alles Geschlechtliche ist aus dieser Lyrik verbannt. 1941 marschierten deutsche Truppen in Rumänien ein. Ein Jahr später wurden Anczels Eltern deportiert und in einem Konzentrationslager ermordet; Anczel selbst kam in ein Arbeitslager.

Nach seiner Befreiung stellte er 1944 und 1945 erstmals zwei unveröffentlichte Sammlungen seiner Gedichte zusammen, die vermutlich in den 30er Jahren entstanden waren. Ab 1945 arbeitete Anczel als Russischübersetzer für einen Bukarester Verlag und veröffentlichte 1947 in der Anthologie «Agora» zum erstenmal Gedichte unter seinem Pseudonym Paul Celan (ein Anagramm seines Nachnamens).

1948/52: Erster Gedichtband 1948 brachte Celan seinen ersten Lyrikband, «Der Sand aus den Urnen», heraus, den er jedoch wegen sinnentstellender Druckfehler wieder einstampfen ließ. Die frühere Heiterkeit seiner Werke war einem dunklen, schwermütigen Ton gewichen, den Celan mit «aus den Verzweiflungen wurden Gedichte» kommentierte. Dieser Debütband enthielt auch die später berühmt gewordene «Todesfuge» über die Judenvernichtung in den nationalsozialistischen Konzentrationslagern.

Nach einjährigem Aufenthalt in Wien siedelte Celan 1948 nach Paris über, wo er ab 1950 eine Lektorenstelle an der École Normale Supérieure für deutsche Sprache und Literatur innehatte. Mit der Veröffentlichung seiner Gedichtsammlung «Mohn und Gedächtnis» (1952), in die auch die teilweise veränderten Gedichte seines ersten Bandes einflossen (u. a. die «Todesfuge»), stieß der 31jährige auf positive Resonanz. Kennzeichnend für seine Lyrik war die spannungsvolle Verbindung von Traum- und Rauschhaftem mit der historischen Wirklichkeit. Die Todesthematik band Celan in die Erwartung einer Auferstehung ein. Drei Jahre später erschien sein dritter Gedichtband, «Von Schwelle zu Schwelle».

Ab 1959: Abschottung Mit dem Erscheinen des Bandes «Sprachgitter» (1959) wurde der Zugang zu Celans Lyrik immer schwieriger; die verschlüsselten Aussagen entziehen sich dem logischen Verständnis. Kennzeichen der Gedichte sind äußerste sprachliche Verknappung in Ein-Wort-Zeilen, Zitatfolgen aus literarischen und wissenschaftlichen Werken sowie eine kaum festzulegende Metaphorik und eine eigenwillige Bilderwelt. Damit schuf Celan die beabsichtigte «Mehrdeutigkeit ohne Maske», auf die der Leser sich einlassen soll.
Anläßlich der Verleihung des Georg-Büchner-Preises 1960 formulierte Celan in einer programmatischen Rede (ein Jahr später unter dem Titel «Der Meridian» veröffentlicht), daß der Dichter sein Werk in «radikaler Individuation» zu schaffen

Paul Celan

habe. Folge war eine zunehmende Abschottung gegenüber der äußeren Wirklichkeit zugunsten der Entwicklung einer eigenen poetischen Sprache – beispielsweise in den Lyriksammlungen «Die Niemandsrose» (1963) und «Atemwende» (1967). Die Sprache selbst wurde dabei teilweise ebenfalls zum Thema verschiedener Gedichte.
In seinen letzten Werken versuchte Celan, einem Denken Ausdruck zu verleihen, das losgelöst ist von den Bildwelten der Sprache. So schuf er in «Fadensonnen» (1968), «Lichtzwang» (postum 1970), «Schneepart» (postum 1971) und «Zeitgehöft» (postum 1976) durch Namen eine Sphäre von Realität, die ihre Entsprechung in früheren Gedichten Celans findet und so dem Werk eine Einheit verleiht.
Ab 1968 gehörte Celan zu den Herausgebern der französischen Zeitschrift «L'Ephémère». Zwei Jahre später nahm sich der 49jährige in Paris das Leben.

Louis-Ferdinand Céline

(27.5.1894–1.7.1961)

▸ Vom Avantgardisten zum Antisemiten ◂

Der französische Schriftsteller führte in seinem Roman «Reise ans Ende der Nacht» (1932) Umgangssprache und Argot in die Literatur seines Landes ein. Der engagierte Sozialkritiker und Anwalt der Unterdrückten wandelte sich Ende der 30er Jahre zum überzeugten Faschisten und Antisemiten.

Der Sohn eines Versicherungsangestellten und einer Händlerin für Kleiderspitzen kam als Louis-Ferdinand Destouches in Courbevoie zur Welt. Nach einer Handelslehre meldete er sich freiwillig als Soldat im 1. Weltkrieg, wurde jedoch schon 1915 schwer verwundet. 1919 begann der 24jährige ein Medizinstudium und nahm nach erfolgreichem Examen eine Stelle bei der Hygienekommission des Völkerbunds an. Bis 1927 war Destouches im Auftrag der Organisation zumeist im Ausland unterwegs. Ende der 20er Jahre ließ er sich als Armenarzt in einer Pariser Vorstadt nieder und beschäftigte sich in seiner Freizeit mit der Schriftstellerei, wobei Destouches seine Werke unter dem Pseudonym «Céline» veröffentlichte.

1932: Erfolgsdebüt Mit seinem Romanerstling «Reise ans Ende der Nacht» («Voyage au bout de la nuit», 1932) sorgte Céline für Aufsehen bei Kollegen, Lesern und Kritikern. Im Mittelpunkt der Handlung stehen die Erfahrungen des Armenarztes Bardamu in der Pariser Vorstadt, seine Kritik an der verdorbenen und korrupten herrschenden Klasse sowie die Darstellung der absurden menschlichen Existenz. Dabei war weniger die Handlung als vielmehr die Sprache Stein des Anstoßes: Politisch linke Kreise feierten Célines Versuch, einen bis dahin von Schriftstellern nie benutzten Umgangs- und Milieujargon (Argot) als literarische Sprache einzuführen, und verglichen Céline mit François Rabelais, dem großen französischen Schriftsteller des 16. Jahrhunderts. Rechtsgerichtete Kulturkritiker lehnten den Roman vehement ab.
Céline wollte nicht unbedingt die komplexe Wirklichkeit seiner Protagonisten aufzeigen, sondern interessierte sich für die Emotionen, die diese Realität auslöst: Aggressivität, Enttäuschung und Verzweiflung beherrschen sein Werk, in dem er mit häufigen Perspektivwechseln arbeitete. Der Triumph blieb Céline, der seine Romansprache selbst als «gesprochene Sprache» bezeichnete, jedoch versagt: Eine Stimme fehlte bei der Wahl zum Prix Goncourt.

Mitte der 30er Jahre: Sozialkritiker 1936 folgte Célines zweiter Roman, «Tod auf Borg» («Mort à crédit»), in dem er mit der moralisch abgewirtschafteten westlichen Zivilisation erneut hart ins Gericht ging. Seine Erfahrungen als Armenarzt flossen in die schriftstellerische Arbeit ein und machten Céline zum Kritiker der sozialen Zustände in der französischen Hauptstadt. Seine Radikalität wies dabei starke anarchistische und nihilistische Züge auf.

Ab 1937: Faschist und Antisemit Nachdem Céline von einer Reise durch die UdSSR enttäuscht zurückgekehrt war, veränderte sich seine politische Einstellung: Der ehe-mals linksorientierte populistische Sozialankläger avancierte zum Antikommunisten und Sozialfaschisten. Nach der Streitschrift «Mea culpa» (1936) bekannte sich Céline in seinem Pamphlet «Die Judenverschwörung in Frankreich» («Bagatelles pour un massacre», 1937) vollständig zum antisemitischen Rassenwahn. Auch in «Die Schule der Leichen» («L'école des cadavres», 1938) sowie in seinem Werk «In der Patsche» («Les beaux draps», 1941) war sein früherer Haß auf die Dekadenz der Gesellschaft in Haß gegen die Juden umgeschlagen.
Céline, der während des 2. Weltkriegs kurzzeitig als Schiffsarzt eingesetzt worden war, identifizierte sich damit rückhaltlos mit der Rassenpolitik Hitlers, dessen Besatzungstruppen in Frankreich er ab 1940 unterstützte. Nach der Befreiung des Landes durch alliierte Truppen (1944) erhielt Céline eine Anklage wegen Kollaboration. Der 50jährige floh nach Sigmaringen, später nach Dänemark, wo er jedoch unverzüglich interniert wurde.

Louis-Ferdinand Céline

Ab 1957: Romantrilogie Nach einer Generalamnestie kehrte Céline 1951 in seine Heimat zurück, ließ sich als Arzt in Meudon nieder und nahm seine schriftstellerische Tätigkeit wieder auf. Sechs Jahre später erschien «Von einem Schloß zum anderen» («D'un château à l'autre»), der erste Band einer autobiographischen Romantrilogie, in der Céline den Zusammenbruch des Deutschen Reichs, seine Flucht durch das zerstörte Deutschland und die Jahre in Dänemark schilderte. Mit der Trilogie (weitere Bände: «Nord», 1960, und «Rigodon», 1961) verfolgte er die Absicht, seine Handlungsmotive aufzuarbeiten und seine Haltung zu erklären. In der Frage, ob ein Faschist dennoch ein guter Schriftsteller sein kann, konnte er die Öffentlichkeit allerdings nicht auf seine Seite bringen. Dennoch entwickelten sich die Romane zu einem Achtungserfolg, wenn sie auch nicht annähernd die gleiche Darstellungskraft aufwiesen wie Célines erster Roman. Mit 67 Jahren starb Céline in seinem Wohnort Meudon.

Raymond Chandler

(23.7.1888–26.3.1959)

▸ Vom einsamen Kämpfer für Gerechtigkeit ◂

Der amerikanische Autor gab dem modernen Kriminalroman durch eine realistische Darstellung von Kriminalität und deren Motiven wesentliche Impulse. Chandlers Romane um den Detektiv Philip Marlowe zeigen eine Welt, in der Werte wie Recht und Ordnung ihre Bedeutung verloren haben.

Chandler wurde als Sohn eines Ingenieurs in Chicago geboren. Nach der Scheidung zog die Mutter mit dem Siebenjährigen nach London. Für das von Chandler angestrebte Jurastudium reichten die finanziellen Mittel nicht aus. 1907 trat er einen Posten im Büro der britischen Admiralität an, den er ein halbes Jahr später wieder aufgab, um sich seinen Lebensunterhalt als Reporter, Übersetzer und Rezensent zu verdienen. 1912 lieh er sich von einem Onkel 500 Pfund und siedelte in die USA über.

20er Jahre: Karriere als Geschäftsmann Anfang der 20er Jahre erhielt Chandler einen Buchhalterposten in einem Ölkonzern. Dank seines geschäftlichen Geschicks stieg er zum Vizepräsidenten des Unternehmens auf. Unmittelbar nach dem Tod der Mutter heiratete er 1924 die um 18 Jahre ältere Pianistin Cissy Pascal. Die Wirtschaftskrise Anfang der 30er Jahre stürzte ihn in schwere Depression; er verfiel dem Alkohol und wurde 1934 entlassen.

Ab 1933: Kriminalstories Mit Hilfe seiner Frau kam Chandler vom Alkohol los und begann, sich eine Existenz als Schriftsteller aufzubauen. Für das Groschenheft «Black Mask» verfaßte er Kriminalstories. Die Herausgeber des Magzins wollten mit den Geschichten einen Gegenpol zum englischen Detektivroman schaffen und zielten auf die wirklichkeitsnahe Beschreibung realer Verbrechen. Chandlers erste Story, «Erpresser schießen nicht» («Blackmailer's Don't Shoot», 1933), war geprägt von Gewaltdarstellungen und Alltagssprache. Fortan arbeitete er regelmäßig für das Magazin.

1938: Geburtsstunde Marlowes 1938 legte Chandler den in fünf Monaten geschriebenen Roman «Der große Schlaf» («The Big Sleep»; 1946 verfilmt von Howard Hawks) vor: Carmen, die naive Tochter eines todkranken Ölmillionärs, bringt den Mann ihrer Schwester Vivian um und löst dadurch eine Erpressungsaffäre aus. Getreu seiner Überzeugung, daß Reichtum niemals ehrlich erworben wird, zeigte Chandler eine korrupte Welt, beherrscht von der Dekadenz des Kapitals. Hauptfigur ist der Detektiv Philip Marlowe, in allen Romanen Chandlers Sinnbild des unbestechlichen Einzelgängers. «Der große Schlaf» machte Chandlers stilistische Stärke deutlich: realistische Beschreibungen, geschliffene Dialoge und lakonischer Erzählton.

1940 folgte «Lebwohl, mein Liebling» («Farewell, My Lovely»), die Geschichte um einen Bankräuber, den seine Geliebte für die auf ihn ausgesetzte Belohnung verraten hat. Nach seiner Freilassung gerät sie in Panik und wird zur Mörderin. In «Das Hohe Fenster» («The High Window», 1942) stellte Chandler die Welt der Reichen und Armen einander kraß gegenüber: Ein Dienstmädchen muß unter unwürdigen Verhältnissen arbeiten, weil sie von ihrer Arbeitgeberin für einen Mord verantwortlich gemacht wird, den in Wahrheit die Hausherrin selbst begangen hat.

Raymond Chandler, 1945

1943–46: Intermezzo in Hollywood Nach seinem vierten Roman, «Die Tote im See» («The Lady in the Lake», 1943) um einen heimtückischen Raubmord, ging Chandler als Drehbuchautor nach Hollywood. Hier entstanden u. a. die Skripte zu den Filmen «Frau ohne Gewissen» (1944; Regie: Billy Wilder) und «Die blaue Dahlie» (1946; Regie: George Marshall). Chandler kam mit den Verhältnissen im Filmgeschäft jedoch nicht zurecht und zog 1945 pessimistisch Bilanz: Den Drehbuchautor beschrieb er als weitgehend einflußlose Person, deren Arbeit verstümmelt werde.

Ab 1949: Spätwerk 1949 legte Chandler mit «Die kleine Schwester» («The Little Sister») seinen nächsten Roman vor: Zwei Geschwister wollen ihre Schwester, die in Hollywood Karriere gemacht hat, mit kompromittierenden Fotos erpressen. Unter schwierigen persönlichen Bedingungen – Chandlers geliebte Frau war schwer erkankt – entstand «Der lange Abschied» («The Long Goodbye», 1953): Marlowe liest einen Mann auf der Straße auf, vertraut ihm und wird getäuscht.
Nach dem Tod seiner Frau (1955) verfiel Chandler erneut dem Alkohol, von dem er diesmal trotz zahlreicher Entziehungskuren nicht loskam. 1958 legte er mit «Playback» seinen letzten Roman vor: Ein reiches Mädchen ist auf der Flucht vor ihrem Schwiegervater, der sie fälschlicherweise eines Mordes bezichtigt. Das Werk offenbarte, daß Chandler das Genre des Kriminalromans längst ausgereizt hatte und sich in seinen Werken nur noch wiederholte. Diesen Eindruck konnte er auch durch das aufgesetzte Happy-End nicht verwischen: Marlowe, der bis dahin stets den Frauen entsagt hatte, heiratet. 1959 starb Chandler mit 70 Jahren in La Jolla/Kalifornien an einer Lungenentzündung.

Paul Claudel

(6.8.1868–23.2.1955)

▸ Der Dichter als Werkzeug Gottes ◂

Der französische Dramatiker und Diplomat gilt als wichtiger Vertreter des «renouveau catholique» und stellte die Suche der Menschen nach Gott in den Mittelpunkt seine geistlich-katholischen Stücke. Claudels Protagonisten finden keinen Halt in einer materialistischen, lasterhaften Welt und erreichen durch Entsagung und Glauben den Weg zur Erlösung.

Claudel wurde in Villeneuve-sur-Fère/Aisne als Sohn eines Beamten geboren. Ab 1882 besuchte er ein Pariser Gymnasium und studierte ab 1885 Politik und Jura in der französischen Hauptstadt. Das Jahr 1886 markierte den entscheidenden Einschnitt in seinem Leben: Ein Weihnachtsgottesdienst wurde zum Bekehrungserlebnis. Claudel schloß sich der katholischen Kirche an und weihte sein Leben Gott. Im selben Jahr beschloß er nach der Lektüre von Arthur Rimbauds «Illuminations», Schriftsteller zu werden.

1894: «Der Tausch» 1890 vollendete Claudel sein erstes Drama, «Die Stadt» («La ville»; UA 1931). Darin beschrieb er die Zerstörung einer Gesellschaft durch Atheismus und Anarchie, während nur der Gottesgläubige einer positiven Zukunft entgegensehen darf. Im selben Jahr legte Claudel die Prüfung für den Auswärtigen Dienst ab und war zunächst als Diplomat in New York tätig. 1894 schloß er die Arbeit an seinem Bühnenwerk «Der Tausch» («L'échange», UA 1914) ab. Der Kommerzialisierung sowie dem jede Moral sprengenden Freiheitsdrang setzte er die Seelenliebe entgegen: Ein Partnertausch zwischen zwei Paaren endet im Desaster. Wie in vielen folgenden Stücken ermöglicht die Einsicht einer Frau die wahre Liebe und die Hinwendung zu Gott.

1910: «Fünf große Oden» 1894 ging Claudel als Konsul nach China, wo er 15 Jahre blieb, ehe er 1909 für zwei Jahre Generalkonsul in Prag wurde. Seine langjährigen Auslandsaufenthalte befruchteten Claudels literarisches Schaffen, da er viele seiner Reiseeindrücke in seinen Werken verarbeitete. 1910 erschien Claudels geistliches Bekenntnis, «Fünf große Oden» («Cinq grandes odes»): Durch göttliche Gnade schaffe es der Dichter, Gottes Schöpfung in seinen Werken zu wiederholen und die Menschen zu wahrer Erkenntnis zu führen. Um seine inhaltliche Aussage auch in Form und Rhythmus der Gedichte zum Ausdruck zu bringen, schuf er reimlose, prosa-ähnliche Verse, die an biblische Psalmen erinnern (sog. Vers claudelien).
Claudel, der 1911 mit einigen französischen Schriftstellern (u.a. André Gide) die literarische Zeitschrift «Nouvelle Revue Française» gegründet hatte, erlebte 1912 die erste Aufführung eines seiner Dramen: In

«Verkündigung» («L'annonce faite à Marie») wird wiederum nur durch Verzicht auf weltliches Leben und durch Opferbereitschaft der Weg zu Gott – und damit der wahre Lebenssinn – entdeckt. Eine Frau nimmt Krankheit, Abwendung ihres Verlobten, Einsamkeit und schließlich den Tod auf sich.

Ab 1914: Trilogie Bis zum Beginn des 1. Weltkriegs war Claudel in Frankfurt a. M. tätig. 1914 wurde «Der Bürge» («L'otage») uraufgeführt, der erste Teil einer Dramentrilogie um das Schicksal einer Familie im 19. Jahrhundert (zweiter Teil: «Das harte Brot»/«Le pain dur», 1923; dritter Teil: «Der erniedrigte Vater»/«Le père humilié», 1928). Über die Irrwege von Materialismus, Atheismus, Kapitalismus und Nationalismus gelangen die Protagonisten zur Gotteserkenntnis.
Nach seiner Zeit als Diplomat in Rio de Janeiro (1917) wurde Claudel 1919 Botschafter in Tokio (bis 1927). Dort entstand sein erfolgreichstes Drama, «Der seidene Schuh» («Le soulier de satin», UA 1943). Darin schilderte Claudel die Geschichte des spanischen Feldherrn Rodrigo Anfang des 18. Jahrhunderts, der durch eine unerfüllte Liebe zu Gott findet, allen irdischen Lastern entsagt und sein Leben in Demut und Nächstenliebe beendet. Als Kernaussage stellte Claudel heraus, daß auch Gewalttäter und Sünder durch Entsagung und Glauben ihren Platz in der Welt finden können.

Ab 1946: Mitglied der Académie française In der Folgezeit schrieb der Botschafter Claudel in Washington (1927–33) und Brüssel (1933–35) zahlreiche Essays. 1935, dem Jahr seiner Pensionierung, erschien Claudels Werk «Das Buch von Christoph Columbus» («Le livre de Christophe Colomb»): Der Entdecker wird nach harten Prüfungen und Zweifeln seiner Helfer vergöttlicht, als er durch seine Entdeckung Amerikas die Kontinente der Erde verbindet und seine Leistung Gott weiht.
Drei Jahre später hatte das szenische Oratorium «Johanna auf dem Scheiterhaufen» («Jeanne d'Arc au bûcher») Premiere, wiederum ein Loblied auf die Opferbereitschaft des – geläuterten – Menschen. 1946 wurde Claudel in die Académie française aufgenommen. 1953 hatte die 1939 entstandene «Geschichte von Tobias und Sara» («L'histoire de Tobi et Sara») Premiere, ein Stück um einen erblindeten alten Mann und eine junge Frau, das in der Aussage «Gott ist die Liebe» gipfelt. Mit 86 Jahren starb Claudel 1955 in Paris.

Paul Claudel, 1931

Joseph Conrad

(3. 12. 1857 – 3. 8. 1924)

Der englische Schriftsteller inspirierte zahlreiche moderne Schriftsteller. Einer als sinnlos erfahrenen Welt stellte Conrad die menschliche Würde entgegen, die seine Protagonisten – zumeist gesellschaftliche Außenseiter – erst durch die Bewährung in Extremsituationen erreichen.

Conrad kam als Józef Teodor Konrad Nalecz Korzeniowski in der Nähe von Berditschew/Ukraine zur Welt. Seine polnischstämmigen, adligen Eltern wurden wegen ihrer Beteiligung an der Vorbereitung des polnischen Aufstands gegen Rußland 1863 nach Wologda/Sibirien verbannt, wo der Junge aufwuchs. Als Korzeniowski zwölf Jahre alt war, starben seine Eltern und er kam zu Verwandten nach Krakau. Mit 16 Jahren heuerte er auf einem französischen, 1878 auf einem englischen Handelsschiff an. Ab 1884 britischer Staatsbürger, avancierte er zum Offizier der Handelsmarine und quittierte 1894 den Dienst, um sich als Joseph Conrad in England ganz der Schriftstellerei zu widmen.

1895: Romandebüt Bei seinen ersten literarischen Versuchen hatte Conrad noch Schwierigkeiten mit der englischen Sprache, wie sich in den Romanen «Almayers Wahn» («Almayer's Folly», 1895) und «Der Verdammte der Inseln» («An Outcast of the Islands», 1896) zeigte. Die Eindrücke und Erfahrungen seiner Reisen, die ihn u. a. in den Kongo und auf die Malaiischen Inseln geführt hatten, flossen in seine Werke ein. Zum Hauptthema entwickelte sich der Außenseiter, der – von der Gemeinschaft isoliert und ohne Hoffnung auf einen Lebenssinn – seine menschlich-moralischen Werte (insbesondere Disziplin und Treue) erst entdeckt, wenn er sich fernab der Zivilisation allein bewähren muß. 1896 heiratete Conrad seine Freundin Jessie George (zwei Kinder).

1900: «Lord Jim» Im Seefahrermilieu spielte Conrads erfolgreichstes Werk seiner frühen Schaffensperiode, der psychologische Roman «Lord Jim» (1900): Jim, ein junger Erster Offizier, träumt vom Heldendasein, versagt aber, als die Bewährungsprobe kommt, und fällt in Ungnade. Erst auf einer kleinen Insel findet er zu Liebe und Selbstvertrauen. Als Piraten die Idylle bedrohen, verhandelt er mit ihnen, statt zu kämpfen, und kann so den Mord an mehreren Inselbewohnern nicht verhindern. Jim muß sterben, da er vom Inselherrscher für das Massaker mitverantwortlich gemacht wird.
In der Folgezeit schrieb Conrad zahlreiche Essays, Kurzgeschichten und Romane, wobei er sich kritisch mit dem britischen Kolonialismus und der westlichen Zivilisation auseinandersetzte, indem er sie mit anderen Kulturen verglich. Ganz im

Zeichen dieser Kritik stand Conrads Roman «Das Herz der Finsternis» («Heart of Darkness», 1902): Die suggestive Sprache des vom Symbolismus geprägten Werks wurde wichtiger als die eigentliche Handlung. Wie schon in «Lord Jim» erzählt die fiktive Figur des Kapitän Marlow. Seine Reise über den Fluß Kongo durch den bedrohlich wirkenden Urwald wird gleichzeitig zum Symbol für die Reise ins eigene Bewußtsein.

1904: «Nostromo» Eines von Conrads sozialkritischen Hauptwerken ist der Roman «Nostromo. Eine Geschichte von der Meeresküste» («Nostromo. A Tale of the Seaboard», 1904). Mit psychologisierenden Schilderungen verdeutlichte Conrad die korrupte kapitalistische Gesellschaft in einem imaginären südamerikanischen Staat. Vermeintliche politische oder moralische Ideale der Protagonisten entlarvte er als puren Materialismus und als Eitelkeit, die Triebfedern allen Handelns. Wie schon in seinen vorherigen Romanen wählte Conrad – in Abgrenzung zur viktorianischen Romantradition – eine neue Form der Erzähltechnik: ständig wechselnde Perspektiven und eingestreute Passagen mit einem subjektiven Erzähler. Darüber hinaus arbeitete er mit der Bewußtseinsstromtechnik sowie mit Rückblenden und brach so die klassische chronologische Handlungsstruktur auf.

1913: Größter Erfolg In «Der Geheimagent» («The Secret Agent», 1907) versuchte sich Conrad an einem psychologisch subtilen Detektivroman, dessen Inhalt von Alfred

Joseph Conrad, 1904

Hitchcock 1936 in dem Thriller «Sabotage» verarbeitet wurde. Nach weiteren Werken über westliches Weltmachtstreben (u. a. «Mit den Augen des Westens»/«Under Western Eyes», 1911) erschien 1913 «Spiel des Zufalls» («Chance») und wurde in den USA zum Verkaufsschlager. Ebenso wie in «Sieg» («Victory», 1915) und einer Reihe weiterer Romane siedelte Conrad die Handlung an exotischen Schauplätzen an. Die Komplexität früherer Werke reduzierte er zugunsten einfacherer Charakterzeichnungen. Durch den späten Erfolg kam Conrad, der zuvor stets mit finanziellen Problemen zu kämpfen gehabt hatte, zu bescheidenem Wohlstand. 1921 legte er die autobiographischen «Notizen über Leben und Literatur» («Notes on Life and Letters») vor, drei Jahre später starb er im Alter von 66 Jahren in seinem Wohnort Bishopsbourne/Kent.

Alfred Döblin

(10. 8. 1878 – 26. 6. 1957)

Der Schriftsteller und Arzt gab dem deutschen Roman des 20. Jahrhunderts sowie dem literarischen Expressionismus neue Impulse. Döblins Roman «Berlin Alexanderplatz» gilt als Inbegriff des modernen Großstadtromans.

Döblin wurde in Stettin als viertes Kind eines jüdischen Kaufmanns geboren. Nachdem der Vater die Familie verlassen hatte, siedelten Mutter und Kinder nach Berlin über. Aufgrund der schwierigen wirtschaftlichen Lage verzögerte sich die Schulausbildung, so daß Döblin erst mit 22 Jahren das Abitur ablegen konnte. Schon während der Gymnasialzeit verfaßte er kritische Schriften, in denen er u. a. die Distanz zu christlichen Mitschülern darstellte. Ab 1900 studierte Döblin Philosophie und Medizin in Berlin und Freiburg.

Ab 1903: Erste Schriften Döblins 1903 abgeschlossener Roman «Der schwarze Vorhang» (erschienen 1919) offenbart bereits die Grundlagen einer Weltsicht, in der das Zusammenhanglose die Wirklichkeit ausmacht und in der der Zufall zur Schicksalsmacht wird. Das Schauspiel «Lydia und Mäxchen» (1905) stellt die reale Welt der Dinge als übermächtig dar: Die Bühnenrequisiten und die beiden Protagonisten lehnen sich gegen ihren «Erzeuger» auf. Stark beeinflußt wurde Döblins Weltbild durch seine medizinischen Studien (Dissertation 1905). Nachdem er als Assistenzarzt gearbeitet hatte, ließ er sich 1911 als Psychiater in Berlin nieder. Ein Jahr zuvor hatte er mit Herwarth Walden die Kulturzeitschrift «Der Sturm» gegründet. 1912 heiratete er die Medizinstudentin Erna Reiss (fünf Kinder).

Ab 1913: Romantheorie Der 1913 beendete Roman «Die drei Sprünge des Wang-lun» (erschienen 1915), der den Aufstand einer taoistischen Sekte im China des 18. Jahrhunderts schildert, ist – wie auch die Erzählung «Die Ermordung einer Butterblume» (1913) – stark expressionistisch geprägt. Mit seiner Romantheorie («An Romanautoren und ihre Kritiker», 1913; «Bemerkungen zum Roman», 1917), die wertneutrale Beschreibung und Darstellung exemplarischer Abläufe fordert, distanzierte sich Döblin vom Expressionismus und beendete seine Mitarbeit beim «Sturm».
Eine Fortsetzung der gesellschaftskritischen Ansätze fand in dem Roman «Wadzeks Kampf mit der Dampfturbine» (1918) statt. Seine theoretischen Vorstellungen setzte er in dem historischen Roman «Wallenstein» (1920), in dem die Individuen als Getriebene erscheinen, mit einer verwirrenden Perspektivenvielfalt um. Der Krieg erscheint als Naturgewalt, die Frage nach dessen gesellschaftlichen Ursachen wird nicht gestellt.

Aufgrund seiner Sympathie für die Revolution in Rußland trat Döblin nach dem 1. Weltkrieg, den er als Militärarzt im Elsaß erlebt hatte, in die USPD ein, ging jedoch 1921 in die SPD. Unter dem Pseudonym «Linke Poot» verfaßte er 1919–21 verschiedene zeitgeschichtliche Glossen (u.a. «Der deutsche Maskenball», 1921).

Ab 1921: Arbeit an «Berlin Alexanderplatz» Der naturphilosophisch geprägte utopische Roman «Berge, Meere und Giganten» (1924) offenbarte den Hang des von der deutschen Revolution enttäuschten Döblin zu Biologismus und Mystizismus: Rettung findet der Mensch nur in der Unterwerfung. «Berlin Alexanderplatz. Die Geschichte vom Franz Biberkopf» (1929) war sein einziger Publikumserfolg. Hauptthema ist die Wandlung eines Ex-Zuchthäuslers zu einem demütigen «neuen Menschen», der aber immer wieder dem Druck des Kollektivs unterliegt. Neue Erzähltechniken, wie die Montage verschiedenartiger sprachlicher Dokumente (z. B. aus Reklame, Jargon, Nachrichten, Bibel) sowie schnelle Szenenwechsel liefern ein vielfach gebrochenes Bild der Welt.

Alfred Döblin, 1932

Ab 1933: Exil und Rückkehr 1933 emigrierte Döblin nach Paris, wo er im Schutzverband deutscher Schriftsteller und im französischen Informationsministerium arbeitete. Ein Vorausblick auf das Exil war der Roman «Babylonische Wanderschaft» (1934). Das ein Jahr später erschienene Werk «Pardon wird nicht gegeben», das der Autor selbst als den Höhepunkt seines Schaffens ansah, lieferte eine Schilderung der herrschenden Schicht in Deutschland. Ganz im Zeichen der Naturmythologie stand die Romantrilogie «Amazonas» (1937/38).

1940 floh Döblin, seit vier Jahren französischer Staatsbürger, in die USA, wo er bis 1945 in völliger Vereinsamung und in materieller Not lebte. Nach Kriegsende kehrte Döblin nach Deutschland zurück, gab ab 1946 «Das goldene Tor» heraus, eine deutsche Literaturzeitschrift der ersten Stunde, und beteiligte er sich am kulturellen Wiederaufbau. 1950 erschien der letzte Band der Romantetralogie «November 1918», in der sich Döblin mit den verpaßten Chancen der deutschen Revolution auseinandersetzte.

1953 ging er nach Paris zurück. Drei Jahre später erschien sein letzter Roman «Hamlet oder Die lange Nacht nimmt ein Ende». Das Werk bringt die Verzweiflung angesichts des Zeitgeschehens zum Ausdruck, stellt jedoch erstmals das Individuum als beherrschende Kraft in den Mittelpunkt. 1957 starb Döblin mit 78 Jahren in Emmendingen.

Friedrich Dürrenmatt

(5. 1. 1921 – 14. 12. 1990)

Der Schweizer Schriftsteller schuf eine eigene Form der Tragikomödie, in der er die Wirklichkeit bis zur Groteske verfremdete und mit der «schlimmstmöglichen Wendung» enden ließ. Ein Welterfolg wurde Dürrenmatts Kriminalroman «Der Richter und sein Henker» (1952).

Dürrenmatt wurde als Sohn eines protestantischen Pfarrers in Konolfingen/Bern geboren. Nach dem Abitur studierte Dürrenmatt ab 1941 in Bern und Zürich Philosophie und Germanistik, zudem hörte er Vorlesungen in Theologie und Kunstgeschichte. Eine geplante Dissertation über den Existenzphilosophen Sören Kierkegaard blieb unvollendet.

1947: Erstes Bühnenwerk Nachdem Dürrenmatt eine Zeitlang mit einer Karriere als Maler geliebäugelt hatte, entschied er sich um 1945 für die Schriftstellerei. Im selben Jahr erschien seine Erzählung «Der Alte». 1947 heiratete er die Schauspielerin Lotti Geissler (drei Kinder). Im Jahr der Hochzeit wurde sein erstes Theaterstück, das Wiedertäuferdrama «Es steht geschrieben», am Züricher Schauspielhaus uraufgeführt. Finanzielle Schwierigkeiten bestimmten den Alltag der jungen Familie. Dürrenmatt bestritt den Lebensunterhalt mit Theaterkritiken, Kabarettexten und Hörspielaufträgen für Radiosender.

1952: «Der Richter und sein Henker» Neben seiner dramatischen Arbeit schrieb Dürrenmatt Kriminalromane, in denen er die Erwartungen des klassischen Krimilesers (der Detektiv darf nicht der Täter sein) bewußt enttäuschte. Dennoch wurde das zunächst als Fortsetzungsroman abgedruckte Werk «Der Richter und sein Henker» (1952) zum Welterfolg: Kommissar Bärlach muß den Mord an einem Untergebenen aufklären. Als selbsternannter «Richter» benutzt er seinen Assistenten, um den Verbrecher Gastmann zur Strecke zu bringen. Hintergrund ist eine 40 Jahre alte Wette zwischen Bärlach und Gastmann um die Frage, ob ein perfektes Verbrechen möglich ist.
1953 ließ Dürrenmatt mit «Der Verdacht» einen zweiten Kriminalroman folgen, der gleichzeitig Vergangenheitsbewältigung betrieb: Der todkranke Bärlach will einen ehemaligen KZ-Arzt überführen. Dritter Kriminalroman ist «Das Versprechen» (1958), in dem Dürrenmatt keine Lösung des Falls anbot.

1955: Dramatische Konzeption Der erste große Theatererfolg war 1952 «Die Ehe des Herrn Mississippi». In der Komödie ließ der in Neuchâtel lebende Dramatiker verschiedene Ideologien aufeinanderprallen, um festzustellen, was «sich mit den Menschen ereignet, die diese Ideen wirklich ernst nehmen». Drei Jahre später legte Dürrenmatt die Grundlagen seiner Dramatik in dem Vortrag «Theaterprobleme» dar. Darin bezeichnete er die Komödie als einzig mögliche Theaterform, um eine chaotische Welt, in der es weder Schuldige noch Verantwortliche gibt, zu erfassen. Allerdings dürfe der Mensch keinesfalls vor den immer undurchsichtigeren Machtverhältnissen kapitulieren.

1956–62: Welterfolge auf der Bühne In der 1956 entstandenen Parabel «Der Besuch der alten Dame» um die Käuflichkeit der Welt verstand sich Dürrenmatt einmal mehr als Diagnostiker der Zeit. Die reichgewordene Claire Zachanassian kehrt in ihre Heimatgemeinde zurück und bietet den Einwohnern eine Milliarde, wenn sie dafür ihren ehemaligen treulosen Geliebten töten. Das Stück wurde ebenso zum Welterfolg wie sechs Jahre später «Die Physiker». Thema des in einer Irrenanstalt spielenden Werks ist die Verantwortung der Wissenschaft im Zeitalter der Atombombe und die Position der Wissenschaftler als Diener und Gefangene der Machtpolitik: Nachdem der Forscher Möbius eine Entdeckung gemacht hat, mit der die Welt vernichtet werden kann, zieht er sich mit seinem Geheimnis in eine Irrenanstalt zurück. Zwar kann er zwei auf ihn angesetzte Agenten zur Umkehr bewegen, doch hat die Direktorin der Klinik sich längst seiner Erfindung bemächtigt.

1986: Georg-Büchner-Preis Ab Mitte der 60er Jahre trat Dürrenmatts literarisches Werk (z. B. «Play Strindberg», 1969; «Der Mitmacher», 1973)

Friedrich Dürrenmatt

weit hinter seine Welterfolge zurück. 1968/69 war er Co-Direktor am Baseler Theater, ab 1969 für drei Jahre Mitherausgeber des Züricher Sonntagsjournals. In den 70er Jahren inszenierte er zahlreiche Stücke am Schauspielhaus Zürich, wo er auch als künstlerischer Berater agierte. Anfang der 80er Jahre legte Dürrenmatt mit «Stoffe I–III» eine Geschichte seiner literarischen Themen vor. 1983 starb seine Frau, ein Jahr später heiratete er die Schauspielerin und TV-Regisseurin Charlotte Kerr.
Mit «Justiz» verfaßte Dürrenmatt 1985 nochmals einen Kriminalroman um den Zwiespalt zwischen Gerechtigkeit und dem Recht, wie es die Justiz vertritt. Letztes Werk des Georg-Büchner-Preisträgers von 1986 war «Durcheinandertal» (1989), eine «metaphysische Posse». Im selben Jahr starb der zuckerkranke Dürrenmatt 69jährig in Neuchâtel.

Thomas Stearns Eliot

(26. 9. 1888–4. 1. 1965)

▸ Mit Glauben gegen fehlende Orientierung ◂

Der in den USA geborene Lyriker, Dramatiker und Essayist gab mit seiner Dichtung «Das weite Land» (1922) der angloamerikanischen Literatur neue Impulse. Mit seinen christlich geprägten Theaterstücken leitete Eliot eine Renaissance des Versdramas ein.

Der Sohn einer wohlhabenden Familie aus Boston wurde streng puritanisch erzogen. Ab 1906 studierte er in Harvard, später in Paris Philosophie, Psychologie und Orientalistik. Ein Jahr nach dem Studienabschluß heiratete er 1915 Vivienne Haigh-Wood und ließ sich mit ihr in London nieder, wo er bei der Lloyd's Bank angestellt war.

1917: Erster Gedichtband Nebenher schrieb Eliot für die literarische Zeitschrift «Egoist», über die er seinen Landsmann Ezra Pound kennenlernte. Auf dessen Initiative veröffentlichte er 1917 seinen ersten, stark vom Symbolismus beeinflußten Gedichtband, «Prufrock und andere Gedichte» («Prufrock and Other Poems»). 1920 kam die Aufsatzsammlung «Der heilige Wald» («The Sacred Wood») heraus, in der Eliot für Literaturkritik eintrat, die nach ästhetischen Gesichtspunkten vorgeht und biographisch-psychologische Aspekte vernachlässigt.

1922: «Das wüste Land» Schlagartig berühmt wurde Eliot 1922 mit der Dichtung «Das wüste Land» («The Waste Land»), bei deren Entstehung Pound maßgeblich beteiligt war. Die Diagnose der geistigen Lage nach dem Ende des 1. Weltkriegs spiegelte die Sinnentleerung einer ganzen Generation wider. Das Gedicht in fünf Teilen ist in regelmäßigen und freien Versen komponiert, eine durchlaufende Handlung fehlt, die Sprecherfiguren wechseln. Die fragmentarische Form des Gedichts, das zuerst in der von Eliot gegründeten Zeitschrift «The Criterion» erschien, verstärkt den Eindruck der Orientierungslosigkeit des Menschen.

Um 1927: Beginnende Religiösität 1925 trat Eliot in den Verlag Faber & Gwyer (später Faber & Faber) ein. Im selben Jahr erschien «Die hohlen Menschen» («The Hollow Men»), wobei sich Eliot der gleichen poetischen Techniken wie in «Das wüste Land» bediente.
1927 wurde er britischer Staatsbürger und trat zur anglikanischen Kirche über. Mit dem ein Jahr später verfaßten Essay «For Lancelot Andrews» dokumentierte Eliot seine Hinwendung zum christlichen Glauben, der ab 1930 mit dem Erscheinen seines Gedichtbands «Aschermittwoch» («Ash-Wednesday») auch das literarische Schaffen prägte. Eliot vertrat die Auffassung, der Zerfall der abendländischen Kultur könne nur durch Wiederentdeckung des

Glaubens und durch christlichen Humanismus verhindert werden.

1935: «Mord im Dom» Obwohl sich Eliot bereits Mitte der 20er Jahre theoretisch mit dem Drama befaßt hatte, markierte erst «Mord im Dom» («Murder in the Cathedral», 1935) den Beginn seiner Arbeit für das Theater. Im Mittelpunkt des Stücks, das Eliot im Auftrag des Erzbischofs für die Canterbury-Festspiele verfaßt hatte, steht der Märtyrertod des Thomas Becket. Zentrale Themen sind die Frage nach den Beweggründen eines Märtyrers und die Bedeutung des Martyriums für die Gläubigen. Das Versdrama steht in der Nachfolge mittelalterlicher Mysterienspiele und greift mit dem Einsatz des Chores auch Elemente griechischer Tragödien auf.

1948: Literatur-Nobelpreis 1939 veröffentlichte Eliot einen Gedichtband für Kinder, der auch bei Erwachsenen großen Anklang fand: «Cats» («Old Possum's Book of Practical Cats») diente 1981 als Vorlage für das gleichnamige Musical von Andrew Lloyd Webber.

1943 erschien der Gedichtzyklus «Vier Quartette» («Four Quartets») über die Erfahrbarkeit von Zeit, Gott und Ewigkeit. Jedes der vier Poeme war auf einen Ort, eine (Jahres-)Zeit und ein Element bezogen. Eliot spannte in den Dichtungen einen Bogen von der Erlebniswelt des einzelnen bis zu allgemeingültigen Aussagen über die menschliche Existenz.

1949, ein Jahr nach dem Tod seiner Frau, erhielt er den Literatur-Nobelpreis. In der Folgezeit verfaßte Eliot vorwiegend Essays sowie drei von ihm selbst als Komödien bezeichnete Stücke. 1957 heiratete er Valerie Fletcher, acht Jahre später starb der 76jährige in London.

T. S. Eliot

Stücke 1949–59

1949/50 Die Cocktailparty (The Cocktail Party): Ein Psychiater weist seine Patienten in die Mysterien des Daseins ein; sie brechen zu ihrer von Gott gegebenen Identität auf und finden ihre Bestimmung in der Welt.
1954 Der Privatsekretär (The Confidence Clerk): Stück nach Motiven von Euripides um die Unsicherheit aller Bindungen; der Mensch findet Halt und Ziel nur im göttlichen Heilsweg.
1959 Der verdiente Staatsmann (The Elder Statesman): Ehemaliger Minister beichtet die ungesühnten kleinen Verbrechen seines Lebens; durch die Erkenntnis der Schuld findet er die erlösende Macht der Liebe.

William Faulkner

(25.9.1897–6.7.1962)

▸ Kritiker der Südstaaten-Gesellschaft ◂

Der amerikanische Schriftsteller siedelte seine Romane in einer fiktiven Südstaaten-Region an, deren Leben, Landschaft und Kultur er mit Hilfe menschlicher Schicksale beschrieb. In komplexer Erzähltechnik entwarf Faulkner zunächst ein düsteres, später ein optimistischeres Bild der Menschen.

Das Kind einer angesehenen, aber verarmten Familie kam in New Albany/Mississippi als William Cuthbert Falkner zur Welt, schrieb sich jedoch seit frühester Jugend «Faulkner». Der lernfaule Junge brach mit 17 Jahren die schulische Ausbildung ab, arbeitete in der Bank seines Großvaters und versuchte sich als Zeichner und als Autor melancholisch-wehmütiger Gedichte.
Im 1. Weltkrieg wurde Faulkner, der sich als Freiwilliger gemeldet hatte, wegen seiner Körpergröße (1,67 m) ausgemustert. 1918 verwirklichte sich in Kanada sein Wunsch, zur Luftwaffe zu kommen. Bei der Royal Air Force in Toronto verstärkte sich seine Flugleidenschaft.

1926: Erster Roman Auf Wunsch seines kranken Vaters nahm Faulkner 1920 ein Studium (Europäische Sprachen) an der Universität in Oxford/Mississippi auf, das er nach einem Jahr wieder beendete. Nach ersten Schritten als Bühnenautor – 1920 stellte er das Stück «Die Marionetten» («The Marionettes») fertig – war Faulkner in einer New Yorker Buchhandlung angestellt, ehe er das Postamt seiner Ex-Universität leitete. Ende 1924 veröffentlichte er die kaum beachtete Gedichtsammlung «Der Marmorfaun» («The Marble Faun»), zwei Jahre später folgte «Soldatenlohn» («Soldiers' Pay»), sein Romandebüt um einen Luftwaffenpiloten des 1. Weltkriegs.

Ab 1929: Thema Südstaaten 1929 heiratete Faulkner seine Jugendliebe Estelle Oldham Franklin (ein gemeinsames Kind; zwei Kinder aus der ersten Ehe der Frau). Im selben Jahr verzeichnete er mit «Sartoris» seinen ersten Erfolg: Im Mittelpunkt steht die Geschichte der US-Südstaaten am Beispiel des fiktiven Yoknapatawpha County im Staat Mississippi – ein Gebiet, das das gesamte Werk Faulkners fortan durchziehen sollte. Sein nächster Roman, «Schall und Wahn» («The Sound and the Fury», 1929) verfolgt über drei Jahrzehnte den Zerfall traditioneller Werte in einer Südstaatenfamilie. Wie auch in seinen späteren Werken wendete Faulkner verschiedene, oft verwirrende Erzählperspektiven und -techniken an und setzte die Bewußtseinsstromtechnik ein: Diese Darstellung sämtlicher Bewußtseinsinhalte einer Figur (Gedanken, Sinneseindrücke) benutzte Faulkner auch in seinem nächsten Roman, «Als ich im Sterben lag» («As I Lay Dying», 1930).

1932: «Licht im August» In seinem Roman «Die Freistatt» («Sanctuary», 1931) steigerte Faulkner die negativen Lebenserfahrungen seiner Südstaaten-Charaktere: In einer gerechtigkeitslosen Welt von Macht, Gewalt und Korruption schilderte Faulkner Morde, Vergewaltigungen und sexuelle Perversionen. 1951 setzte er das Werk mit seinem Romandrama «Requiem für eine Nonne» («Requiem for a Nun») fort.
Von vernichtender Gesellschaftskritik ist auch sein erfolgreicher Roman «Licht im August» («Light in August», 1932) geprägt. Ebenso wie in «Absalom, Absalom!» (1936) verurteilte Faulkner den Rassenhaß gegen die Schwarzen in seiner Südstaaten-Heimat. Kennzeichen dieser Romane war ein komplexer Erzählstil, der den Leser nach Faulkners Wunsch fordern sollte. Das Ende dieser Schaffensphase markierten der Doppelroman «Wilde Palmen und Der Strom» («The Wild Palms», 1939) sowie der Roman «Das verworfene Erbe» («Go Down, Moses», 1942), eine Familienchronik in sechs Erzählungen.
Der als presse- und öffentlichkeitsscheu bekannte Erzähler lebte in den 30er und 40er Jahren zwischenzeitlich in Hollywoord. Dort war er – von Heimweh geplagt – ab 1932 aus finanziellen Gründen als Drehbuchautor für die Filmgesellschaft Metro-Goldwyn-Mayer tätig. In seinen kurzen Schaffenspausen betrank Faulkner sich häufig und mußte sich immer wieder Entziehungskuren unterziehen.

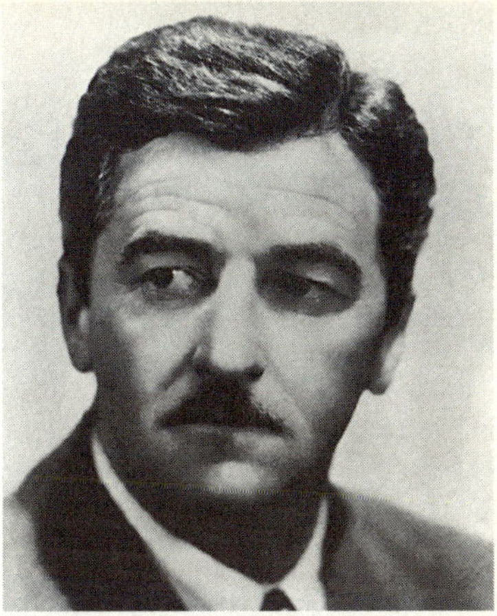

William Faulkner, um 1933

Bis 1959: Snopes-Trilogie 1948 erschien der Roman «Griff in den Staub» («Intruder in the Dust»), in dem Weiße erstmals auch einem Schwarzen beistehen. Zwei Jahre später erhielt Faulkner den Literatur-Nobelpreis.
Im Mittelpunkt seiner Arbeiten der 50er Jahre stand die sog. Snopes-Romantrilogie, die Faulkner schon 1940 mit «Das Dorf» («The Hamlet») begonnen hatte. Die umfangreiche Südstaaten-Geschichte am Beispiel der Familie Snopes schloß er durch «Die Stadt» («The Town», 1957) und «Das Haus» («The Mansion», 1959) ab. Der Aufstieg der neureichen Familie um das skrupellose Oberhaupt Flem Snopes endet mit dem Sieg der alteingesessenen Kleinbürger, die die traditionellen Werte verteidigen.
Kurz nach Erscheinen seines letzten Romans, «Die Spitzbuben» («The Reivers», 1962), stürzte Faulkner bei einem Ausritt vom Pferd. Drei Wochen später erlag der 64jährige in Oxford einem Herzanfall.

Max Frisch

(15.5.1911–4.4.1991)

▸ Suche nach dem menschlichen Ich ◂

Der Schweizer Romancier und Dramatiker zählt zu den meistgelesenen deutschsprachigen Autoren der Nachkriegszeit. In seinen Werken befaßte sich Frisch mit der Selbstentfremdung des modernen Menschen.

Der Sohn eines Architekten wurde in Zürich geboren. 1931 begann Frisch ein Germanistikstudium in seiner Heimatstadt, das er ein Jahr später nach dem Tod seines Vaters wieder aufgab. Als freier Journalist verfaßte er Reiseberichte für die «Neue Zürcher Zeitung». 1934 entstand sein erster Roman «Jürg Reinhart», der in eine Diskussion über eine mögliche ethische Rechtfertigung von Sterbehilfe mündet.

Ab 1944: Theaterstücke Nach einem Studium der Architektur in Zürich (1936–41) eröffnete der 31jährige 1942 ein Architekturbüro und gewann im selben Jahr den ersten Preis eines Wettbewerbs um den Bau der Freibadanlage Letzigraben in Zürich (1949 fertiggestellt). Ebenfalls 1942 heiratete Frisch Constanze von Meyenburg (Scheidung 1959; danach Beziehung mit Ingeborg Bachmann; 1968–79 zweite Ehe mit Marianne Oellers). In der Folgezeit veröffentlichte er mehrmals poetische Skizzen und zeitkritische Reflexionen aus seinem 1939 begonnenen Tagebuch.
Die nächsten Jahre waren bestimmt von der täglichen Arbeit auf der Baustelle und dem Schreiben in jeder freien Minute. Dabei wandte sich Frisch verstärkt dem Drama zu. 1944 entstand das Traumspiel «Santa Cruz», das bereits Frischs Hauptthema behandelte: die Frage, inwieweit der Mensch nicht von Lebensfakten, sondern von seinen Wünschen, Träumen und Ängsten bestimmt wird.
Ein erstes politisches Stück hatte 1945 mit «Nun siegen sie wieder» Premiere. In dem «Versuch eines Requiems» setzte sich Frisch mit dem Krieg und seinen Folgen auseinander und stellte dem Kriegsgeschehen die unerhört bleibende Klage der Toten gegenüber. In «Die chinesische Mauer» (1946) zeigte er den wehrlosen Intellektuellen im Angesicht einer Gesellschaft, die auf Macht, Gewalt und Unterdrückung aufbaut. Die stark von Bertolt Brecht beeinflußte Theaterarbeit ist geprägt von der Auffassung, daß das Bürgertum die Geschehnisse des 2. Weltkriegs nicht moralisch verarbeitet, sondern nur verdrängt habe und somit die gleichen Symptome jederzeit wieder aufbrechen könnten.

1954/57: Romanerfolge Mit dem 1954 erschienenen Roman «Stiller» gelang Frisch ein Kritiker- und Publikumserfolg. Im Mittelpunkt steht der Bildhauer Stiller, der vor dem Bild, das seine Umwelt von ihm hat, in eine andere Identität flüchtet. Die Form des Tagebuchromans verwendete Frisch, der 1955 seinen Architektenberuf aufgegeben hatte, auch in «Homo Faber» (1957): Ein Ingenieur, der alles für berechenbar hält, muß erkennen, daß sein Leben dennoch vom Schicksal bestimmt ist: Er gerät in eine Liebesaffäre mit seiner ihm bislang unbekannten Tochter.

1958/61: Bühnenerfolge Im Gegensatz zu Brecht glaubte Frisch nicht an die führende Rolle des Proletariats bei gesellschaftlichen Veränderungen. Frisch sah alle Menschen einzig darauf bedacht, ihren materiellen Besitzstand zu bewahren und nicht aufzufallen. Diese Auffassung prägte auch seine beiden meistgespielten Theaterstücke: In «Biedermann und die Brandstifter» (1958; Untertitel: «Ein Lehrstück ohne Lehre») führt er einen Bürger vor, der aus Feigheit die Brandstifter in sein eigenes Haus aufnimmt. «Andorra» (1961) zeigt die mörderische Konsequenz von rassistischer Gesinnung und Duckmäusertum. Der angebliche Jude Andri wird das Opfer von Vorurteilen.
1964 wurde «Mein Name sei Gantenbein» veröffentlicht. Darin gibt der Protagonist vor, blind zu sein, und startet ein Verwirrspiel um Rollen und Identitäten. Grundthemen des erfolgreichen Romans sind die Liebe und die Probleme zwischen Mann und Frau. In dem 1968 uraufgeführten Drama «Biografie» widmete sich Frisch der Frage nach der Veränderbarkeit des Lebenswegs.

Ab Mitte der 70er Jahre: Autobiographisches in Romanform Das erste radikal autobiographische Werk Frischs erschien 1975: «Montauk»

Max Frisch, 1955

berichtet von seiner Liebesaffäre mit der Amerikanerin Alice Locke-Carey. Ab Ende der 70er Jahre folgte eine verstärkte Auseinandersetzung mit dem Tod. Das Bühnenstück «Triptychon» stellt erneut die Frage, ob es möglich sei, das eigene Leben zu ändern. Die Erzählung «Der Mensch erscheint im Holozän» (1979) berichtet von einem alternden Mann, der dem Tod zu entfliehen versucht. Letzter Roman Frischs war «Blaubart» (1982): Ein des Mordes an seinen Frauen beschuldigter Arzt kommt aus Mangel an Beweisen frei. Im Gerichtsprozeß wird sein Leben verhandelt, seine Beziehungen zu Frauen werden dabei schonungslos offengelegt.
Die letzten Lebensjahre verbrachte der krebskranke Frisch in seinem Haus in Berzona im Tessin. Sechs Wochen vor seinem 80. Geburtstag starb der Dramatiker in einem Züricher Krankenhaus.

Federico García Lorca

(5. 6. 1898 – 19. 8. 1936)

▸ Der Mensch und die Tradition ◂

Der meistgespielte spanische Dramatiker des 20. Jahrhunderts wandte sich in seinen Stücken gegen die Zwänge und Normen der Gesellschaft.

García Lorca wurde in Fuentevaqueros/Granada als Sohn eines Großgrundbesitzers und einer Lehrerin geboren. Nach dem Besuch eines Internats für Söhne begüterter Eltern studierte er ab 1917 Philosophie und Jura, zunächst in Granada, dann in Madrid. Dort fand er Anschluß an die Kulturszene und lernte Luis Buñuel, Salvador Dalí und Juan Ramón Jiménez kennen.

1925: Erster Dramenerfolg 1919 entstand García Lorcas Erstlingsdrama, das allegorische Stück «Die Hexerei des Schmetterlings» («El maleficio de la mariposa»), das bei der Uraufführung im folgenden Jahr jedoch durchfiel. Den ersten Erfolg als Dramatiker hatte er mit dem 1925 entstandenen Stück «Mariana Pineda»; die Bühnenausstattung der Uraufführung (1927) besorgte Dalí. In dem lyrischen Werk um eine andalusische Freiheitsheldin des 19. Jahrhunderts klang das große Thema García Lorcas an, die Verstrickung von Freiheit, Liebe und Tod.

Mit seinem Musiklehrer Manuel de Falla sammelte er in ganz Spanien Volkslieder, die bearbeitet in mehreren Büchern erschienen. 1928 veröffentlichte er den Gedichtband «Zigeunerromanzen» («Romancero gitano»), der García Lorca das Klischee eines andalusischen Zigeunerdichters einbrachte. Dabei wiesen ihn die Gedichte als Vetreter der Generation von 1927 aus, die sich zum Ziel gesetzt hatte, die spanische Lyrik zu erneuern. Zwar griff García Lorca in den «Zigeunerromanzen» auf volkstümliche Lyrik zurück, verband diese jedoch mit avantgardistischen Metaphern.

1929/30 hielt sich García Lorca in den USA auf, wo er surrealistisch geprägte Gedichte verfaßte (veröffentlicht 1940 in «Dichter in New York»/«Poeta en Nueva York»). Da ihn die «Welt der Maschinen» – wie er die USA nannte – abstieß, kehrte er vorzeitig nach Spanien zurück.

Ab 1930: Erneuerung des Theaters Als Dramatiker wollte García Lorca das bürgerliche Theater erneuern. Dabei bediente er sich einer Vielzahl von Vorbildern, deren Einflüsse er in seinen Stücken kombinierte. Nach der mit Volksliedern durchsetzten Farce «Die wundersame Schusterfrau» («La zapatera prodigiosa», 1930) folgte das Kammerspiel «In seinem Garten liebt Don Perlimplin Belisa» («Amor de Don Perlimplin con Belisa en su jardin», 1931), das komödiantische, märchenhafte und groteske Elemente vereinte. In dem surrealistischen Traumspiel «Sobald fünf Jahre vergehen» («Asi que pasen cinco años», 1931) und dem

Bekenntnisdrama «Das Publikum» («El publico», 1931; veröffentlicht 1976) entwarf er ein Theater, das das Verborgene im Menschen zum Vorschein bringen will, vor allem versteckte Triebe und Leidenschaften.

1933/34: Drei Hauptwerke Nach Proklamation der spanischen Republik gründete García Lorca mit Eduardo Ugarte die Wanderbühne «La Barraca», mit der er der Landbevölkerung die spanischen Klassiker nahebringen wollte. In der Folgezeit schrieb er seine dramatischen Hauptwerke: Die lyrische Tragödie «Bluthochzeit» («Bodas de sangre», 1933) nahm drei urspanische Themen auf: Leidenschaft, Ehebruch und Blutrache. Die Braut flieht am Hochzeitstag mit ihrem Geliebten, wird jedoch von ihrem Bräutigam aufgestöbert; beide Männer bringen sich gegenseitig um. García Lorca zeigte den Menschen verstrickt zwischen sozialen Normen und dem Naturgesetz, die als elementare Urgewalten wirken. Dabei griff er auf Formen antiker Tragödien zurück.
In der Romanze «Doña Rosita bleibt ledig oder Die Sprache der Blumen» («Doña Rosita la soltera, o el lenguaje de las floras», 1934) kritisierte er Traditionen, die den Menschen sein Leben versäumen lassen: Rosita wartet 25 Jahre vergeblich auf ihren Verlobten, der nach Amerika gegangen ist und sie immer wieder mit der Ehe vertröstet. Erst als sie erkennt, daß der Mann längst verheiratet ist, zerbricht ihre Illusion.
Ebenfalls 1934 entstand «Yerma», die Tragödie einer unerfüllten Frau: Yerma sehnt sich nach einem Kind, ihr Mann ist einzig auf sexuelle Befriedigung aus. Yerma traut sich nicht, das starre Sittengesetz zu brechen und ihren Mann zu verlassen, obwohl sie glaubt, bei ihrem Jugendfreund Erfüllung finden zu können. Statt dessen tötet sie ihren Mann.

Federico García Lorca, 1934

1936: Ermordung Das letzte Stück, «Bernarda Albas Haus» («La casa de Bernarda Alba», 1936; UA 1945) schildert die Folgen sozialer und moralischer Zwänge. Nach dem Tod ihres Mannes schottet die tyrannische Bernarda ihre fünf Töchter von der Außenwelt ab. Einzig Adele lehnt sich gegen die Mutter auf. Als sie Selbstmord begeht, vertuscht die Mutter die Tat, um den guten Ruf der Familie zu wahren.
Als García Lorca kurz nach Beginn des Spanischen Bürgerkriegs Ferien im Haus seiner Eltern machte, wurde der 38jährige von der francotreuen Guardia Civil ohne Angabe von Gründen verhaftet und einen Monat später in der Schlucht von Viznar bei Granada erschossen.

Gabriel García Márquez

(* 6. 3. 1928)

▸ Mythos und Wirklichkeit Lateinamerikas ◂

Der kolumbianische Schriftsteller befaßt sich in seinen phantasievollen Romanen mit Vergangenheit und Gegenwart Lateinamerikas. Ein Welterfolg gelang García Márquez mit dem Roman «Hundert Jahre Einsamkeit» (1967).

Der Sohn eines Telegraphisten und einer Offizierstochter wurde im Dorf Aracataca in der kolumbianischen Provinz geboren und wuchs bei den Großeltern auf. Als der Junge acht Jahre alt war, starb der Großvater, und Gabriel zog zu Vater und Mutter nach Barranquilla. Nach dem Besuch eines Jesuitenkollegs erhielt er 1943 ein Internatsstipendium in Zipaquira bei Bogotá, wo er 1945 die Zeitschrift «Literatura» gründete.

1952: Erster Roman 1947 begann García Márquez in Bogotá ein Jurastudium. Als die Universität wegen bürgerkriegsähnlicher Unruhen geschlossen wurde, wechselte er nach Cartagena, konzentrierte sich dort jedoch auf Journalismus und Schriftstellerei. 1952 stellte García Márquez seinen ersten Roman, «Laubsturm» («La hojarasca»), fertig. Die Geschichte spielt in dem fiktiven Ort Macondo, Schauplatz nahezu aller seiner Werke: Drei Personen erinnern sich an die Geschehnisse um einen zugezogenen, isolierten Arzt. Als er sich weigert, einen Verwundeten zu behandeln, zieht er den Zorn der Dorfbewohner auf sich. Den Schwerpunkt des Romans setzte García Márquez nicht auf die Handlung, sondern auf die Beschreibung der haßerfüllten Atmosphäre.

1955–67: Frankreich, Kolumbien und Mexiko 1954 ging García Márquez zur Zeitung «El Espectador», wo er rasch zum Starreporter avancierte. Als das Blatt ein Jahr später sein Erscheinen einstellte, hielt sich García Márquez in Paris auf und beschloß, dort zu bleiben. Er verkaufte seine Karte für den Rückflug nach Kolumbien und konzentrierte sich – nahezu mittellos – ganz auf die Schriftstellerei. In dieser Zeit entstand der Roman «Der Oberst hat niemand, der ihm schreibt» («El coronel no tiene quien le escriba», 1958), die Geschichte eines Bürgerkriegsoffiziers, der seit vielen Jahren auf die Begleichung seiner Pensionsansprüche wartet.
1958 heiratete García Márquez seine langjährige Freundin Mercedes Barcha (zwei Kinder). Nach dem Sieg Fidel Castros in Kuba gehörte er 1959 zu den Gründern des Büros der kubanischen Presseagentur Prensa Latina in Bogotá. Zwei Jahre lang unterstützte er Castro publizistisch, ehe er 1961 wegen politischer Differenzen mit der Agentur brach. García Márquez zog nach Mexiko und verfaßte Filmdrehbücher. Ein Jahr später erschien der Roman «Die böse Stunde» («La mala hora»), allerdings in einer nicht autorisierten Fassung: Eine Dorfgemeinschaft be-

lauert sich, weil Unbekannte verborgene Wahrheiten durch Schmähbriefe an die Öffentlichkeit bringen.

1967: Welterfolg 1967 siedelte García Márquez nach Spanien über. Im selben Jahr erschien der Roman «Hundert Jahre Einsamkeit» («Cien años de soledad»), der ihm den literarischen Durchbruch brachte und zum erfolgreichsten Erzählwerk Lateinamerikas wurde. In einer Mischung aus Historie, Mythen und Legenden verfolgt der Roman über mehrere Generationen hinweg das Schicksal der Familie Buendía und des von ihnen gegründeten Ortes Macondo (und damit stellvertretend die Geschichte Lateinamerikas). Durch äußere Einflüsse wie Handel, Technik, Kultur und Politik entfernt sich Macondo immer mehr von seinen Ursprüngen; am Ende fegt ein Sturm den Ort vom Erdboden. Parallel dazu vollzieht sich das Schicksal der Buendías, die sich als einsam und unfähig zum Miteinander erweisen: Infolge inzestuöser Verbindungen wird, wie prophezeit, ein Kind mit einem Schweineschwanz geboren.

1982: Literatur-Nobelpreis Nachdem García Márquez nach Mexiko zurückgekehrt war, erschien 1975 der Diktatorenroman «Der Herbst des Patriarchen» («El otomno del patriarca»), in dem ein Tyrann auch über seinen Tod hinaus weiterherrscht. Das von abergläubischer Furcht paralysierte Volk traut sich nicht in den Palast, in dem der tote Machthaber liegt. Von Mexiko aus wurde der Verfechter des demokratischen Sozialismus zum Aushängeschild der kolumbianischen Linken.

Gabriel García Márquez, 1982

1981 veröffentlichte García Márquez den Kurzroman «Chronik eines angekündigten Todes» («Crónica de una muerte annunciada»), der von einem Mord aus Gründen der Familienehre handelt. Ein Jahr später erhielt er den Literatur-Nobelpreis. 1985 erschien «Die Liebe in den Zeiten der Cholera» («El amor en los tiempos de cólera»), die Geschichte eines Mannes, dessen Liebe erst im Greisenalter erwidert wird. Für Diskussion sorgte 1989 der Roman «Der General in seinem Labyrinth» («El general en su labirinto») über das Lebensende des Befreiungshelden Simon Bolívar. In Kolumbien wurde García Márquez vorgeworfen, das Bild von Bolívars Gegner, General Francisco de Paula Santander, negativ verfälscht zu haben. 1994 erschien der Roman «Von der Liebe und anderen Dämonen» («Del amor y otros demonios»), eine Anklage gegen den Dogmatismus der Kirche.

Jean Genet

(19.12.1910–15.4.1986)

Das Werk des französischen Schriftstellers ist geprägt von seinen Erfahrungen als Krimineller und Homosexueller. In seinen teilweise obszönen Romanen und Dramen stellte Genet das anerkannte Wertesystem radikal in Frage.

Genet kam in Paris zur Welt. Der Vater war unbekannt, die Mutter überließ das Kind der öffentlichen Fürsorge. Eine Bauernfamilie aus Morvan/Burgund nahm den Sechsjährigen auf. Nach mehreren Diebstählen kam Genet 1926 in die Besserungsanstalt Mettray, wo er nach eigenen Worten erfahren mußte, wie sehr ein Mensch erniedrigt werden kann.
Drei Jahre später floh er aus dem Erziehungsheim und verpflichtete sich bei der Fremdenlegion. Schon kurze Zeit später desertierte er nach einem Diebstahl und führte in den folgenden Jahren ein Vagabundenleben. Zumeist hielt er sich im Chinesenviertel in Barcelona oder im Marseiller Hafen auf, wo er seinen Lebensunterhalt als Taschendieb und Stricher bestritt. Zwischen 1937 und 1942 wurde er 14mal zu Gefängnisstrafen verurteilt. Als er 1942 wegen Diebstahls, Schmuggels und Zuhälterei erneut vor Gericht stand, lautete das Urteil auf lebenslange Sicherheitsverwahrung.

1942–48 Gefängnis Im Zuchthaus von Fresnes schrieb Genet erste Gedichte, u.a. «Der zum Tode Verurteilte» («Le condamné à mort», 1942), das er dem Andenken eines Mörders widmete. In seinen folgenden Romanen entwarf Genet, der sich nach eigenen Worten «von Geburt und Neigung» – er war homosexuell – von der Gesellschaft ausgeschlossen fühlte, eine verklärte Welt von Verbrechen, Prostitution und Gewalt. Sein erster Roman, «Notre-Dame-des-fleurs» (1944), spielt im Unterweltmilieu des Montmartre der Vorkriegszeit. Das folgende Werk, «Wunder der Rose» («Le miracle de la rose», 1946), ist im Zuchthausmilieu angesiedelt. «Das Totenfest» («Pompes funèbres», 1947) und «Querelle» («Querelle de Brest», 1947) bieten erotisierende Phantasien mit Kupplern, Strichjungen, Dieben und Mördern. Der Matrose Querelle setzt sich über alle Normen hinweg und findet so zur Freiheit.
In der Haft entstand auch Genets erstes Drama: «Unter Aufsicht» («Haute surveillance», 1946). Wie seine Romane zeichnet sich das autobiographische Gefängnisstück durch schonungslose und drastische Darstellungsweise aus. Genet trieb die psychische Extremsituation des Gefangenseins bis zum Exzeß und entfaltete eine Ästhetik des Bösen.

1948: In Freiheit Mitte der 40er Jahre wurden Jean Cocteau und Jean-Paul Sartre auf Genet aufmerksam und setzten sich mit anderen Schriftstellern für seine Freilassung ein. 1948 gab Staatspräsident Vincent Auriol einem Gnadengesuch statt. Noch im selben Jahr schrieb Genet im Auftrag des Bühnenregisseurs Louis Jouvet ein Stück über die Faszination, die von einem Verbrechen ausgeht: «Die Zofen» («Les bonnes») berauschen sich an der Vorstellung, ihre Herrschaften zu quälen und anschließend bestraft und erniedrigt zu werden.

1949 legte Genet seine Autobiographie «Tagebuch eines Diebes» («Journal de voleur») vor. Darin stellte er sich als Opfer gesellschaftlicher Vorurteile dar, gegen die er sich als Außenseiter nicht zur Wehr setzen könne und denen er sich folglich unterwerfen müsse. Sartre charakterisierte ihn daraufhin 1952 als den «heiligen Genet, Schauspieler und Märtyrer». Genet reagierte betroffen und legte eine vierjährige Schreibpause ein.

1956–59: Dramen In den drei ab 1956 veröffentlichten Bühnenwerken behandelte Genet die Frage des Bösen als gesellschaftliches Thema. Bevorzugte stilistische Mittel sind eine bildreiche Sprache und eine phantasievolle Verfremdung der Wirklichkeit. Sein bekanntestes Stück, «Der Balkon» («Le balcon», 1956), spielt in einem Luxusbordell, in dem sich die Kunden den Wunsch nach einer anderen Identität erfüllen können. Während die Bordellbesucher nach der Illusion von Macht und Ansehen streben, tobt draußen die Revolution. Sie scheitert unter dem Jubel des Volkes, dessen Ehrfurcht vor der Macht zu groß ist. Am Ende bleibt offen, ob die Revolution nicht auch ein Spiel der Illusion war. Wegen der freizügigen Behandlung abweichender Sexualpraktiken sorgte das Stück für einen Skandal und war in Frankreich zeitweilig verboten.

Jean Genet, 1959

In dem 1957 verfaßten Schauspiel «Die Neger» («Les nègres») zeigte Genet die von der Gesellschaft Verfemten, die haßerfüllt den Aufstand wagen, die Unterdrückung aber nicht zerstören. Sein letztes Stück «Wände überall» («Les paravents») spielt vor dem Hintergrund des Algerienkriegs.

Ab 60er Jahre: Politisches Engagement In den 60er und 70er Jahren setzte sich Genet für die Black-Panther-Bewegung in den USA sowie für die Palästinensische Befreiungsbewegung ein. In einem Zeitungsartikel äußerte er 1977 Sympathie für die deutsche Rote Armee Fraktion. 1982 besuchte Genet die Palästinenserlager Sabra und Schatila. Vier Jahre später starb der 75jährige in Paris an Kehlkopfkrebs.

André Gide

(22.11.1869–19.2.1951)

▸ Suche nach eigener Wahrheit ◂

Der französische Schriftsteller thematisierte das Verlangen des Individuums nach Freiheit und Selbstentfaltung. Gide kritisierte freiheitseinschränkende Institutionen wie die Kirche und bekannte sich offen zur Homosexualität.

Gide wurde als Sohn eines Juraprofessors in Paris geboren, wuchs im kalvinistischen Milieu auf und wurde nach dem Tod des Vaters (1880) von seiner Mutter in streng puritanischem Geist erzogen. Wegen häufiger Krankheiten und psychischer Krisen wechselten Schulbesuch und Privatunterricht einander ab. Schon als Gymnasiast beschloß Gide, sein Leben der Kunst zu widmen, wozu er als Erbe eines großen Vermögens die materiellen Voraussetzungen besaß.

Ab 1891: Frühwerk In seinem Erstling, «Die Tagebücher André Walters» («Les cahiers d'André Walter», 1891) – einem autobiographischen Bericht – thematisierte Gide die durch puritanische Erziehung vermittelte Trennung von Leib und Seele. Die Abscheu vor fleischlicher Lust und die Schuldkomplexe, die diese Lust hervorrief, quälten Gide seit frühester Jugend. Den Ausweg suchte er in einer mystisch verklärten Form der Liebe. Im literarischen «Salon des fin de siècle» lernte er Stéphane Mallarmé und Paul Valéry kennen, mit dem er einen intensiven Briefwechsel führte (1890–1942).

Ab 1893: Der Weg in die Freiheit Zur Heilung seiner Tuberkulose reiste Gide 1893/94 erstmals nach Algerien und Tunesien, wo er seine homoerotischen Neigungen erkannte, was für ihn den Beginn der Selbstbefreiung bedeutete. Da er aber von Kindheit an eine – platonische – Liebe für seine Cousine Madeleine empfunden hatte, heiratete er sie 1895 nach dem Tod seiner Mutter.
Zwei Jahre später erschien «Uns nährt die Erde» («Les nourritures terrestres»). Der Roman gab Gides Erwartung Ausdruck, alle Möglichkeiten des Lebens ausschöpfen zu können. Freiheit bedeutete für ihn fortan, daran zu glauben, einmalig und auserwählt zu sein.

Ab 1902: Krisenzeit Nach «Der schlecht gefesselte Prometheus» («Le Prométhée mal enchaîné», 1899), in dem er selbstironisch seine biographischen Probleme thematisierte und sich wie Prometheus von seinen Fesseln befreite, erschien der Roman «Der Immoralist» («L'immoraliste», 1902). Dessen Held weigert sich, Gebote fremder Instanzen für sein Handeln anzuerkennen, und verfolgt allein sein Lebensglück.
Die folgende lange Krise, die durch religiöse Unruhe und Wahrheitssuche geprägt war, drückte sich in Werken wie der Erzählung «Die Rückkehr des verlorenen Sohnes» («Le retour de l'enfant prodigue», 1907)

aus. Stilistisch hatte Gide das Manierierte der frühen Schriften überwunden und zu einer klaren Sprache gefunden. 1908 war er Mitbegründer der Zeitschrift «Nouvelle Revue Française», die bis in die 30er Jahre maßgebend für die Entwicklung der französischen Literatur war.

Ab 1914: Gesellschaftskritik In «Die enge Pforte» («La porte étroite», 1909) wählt eine junge Frau den Weg der Entsagung, da sie sich nicht zwischen der Liebe zu Gott und der zu ihrem Verlobten entscheiden kann. Der satirische Roman «Die Verliese des Vatikans» («Les caves du Vatican», 1914) stellt gedankenlos akzeptierte Glaubensvorstellungen und Ideale in Frage. Mit diesem Werk nahm Gide seinen Kampf gegen die Heuchelei der Gesellschaft auf. In der Erzählung «Die Pastoralsymphonie» («La symphonie pastorale», 1919) setzt sich ein Pfarrer gegen eine ihn allmählich beherrschende Versuchung (Liebe zu seinem Pflegekind) zur Wehr.
Nach dem Bruch mit seiner Frau wagte der 55jährige 1924 die Veröffentlichung des Essays «Corydon», in dem er sich offen zur Homosexualität bekannte. Im selben Jahr erschien die Autobiographie «Stirb und werde» («Si le grain ne meurt»).

1925/26: «Erster Roman» Nach einer von mehreren Afrikareisen verfaßte Gide einen Bericht über Ungerechtigkeiten in der Kolonialverwaltung im Kongo. Ebenfalls 1926 erschienen «Die Falschmünzer» («Les faux-monnayeurs»), die der Autor selbstkritisch als seinen «ersten Roman» bezeichnete. Das experimentelle Werk trug wesentlich zur Erneuerung der Epik bei: Ohne durchgängige Handlung schilderte Gide die Entstehung eines Romans. Durch dessen Entwicklung verändert sich gleichzeitig auch das Werk über diesen Roman. In «Die Schule der Frauen» («L'école des femmes», 1929) analysiert eine Frau in Tagebuchaufzeichnungen den Vertrauensbruch ihres Mannes.
In seinem Drama «Ödipus» («Œdipe», 1931) rückte Gide die Verantwortung des Individuums für die Allgemeinheit in den Vordergrund. Fünf Jahre später beschrieb er eine Reise durch die Sowjetunion in «Zurück aus Sowjet-Rußland» («Retour de l'U.R.S.S.»). Ein Jahr nach Veröffentlichung seines literarischen Testaments («Theseus», «Thésée») erhielt Gide 1947 den Nobelpreis. 1951 starb er 81jährig in Paris, 1952 setzte die katholische Kirche sein Werk auf den Index.

André Gide

Maxim Gorki

(28. 3. 1868–18. 6. 1936)

▸ Vater des sozialistischen Realismus ◂

Der sowjetische Schriftsteller machte in seinen Erzählungen und Dramen die sozial Benachteiligten seines Landes zum Thema. Der anfängliche Systemkritiker propagierte ab 1931 eine einheitliche, ideologische Literatur.

Gorki wurde als Alexej Maximowitsch Peschkow in Nischni Nowgorod geboren. Der Vater, ein Tischler, starb, als der Junge drei Jahre alt war. Nach dem Tod der Mutter (1887) riß der Elfjährige aus der Obhut seiner Großeltern aus und arbeitete u. a. als Laufjunge, Hafenarbeiter und Tellerwäscher. Als sich sein Wunsch, Lehrer zu werden, nicht verwirklichen ließ, unternahm er einen Selbstmordversuch.

Ab 1892: Der Bittere In den folgenden Jahren zog Peschkow als Wanderarbeiter durch das Land. Wegen seiner Verbindungen zu revolutionären Kreisen geriet er mehrmals in Haft. 1892 verfaßte er die romantische Erzählung «Makar Tschudra», die er mit «Gorki» («Der Bittere») zeichnete. Noch im selben Jahr kehrte er in seinen Geburtsort zurück, wo er sich fortan der Schriftstellerei widmete. Seine melodramatischen Erzählungen aus dem Milieu der Lumpenproletarier und Asozialen erschienen in zahlreichen Zeitungen. 1896 heiratete Gorki Jekaterina Wolschina. Zwei Jahre später erschien eine zweibändige Gesamtausgabe seiner Erzählungen und machte ihn schlagartig berühmt. 1899 veröffentlichte Gorki seinen ersten Roman («Foma Gordejew») über Kaufleute und den Kampf gegen gesellschaftliche Zwänge.

Ab 1902: Dramen 1902 wurde Gorkis erstes Theaterstück «Die Kleinbürger» («Meschtschanje») uraufgeführt, das die überkommenen patriarchalischen Traditionen des Kleinbürgertums vorführt. Zum Welterfolg avancierte sein zweites Stück, «Nachtasyl» («Na dne», 1902), das in einem Elendsquartier spielt: Landstreicher Luka hält für jeden Asylanten eine Illusion bereit, doch das tatenlose Warten auf deren Erfüllung läßt alle scheitern. Einzige Ausnahme ist Satin, der sich nicht mit den Verhältnissen arrangieren, sondern sie bekämpfen will.
Zwei Jahre später charakterisierte Gorki in «Sommergäste» («Datschniki») die russische Intelligenz. Die Probleme und Gespräche von Sommerfrischlern offenbaren, daß sie den Kontakt zum Volk verloren haben. Das Drama war – ebenso wie das 1905 entstandene Stück «Kinder der Sonne» («Deti solntscha») – Ausdruck von Gorkis Forderung nach einer neuen proletarisch-revolutionären Intelligenz.

1906–13: Im Ausland Am 9. 1. 1905 war Gorki Augenzeuge des Petersburger Blutsonntags und veröffent-

lichte einen Aufruf gegen das zaristische Regime. Daraufhin wurde er verhaftet und kam erst nach weltweiten Protesten frei. Im selben Jahr trat er der Sozialdemokratischen Arbeiterpartei Rußlands bei. Um der politischen Verfolgung zu entgehen und im Ausland für die Revolution zu werben, verließ Gorki 1906 Rußland mit seiner Lebensgefährtin, der Schauspielerin Maria Fjodorowna Andrejewa.
Im selben Jahr erschien sein Roman «Die Mutter» («Matj»), die Geschichte eines Arbeitersohns, der zum Revolutionär wird, und seiner Mutter, die nach der Verhaftung des Sohns dessen Engagement fortsetzt. 1908 entstand Gorkis Stück «Die Beichte» («Wragi»), in der er seine Ideologie entwickelte – eine Synthese aus sozialrevolutionären und religiösen Vorstellungen. In der Folgezeit bestimmten die Revolution und der beginnende Klassenkampf Gorkis Werke.

Ab 1920: Politische Differenzen 1913 gehörte Gorki zu den Mitarbeitern der neugegründeten Tageszeitung «Prawda». Im selben Jahr kehrte er nach siebenjährigem Aufenthalt auf Capri im Zuge einer Amnestie in seine Heimat zurück. Nach der Oktoberrevolution von 1917 wandte sich Gorki scharf gegen den Bürgerkrieg und die Lynchjustiz. Er rettete zahlreiche Schriftsteller vor Verfolgung und beteiligte sich aktiv am kulturellen Wiederaufbau des Landes. Schon bald geriet er jedoch in Konflikt mit dem Sowjetsystem, dessen inhumane Auswüchse er öffentlich kritisierte. 1921 verließ er das Land und verbrachte die nächsten Jahre in

Maxim Gorki

Deutschland und der Tschechoslowakei. Zwei Jahre später legte er mit «Meine Universitäten» («Moi universitety») den letzten Band einer dreiteiligen Romanautobiographie vor (erster Band: «Meine Kindheit»/«Detstwo», 1913/14; zweiter Band: «Unter fremden Menschen»/«W ljudjach», 1916). Ab 1924 lebte Gorki in Sorrent (Italien), wo er zahlreiche literarische Porträts verfaßte.

Ab 1934: Sozialistischer Realismus 1931 kehrte er in die Sowjetunion zurück; ein Jahr später wurde sein Geburtsort in Gorki umbenannt. 1934 übernahm Gorki den Vorsitz des sowjetischen Schriftstellerverbands und proklamierte den sozialistischen Realismus als verbindlich für das literarische Schaffen: Literatur mußte wirklichkeitsgetreue Darstellungen bieten und dabei der sozialistischen Ideologie verpflichtet sein. 1936 starb Gorki mit 68 Jahren in Moskau an einer Lungenentzündung. Sein Dramenzyklus über die Geschichte der Russischen Revolution blieb unvollendet.

Günter Grass

(* 16. 10. 1927)

▸ Trommler gegen ideologische Verführer ◂

Der deutsche Schriftsteller wandte sich in seinen Werken gegen jede Form von totalitärer Ideologie. Mit dem Roman «Die Blechtrommel» (1959) verhalf Grass der deutschen Nachkriegsliteratur zu internationalem Ansehen.

Der Sohn polnisch-deutscher Eltern wuchs im katholischen Kleinbürgermilieu seiner Geburtsstadt Danzig auf. 1944 mußte er als Flakhelfer und Panzerschütze zum Militär. Gegen Kriegsende geriet Grass verwundet in amerikanische Gefangenschaft, aus der er 1946 zurückkehrte. Der 19jährige arbeitete in einem Kalibergwerk bei Hildesheim und besserte seinen Lebensunterhalt als Jazzmusiker auf. Nach einem Steinmetz-Praktikum ging Grass Ende der 40er Jahre nach Düsseldorf, wo er ein Bildhauerei- und Grafikstudium begann, das er ab 1953 in Berlin fortsetzte. Ein Jahr später heiratete er die Schweizer Tänzerin Anna Margareta Schwarz (drei Kinder).

1959: Welterfolg mit erstem Roman

Nach ersten schriftstellerischen Versuchen stieß Grass 1955 zur Gruppe 47, einer Autorenvereinigung mit dem Ziel, neue Literatur zu fördern. Ein Jahr später erschien Grass' erster Gedichtband «Die Vorzüge der Windhühner». Ebenfalls 1956 zog er für drei Jahre nach Paris, wo seine Frau ihr Ballettstudium fortsetzte.

In der französischen Hauptstadt stellte der Schriftsteller seinen ersten Roman, «Die Blechtrommel» (1959), fertig. Hauptperson des Welterfolgs ist Oskar Matzerath, der mit drei Jahren beschließt, nicht mehr weiterzuwachsen. In einer Heil- und Pflegeanstalt einsitzend, erzählt er von seinem Leben und protestiert gegen Massenwahn und Vergangenheitsverleugnung.

In seinem Erstling entwarf Grass ein Panorama Deutschlands in der ersten Hälfte des 20. Jahrhunderts und entlarvte die bürgerliche Gesinnung und deren totalitäre Folgen. Aus grotesken Überzeichnungen und Elementen von Schelmen-, Entwicklungs- und Künstlerroman schuf er ein phantasievolles Werk, das mit sprachlichen Tabus brach und dem Autor – ebenso wie in späteren Romanen – den Vorwurf der Blasphemie und Pornographie einbrachte.

Mit zwei weiteren Büchern rundete Grass die sog. Danziger Trilogie ab: Im Mittelpunkt der Novelle «Katz und Maus» (1961) steht der Schüler Mahlke, der versucht, den Makel des ihn entstellenden übergroßen Adamsapfels durch Orden für soldatisches Heldentum auszugleichen. Der Roman «Hundejahre» (1963) berichtet – am Beispiel des Schicksals von Hitlers Schäferhund – vom deutschen Kleinbürgertum vor, während und nach dem Krieg. Parallel zu seinen Romanen verfaßte Grass Gedichte sowie einige Dramen, die dem absurden Theater verpflichtet waren.

Ab 60er Jahre: Politisches Engagement Als erster Schriftsteller der BRD ergriff Grass in politischen Fragen öffentlich Partei. Ab 1965 machte er Wahlkampf für die SPD und unterstützte die Reform- und Entspannungspolitik Willy Brandts. Die Politik bestimmte auch Grass' schriftstellerische Arbeit. So übte er in dem Trauerspiel «Die Plebejer proben den Aufstand» (1966) Kritik am Verhalten Bertolt Brechts während des Arbeiteraufstands in der DDR vom 17. Juni 1953: Brecht hatte die Erhebung aus der Position des unbeteiligten Künstlers verfolgt. In seinem Roman «Örtlich betäubt» (1968) setzte sich Grass mit den Problemen der revoltierenden Jugend auseinander; in «Aus dem Tagebuch einer Schnecke» (1972) berichtete er von seinen Erfahrungen als Wahlkampfredner.

Ab Mitte der 70er Jahre: Wachsender Pessimismus In seinem Wohnort Wewelsfleth in Schleswig-Holstein entstand Grass' zweiter internationaler Bucherfolg, «Der Butt» (1977), der das Grimmsche Märchen «Vom Fischer un syne Fru» in abgewandelter Form darbietet. Im Gegensatz zu bisherigen Werken wich im «Butt» der eher optimistische Grundton einer düsteren Zukunftsperspektive.
1983 gehörte Grass zu den Mitunterzeichnern des Heidelberger Manifests. Darin wurde wegen der Raketenstationierung in der BRD im Rahmen des NATO-Doppelbeschlusses zur Wehrdienstverweigerung aufgerufen. Mit dieser Haltung stellte sich Grass offen gegen die Position der SPD, der er im Jahr zuvor beigetreten war.

Günter Grass, 1987

Grass' pessimistischerer Grundton verstärkte sich in seinem nächsten Roman, «Die Rättin». In dem melancholischen Nachruf auf die Welt erweist sich die Rättin dem Menschen als überlegen und entkommt infolgedessen als einziges Lebewesen dem atomaren Holocaust.
Das politische Engagement des Schriftstellers, der sich auch als Graphiker einen Namen machte, galt ab Mitte der 80er Jahre vorwiegend den Problemen der Dritten Welt. 1986 verließ er mit seiner zweiten Frau, der Organistin Ute Grunert (Heirat 1979) die BRD, um ein Jahr in Indien zu leben. Fünf Monate später brach Grass den Aufenthalt desillusioniert ab und bezeichnete die bis dahin von ihm vertretene Philosophie der Gewaltlosigkeit als «verbraucht». Seine Erfahrungen in Indien verarbeitete er in dem Band «Zunge zeigen» (1988).

Graham Greene

(2.10.1904–3.4.1991)

▸ Zwischen Religion und Thriller ◂

Der englische Schriftsteller wurde durch seine literarische Auseinandersetzung mit dem Katholizismus und durch psychologisch anspruchsvolle Agentenromane berühmt. Im Mittelpunkt von Greenes Werken stehen innerlich zerrissene Außenseiter, die vereinsamt zwischen Gut und Böse pendeln.

Greene kam in Berkhamsted/Hertfordshire zur Welt. Dort besuchte der Großneffe von Robert Louis Stevenson die Schule, die sein Vater leitete. Aus dieser Konstellation erwuchs eine Konfliktsituation mit den Mitschülern, die mit der Isolation des Jungen endete. Der Einzelgänger studierte Geschichte in Oxford und wandte sich der Literatur zu, um der Einsamkeit zu entkommen: 1925 veröffentlichte er erste Gedichte, ein Jahr später suchte er kurzzeitig in der Kommunistischen Partei Orientierung und trat schließlich zum Katholizismus über. Ebenfalls 1926 nahm er eine Stellung als Journalist bei der Londoner «Times» an, ein Jahr später heiratete er Vivien Dayrell-Browning (zwei Kinder).

1940: Hauptwerk Nach seinem Achtungserfolg «Zwiespalt der Seele» («The Man Within», 1929) schaffte Greene 1932 mit «Orientexpress» («Stamboul Train») den literarischen Durchbruch. In der Folgezeit schrieb er zahlreiche Essays und Gedichte, war als Mitherausgeber der Filmzeitschrift «Spectator» tätig und machte sich als Filmkritiker einen Namen. 1940 erschien der Roman «Die Kraft und die Herrlichkeit» («The Power and the Glory»), mit dem er thematisch an «Am Abgrund des Lebens» («Brighton Rock», 1938) anknüpfte und der als eines seiner Hauptwerke gilt: Ein alkoholabhängiger Priester, der gegen das Zölibat verstoßen hat, wird per Haftbefehl von der diktatorischen Regierung gesucht. Er läßt sich absichtlich in eine Falle locken, um alle Leiden auf sich zu nehmen.

1948: «Das Herz aller Dinge» Drei Jahre nach Ende des 2. Weltkriegs, in dem Greene als Geheimagent des Foreign Office in Afrika eingesetzt worden war, erschien ein weiterer religiös motivierter Roman, «Das Herz aller Dinge» («The Heart of the Matter»). Wie schon in «Zentrum des Schreckens» («The Ministry of Fear», 1943) verband er katholischen Glauben und Mitleid für soziale Außenseiter: So bleibt ein Polizeimajor bei seiner Frau, obwohl er sich in eine andere verliebt hat. Hin- und hergerissen zwischen den Gefühlen, treibt er in ein existentielles Chaos, an dessen Ende ihm als Ausweg der Selbstmord bleibt.

1949: Drehbuch zum Welterfolg In der Folgezeit setzte sich Greene, 1946–68 Direktor verschiedener internationaler Verlage, gegen die

Klassifizierung als «katholischer Schriftsteller» zur Wehr, obwohl der Glaube weiterhin ein zentrales Thema seiner Werke war. Auch als Unterhaltungsautor zeigte er seine Fähigkeiten: Zu dem Erfolgsfilm «Der dritte Mann» («The Third Man«; Regie: Carol Reed) schrieb Greene das Drehbuch und 1950 den Roman: Ein Schriftsteller sucht im besetzten Wien nach seinem angeblich verstorbenen Freund, der jedoch lebt und Penicillin verschiebt.

Ab 50er Jahre: Politisierung Der reisebegeisterte Schriftsteller war auch weiterhin als Journalist tätig: Für die «Sunday Times» berichtete Greene 1953/54 über die kenianische Mau-Mau-Bewegung. In «Der stille Amerikaner» («The Quiet American», 1955) kritisierte er Weltmachtsgelüste und Materialismus in den USA. Drei Jahre später folgte der Spionageroman «Unser Mann in Havanna» («Our Man in Havanna»). «Ein ausgebrannter Fall» («A Burnt-Out Case», 1961) spielt vor dem Hintergrund der politischen Entwicklung in Belgisch-Kongo (heute Zaire). In «Die Stunde der Komödianten» («The Comedians», 1966) prangerte Greene die Diktatur auf Haiti an.

1978: «Der menschliche Faktor» Greenes schriftstellerisches Alterswerk war zunehmend komödiantisch geprägt, beispielsweise in «Die Reisen mit meiner Tante» («Travels with My Aunt», 1969). Darüber hinaus verfaßte Greene zwei autobiographische Werke, «Eine Art Leben» («A Sort of Life», 1971) und «Fluchtwege» («Ways of Escape», 1980). Greene, der auch Kinderbücher,

Graham Greene

Dramen und Reiseberichte schrieb, schloß 1973 die Arbeit an «Der Honorarkonsul» («The Honorary Consul») ab. Der Roman beschreibt das Dreiecksverhältnis zwischen dem Konsul, seiner Frau und einem Arzt vor dem Hintergrund der politisch-religiösen Lage Paraguays.
1978 erschien «Der menschliche Faktor» («The Human Factor»), ein Roman um einen Agenten des britischen Geheimdienstes, der auch für den KGB arbeitet und so mitschuldig wird am Tod eines Kollegen. Er flieht nach Moskau, wo er vereinsamt lebt. Ab Ende der 70er Jahre verstärkte Greene, der mit Lebensgefährtin Yvonne Cloutea in Paris und Antibes lebte, sein politisches Engagement: Er ergriff Partei für die Sandinisten in Nicaragua und unterstützte die Reformen von Michail Gorbatschow in der UdSSR. Mit 86 Jahren starb Greene in Vevey (Schweiz).

Knut Hamsun

(4.8.1859–19.2.1952)

▸ Bekenntnis zum einfachen Leben ◂

Der bedeutendste norwegische Romancier setzte sich für die Rückbesinnung des Menschen auf die Natur ein. Hamsun widmete der inneren Gefühlswelt seiner Charaktere breiten Raum und erhielt 1920 den Nobelpreis.

Der Sohn eines Schneiders wurde als Knud Pedersen in Garmotraeet geboren und wuchs in ärmlichen Verhältnissen in Hamaröy auf. Als Achtjähriger kam er in die Obhut eines strengen Onkels, für den er fünf Jahre lang arbeiten mußte. 1873 begann er eine Lehre als Kaufmann, ein Jahr später wurde er Kaufmannsgehilfe. Als der Besitzer bankrott ging, zog Pedersen zwei Jahre als Hausierer und Kleinhändler durch Nordnorwegen. Auf Wunsch seiner Eltern begann er mit 18 Jahren eine Schuhmacherlehre, die er nach kurzer Zeit abbrach.

Ab 1885: Literarische Versuche Von der Schriftstellerei fasziniert, schrieb er erste Gedichte und einen Roman, «Der Rätselhafte» («Den Gaadefulde»): Die Liebesgeschichte stellte Pedersens Wunschtraum von einem harmonischen Stadtleben dar. Nach Tätigkeiten als Amtsgehilfe, Aushilfslehrer in einer Wanderschule und Straßenbauarbeiter reiste Pedersen 1882 in die USA, um sich eine Existenz aufzubauen. Als er an Schwindsucht erkrankte und ein Arzt ihm den baldigen Tod prophezeite, ging er nach Norwegen zurück und erholte sich wider Erwarten rasch. Ein Zeitungsartikel über Mark Twain, den er mit Knut Hamsund gezeichnet hatte, erschien unter «Knut Hamsun», dem Namen, den Pedersen fortan beibehielt.

1890: «Hunger» 1886 ging Hamsun erneut in die USA. Enttäuscht von der sozialen Ungerechtigkeit des Kapitalismus, kehrte er zurück und schrieb sich in damals ungewohnt nüchternem, klarem Stil die Enttäuschung von der Seele: Mit «Amerika – Kritische Schriften» («Fra det moderne Amerikas Aandsliv», 1889) und «Hunger» («Sult», 1890), seinem ersten Erfolgsroman, brach Hamsun mit dem damals vorherrschenden kritischen Realismus und «entdeckte» die Seelenwelt des Individuums für die Literatur, die er durch erlebte Rede und innere Monologe darstellte. Zum Hauptgegenstand seiner Werke wurde die Kritik an der modernen Zivilisation und die Hinwendung des Menschen zur Natur, die er auch in seinem folgenden Roman «Mysterien» («Mysterier», 1892) behandelte.

In «Redakteur Lynge» («Redaktør Lynge») und «Neue Erde» («Ny Jord») setzte er sich 1893 spöttisch mit den norwegischen Intellektuellen auseinander, die rechtschaffene Menschen durch ihre Oberflächlichkeit in den Ruin treiben. Im folgenden Jahr entstand die lyrische Liebesgeschichte «Pan». Die romantische Beschreibung eines Paares in der nordnorwegischen Einsamkeit festigte Hamsuns Ruf als Dichter.

1917: «Segen der Erde» Bis 1898 stellte Hamsun eine Dramentrilogie fertig, in der er in Anlehnung an Nietzsche einem «Herrenmenschentum» das Wort redete. Im selben Jahr heiratete er Bergliot Göpfert (Scheidung 1906; ab 1909 zweite Ehe mit der Schauspielerin Anne Marie Andersen; zwei Kinder). Ebenfalls 1898 erschien «Viktoria», ein romantischer Roman über die Liebe eines Müllerburschen zu einer Dame der höheren Gesellschaft.
Nach zahlreichen Reisen, zwischen denen er Novellen, Dramen und seinen einzigen Gedichtband, «Das ewige Brausen» («Det vilde Kor», 1903), geschrieben hatte, entstanden bis 1913 der sozialkritische Doppelroman «Kinder ihrer Zeit» («Børn av Tiden») und «Stadt Segelfoß» («Segelfoss By»). Darin schilderte Hamsun die Zersetzung der alten Ordnung durch die moderne, kapitalistische Zeit. Nach «Die letzte Freude» («Den siste glœde», 1912), einem Roman über einen Wanderer, verfaßte Hamsun im 1. Weltkrieg sein Werk «Segen der Erde» («Markens grøde», 1917), für das er 1920 den Literatur-Nobelpreis erhielt. Mit sprachlichem Pathos und mythischer Symbolik schilderte er das Leben einfacher Bauern, die in ihrer harten Arbeit Erfüllung finden.

Ab 1940: Einsatz für Faschismus In seiner Landstreicher-Trilogie nahm Hamsun das Thema des naturverbundenen Wanderers wieder auf. In

Knut Hamsun

den einzelnen Bänden «Landstreicher» («Landstrykere», 1927), «August Weltumsegler» («August», 1930) und «Nach Jahr und Tag» («Men Livet lever», 1933) klangen erneut sozialkritische Aspekte an, die er in seinem letzten Roman, «Der Ring schließt sich» («Ringen sluttet», 1936), satirisch verstärkte.
1940 verteidigte der fast taube, magenkranke 80jährige die deutsche Okkupation Norwegens und rief zur Tolerierung der Besatzer auf. Nach Kriegsende unter Hausarrest, kam Hamsun in der Folgezeit wegen seiner angegriffenen Gesundheit in Kliniken und Altersheime. Ende 1947 wurde er als Landesverräter zu einer hohen Geldstrafe verurteilt. 1949 erschien Hamsuns deutschfreundliche, autobiographische Rechtfertigungsschrift «Auf überwachsenen Pfaden» («På gjengrodde stier»), zwei Jahre später starb er 92jährig auf seinem Gut Nørholm.

Gerhart Hauptmann

(15. 11. 1862–6. 6. 1946)

▸ Dichter des sozialen Elends ◂

Der deutsche Schriftsteller und Dramatiker gilt als bedeutendster Vertreter des deutschen Naturalismus. In seinen Werken beschrieb er Menschen, die ihrem Schicksal ausgeliefert sind und scheitern.

Der Sohn eines Hotelbesitzers wurde in Ober-Salzbrunn/Schlesien geboren. Er absolvierte eine landwirtschaftliche Lehre und besuchte ab 1880 die Bildhauerklasse der Kunst- und Gewerbeschule in Breslau. 1883 lebte Hauptmann für ein Jahr als Bildhauer in Rom. Zwei Jahre später heiratete er die begüterte Marie Thienemann (drei Kinder), mit der er nach Erkner bei Berlin zog (Scheidung 1904; im selben Jahr Heirat mit Margarete Marschalk).

1888: «Bahnwärter Thiel» 1885 veröffentlichte Hauptmann das Versepos «Promethidenlos» und kam in Kontakt mit dem Dichterverein «Durch!». Dort lernte er naturalistische Dichter (u. a. Arno Holz) kennen, die eine detailgetreue, unpathetische Darstellung der Wirklichkeit anstrebten. Die 1888 entstandene Novelle «Bahnwärter Thiel» (1892 als Buch veröffentlicht) verhalf dem Naturalismus in Deutschland zum Durchbruch. In Naturbeschreibungen spiegelte Haûptmann die inneren Seelenzustände eines Bahnwärters, der Frau und Kind tötet.

Ab 1889: Theaterskandale Hauptmanns Dramatikerlaufbahn begann mit einem Skandal: Sein Stück «Vor Sonnenaufgang» führte nach der Uraufführung 1889 in Berlin zum Proteststurm des konservativen Bürgertums, Kaiser Wilhelm II. kündigte seine Theaterloge. Grund für diese Reaktionen waren die Verwendung von Alltagssprache und die schonungslose Schilderung ungehemmten Trieblebens: Eine Bauernfamilie, die von plötzlichem Reichtum überfordert ist, verfällt dem Alkohol und bricht alle sozialen Tabus.
1892 sorgte Hauptmann mit seinem Stück «Die Weber» für erneute Unruhe. Die geplante Uraufführung des Stücks über den Weberaufstand in Schlesien 1844 wurde vom Berliner Polizeipräsidenten verboten und konnte erst 1893 als «geschlossene Vereinsvorstellung» stattfinden. Das Schauspiel stellt das Elend der Massen dem Reichtum und der Arroganz der Unternehmer gegenüber.
Im selben Jahr entstand «Der Biberpelz» um die schlagfertige Mutter Wolffen, die sich im Kampf um eine menschenwürdige Existenz moralische Bedenken nicht leisten kann. Die Diebeskomödie war gleichzeitig eine Kritik an der Selbstherrlichkeit staatlicher Institutionen, denen vor lauter Gesinnungsschnüffelei die eigentlichen Zusammenhänge entgehen. Als Konsequenz bleiben die Diebereien von Mutter Wolffen unaufgeklärt.

1893: Erste Traumdichtung Ebenfalls 1893 hatte die Traumdichtung «Hanneles Himmelfahrt» Premiere, das erste Stück Hauptmanns, in dem er den Naturalismus verließ und reale mit mythischen Elementen verband: Hannele hat aus Furcht vor ihrem brutalen Stiefvater versucht, sich zu ertränken. In ihren Phantasien treten an die Stelle der Bedrohung beglückende Heilsvisionen. In der Folgezeit verfaßte Hauptmann neben Dramen auch Märchen-, Traum- und Legendendichtungen (u. a. «Die versunkene Glocke», 1896; «Pippa tanzt!», 1906).
1898 wurde «Fuhrmann Henschel» uraufgeführt: Henschel bricht das Versprechen, nach dem Tod seiner Frau nicht wieder zu heiraten, und sieht am Ende als Ausweg nur Selbstmord. Das Ausgeliefertsein an das Schicksal war auch Thema von «Rose Bernd» (1903), einem Stück über eine Kindesmörderin.

1912: Literatur-Nobelpreis In der Tragikomödie «Die Ratten» (1911) zeigte Hauptmann den Niedergang der wilhelminischen Gesellschaft: Henriette John erfüllt sich ihren Kinderwunsch, indem sie einem Dienstmädchen dessen Kind abkauft. Als die Magd es zurückfordert, wird sie von Henriettes Bruder getötet. Schließlich bringt sich Henriette um. Dieser Handlung stellte Hauptmann die Auseinandersetzung eines stellungslosen Theaterdirektors und eines Theologiestudenten über das Verhältnis von Kunst und Wirklichkeit gegenüber, die angesichts der Realität jedoch nur lächerlich wirkt.
1912 erhielt Hauptmann den Literatur-Nobelpreis. Im 1. Weltkrieg veröffentlichte er nationalistische Gedichte und Artikel, bekannte sich 1918 aber in einer Erklärung zur Republik und wurde zur intellektuellen Symbolfigur der Demokratie.

Gerhart Hauptmann

1932: Letzter Bühnenerfolg «Vor Sonnenuntergang» war Hauptmanns letzter großer Bühnenerfolg: Ein 70jähriger Unternehmer will mit einem jungen Mädchen ein neues Leben beginnen und wird von seiner Familie entmündigt. Hauptmann beschrieb den Untergang eines Menschen, der verzweifelt versucht, die anbrechende neue Zeit abzuwehren. Nach 1933 zog sich Hauptmann aus der Öffentlichkeit zurück, ohne jedoch gegen den Nationalsozialismus Stellung zu nehmen. Letztes Drama Hauptmanns war die «Atriden-Tetralogie» (1941–46), in der er einmal mehr den Menschen zeigte, der dem Schicksal ausgeliefert ist. 1946 starb Hauptmann 83jährig in Agnetendorf. Postum wurde 1947 seine Erzählung «Die Finsternisse» über die Judenverfolgung veröffentlicht.

Ernest Hemingway

(21. 7. 1899–2. 7. 1961)

▸ Ein Erzähler auf der Suche nach Wahrheit ◂

Der amerikanische Erzähler gilt als Meister der Kurzgeschichte. In nüchternem, kargem Stil versuchte Hemingway, seine Eindrücke und Erlebnisse wiederzugeben. Die Hauptthemen seiner Werke sind Liebe und Tod sowie das Scheitern der menschlichen Existenz.

Der Sohn eines Arztes und einer Opernsängerin wurde in Oak Park nahe Chicago geboren, wo er mit seinen fünf Geschwistern aufwuchs und bis 1917 die Schule besuchte. Der begeisterte Sportler hatte als Mitarbeiter der Schülerzeitschrift schon früh den Entschluß gefaßt, Journalist zu werden. Mit 18 Jahren begann Hemingway eine Ausbildung beim «Kansas City Star», die er aufgab, um als Rotkreuzhelfer im 1. Weltkrieg nach Italien zu gehen. Nach der Genesung von einer schweren Verwundung kam Hemingway als Freiwilliger zur Infanterie. Die Kriegsverletzung hatte Hemingways Angst vor dem Tod geweckt – ein Thema, das sein Werk durchzieht.

1924: «In unserer Zeit» Gemeinsam mit Hadley Richardson, die er 1920 geheiratet hatte (Scheidung 1924, ein Kind; zweite Ehe mit der Journalistin Pauline Pfeiffer, Scheidung 1940, zwei Kinder), ging Hemingway als Auslandsreporter des «Toronto Star Weekly» auf Europareise. 1921 wurde er Kriegsberichterstatter im griechisch-türkischen Konflikt. Ein Jahr später schilderte er Mussolinis Marsch auf Rom. Die Bekanntschaft mit der amerikanischen Schriftstellerin Gertrude Stein animierte Hemingway, sich der Literatur zuzuwenden. Erstes Resultat war die Kurzgeschichtensammlung «In unserer Zeit» («In Our Time», 1924), in der er in schlichter, klarer Sprache seine Eindrücke beschrieb. Ziel seiner Werke war es, zur Wahrheit unter der Oberfläche vorzudringen.

1929: «In einem anderen Land» 1926 erschien Hemingways erster Roman: «Fiesta» («The Sun also Rises»). Die Geschichte eines Amerikaners, der durch eine Kriegsverwundung die Zeugungsfähigkeit und den Glauben an den Sinn des Lebens verloren hat, spiegelte die Stimmung der sog. Lost generation (desillusionierte US-Literaten der 20er Jahre in Paris).
Zu einem großen Erfolg avancierte sein Roman «In einem anderen Land» («A Farewell to Arms», 1929), den er als Anklage gegen nationalen Fanatismus verstand. Darin erzählte Hemingway von der Liebe eines verwundeten Soldaten zu einer Krankenschwester. Der Mann, der die Sinnlosigkeit des Krieges erkennt, muß auch den Tod seiner schwangeren Geliebten hinnehmen.

Mitte der 30er Jahre: Politisierung Auf einer Reise durch Spanien entstand 1931 «Tod am Nachmittag»

(«Death in the Afternoon»), eine Hommage an das Land und den Stierkampf, der zu Hemingways Passion geworden war. Eine Tour durch Afrika beschrieb er 1935 in «Die grünen Hügel Afrikas» («The Green Hills of Africa»). Ein Jahr später engagierte er sich für die Republikaner im Spanischen Bürgerkrieg. Zudem erarbeitete er das Drehbuch zu einem dokumentarischen Film über den Krieg («Die spanische Erde»; «The Spanish Earth», 1938).
Hemingway zog 1939 nach Kuba; ein Jahr später heiratete er die Journalistin Martha Gellhorn (Scheidung 1944; vierte Ehe ab 1946 mit Mary Welsh). Ebenfalls 1940 erschien sein Erfolgsroman «Wem die Stunde schlägt» («For Whom the Bell Tolls»). In dem 1943 verfilmten Roman sprengt der amerikanische College-Dozent Robert Jordan im Spanischen Bürgerkrieg mit einer Guerilla-Einheit eine strategisch bedeutungslose Brücke. Jordan, der sich in seine Mitstreiterin Maria verliebt hat, wird von Francos Truppen verwundet und stirbt. In dem Werk um Liebe und Tod standen nicht länger die Interessen des Individuums im Mittelpunkt: Hemingway bekannte sich zur Verantwortung für die Allgemeinheit. Diesem Gedanken trug er ab 1942 in der US-Kriegsmarine Rechnung: Als Berichterstatter bei den Invasionstruppen nahm er 1944 an der Landung in Frankreich und der Befreiung von Paris teil.

1954: Nobelpreis Nach dem weniger erfolgreichen Venedig-Roman «Über den Fluß und in die Wälder» («Across the River and into the Trees», 1950) erschien 1952 Hemingways Meisterwerk «Der alte Mann und das Meer» («The Old Man and the Sea»). Der Held des Kurzromans ist der arme kubanische Fischer Santiago, der nach 84 erfolglosen Ausfahrten einen riesigen Schwertfisch fängt. Erfreut über seinen Erfolg, macht er die Beute am Boot fest und segelt nach Hause. Obwohl der Fisch unterwegs von Haien aufgefressen wird, fährt Santiago am nächsten Tag wieder hinaus. Die schlichte Parabel über die menschliche Existenz stellt die vergebliche Suche des Menschen nach Erfolg dar. Sein Kampf gegen die Natur ist bestimmt von der Notwendigkeit zu töten. Trotz aller Rückschläge kehrt das Individuum wieder in den Daseinskampf zurück. 1953 erhielt Hemingway den Pulitzerpreis, ein Jahr später den Literatur-Nobelpreis. Sieben Jahre später nahm sich der 61jährige begeisterte Jäger, der an Arteriosklerose litt, in Ketchum/Idaho durch einen Schuß aus seiner Jagdflinte das Leben.

Ernest Hemingway

Hermann Hesse

(2.7.1877–9.8.1962)

▸ Rückzug in die Innerlichkeit ◂

Der deutsche Dichter ist einer der meistgelesenen europäischen Autoren des 20. Jahrhunderts. In seinem der klassisch-romantischen Tradition verpflichteten Werk setzte er sich gegen Krieg und für Humanismus ein. Hesses kulturpessimistische Kritik am Bürgertum bot der studentischen 68er-Protestbewegung Identifikationsmöglichkeiten.

Hesse wurde im württembergischen Calw als zweites Kind eines deutsch-estnischen Missionspredigers und einer schwäbisch-schweizerischen Missionarstochter, die in Ostindien aufgewachsen war, geboren. Die Kindheit verbrachte er mit seinen drei Geschwistern und zwei Halbbrüdern in Calw und Basel. Das pietistische Erbe war prägend für Hesse, der sich jedoch weigerte, eine theologische Laufbahn einzuschlagen. Nach der Flucht aus dem Evangelisch-Theologischen Seminar in Maulbronn (1892), Nervenkrisen, Selbstmordversuch und Aufenthalt in Sanatorien arbeitete er kurze Zeit als Mechaniker, später als Buchhändler in Calw und Basel.

1904: «Peter Camenzind» 1899 veröffentlichte Hesse seinen ersten – erfolglosen – Gedichtband («Romantische Lieder») und schrieb zahlreiche Rezensionen. Am Ende seines ersten Basler Jahres publizierte er «Hinterlassene Schriften und Gedichte von Hermann Lauscher», ein Werk mit stark bekenntnishaften Zügen. Erstmals bediente sich Hesse der Rolle eines fiktiven Herausgebers – eine Technik, die er kontinuierlich weiterentwickelte. In seinem neuromantischen Entwicklungsroman «Peter Camenzind» (1904) legte Hesse bereits eine Konstante seiner Figurenwelt an – die Rolle des suchenden Außenseiters.

Noch im Jahr dieses ersten beruflichen Erfolgs heiratete Hesse, der sich nun ganz der Schriftstellerei widmete, die Schweizerin Maria Bernoulli (drei Söhne). Die Familie zog in den abgelegenen Bodenseeort Gaienhofen. Es folgte eine fruchtbare Schaffensperiode, in der überwiegend Erzählungen mit stark autobiographischem Charakter entstanden, z. B. der Roman «Unterm Rad» (1906) mit Anleihen aus Hesses Schulzeit: Ein sensibler Schüler geht an der bürgerlichen Welt und ihrer starren Pädagogik zugrunde.

In den drei Erzählungen aus dem Leben des Landstreichers «Knulp» (1915) verarbeitete Hesse romantische Motive wie Wanderschaft und Sehnsucht mit einer für diese Phase typischen melancholischen Grundstimmung. Thema ist die Unvereinbarkeit von Künstlertum und bürgerlicher Existenz, ein Dilemma auch für Hesse selbst, der mit einer Indienreise (1911) einen ersten Ausbruchsversuch aus dem einengenden Familienleben unternahm.

1914–31: Krise und Erneuerung Während des 1. Weltkriegs, den Hesse als «blutigen Unsinn» bezeichnete, war er in der deutschen Kriegsgefangenenfürsorge tätig. Er durchlebte eine schwere Existenzkrise, die u. a. mit der Trennung von seiner psychisch kranken Frau (Scheidung 1918) zusammenhing. Nach einer therapeutischen Behandlung vollendete Hesse 1917 den Roman «Demian» (erschienen unter dem Pseudonym «Emil Sinclair»), ein Dokument der Selbstanalyse und fortschreitenden Befreiung des Dichters. 1918 entstand die Erzählung «Klingsors letzter Sommer», ab 1919 «Siddhartha. Eine indische Dichtung», in deren Zentrum religiöse Grundfragen und das Bekenntnis zu Humanität und Menschenliebe stehen.

1924 wurde Hesse Schweizer Staatsbürger. Nach seiner Heirat mit der Schweizer Sängerin Ruth Wenger (1924; Scheidung 1927) und erneuter Psychotherapie wegen Depressionen erschien 1927 der erfolgreiche Roman «Der Steppenwolf». Die Hauptfigur, Harry Haller, unterzieht sich einer quälenden Selbstanalyse, die durch seine Unfähigkeit, sich in die bürgerliche Gesellschaft einzuordnen, notwendig wird. Gleichzeitig diagnostizierte Hesse am Vorabend des Faschismus mit seinem Werk einen allgemeinen Kulturverfall sowie eine geistige Krise des Bürgertums. 1929 verfaßte Hesse seinen größten Publikumserfolg, die Erzählung «Narziß und Goldmund». Gegenstand ist die Polarität von Geist und Leben, ein für die Epoche typisches Thema. In seiner dritten Ehe heiratete Hesse 1931 die österreichische Kunsthistorikerin Ninon Dolbin und zog nach Montagnola/Tessin.

Hermann Hesse

Ab 1931: Alterswerk Im selben Jahr begann Hesses Arbeit an dem Roman, den er als Summe seiner Kreativität ansah: «Das Glasperlenspiel» (erschienen 1943) trieb die Frage nach der Harmonie von geistigem und weltlichem Leben noch einmal auf die Spitze. In einer zerstörten Lebensumwelt bewahrt eine Gruppe von Menschen die Welt des Geistes in einer Verbindung von Wissenschaften und Künsten. Am Ende müssen sie erkennen, daß Geist nicht losgelöst vom weltlichen Leben existieren kann. 1946 erhielt Hesse, der sich während des Nationalsozialismus in selbstgewählte «innere Emigration» zurückgezogen hatte, den Literatur-Nobelpreis. Mit 85 Jahren starb er 1962 in Montagnola.

Hugo von Hofmannsthal

(1. 2. 1874 – 15. 7. 1929)

▸ Im Dienste schöpferischer Restauration ◂

Der österreichische Schriftsteller, dessen Frühwerk dem Ästhetizismus verpflichtet war, ließ in seinen Dramen ab der Jahrhundertwende Barocktheater und Mysterienspiel wiederaufleben. Mit seinen von Richard Strauss vertonten Opernlibretti schuf Hofmannsthal eine neue Form des Musiktheaters.

Hugo Laurenz August Hofmann, Edler von Hofmannsthal wurde in Wien als einziges Kind eines Bankdirektors geboren. Bereits als Gymnasiast veröffentlichte er unter dem Pseudonym Loris erste Gedichte. Hofmannsthal war Stammgast im Café Griensteidl, dem Treffpunkt von Künstlern der «Wiener Moderne». Hier lernte er u. a. Arthur Schnitzler kennen.

1891 – 1902: Lyrische Phase Die dramatische Studie «Gestern» (1891) sicherte dem 17jährigen einen Platz in der literarischen Avantgarde Wiens. Es folgten die lyrischen Dramenentwürfe «Der Tod des Tizian» (1892) und «Der Tor und der Tod» (1893).
Ab 1892 studierte Hofmannsthal Jura, zwei Jahre später Romanische Philologie (Promotion 1898). Ab Mitte der 90er Jahre entstanden zahlreiche Novellen und Erzählungen, darunter «Das Märchen der 672. Nacht» (1895) und «Reitergeschichte» (1899). Letztes lyrisches Drama war «Das Bergwerk von Falun» (1899) über die Vereinigung des künstlerischen Menschen mit der Schönheit.
1901 legte Hofmannsthal seine Habilitationsschrift vor, verzichtete jedoch auf eine akademische Laufbahn. Im selben Jahr heiratete er Gertrud Schlesinger (drei Kinder).

Ab 1902: Neue Wege Einen Wendepunkt in Hofmannsthals literarischem Schaffen markierte der «Brief des Lord Chandos» (1902), dessen fiktiver Schreiber sich neu orientieren muß, da seine vormals gerühmte Sprachgewalt versiegt ist. Das Werk, das als Absage Hofmannthals an seinen früheren Ästhetizismus verstanden wurde, ist eine generelle Reflexion über den Sinn von Sprache.
Nachdem Hofmannsthal im «Chandos-Brief» seinen schöpferischen Konflikt verarbeitet hatte, wandte er sich antiken Stoffen zu. 1903 entstand – frei nach Sophokles – «Elektra». In dem Stück klingen die Themen an, die Hofmannsthals Werk fortan beherrschten: der Einfluß des Vergangenen auf die Gegenwart und der Widerstreit von Denken und Handeln. 1905/06 arbeitete er das Stück zu einem Libretto für Richard Strauss um. Damit begann eine künstlerische Zusammenarbeit, die über ein Vierteljahrhundert währte.

1911: «Jedermann» Das Romanfragment «Andreas oder die Vereinigten» (1907 – 13) behandelt das für Hofmannsthal bedeutende Thema

von Begegnung und Verwandlung: «Jede neue Bekanntschaft zerlegt uns und setzt uns neu zusammen.» Mit der Komödie «Christinas Heimreise» (1908), die um die Ehe als Inbegriff einer höheren Daseinsform kreist, bahnte er sich den Weg zum meisterhaften Lustspiel.
1911 entstand «Jedermann», eine Wiederbelebung des Mysterienspiels. In dem «Spiel vom Sterben des reichen Mannes» kritisierte Hofmannsthal eine rein materialistische und genußsüchtige Lebensauffassung. Erst im Augenblick des Todes erkennt Jedermann, daß er sein Leben vergeudet hat. Ebenfalls 1911 verfaßte Hofmannsthal «Der Rosenkavalier», ein Libretto für Strauss; ein Jahr später folgte mit «Ariadne auf Naxos», das von der Treue handelt, ein weiteres Operntextbuch.
Im 1. Weltkrieg war Hofmannsthal Landsturmoffizier in Istrien, ehe er Leiter der Pressestelle im österreichischen Kriegsfürsorgeministerium wurde.

Ab 1916: «Schöpferische Restauration» 1915/16 kehrte er dem Militär den Rücken und propagierte in der Folgezeit die Führungs- und Mittlerrolle des Dichters, der durch Wiedererweckung des geistigen Erbes («schöpferische Restauration») der Nation den Weg aus Identitätsverlust und Sprachnot zu weisen habe. Diesem Konzept folgte die von ihm maßgeblich mitbetriebene Gründung der Salzburger Festspiele. Als Ziel der Veranstaltung, zu deren festem Programm der «Jedermann» zählt, sollte «europäische Kunst auf dem Boden österreichisch-katholischer Tradition» gefeiert werden.

Hugo von Hofmannsthal, 1914

1921 wurde in München das Lustspiel «Der Schwierige» (entstanden 1910–19) uraufgeführt. Das Stück, das erneut das Sprachproblem thematisiert, zeigt eine untergehende aristokratische Welt. Die Komik des Spiels entsteht aus dem Widerspruch zwischen den Worten und der Situation, in der sie verwendet werden. Ein Jahr später feierte «Das Salzburger große Welttheater» Premiere, eine Wiederbelebung des katholischen Theaters Pedro Calderóns.
Im Mittelpunkt des Lustspiels «Der Unbestechliche» (1923) steht ein Diener, der versucht, die aus den Fugen geratene Welt eines aristokratischen Haushalts zu ordnen. Dabei versucht er – ganz im Sinne von Hofmannsthals «konservativer Revolution» – die Tradition vor der Auflösung durch ein neues Zeitalter zu retten. In dem Trauerspiel «Der Turm» (1928) zeigte Hofmannsthal das Scheitern des Geistes in einer chaotischen Welt. 1929 starb der Schriftsteller in Rodaun bei Wien an einem Schlaganfall.

Ödön von Horváth

(9. 12. 1901 – 1. 6. 1938)

▸ Dem Volk aufs Maul geschaut ◂

Der österreichische Schriftsteller erneuerte mit seinen gesellschaftskritischen Dramen das Volksstück. Mit genauen Beobachtungen entlarvte Horváth kleinbürgerliche Scheinwelt und politische Ahnungslosigkeit, die dem Faschismus den Weg bereiteten.

Horváth wurde in Fiume (heute Rijeka) geboren. Sein Vater war Diplomat, seine Mutter entstammte einer Militärarztfamilie. Kindheit und Jugend verlebte Horváth in Belgrad, Budapest, Preßburg und Wien. Ab 1919 studierte er in München Theaterwissenschaften und schrieb ab 1920 Kurzgeschichten für den «Simplicissimus». Im selben Jahr veröffentlichte er «Das Buch der Tänze», dessen gesamte Auflage er später aufkaufte, um sie zu vernichten.

Ab 1923: Frühwerk Horváths erstes Stück «Mord in der Mohrengasse» (entstanden 1923, veröffentlicht 1980) berichtet von dem jungen Wenzel, der auf die schiefe Bahn gerät und sich nach einem Mord erhängt. Das Grundmotiv des Stücks – die Zerstörung der scheinbar idyllischen Kleinbürgerwelt – wiederholte sich in Horváths späteren Werken.
1924 ging er nach Berlin, wo er sich in der Liga für Menschenrechte engagierte. In der Folgezeit entstanden einige politisch motivierte Stücke: «Sladek oder Die schwarze Armee» (1928) thematisiert Fememorde innerhalb der Reichswehr zu Beginn der 20er Jahre. Die konservative Theaterkritik lehnte das Stück nach der Uraufführung einmütig ab. Einen ersten Erfolg verbuchte Horváth 1929 mit «Die Bergbahn»: Aus Profitgründen werden beim Bau der Zugspitzbahn Sicherheitsvorkehrungen außer acht gelassen.

Ab 1930: Das neue Volksstück 1930 stellte Horváth seinen ersten Roman, «Der ewige Spießer», fertig. Im selben Jahr wurde das Volksstück «Italienische Nacht» veröffentlicht, das sich mit der Ausbreitung des Faschismus in den Kleinstädten befaßt. Wie in seinen folgenden Stücken klagte Horváth die politische Arglosigkeit und spießerhafte Selbstgenügsamkeit der Kleinbürger an, die sich in ihrer Idylle nicht stören lassen wollen.
Der Durchbruch gelang Horváth mit den ein Jahr später entstandenen «Geschichten aus dem Wiener Wald«; der Titel des Stücks ist eine ironische Anspielung auf die gleichnamige Strauß-Operette. Die Tochter eines Spielwarenhändlers wird von einem Lebemann verführt und erwartet ein Kind von ihm. Im Stich gelassen, versucht sie selbst für ihren Lebensunterhalt zu sorgen, scheitert und kehrt gedemütigt ins Elternhaus zurück. Dort wartet der Mann auf sie, dem sie versprochen war und den sie nicht hatte heiraten wollen. In

seiner Analyse kleinbürgerlicher Verhaltensweisen deckte Horváth schonungslos auf, was sich hinter dem zur Schau getragenen Biedersinn verbirgt: Egoismus, rücksichtslose wirtschaftliche Interessen und Brutalität. Horváth setzte die Sprache geschickt als Mittel der Entlarvung ein. Seine Figuren bedienen sich eines Bildungsjargons, der die Zugehörigkeit zur Mittelklasse signalisieren soll. Doch immer wieder blitzt der mühsam unterdrückte Dialekt auf, der Versuch, sich der Hochsprache zu bedienen, führt zu phrasenhaftem Reden.

1933: Flucht vor Nationalsozialisten Gefühlskälte und Lieblosigkeit beherrscht das Stück «Kasimir und Karoline» (1932). In 117 Szenen führte Horváth Menschen vor, die alle Hoffnungen aufgegeben haben und nur nach Gelegenheiten suchen, der Hoffnungslosigkeit für einen kurzen Augenblick zu entkommen.

«Glaube Liebe Hoffnung» (entstanden 1932) erzählt von einem Mädchen, dessen Träume und Wünsche von einer feigen, unbarmherzigen Gesellschaft zertrampelt werden. Die für 1933 geplante Uraufführung durfte nicht stattfinden. Als zudem das Haus von Horváths Eltern in Murnau von Nazis durchsucht wurde, verließ der Schriftsteller Deutschland. Über Österreich gelangte Horváth nach Budapest.

Ende 1933 heiratete er die Sängerin Maria Elsner, von der er sich 1934 wieder scheiden ließ. Zwei Jahre später wurde sein Volksstück «Glaube Liebe Hoffnung» – eine Fabel nach einem tatsächlichen Justizfall – in Wien uraufgeführt.

Ödön von Horváth, 1931

Ab 1935: Melancholischer Grundton Ab Mitte der 30er Jahre traten in Horváths Stücken literarische Männergestalten in den Vordergrund, z. B. in «Don Juan kommt aus dem Krieg» oder «Figaro läßt sich scheiden» (beide 1936). Die melancholisch geprägten Stücke weisen darüber hinaus starke autobiographische Bezüge auf.

In «Der jüngste Tag» (1936) befaßte sich Horváth am Beispiel eines Stationsvorstehers, der ein Signal nicht rechtzeitig setzt, mit dem Problem menschlicher Schuld. 1937 schloß er seine beiden letzten Romane ab: «Jugend ohne Gott» und «Ein Kind unserer Zeit» zeugen von tiefer Resignation angesichts der politischen Verhältnisse in Europa. 1938 wurde der 36jährige Horváth, der zu Filmverhandlungen in Paris weilte, bei einem Unwetter von einem herabstürzenden Ast erschlagen.

Aldous Leonard Huxley

(26.7.1894–22.11.1963)

▸ Alptraum von der schönen neuen Welt ◂

Der zivilisationskritische englische Schriftsteller warnte in seinen Werken vor Technikhörigkeit, Oberflächlichkeit in zwischenmenschlichen Beziehungen und vor dem Verlust des kritischen Bewußtseins. Huxleys Nihilismus milderte sich in seinem Spätwerk durch den Einfluß von Mystik und Buddhismus ab.

Das jüngste von vier Kindern des Schriftstellers und Lehrers Leonard Huxley wurde in Godalming/Surrey geboren. Nachdem er ab 1903 ein Elite-Internat besucht hatte, kam er mit 14 Jahren auf die renommierte Public School in Eton. Zwei Monate später starb Huxleys Mutter; 1911 führte eine Augenkrankheit zu einer einjährigen weitgehenden Erblindung des 17jährigen. Huxley mußte die Ausbildung in Eton abbrechen und studierte nach seiner Genesung in Marburg (1912), Grenoble (1913) und schließlich in Oxford Englische Literatur und Philosophie (Abschluß 1916).

Ab 1919: Redakteur Aufgrund seines Augenleidens war Huxley für die Armee untauglich und leistete im 1. Weltkrieg Zivildienst auf einem Gutshof. Dort lernte er Kunstkritiker, Wissenschaftler und Schriftsteller kennen, u.a. Bertrand Russell und D.H. Lawrence, mit dem ihn später eine lange Freundschaft verband. Ab 1917 war Huxley als Lehrer in Eton tätig, ehe er 1919 eine Redakteurausbildung bei einer Londoner Wochenzeitschrift begann und sich als Buch- und Theaterkritiker hervortat. Im selben Jahr heiratete er die Belgierin Maria Nys (ein Kind).

Ab 20er Jahre: Ideenromane 1921 zog die Familie nach Italien, wo sich Huxley seinen Traum von einer Schriftstellerkarriere verwirklichen wollte. Nachdem er bereits einige Gedichte veröffentlicht hatte, gelang ihm 1921 mit seinem ersten Roman gleich ein Erfolg: «Eine Gesellschaft auf dem Lande» («Crome Yellow») setzt sich in satirischer Form mit den Zielen und Idealen der damaligen englischen Gesellschaft auseinander. Wie auch in seinen folgenden Werken, «Narrenreigen» («Antic Hay», 1923) und «Parallelen der Liebe» («Those Barren Leaves», 1925), fand Huxley – in Anlehnung an seinen Landsmann Thomas L. Peacock – in seinen Romanen zu einer eigenen Form: Die eher sparsame Handlung wird in seinen sog. Ideenromanen durch teilweise essayistische Gespräche über verschiedene Aspekte des Lebens ersetzt.

1932: «Schöne neue Welt» Nach einer Weltreise und dem Umzug nach Frankreich veröffentlichte Huxley 1928 «Kontrapunkt des Lebens» («Point Counter Point»). Die Existenz dreier Individuen wird charakterisiert, um den Gegensatz von Körper und Geist sowie die Einsamkeit zwischen den Menschen zu verdeut-

lichen. Zwar steigerte er in dem erfolgreichen Roman seine ironische Kritik an der Ideenlosigkeit der englischen Gesellschaft noch einmal, erstmals suchte er jedoch nach positiven Auswegen: Eine Person – der Heuchler Burlap – erreicht die angestrebte innere Ausgeglichenheit.
Den Höhepunkt seines Schaffens erreichte Huxley 1932 mit seinem utopischen Roman «Schöne neue Welt» («Brave New World»). Die satirisch-düstere Vision einer volltechnisierten Welt in einem totalitären Großreich ist die bis dahin umfassendste Kritik am vermeintlichen Fortschritt in der Industriegesellschaft, der zur Entmenschlichung des Lebens führt. An die Stelle kritischen Denkens tritt oberflächliche Bedürfnisbefriedigung. Ein zufällig in diese Welt gelangter Mensch, der mit herkömmlichen Wertmaßstäben aufgewachsen ist, nimmt sich am Ende das Leben.

Ab 50er Jahre: Wende zur Mystik In dem 1936 veröffentlichten Roman «Geblendet in Gaza» («Eyeless in Gaza») klingt erstmals mystisch-religiöses Denken an, durch das der Sinnentleerung und Oberflächlichkeit des Lebens begegnet werden kann. Im folgenden Jahr siedelte der überzeugte Pazifist in die USA über. Nach einer schweren Virusinfektion (1951) und dem Tod seiner Frau (1955; zweite Ehe ab 1956 mit Laura Archera) beschäftigte sich Huxley verstärkt mit Religion. Der 61jährige nahm psychedelische Drogen, um seine Wahrnehmung zu erweitern, und schilderte seine Erfahrungen in dem Werk «Die Pforten der Wahrnehmung» («The Doors of Perception», 1954). 1958 folgte der Essayband «Dreißig Jahre danach oder Wiedersehen mit der wackeren neuen Welt» («Brave New World Revisited»), in dem Huxley einmal mehr vor unkritischem Technikglauben warnte.

Aldous Huxley

Darüber hinaus spiegelten Huxleys letzte Arbeiten seine Auseinandersetzung mit dem Buddhismus wider. Beeinflußt durch die Religion, milderte sich der frühere Nihilismus des Schriftstellers, was sich vor allem in seinen Essays «Himmel und Hölle» («Heaven and Hell», 1956) und der 1962 erschienenen Utopie «Eiland» («Island») zeigt: Die Freiheit siegt über die Unfreiheit.
Von zwei Schicksalsschlägen – Huxley erkrankte an Zungenkrebs und mußte miterleben, wie sein Haus samt allen seinen Aufzeichnungen abbrannte – erholte sich der (Gast-) Professor zahlreicher Universitäten nicht mehr: Mit 69 Jahren starb er in Los Angeles.

Eugène Ionesco

(26. 11. 1909–28. 3. 1994)

▸ «Antistücke» erneuern das Theater ◂

Der rumänisch-französische Schriftsteller schuf Klassiker des absurden Theaters. Dabei bilden gestörte Alltagskommunikation und der Einbruch einer Katastrophe in die scheinbar heile Welt die Handlung der Dramen.

Der Sohn eines rumänischen Anwalts und einer französischen Mutter wurde in Slatina (Rumänien) als Eugen Ionescu geboren; sein Geburtsjahr datierte er später auf 1912 vor. 1913 zog die Familie nach Paris, wo Eugène – wie der Junge in Frankreich genannt wurde – ab 1916 nach der Trennung seiner Eltern mit der Mutter lebte. Der introvertierte Zehnjährige, der längere Zeit in Heimen verbrachte, begann seine Gedanken und Erfahrungen niederzuschreiben – zunächst in einem Tagebuch, kurz darauf als kleines Bühnenstück: Kinder zerschlagen eine Wohnungseinrichtung und werfen die Eltern aus dem Fenster. 1926 kehrte er zum Vater nach Bukarest zurück, wo er das Abitur machte und Literatur und Philologie studierte.

1938: Rückkehr nach Frankreich Während seines Studiums veröffentlichte Ionesco ab 1930 erste kritische Aufsätze zur Gegenwartsliteratur in rumänischen Zeitschriften, verfaßte einen Gedichtband (1931) und eine Essaysammlung (1934). Mit 26 Jahren heiratete er die Philosophiestudentin Rodica Burleanu (ein Kind). Die ersehnte Rückkehr nach Paris wurde dem Bukarester Gymnasiallehrer 1938 durch ein staatliches Stipendium ermöglicht: In Paris sollte er seine Dissertation schreiben. Während des 2. Weltkriegs ging Ionesco – nach einem Aufenthalt in Rumänien (1939–41) – nach Marseille, wo er sich mit Schreibarbeiten und ab 1945 als Verlagslektor für juristische Publikationen durchschlug.

1950: «Die kahle Sängerin» Nach Kriegsende begann Ionesco, Theaterstücke zu verfassen. Erstes Resultat war 1950 «Die kahle Sängerin» («La cantatrice chauve»): Wie auch in Ionescos folgenden Werken mischen sich in eine alltägliche Situation (zumeist eine gemütliche häusliche Atmosphäre) Unbehagen und Aggressionen, die in einer Art Katastrophe enden. Dabei suchte Ionesco häufig den Widerspruch zwischen Worten und Geschehen. Seinen Charakteren wies er den Rang von austauschbaren Marionetten zu. Er selbst bezeichnete seine Dramen als «Antitheater», mit dem er die als unverständlich und chaotisch empfundene Welt auf der Bühne zeigen wollte. Auf diese Weise schuf er die wesentlichen Grundzüge des absurden Theaters.

1952: «Die Stühle» In seinem dritten Drama, «Die Stühle» («Les chaises», 1952), sitzt ein altes Ehepaar in einem von Wasser umgebenen Zimmer. Die beiden Alten erzählen sich Geschichten aus ihrem gemeinsamen Leben und begeben sich in eine Wunschtraumwelt, die in der Ankunft von unsichtbaren Gästen gipfelt. Am Ende des grotesken Dramas begehen sie Selbstmord im Wasser.

1959: «Die Nashörner» Der Durchbruch für Ionesco kam 1956, als der populäre französische Bühnenautor Jean Anouilh «Die Stühle» als Meisterwerk bezeichnete. Einen weiteren großen Erfolg verbuchte Ionesco 1959 mit «Die Nashörner» («Rhinocéros»), einem Stück über die Verführbarkeit der Masse. Ionesco, ab 1970 Mitglied der Académie française, schrieb außer Essays und Erzählungen ab Mitte der 80er Jahre auch Libretti für Opern. Mit 84 Jahren starb er 1994 in Paris.

Eugène Ionesco

Weitere wichtige Dramen

1951 Die Unterrichtsstunde (La leçon): Ein alter Professor zerstört die Persönlichkeit seiner Schülerin beim Privatunterricht durch die Macht seiner Sprache.
1953 Opfer der Pflicht (Victimes du devoir): Ein Polizist verhört ein Ehepaar auf der vergeblichen Suche nach einem Mieter des Hauses, die als Suche nach dem Sinn des Alltagslebens endet.
1954 Amédée oder wie wird man ihn los (Amédée ou comment s'en débarasser): Ein Ehepaar lebt jahrelang in einem verwahrlosten Zimmer – eine Parabel auf das Gefängnis ihrer Ehe.
1955 Der neue Mieter (Le nouveau locataire): Nach einem Umzug wird der neue Mieter erst durch den Redeschwall der Hausmeisterin, später durch eine Unmenge von Möbeln «erstickt».
1958 Mörder ohne Bezahlung (Tueur sans gages): Ein Durchschnittsbürger findet einen gefährlichen Mörder, von dem er sich umbringen läßt, als sich seine moralischen Appelle als wirkungslos erweisen.
1962 Der König stirbt (Le roi se meurt): Der Tod eines Menschen – dargestellt vom anfänglichen Kampf gegen das Ende bis zum Anerkennen des Schicksals.
1962 Fußgänger der Luft (Le piéton de l'air): Ein Mensch lernt zu fliegen, um neue (Phantasie-)Welten zu erkunden, entdeckt bei diesem Experiment jedoch nur Chaos und Zerstörung.
1970 Das große Massakerspiel (Jeu de massacre): Zahlreiche Charaktere werden in unterschiedlichen Lebenssituationen mit dem Tod konfrontiert.

James Joyce

(2.2.1882–13.1.1941)

▸ Der Revolutionär des Romans ◂

Durch seine Werke «Ulysses» und «Finnegans Wake» zählt der Ire zu den bedeutendsten Schriftstellern des 20. Jahrhunderts. Joyce brach traditionelle Romanstrukturen auf und begründete den modernen Roman, indem er Sprachformen und Erzähltechniken nachhaltig veränderte.

Der älteste Sohn eines Steuereintreibers aus dem Dubliner Vorort Rathgar wuchs in bescheidenen Verhältnissen auf. Dennoch ermöglichte ihm sein Vater eine gute Ausbildung in zwei Jesuitenschulen und dem jesuitischen University College der Hauptstadt, wo Joyce 1898–1902 Literatur studierte. Ein anschließendes Medizinstudium in Paris brach der 20jährige im ersten Semester nach dem Tod seiner Mutter ab und verdiente sich seinen Lebensunterhalt fortan als Buch- und Theaterkritiker sowie als Privatlehrer in Dublin. Seinen um 1900 begonnenen Roman «Stephen der Held» («Stephen Hero»; veröffentlicht 1944) brach Joyce bald unzufrieden ab.

1914: Die «Dubliners»-Erzählungen 1904 lernte Joyce seine spätere Lebensgefährtin Nora Barnacle (zwei Kinder) kennen, mit der er 1905 als Englischlehrer nach Triest ging. Hier veröffentlichte er 1907 seinen ersten Gedichtband «Kammermusik» («Chamber Music») und beendete die Arbeit an Erzählungen, die 1914 dank der Hilfe seines Freundes, des amerikanischen Lyrikers Ezra Pound, unter dem Titel «Dubliner» («Dubliners») veröffentlicht wurden: Wegen der freizügigen sexuellen Schilderungen hatte Joyce zuvor keinen Verleger gefunden. In den 15 nüchternen Kurzgeschichten wird der zumeist hoffnungslose Alltag einfacher Dubliner Bürger skizziert.

1922: «Ulysses» Während des 1. Weltkriegs zog Joyce mit seiner Familie für vier Jahre nach Zürich, ehe sie sich 1920 in Paris niederließen. In seinem ersten Roman «Jugendbildnis» («A Portrait of the Artist as a Young Man», 1916) – einer Überarbeitung des Romanfragments «Stephen der Held» – bediente sich Joyce erstmals neuer sprachlicher Ausdrucksformen, die er in seinem Hauptwerk, «Ulysses» (1922), vervollkommnete. In der Beschreibung eines einzigen Tages im Leben dreier Menschen in Dublin (16.6.1904; der Tag, an dem Joyce seine Lebensgefährtin kennengelernt hatte) erscheint die eigentliche Handlung nur nebensächlich. Die komplexe Erzählstruktur des Romans gleicht mit ihren unzähligen Handlungssträngen, mythischen und historischen Anspielungen einem Labyrinth: Joyce übertrug Homers «Odyssee» in das Dublin der Jahrhundertwende. Dabei werden den 18 Kapiteln der antiken Vorlage im «Ulysses» jeweils ein unterschiedlicher

Dubliner Schauplatz, eine Stunde, ein Körperorgan, eine wissenschaftliche Disziplin, eine Farbe, ein Symbol und eine Erzähltechnik zugeordnet. Die Hauptpersonen – der Anzeigenakquisiteur Leopold Bloom, seine Frau Molly und der junge Stephen Dedalus, der schon in Joyces erstem Roman Hauptfigur war – verkörpern den modernen Odysseus, seine Frau Penelope und ihren Sohn Telemach.

Revolutionär waren Joyces sprachvirtuose Erzähltechniken, wobei er den inneren Monolog bis zur Perfektion weiterentwickelte. Der jeweilige Bewußtseinsstrom (stream of consciousness) seiner Charaktere kann dabei exakt verfolgt und nachempfunden werden. Darüber hinaus machte Joyce deutlich, welche Erzähltechniken für die Darstellung von komplexer Realität in Romanen besonders geeignet sind. Auf diese Weise stellte «Ulysses» tradierte Erzählstile in Frage und wurde zu einem Roman über den Roman, ein erster Schritt zum sich selbst bespiegelnden Roman seit den 50er Jahren. Nachdem einzelne Episoden erschienen waren, wurde die Veröffentlichung in Großbritannien 1920 wegen erneuter freizügiger Schilderung von Sexualität verboten. In zensierter Form erschien das Werk 1922 in Paris; die erste komplette Ausgabe war erst 1958 erhältlich.

1939: «Finnegans Wake» Ab 1923 begann Joyce mit der Arbeit an seinem Roman «Finnegans Wake». Wegen eines Augenleidens hatte er zunehmend Schwierigkeiten beim Schreiben, so daß er sich von Freunden helfen ließ. 1930 unterzog sich der 48jährige einer Augenoperation, ein Jahr später heiratete der Schriftsteller seine Lebensgefährtin Nora Barnacle, um sie nach seinem Tod finanziell abzusichern.

James Joyce, 1938

Drei Jahre nach Veröffentlichung einer Gedichtsammlung erschien 1939 «Finnegans Wake» als Fragment. In diesem Roman trieb er die Sprachexperimente auf die Spitze: Das kaum les- und verstehbare Werk behandelt einen nächtlichen (Alp-) Traum der Weltgeschichte, wobei die Handlung eher als Hintergrund für Reflexionen dient. Das für unübersetzbar gehaltene Werk wurde erst 1993 in deutscher Sprache vorgelegt. Anderthalb Jahre nach Publikation seines Spätwerks starb Joyce 1941 mit 58 Jahren an den Folgen einer Darmoperation in Zürich.

Franz Kafka

(3.7.1883–3.6.1924)

Der österreichische Schriftsteller beschrieb in seinen Romanen und Erzählungen das Ausgeliefertsein des Menschen an anonyme, undurchschaubare Mächte. Gegen Kafkas letzten Willen veröffentlichte Max Brod dessen Werke postum und begründete damit den Weltruhm des Autors.

Kafka kam als ältester Sohn eines jüdischen Kaufmanns deutscher Herkunft in Prag zur Welt. Schon in der Schulzeit hatte das Schreiben für den vereinsamten Jungen zentrale Bedeutung. Als 15jähriger verfaßte er erste Erzählungen, vernichtete diese jedoch später. Nach dem Abitur begann Kafka 1901 ein Chemiestudium, wechselte dann zur Germanistik und Kunstgeschichte, ehe er sich nach dem elterlichen Wunsch richtete und Jura studierte.

1902: Bekanntschaft mit Max Brod 1902 lernte Kafka den Schriftsteller Max Brod kennen, der ihn in Prager Literatenkreise einführte und zum lebenslangen Freund wurde. Nach der Promotion zum Dr. jur. (1906) absolvierte Kafka ein einjähriges Gerichtspraktikum. Mitte 1908 trat er als juristischer Berater in die Arbeiter-Unfall-Versicherungs-Anstalt für das Königreich Böhmen ein. Mit Brod unternahm er größere Reisen (u.a. nach Paris, Weimar und Zürich) und kehrte so seiner Heimatstadt, mit der ihn eine Haßliebe verband, zumindest zeitweilig den Rücken. 1912 lernte Kafka die Berliner Sekretärin Felice Bauer kennen, mit der er sich zweimal verlobte (1914 und 1917).

1912: Herausragende Erzählungen 1912 entstanden zwei von Kafkas bekanntesten Erzählungen: In einer einzigen Nacht schrieb er «Das Urteil» über einen Vater-Sohn-Konflikt. Vor dem Hintergrund seiner bevorstehenden Heirat muß der Sohn seine seelische Abhängigkeit vom Vater erkennen und folgt bereitwillig dessen Todesurteil. Auch «Die Verwandlung» thematisiert die zerstörerische Kraft der Familie: Gregor Samsa verwandelt sich über Nacht in einen vielbeinigen Käfer. Er verkriecht sich und erkennt, daß sich die Familie, für die er sich jahrelang aufgeopfert hat, nicht um ihn kümmert. Daraufhin nimmt er keine Nahrung mehr auf und stirbt, vom Vater zudem schwer verletzt.
Ebenfalls 1912 begann Kafka mit dem Roman «Der Verschollene», der postum unter dem Titel «Amerika» (1927) erschien. Das Werk schildert die Erlebnisse des 16jährigen Karl Roßmann, der mit seinen Versuchen scheitert, sich in den USA zu behaupten.

1914: «Der Prozeß» Kafkas bekanntester Roman, «Der Prozeß» (geschrieben 1914, veröffentlicht 1925), erzählt von dem Bankprokuristen Josef K., der ohne Angabe von Gründen verhaftet wird, weil ihm ein Prozeß gemacht werden soll. Zwar gelangt er bei den Nachforschungen über die Gründe immer tiefer in das verworrene Gerichtsumfeld, seinen Richter bekommt er jedoch nie zu Gesicht. Nach einjährigem Prozeß wird K. in einem Steinbruch getötet. Das Werk zeigt die existentielle Verunsicherung des Menschen durch anonyme Autoritäten.

Ebenfalls 1914 schrieb Kafka die Erzählung «In der Strafkolonie»: Ein Forscher erlebt eine grausame Exekution, bei der dem Verurteilten Wunden zugefügt werden, an denen er erkennen muß, welchen Vergehens er sich schuldig gemacht hat.

1917 stellte Kafka den «Bericht für eine Akademie» fertig, einen Text über einen Affen, der sich allmählich in einen Menschen verwandelt und von seinen Fortschritten erzählt. Im selben Jahr brach bei Kafka eine Lungentuberkulose aus. Zwei Jahre später verlobte er sich kurzzeitig mit der Schustertochter Julie Wohryzek.

1919 verfaßte Kafka seinen «Brief an den Vater», in dem er versuchte, sich endgültig von seinem dominanten Vater, unter dessen hohen Anforderungen er ein Leben lang litt, zu befreien. Den Brief schickte er jedoch nie ab. Einen regen Briefwechsel führte er hingegen 1920–23 mit der verheirateten tschechoslowakischen Journalistin Milena Jesenská, der er alle seine Tagebücher übergab.

Franz Kafka

Ab 1922: «Das Schloß» Im Frühjahr 1922 wurde Kafka wegen seines Gesundheitszustands vorzeitig pensioniert. Ab diesem Zeitpunkt arbeitete er an seinem dritten Roman, «Das Schloß» (veröffentlicht 1926), der unvollendet blieb: K. ist angeblich wegen Landvermessungsarbeiten zu einem Schloß gerufen worden. Doch er findet zunächst niemanden, bei dem er vorstellig werden kann. Als er endlich zum Sekretär des Schlosses vordringt, ist er so übermüdet, daß er bei der Unterredung einschläft.

Nach verschiedenen Sanatoriumsaufenthalten verbrachte Kafka den Winter 1923/24 mit seiner Geliebten Dora Diamant in Berlin. Während der Korrekturen an seinem Erzählband «Ein Hungerkünstler» (1924) verschärfte sich seine Krankheit. Im selben Jahr starb Kafka 40jährig in einem Sanatorium bei Klosterneuburg/Niederösterreich. Zuvor hatte er testamentarisch verfügt, seine – überwiegend unveröffentlichten – Werke nach seinem Tod zu verbrennen. Max Brod kam diesem Wunsch Kafkas jedoch nicht nach.

Yasunari Kawabata

(11.6.1899–16.4.1972)

▸ Das Leben als flüchtiger Traum ◂

Der japanische Schriftsteller verband in seinen Erzählungen und Romanen, die um das Thema Einsamkeit kreisen, moderne und traditionelle literarische Ansätze. Kawabata erwies sich als Meister bei der Schilderung der japanischen Seele und des Verhältnisses der Menschen zur Natur.

Kawabata wurde in Osaka als Sohn eines Arztes geboren. Seine Kindheit war von mehreren Schicksalsschlägen gezeichnet: Nach dem frühen Tod der Eltern wuchs der Junge bei seinen Großeltern auf, die ebenfalls bald starben. Bei einem Onkel lebend, aber weitgehend auf sich allein gestellt, versuchte Kawabata, seine Erfahrungen schreibend zu verarbeiten: Um 1915 entstand das «Tagebuch eines Sechzehnjährigen» («Jūrokusai no nikki», erschienen 1925), in dem er sich mit dem Tod des Großvaters auseinandersetzte. 1920 begann Kawabata ein Studium der Englischen Literatur in Tokio, um später zur Japanischen Literatur zu wechseln. Er gab eine studentische Zeitschrift heraus und schrieb erste Rezensionen für Tageszeitungen.

1924: Sensualistenzeitschrift Nach Abschluß des Studiums (1924) war Kawabata Mitbegründer der literarischen Zeitschrift «Bungei Jidai», die sich der sog. Neusensualistischen Schule verpflichtet fühlte. Die um die Zeitschrift entstandene Gruppe junger Autoren orientierte sich an der europäischen Literatur- und Kunstavantgarde und lehnte den Naturalismus ab. Sie betonten demgegenüber einen experimentellen Stil, durch den sie Gefühle und Empfindungen in den Mittelpunkt der Darstellung rückten.

1926 veröffentlichte Kawabata die Erzählung «Die kleine Tänzerin von Izu» («Izu no odoriko», 1926), die Geschichte einer aufkeimenden Romanze zwischen einem Studenten und einer Tänzerin auf einer Reise. Ein Happy-End gönnte Kawabata seinen Protagonisten jedoch nicht: Die wehmütige Schilderung endet mit der Trennung.

1935–47: «Schneeland» Anfang der 30er Jahre wandte sich Kawabata in seinem Episodenroman «Die Truppe Kurenai aus A.» («Asakusa kurenaidan», 1930) dem Tokioter Vergnügungsviertel als Kulisse zu. Nach der düster-pessimistischen Erzählung «Von Vögeln und Tieren» («Kinjū», 1933), in der der Held seine Beziehungen zu Menschen beendet und fortan Tiere großzieht, erschien ab 1935 der erfolgreiche Episodenroman «Schneeland» («Yukiguni»), der in den folgenden zwölf Jahren kapitelweise gedruckt wurde. Hinter der eher oberflächlich geprägten Handlung – eine Geisha vom Land verliebt sich unglücklich in einen durchgeistigten städtischen Kleinbürger – stellte Kawabata die

Flüchtigkeit des Lebens dar und entwickelte seinen eigenen literarischen Stil: Mit hoher Sensibilität für Gefühle verfeinerte er die Darstellung der allesbeherrschenden Melancholie, indem er lyrische Naturbeschreibungen in sein erzählerisches Werk einflocht. Die traditionelle bildhafte Schilderung des Schönen, in der stets Trauer und Tod mitschwingen, steht dabei im Mittelpunkt seiner ästhetischen Werke.

1954: «Ein Kirschbaum im Winter» 1948 übernahm Kawabata den Vorsitz im japanischen P.E.N.-Club – ein Amt, das er 17 Jahre ausübte. In seinem Roman «Tausend Kraniche» («Sembazuru», 1951) schilderte er Erniedrigung und Schuld, in die Menschen durch die übermäßige Faszination von Schönheit geraten können. Mit der Erzählung «Der See» («Mizuumi», 1954) porträtierte Kawabata einen ehemaligen Lehrer, der der Schönheit der Frauen verfallen ist. Durch Bewußtseinsstromtechnik und die Schilderung von Halluzinationen stellte Kawabata das Unbewußte seiner Protagonisten dar. In seinem Hauptwerk, «Ein Kirschbaum im Winter» («Yama no oto»), ließ er alte japanische Werte wie das tiefverwurzelte Gefühl für Natur und die Hilfsbereitschaft wiederaufleben: Der betagte Shingo ist besorgt wegen der Ehekrisen seiner beiden Kinder und versucht ihnen zu helfen. Die einfach und realistisch skizzierten Handlungsabläufe und Dialoge verband Kawabata mit Träumen und Rückblicken. Die innere Gefühlswelt seiner Charaktere verdeutlichte er zudem durch lyrische Naturbeschreibungen.

Yasunari Kawabata

1968: Literatur-Nobelpreis In der Erzählung «Die schlafende Schöne» («Nemureru bijo», 1961) schilderte er Einsamkeit und Isolation: Ein alter Mann besucht ein Bordell, um eine Nacht mit einer Prostituierten zu verbringen. In «Ein Arm» («Kataude», 1964) sind zwischenmenschliche Beziehungen auf ein Minimum reduziert. 1968 erhielt Kawabata als erster Japaner den Literatur-Nobelpreis. Vier Jahre später nahm sich der 72jährige in Zushi das Leben.

Yukio Mishima (14.1.1925–25.11.1975)

Der von Kawabata geförderte Autor stellte japanische Werte und (Samurai-)Traditionen in den Mittelpunkt seiner ausgefeilten Erzählkunst. Zu seinen Hauptwerken zählt die Tetralogie «Meer der Fruchtbarkeit» («Hōjō no umi», 1965–71). Der militante Nationalist und Gründer einer paramilitärischen Gruppe beging nach einem Putschversuch Harakiri.

Jack Kerouac

(13. 3. 1922–21. 10. 1969)

▸ Der Prophet der Beatgeneration ◂

Der amerikanische Schriftsteller zeigte in seinen autobiographischen Romanen Menschen, die sich der bürgerlichen Gesellschaft konsequent verweigern und ziellos durch das Land reisen. Kerouacs improvisierende Erzählweise erinnert in ihrer Rhythmik an den Jazz.

Kerouac wurde als Sohn frankokanadischer Einwanderer in Lowell/Massachusetts geboren. Der Vater besaß eine kleine Druckerei. Dank seiner Erfolge als Leichtathlet und Footballspieler erlangte Kerouac lokale Berühmtheit und erhielt 1940 ein Stipendium an der Columbia-Universität in New York. Bereits im folgenden Jahr verließ er die renommierte Hochschule nach Differenzen mit seinem Footballtrainer.

1944: Mordaffäre Nach verschiedenen Gelegenheitsjobs ging Kerouac 1942 zur Handelsmarine. Ein Jahr später wurde er zur Kriegsmarine eingezogen und wieder entlassen, nachdem er eine Geisteskrankheit vorgetäuscht hatte. 1944 kam er in New York mit literarisch interessierten Studenten um den Schriftsteller William S. Burroughs zusammen. Im selben Jahr war Kerouac in einen Mord unter Homosexuellen verwikkelt (sog. Carr-Kammerer-Affäre). Die Staatsanwaltschaft klagte ihn der Beihilfe an, weil er die Tatwaffe hatte verschwinden lassen. Um an das Geld für die Kaution zu gelangen, heiratete Kerouac Edie Parker, mit der er vor Jahren ein Verhältnis gehabt hatte. Er kam frei und ließ sich zwei Monate später scheiden.

1947–49: Unterwegs in den USA Mitte der 40er Jahre lernte Kerouac den Gelegenheitskriminellen Neal Cassady kennen. Mit Cassady, den er Zeit seines Lebens bewunderte, brach er 1947 zu einer Tramptour durch die USA auf. 1949 schloß sich eine zweite Fahrt an, die nach Louisiana und San Francisco führte. Ein Jahr später erschien Kerouacs erstes Buch, der autobiographische Roman «The Town and the City», der sich trotz guter Kritiken nicht verkaufte. Ebenfalls 1950 heiratete er die Kellnerin Joan Haverty. Als sie ein Kind erwartete, bestritt er die Vaterschaft und trennte sich nach sechs Monaten wieder von ihr.

Im Folgejahr schrieb Kerouac innerhalb von drei Wochen die Urfassung seines Romans «Unterwegs» («On the Road») auf eine 83 m lange Papierrolle. Das autobiographische Werk berichtete von mehreren Fahrten des Erzählers Sal Paradise mit und ohne seinen Freund Dean Moriarty. In den folgenden sechs Jahren verfaßte Kerouac zwölf weitere Bücher, darunter «Visions of Cody» (erschienen 1972), «Maggie Cassidy» (1959), «Mexico Blues» (1959), «Lonesome Traveller» (1960) und «Be-Bop, Bars und weißes Pulver» («The Subterraneans», 1958). Kerouac schrieb alles, was ihm zu einer Person oder einem Ereignis in den Sinn kam, spontan auf (spontanes Schreiben, sog. sketching). Auf diese Weise wollte er jede Art von Zensur durch sein Bewußtsein ausschalten.

1957–60: Kurze Zeit auf dem Gipfel
Als im Herbst 1957 «Unterwegs» erschien, wurde Kerouac schlagartig berühmt. Die romantische Idealisierung eines Lebens ohne Ziel und Bindung, das ausschließlich auf den Augenblick ausgerichtet ist, traf den Nerv der amerikanischen Jugend. Kerouac avancierte zum Führer der sog. Beatgeneration, einer Gruppe von Schriftstellern (u. a. Burroughs, Lawrence Ferlinghetti, Allen Ginsberg), die alle Werte der US-Gesellschaft radikal ablehnten.
1959/60 wurden nahezu alle Romane Kerouacs, die in den 50er Jahren entstanden waren, veröffentlicht. Die schnelle Aufeinanderfolge vermeintlich neuer Kerouac-Werke zog eine Welle von Verrissen nach sich. Dem Schriftsteller wurde vorgeworfen, in aller Eile eine Fülle an Texten produziert zu haben, um seinen Ruhm kommerziell auszunutzen. Kerouac,

Jack Kerouac

der häufig Drogen genommen hatte, geriet in eine psychische Krise und verfiel dem Alkohol. 1961 schrieb er die wenig erfolgreichen Romane «Big Sur» (veröffentlicht 1963) und «Engel, Kif und neue Länder» («Desolation Angels», 1965).
1966 erlitt Kerouacs Mutter, neben Cassady seine wichtigste Bezugsperson, einen Schlaganfall. Im selben Jahr heiratete er Stella Sampas, die Schwester eines Schulfreunds, die von nun an die Mutter versorgte. 1967 entstand Kerouacs letzter Roman, «Die Verblendung des Duluoz» («Vanity of Duluoz»), über Ereignisse und seine Erlebnisse zwischen 1935 und 1946. Gleichzeitig plante er, seine «road novels» zu überarbeiten und als «Duluoz Legend» zusammenzufassen. Sein Alkoholkonsum vereitelte dieses Vorhaben: 1969 starb Kerouac 47jährig in St. Petersburg/Florida.

Allen Ginsberg (*3.6.1926)

Der amerikanische Schriftsteller gehörte zu den Wortführern der Beatgeneration, die sich in den 50er Jahren gegen die bürgerliche US-Gesellschaft auflehnte. Mit seinem Bekenntnis zu Homosexualität und Drogenkonsum avancierte er zur Kultfigur der Jugend. Berühmt wurde sein Gedicht «Das Geheul» («Howl», 1956), eine Kritik am American Way of Life.

Karl Kraus

(28.4.1874–12.6.1936)

▸ Gegen die Verlotterung der Sprache ◂

Der österreichische Publizist gilt mit seiner Sprach- und Kulturkritik als einer der bedeutendsten Analytiker des Jahrhunderts. Unbestechlichkeit und Wahrhaftigkeit des Wortes waren für ihn die höchsten kulturellen Werte.

Kraus wurde in Jitschin (Böhmen) als neuntes Kind einer jüdischen Kaufmannsfamilie geboren, die 1877 nach Wien übersiedelte. Bereits als Gymnasiast spielte er leidenschaftlich gern Theater und war oft in den Literatencafés der österreichischen Hauptstadt anzutreffen. Nach dem Abitur (1892) studierte er einige Semester Jura, später Philosophie und Germanistik. 1898 brach er das Studium jedoch ab und arbeitete als Journalist für verschiedene Wiener Zeitungen, ehe er seine eigene Zeitschrift, «Die Fackel», gründete.

1899: «Die Fackel» Die neue Zeitschrift gab Kraus die langersehnte Möglichkeit, ohne Eingriffe durch eine Redaktion oder einen Verleger arbeiten zu können. Mit zumeist satirischen Glossen, Epigrammen, Essays, Aphorismen und Gedichten entlarvte er Spekulantentum ebenso wie Bestechlichkeit der Presse und Cliquenwirtschaft im kulturellen Leben. Zielscheibe seiner Kritik war insbesondere die «Verlotterung» der Sprache, die für Kraus Ausdruck wie Ursache der «geistigen Unwahrhaftigkeit» einer Gesellschaft war. Als sich das liberale jüdische Bürgertum im Zuge der Affäre um den französischen Offizier Alfred Dreyfus um die Jahrhundertwende immer mehr dem Zionismus zuwandte, trat Kraus aus der jüdischen Religionsgemeinschaft aus.

Ab 1901: Gegen die Sensationsgier Anfang des Jahrhunderts überzog ein Wiener Journal die mit Kraus befreundete Schauspielerin Annie Kalmar mit einer Rufmordkampagne. Kraus wurde bewußt, wie sehr die Intimsphäre durch die Sensationslust und Geldgier der Presse bedroht war. Diese Erkenntnis formulierte er in zahlreichen Aufsätzen (1902–07), die 1908 unter dem Titel «Sittlichkeit und Kriminalität» erschienen. Zum erstenmal ging Kraus dabei im Interesse einer Systemanalyse über bloße Tagesereignisse hinaus. Der Justiz warf er vor, sich in Fragen der Sexualmoral den Normen der Gesellschaft zu unterwerfen und das «gesunde Volksempfinden» zum Maßstab zu machen.

Ab 1910: Kritik an Heine Eine Polemik gegen «die öffentliche Verkommenheit des deutschen Kunstgefühls» stellte Kraus' Aufsatz «Heine und die Folgen» (1910) dar, der ein Beitrag zur Diskussion des sog. Form-Inhalt-Problems war: Kraus warf Heine vor, in die deutsche Sprachkultur eine Form eingeführt zu haben, die den Inhalt nur verhüllt

wiedergibt. Der Dichter werde damit zum Vorläufer des modernen, von Kraus so sehr verachteten Feuilletons. Seine eigene Auffassung von Kunst entsprach eher den Ansichten Johann Nepomuk Nestroys, den Kraus in seinem Aufsatz «Nestroy und die Nachwelt» (1912) würdigte: eine Einheit von Inhalt und Form, die aus einer klaren Sprache entsteht.
Ab 1911 war Kraus einziger Autor der «Fackel», da er nicht bereit war, inhaltliche Kompromisse einzugehen. 1911 konvertierte er zum Katholizismus, zwölf Jahre später trat er wieder aus der Kirche aus, u. a. wegen deren militaristischer Haltung im Krieg.

Karl Kraus, 1909

1914–18: Pazifismus Während des 1. Weltkriegs arbeitete Kraus an dem satirischen Antikriegsstück «Die letzten Tage der Menschheit» (erste Fassung 1918/19; endgültige Fassung 1922). Mit seinen 220 Szenen und mehr als 500 Akteuren nahm es spätere Formen des Dokumentartheaters vorweg: Über ein Drittel des Textes ist aus Zitaten montiert. Der überzeugte Pazifist beklagte darin das Versagen der moralisch Verantwortlichen, das unweigerlich zum Weltuntergang führe. Eine Menschheit, die ihr Überleben durch die Macht der Technik zu sichern versucht, steuere ihrer völligen Vernichtung entgegen.

20er Jahre: Gegen die «Worthelfer der Gewalt» Unbequem blieb Kraus auch nach dem Krieg, alarmiert durch die Vorboten des aufziehenden Nationalsozialismus. Zielscheibe seiner Polemik waren der Zeitungsmagnat Emmerich Bekessy und der führende Berliner Theaterkritiker Alfred Kerr, dem er dessen kriegshetzerische Gedichte vorhielt.
Im Alter von 62 Jahren starb Kraus 1936 in Wien. Seine Aufsatzsammlung «Die Sprache» zur Theorie der deutschen Sprache erschien postum 1937. Als Gegenpol zu seinen sprachkritischen Arbeiten in der «Fackel» skizzierte Kraus hier den Entwurf einer gelungenen Sprache, die ihrerseits Gestaltungskraft besitzt.
1952 wurde «Die dritte Walpurgisnacht» veröffentlicht, Kraus' Auseinandersetzung mit dem Nationalsozialismus, die mit dem Satz beginnt: «Mir fällt zu Hitler nichts ein.» Sein Schweigen erklärte er mit der Ohnmacht der Satire gegenüber der Wirklichkeit, zu der diese nicht mehr durchdrang: «Kein Wort, das traf.» Aus diesem Grunde hatte Kraus die ursprünglich für 1933 in der «Fackel» geplante Veröffentlichung rückgängig gemacht.

David Herbert Lawrence

(11. 9. 1885–2. 3. 1930)

▸ Die Betonung der Sexualität ◂

Der englische Schriftsteller befaßte sich in Romanen und Essays mit der Bedrohung der natürlichen Sinnlichkeit des Menschen durch die moderne Gesellschaft. Seine expliziten Darstellungen von Sexualität brachten Lawrence den Vorwurf der Pornographie ein.

Lawrence wurde in Eastwood bei Nottingham als Sohn eines Bergmanns und einer Lehrerin geboren. Nach Abschluß der High-School in Nottingham arbeitete er als Lehrer in einem Bergarbeiterdistrikt.

1909: Erste Veröffentlichungen 1909 druckte die literarische Zeitschrift «English Review» Gedichte von Lawrence ab, die zumeist in freien Rhythmen verfaßt waren. Er strebte keine distanzierte Weltsicht an, sondern sah sein Werk als intuitiv-spontanes Produkt seiner Kreativität. Mit eigenen Worten wollte er das «rebellisch nackte Pochen des unmittelbaren Augenblicks» einfangen.
1911 legte Lawrence mit «Der weiße Pfau» («The White Peacock») seinen ersten Roman vor, in dem er bereits seine Grundthemen anschlug: den Kampf gegen erstarrte bürgerliche Konventionen und die Forderung nach freier Entfaltung der Persönlichkeit. Ein Jahr später lernte er die verheiratete Frieda Weekly kennen. Da ihr Mann zunächst nicht in eine Scheidung einwilligte, entführte Lawrence die Geliebte. 1914 konnte das Paar schließlich heiraten.

1913: «Söhne und Liebhaber» 1913 erschien der Roman «Söhne und Liebhaber» («Sons and Lovers»), ein autobiographisches Werk um die Selbstfindung eines künstlerisch begabten jungen Mannes. Am Ende tötet der Mann seine krebskranke Mutter aus Mitleid und vollzieht damit gleichzeitig die Loslösung von der Person, die ihn bis dahin beherrscht hat. In großer Offenheit schilderte Lawrence die sexuellen Erfahrungen des Heranwachsenden und erforschte – beeinflußt von den Werken Sigmund Freuds – die unbewußten Gefühlsebenen. Dabei betrachtete er die Sexualität als einzig verbliebene Urkraft des Lebens. Der Mensch könne die verlorene Einheit von Instinkt und Intellekt nur durch die offene Auseinandersetzung mit seiner Sexualität zurückerlangen.

1919: Bruch mit England Wegen des angeblich obszönen Inhalts wurde der Druck des 1915 entstandenen Romans «Der Regenbogen» («The Rainbow») über eine konfliktreiche Beziehung untersagt. Fortan galt Lawrence als «Pornograph».
Im 1. Weltkrieg geriet er unter Spionageverdacht. Grund: Seine Frau war eine Schwester des deutschen Militärfliegers Manfred von Richthofen. Das Paar mußte sein Haus in Cornwall verlassen und stand unter

Beobachtung der Behörden. Nach diesen Ereignissen brach Lawrence tief enttäuscht mit seinem Heimatland und reiste durch Europa, Australien und Nordamerika.

1920: «Liebende Frauen» 1920 veröffentlichte er in New York den Roman «Liebende Frauen» («Women in Love»), eine Fortschreibung von «Der Regenbogen». Thema war die Bedrohung von Sexualität und Lebenskraft des einzelnen durch die Industriegesellschaft: Zwei Schwestern verlieben sich in charakterlich gegensätzliche Männer. Ein Paar scheitert an der zunehmenden Mechanisierung des Alltags und den Versuchen, dem anderen den eigenen Willen aufzuzwingen. Das andere Paar findet zu einem Miteinander, bei dem der Liebesakt zur Urkraft des Lebens wird. Das Geheimnis ihrer Beziehung liegt in dem Freiraum, den jeder erhält, um seine eigene Natur stärker zu entfalten.
Seine Theorien über die Persönlichkeitsentwicklung legte Lawrence in den 20er Jahren in mehreren Essays dar, u. a. in «Spiel mit dem Unbewußten» («Fantasia of the Unconscious», 1921). In der Mehrzahl seiner folgenden Novellen und Kurzromane kritisierte er immer wieder die bestehenden politischen Systeme und Ideologien – beispielsweise in «Aarons Stab» («Aaron's Rod», 1922) und in «Kangaroo» (1923).

1928: «Lady Chatterley» Anfang 1928 schloß Lawrence den Roman «Lady Chatterley» («Lady Chatterley's Lover») ab, der auf einem englischen Herrensitz spielt: Clifford Chatterley ist in seinen Empfindungen und seiner Persönlichkeit erstarrt. Seine Befriedigung bezieht er allein aus der Macht als erfolgreicher Unternehmer. Seine zunehmend isolierte Frau Connie erlebt in der Beziehung zu einem Wildhüter sexuelle Erfüllung und damit ihre wahre Natur.

D. H. Lawrence, um 1925

Das Erscheinen des Romans bei einem italienischen Verlag sorgte für einen Skandal: Die Schilderung der Liebesszenen wurde als obszön empfunden, der Inhalt des Werks als Aufforderung zum Ehebruch interpretiert. Lawrence setzte sich in der Schrift «A propos ‹Lady Chatterley›» («A Propos of Lady Chatterley's Lover», 1930) zur Wehr. Er kritisierte die bürgerliche sexualfeindliche Moral und verteidigte die Verwendung sexueller Tabuwörter, um ein neues Bewußtsein zu schaffen.
1930 starb der lungenkranke Lawrence im südfranzösischen Vence. Erst 30 Jahre später veröffentlichte ein Verlag in Großbritannien «Lady Chatterley» in der ungekürzten Originalversion.

Halldór Laxness

(* 23.4.1902)

▸ Vom Katholiken zum Sozialisten ◂

Der isländische Erzähler knüpfte in seinen oft mehrbändigen Werken an die Tradition der Sagas seines Heimatlandes an. Laxness vollzog mehrfach einen ideologischen Wandel, der sich auch in seinem Werk spiegelt.

Laxness wurde als Halldór Gudjónsson in Reykjavik geboren. Er wuchs auf einem Bauernhof auf, den sein Vater, ein Straßenarbeiter, nahe der isländischen Hauptstadt erworben hatte. 1919 verließ Gudjónsson ohne Abitur das Gymnasium. Im selben Jahr erschien sein autobiographisch gefärbtes Romandebüt «Kind der Natur» («Barn náttúrunnar»).

Ab 1922/23: Katholische Phase Auf der Suche nach Orientierung unternahm Gudjónsson ausgedehnte Reisen durch Europa. Ende 1922 trat er in das Benediktinerkloster Saint-Maurice de Clerveaux in Luxemburg ein, wo er vom lutherischen zum katholischen Glauben wechselte. Ab 1923 nannte er sich Laxness, nach dem Bauernhof seines Vaters.
Seine Konversion verteidigte Laxness 1925 in dem Essayband «Katholische Gesichtspunkte» («Kapólsk viðhorf»). Zwei Jahre später veröffentlichte er den Roman «Der große Weber von Kaschmir» («Vefarinn mikli frá Kasmír»). In dem bekenntnishaften Werk berichtete er von einem künstlerisch begabten jungen Mann, der den Katholizismus kommunistischen Idealen vorzieht.

Um 1930: Hinwendung zum Sozialismus 1927 brach Laxness zu einer zweijährigen Reise durch die USA und Kanada auf, die eine Abkehr von der Kirche und eine Hinwendung zum Sozialismus brachte. Seine Reiseerfahrungen verarbeitete er im «Volksbuch» («Alpýðubókin»), einer Essaysammlung, in der er die kapitalistische Gesellschaft attackierte. Die in der Folgezeit entstandenen Romane waren von Laxness' Interesse an der sozialen Frage bestimmt. In dem zweibändigen Roman «Salka Valka» (1931/32) schilderte er das Schicksal eines Fischermädchens, das sich der Gewerkschaftsbewegung anschließt, während ihr Freund in seinen sozialistischen Träumereien verharrt. Harsche Kritik am Individualismus auf Kosten anderer übte Laxness in dem zweibändigen Roman «Sein eigener Herr» («Sjálfstœtt fólk», 1934/35): Ohne sich und seine Familie zu schonen, verwirklicht Bjartur seinen Traum vom eigenen Hof und der Unabhängigkeit. Doch schon bald wird er Opfer des kapitalistischen Systems, dem er blind vertraut und das ihn in den Ruin treibt. Trotz der Negativerfahrung beginnt er von neuem als Einzelkämpfer.
In der Romantetralogie «Weltlicht» («Heimsljós», 1937–40) setzte sich Laxness mit der Rolle des Künstlers auseinander: Der Dichter Olafur Kárason steht abseits der Gesell-

schaft, da er unfähig ist, ein «normales» Leben zu führen. Er will seinen «Traum von der Schönheit» verwirklichen und nimmt dafür auch den Tod auf sich. Diesem ganz auf seine Innenwelt konzentrierten Dichter steht mit Örn Ulfur ein Schriftsteller gegenüber, der die Aufgabe des Künstlers im Kampf für eine gerechtere Welt sieht.

Ab 1943: Politische Stellungnahmen
Eine Reise durch die Sowjetunion Ende der 30er Jahre leitete die allmähliche Abkehr Laxness' vom Sozialismus ein, die er in den 50er Jahren endgültig vollzog. Vor dem Hintergrund der isländischen Unabhängigkeitsbestrebungen – das Land wurde 1944 Republik und löste die engen Bindungen zu Dänemark – entstand 1943–46 der dreibändige Roman «Islandglocke» («Íslandsklukkan»). In dem Werk, das um 1700 spielt, als Island nahezu völlig abhängig von Dänemark war, schilderte Laxness den Kampf um den Erhalt der nationalen Identität.
1948 folgte der Roman «Atomstation» («Atómstöðin»), in dem Laxness Stellung gegen die Stationierung von US-Truppen auf Island bezog. «Gerpla» (1952), die Bearbeitung einer altisländischen Saga, kritisiert den Typ von Helden, der einzig der Waffe vertraut.

Ab Mitte der 50er Jahre: Plädoyer für Humanismus 1955 erhielt Laxness den Literatur-Nobelpreis. Sein folgendes Werk war weit weniger politisch. Der Schriftsteller trat für Menschenliebe jenseits aller Ideologien ein. In «Das Fischkonzert» («Brekkukotsannáll», 1957) thematisierte er erneut die Kunst, aber auch die behütete Kindheit des Erzählers bei den Großeltern. Im Mittelpunkt von «Das verlorene Paradies» («Paradísarheimt», 1960) steht ein emigrierter Bauer, der seine Heimat nicht in den USA, sondern nach der Rückkehr auf seinem alten Hof findet. «Seelsorge am Gletscher» («Kristnihald undir jökli», 1968) handelt von einem Pfarrer in einem Gletscherdorf. Um der Gemeinde im Alltagsleben zur Seite zu stehen, vernachlässigt er die geistlichen Zeremonien und gerät in Konflikt mit dem Bischof.
In den 60er Jahren verfaßte Laxness zahlreiche Theaterstücke, die allerdings erfolglos blieben. Ab Mitte der 70er Jahre legte der zurückgezogen lebende Schriftsteller, der seit 1945 mit Audur Sveinsdottir verheiratet ist (zwei Kinder), den Schwerpunkt seines Schaffens auf zahlreiche Romane, die sich mit seiner Kindheit und Jugend befassen.

Halldór Laxness

Doris Lessing

(* 22. 10. 1919)

Die englische Schriftstellerin befaßte sich in ihren Romanen mit dem Rassismus sowie den Problemen der Frau in einer von Männern dominierten Welt. In zahlreichen von der Mystik beeinflußten Werken setzte sich Lessing mit der Entwicklung des Menschen nach dem atomaren Holocaust auseinander.

Die Tochter eines britischen Offiziers wurde als Doris May Taylor in Kermanshah (Persien) geboren. Als das Mädchen fünf Jahre alt war, übersiedelte die Familie nach Rhodesien, wo der Vater eine Maisfarm übernahm. 1933 brach Taylor ihre Schulausbildung ab. Sie arbeitete als Kindermädchen sowie als Schreibkraft und beschäftigte sich intensiv mit der europäischen und amerikanischen Literatur des 19. Jahrhunderts. Als 18jährige verließ sie ihr Elternhaus und heiratete zwei Jahre später den Kolonialoffizier Frank Charles Wisdom (ein Kind).

1949: Umzug nach England 1943 ließ sie sich scheiden. Ein Jahr später ging sie eine Ehe mit dem deutschen Emigranten Gottfried Lessing ein (ein Kind), der Mitglied der Kommunistischen Partei war und seine Frau für seine politischen Ideale gewann (Scheidung 1949).
Im selben Jahr zog Lessing nach England, wo 1950 der Roman «Afrikanische Tragödie» («The Grass Is Singing») erschien. Wie die folgenden Werke spielte er in Rhodesien: Eine Weiße, die unter ihrer unterdrückten Sexualität leidet, durchbricht die übliche Distanz zu ihrem schwarzen Diener. Dabei verletzt sie den Stolz des Mannes und wird von ihm getötet. Nach Publikation des Erzählbands «Der Zauber ist nicht verkäuflich» («African Stories» bzw. «This Was the Old Chief's Country», 1951) konnte sie von der Schriftstellerei leben. Im Mittelpunkt der Geschichten stehen Rassenkonflikte.

1952/62: Zwei Hauptwerke 1952 erschien der erste Band des fünfbändigen Romanzyklus «Kinder der Gewalt» («Children of Violence»), der den Lebensweg der jungen Martha Quest verfolgt. Darin beschrieb Lessing das Spannungsfeld zwischen der individuellen Entwicklung, den gesellschaftlichen Anforderungen und der Wirklichkeit. Der Zyklus, von vielen Kritikern als «Besichtigung eines Zeitalters» gelobt, endet 1998 mit dem atomaren Holocaust.
Nach der Niederschlagung des Ungarnaufstands wandte sich Lessing 1956 vom Kommunismus ab. Sechs Jahre später veröffentlichte sie «Das goldene Notizbuch» («The Golden Notebook»), das von der Krise einer erfolgreichen Autorin berichtet, die nicht mehr schreiben kann. Das formale Gerüst des Werks bildet ein Kurzroman, eingeschoben sind Eintragungen der Protagonistin aus verschiedenfarbigen Tagebüchern – ein

Zeichen der Unfähigkeit, die verschiedenen Aspekte ihrer Existenz zu integrieren. Schließlich befreit sich die Autorin von falschen Zwängen und schreibt in einem einzigen, dem goldenen Notizbuch weiter.

Ab Mitte der 60er Jahre: Erforschung des Inneren In den folgenden Werken ging Lessing über den konventionellen Realismus hinaus. Beeinflußt von Theorien C. G. Jungs und der Mystik des Sufismus (Richtung des Islam, in deren Mittelpunkt Weltverachtung steht), wandte sich Lessing einer – wie sie es nannte – «inner space fiction» zu, mit der sie die Innenräume ihrer Protagonisten beschrieb. Kennzeichnend ist dabei die Vorstellung, daß der Wahnsinn auch schöpferische Kraft bedeutet. In dieser erzählerischen Phase entstand u. a. «Anweisung für einen Abstieg zur Hölle» («Briefing for a Descent into Hell», 1971), ein Roman, der sich mit Träumen, Rauschzuständen und übersinnlicher Wahrnehmung befaßt und Kritik an «normalen» Verhaltensmustern äußert. Auf mehreren Ebenen spielt der Roman «Memoiren einer Überlebenden» («The Memoirs of a Survivor», 1974): Eine Frau mittleren Alters erlebt, wie sich ihre Umgebung unter dem Eindruck einer Gefahr verändert. Hinter einer Wand im Wohnzimmer der Frau befindet sich eine andere Welt, gleichbedeutend mit einer neuen Bewußtseinsstufe. Mit der Gattung des Science-fiction-Romans spielte Lessing in dem fünfbändigen Zyklus «Canopus in Argos: Archives» («Canopus in Argos: Archives», 1979–82). Thema ist der Mensch nach einer atomaren Katastrophe.

Doris Lessing

80er Jahre: Rückkehr zum Realismus Für Schlagzeilen sorgte der Roman «The Diaries of Jane Somers», (1981, deutsch in 2 Bänden: «Das Tagebuch der Jane Somers» und «Die Liebesgeschichte der Jane Somers»), den Lessing zunächst unter dem Pseudonym Jane Somers als «Erstlingswerk einer bekannten Journalistin» anbot. Mit diesem autobiographisch eingefärbten Werk fand sie – ebenso wie mit «Die Terroristin» («The Good Terrorist», 1985) – zu einer realistischen Erzählweise zurück. In dem politischen Roman griff Lessing eine Gesellschaft an, die die von ihr hervorgerufenen psychischen Defekte nicht wahrhaben will. Eine kritische Auseinandersetzung mit dem bürgerlichen Mittelstand Englands war «Das fünfte Kind» («The Fifth Child», 1988). 1994 legte Lessing mit «Unter der Haut» («Under my Skin») ihre Autobiographie vor.

Sinclair Lewis

(7.2.1885–10.1.1951)

▸ Protest gegen den Konformismus des Mittelstands ◂

Der amerikanische Schriftsteller zeichnete in seinen sozialkritischen Romanen ein schonungsloses Bild spießiger, angepaßter Kleinbürger sowie der Auswüchse einer materialistischen Gesellschaft. Als erster Autor seines Landes erhielt Lewis 1930 den Literatur-Nobelpreis.

Der Arztsohn wurde in der Kleinstadt Sauk Centre/Minnesota geboren. Er studierte Literatur an der Universität von Yale und reiste nach dem Abschluß (1908) durch die USA. Lewis arbeitete für verschiedene Zeitungen und verkaufte dem Schriftsteller Jack London Ideen für Kurzgeschichten.

1920: «Die Hauptstraße» Lewis' Laufbahn als Berufsschriftsteller begann 1915 mit Unterhaltungsromanen, die jedoch wenig Aufmerksamkeit fanden. Der literarische Durchbruch gelang ihm 1920 mit «Die Hauptstraße» («Main Street»), einem satirisch-kritischen Roman über das Leben in einer amerikanischen Kleinstadt: Die junge Carol, die in der Großstadt aufgewachsen ist und studiert hat, kommt nach ihrer Heirat mit einem Landarzt nach Gopher Prairie. Mit ihrem Versuch, Neuerungen einzuführen und die verkrusteten Strukturen aufzubrechen, wird sie schnell zur Außenseiterin und flieht in die Großstadt. Als sie auch dort das ersehnte Leben nicht findet, kehrt sie in die Provinz zurück, mit der vagen Hoffnung auf eine bessere Zukunft. Die satirischen Attacken Lewis' auf die opportunistischen Kleinstadtbewohner übersahen die meisten Leser: Das Buch wurde als Loblied auf das idyllische Kleinstadtleben gefeiert und entwickelte sich zum Bestseller.

1922: «Babbitt» Lewis' Romane, zumeist im Phantasiestaat Winnemac mit Städten wie Monarch, Pioneer und Zenith angesiedelt, basieren auf akribischen Recherchen: Lewis legte ein Thema fest und tauchte dann in das Milieu ein, das er beschreiben wollte. In Notizbüchern hielt er Redewendungen, Kleidung, Lebenseinstellungen fest und schuf daraufhin einen spezifischen, oft klischeehaften «Originalton».

In «Babbitt» (1922) schilderte Lewis die Alltagswelt der Durchschnittsbürger in der Großstadt Zenith: Der Immobilienhändler Babbitt, für den einzig das Geschäft zählt, ist überzeugt, daß Leute wie er das Rückgrat Amerikas bilden. Schließlich muß er erkennen, einer Lebenslüge erlegen zu sein, verhält sich jedoch weiterhin konform. Durch den Riesenerfolg des Romans ging das Wort «babbitt» als Bezeichnung für den satten, engstirnigen Angehörigen der Mittelklasse in die amerikanische Umgangssprache ein.

In dem im Arztmilieu spielenden Roman «Dr. med. Arrowsmith» schlug

Lewis einen vergleichsweise versöhnlichen Ton an: Wegen der Korruption in seinem Gewerbe zieht sich der Arzt als Forscher in die Einsamkeit zurück, wo er Selbstverwirklichung und Unabhängigkeit findet.

1927: «Elmer Gantry» Für erbitterte Reaktionen sorgte der 1927 veröffentlichte Roman «Elmer Gantry», der das Geschäft mit der organisierten Religion als Scharlatanerie entlarvt. Lewis wurde mit Lynchjustiz bedroht, das Werk in einigen Städten verboten. Elmer Gantry, der es versteht, seine rhetorischen Fähigkeiten nutzbringend einzusetzen, zieht als Wanderprediger durch das Land und gründet schließlich eine eigene Kirche. Die Botschaft, die er verkündet, führt er durch das eigene Verhalten ad absurdum, doch seine Anhänger lassen sich bereitwillig täuschen.
Der letzte von Lewis' Romanen, mit denen er in Anlehnung an Honoré de Balzac einen Romanzyklus über den Mittelstand schaffen wollte, ist «Dodsworth» (1929): Ein Automobilmanager scheidet 50jährig aus seiner Firma aus und unternimmt eine Europareise, auf der seine Ehe zerbricht. Themen des Werks sind zum einen die Konfrontation von amerikanischer und europäischer Kultur, zum anderen die Probleme von Menschen, die plötzlich gezwungen sind, ihrem Leben einen neuen Sinn zu geben.

1935: Warnung vor Faschismus 1930 erhielt Lewis den Literatur-Nobelpreis. Die Entscheidung des Preiskomitees rief bei Teilen der US-Presse Entrüstung hervor, die den «Nestbeschmutzer» als unwürdig empfand.

Sinclair Lewis in den 20er Jahren

An die Aussagekraft seiner Romane der 20er Jahre reichte Lewis' spätes Werk nur noch selten heran. Dennoch waren seine Bücher bei den Lesern populär und erreichten hohe Auflagen. Größter Erfolg nach 1930 war die Satire «Das ist bei uns nicht möglich» («It Can't Happen Here», 1935). Angesichts der Machtübernahme der Nazis in Deutschland warnte er vor der Illusion, in den USA sei eine ähnliche Entwicklung unmöglich. Hintergrund des Buchs, in dem Militär, Industrie und Kirche einen amerikanischen «Führer» etablieren, waren rechtsradikale Umtriebe des Demagogen Huey Long.
In seinem letzten nennenswerten Roman, «Der königliche Kingsblood» («Kingsblood Royal», 1947), setzte sich Lewis mit der Rassenproblematik auseinander. 1951 starb der Schriftsteller, der mit Alkoholproblemen zu kämpfen hatte, im Alter von 65 Jahren in Rom.

Astrid Lindgren

(* 14. 11. 1907)

▸ Schweden als Traumland aller Kinderherzen ◂

Mit «Pippi Langstrumpf» begründete die schwedische Schriftstellerin 1945 ihre Karriere als weltweit erfolgreichste Autorin von Kinderbüchern. Lindgrens Werke, in denen sie sich in einfacher Sprache für Kinderrechte, liebevolle Erziehung, Gewaltlosigkeit und Humanismus einsetzt, wurden in 60 Sprachen übersetzt, millionenfach aufgelegt und größtenteils verfilmt.

Die Tochter eines Bauern wurde als Astrid Anna Emilie Ericsson in dem kleinen Ort Näs nahe Vimmerby/Småland geboren. Als sie mit 18 Jahren ein Baby erwartete, ging sie aus der Provinz in die schwedische Hauptstadt Stockholm, wo sie eine Anstellung in einem Büro fand und sich zur Sekretärin ausbilden ließ. Nach erfolgreichem Abschluß arbeitete sie als Kontoristin und heiratete 1931 ihren Freund Sture Lindgren († 1952; ein weiteres Kind).

1945: «Pippi Langstrumpf» Nachdem Lindgren schon in ihrer Kindheit kleinere Erzählungen verfaßt hatte, nutzte sie ihr Talent zunächst nicht und widmete sich ganz ihren Pflichten als Hausfrau und Mutter. Obwohl sie eigentlich nie ein Buch hatte schreiben wollen, erfand sie Geschichten für ihre Tochter Karin und schuf 1944 ihr Erstlingswerk «Britt-Mari erleichtert ihr Herz» («Britt-Mari lättar sitt hjärta»). Den Durchbruch schaffte Lindgren ein Jahr später, als sie die bereits 1941 erfundene Figur «Pippi Langstrumpf» («Pippi Långstrump») erstmals als Buchheldin präsentierte. Das stärkste Mädchen der Welt, das mit einem Pferd und einem Affen in der Villa Kunterbunt wohnt und gemeinsam mit den Nachbarskindern Tommy und Annika spannende Abenteuer erlebt, eroberte die Kinderherzen im Sturm. Einfühlsam und humorvoll regte Lindgren die kindliche Phantasie an. Sie versuchte nicht, ihre jungen Leser mit erhobenem pädagogischem Zeigefinger zu belehren, sondern setzte der kleinbürgerlichen Welt (verkörpert durch die Familie von Tommy und Annika) die unkonventionelle, sich gegen jede Autorität wehrende Pippi gegenüber.
Wie schon für ihren Erstling erhielt Lindgren auch für «Pippi Langstrumpf» bereits vor der Veröffentlichung einen Verlagspreis. Ab 1946 arbeitete die Autorin beim Stockholmer Kinderbuchverlag Rabén & Sjögren, der ihre Werke verlegte.

Ab 1946: Weitere Welterfolge Zu Verkaufsschlagern avancierten auch ihre Werke «Meisterdetektiv Blomquist» («Mästerdetektive Blomkvist», 1946), der 1951 und 1953 weitere Fälle zu lösen hatte, und «Wir Kinder aus Bullerbü» («Alla vi barn i Bullerbyn», 1947), die – selbsterlebte – Beschreibung unbeschwerter Kindheit in der schwedischen Provinz. Auch in diesen Werken plä-

dierte Lindgren für eine humor- und verständnisvolle Erziehung.
Nachdem bis 1948 zwei weitere Pippi-Episoden entstanden waren («Pippi Langstrumpf geht an Bord»/«Pippi Långstrump går ombord», 1946; «Pippi in Taka-Tuka-Land»/«Pippi Långstrump i Söderhavet», 1948), folgten 1949 «Nils Karlsson Däumeling» («Nils Karlsson-Pyssling») und der fliegende «Karlsson vom Dach» («Lillebror och Karlsson på taket», 1955), denen in den Folgejahren zahlreiche andere, die Kinderphantasien beflügelnde Titelhelden folgten – u. a. Kati (ab 1950) und Rasmus (ab 1956).

Ab 1963: Emil alias Michel Mit 55 Jahren schuf Lindgren «Michel aus Lönneberga» («Emil i Lönneberga»), der bei dem Versuch, Gutes zu tun, kleine Katastrophen heraufbeschwört und so als Lausbub verschrien ist. Bis 1970 beherrschte «Emil» das literarische Schaffen Lindgrens, ehe sie als Pensionärin aus ihrem Verlag ausschied und sich neuen thematischen Aussagen zuwandte: In ihrem 1973 erschienenen «Die Brüder Löwenherz» («Bröderna Lejonhjärta») stellte sie den Kampf des Guten gegen das Böse in den Mittelpunkt. Ihre früher zumeist unbeschwerten Helden müssen diesmal mit Rückschlägen fertig werden, ehe das Gute zum Schluß doch siegt. 1978 erhielt die Schwedin den Friedenspreis des Deutschen Buchhandels. Obwohl sie das schwedische Steuersystem scharf kritisierte, blieb Lindgren in der schwedischen Metropole, sagte sich aber von den Sozialdemokraten los, die sie bis dahin unterstützt hatte.

Astrid Lindgren

1994: Alternativer Ehren-Nobelpreis Nach der letzten Pippi-Langstrumpf-Erzählung («Pippi plündert den Weihnachtsbaum», «Pippi Långstrump har julgransplundring», 1979) sorgte die 73jährige 1981 für einen weiteren Höhepunkt ihrer Karriere: «Ronja Räubertochter», («Ronja Rövardotter») wurde ihr stärkstes humanistisches Bekenntnis: Die Liebe zweier Kinder führt eine seit Generationen verfeindete Räuberbande wieder zusammen.
Mitte der 80er Jahre schuf die unermüdliche Autorin weitere «Michel»-Geschichten und «Der Räuber Assar Bubbla» («Assar Bubbla», 1987). Außerdem widmete sich Lindgren verstärkt dem Tierschutz in ihrer Heimat. 1992 setzte sich die Schriftstellerin zur Ruhe. Im Alter von 86 Jahren erhielt sie für ihr humanitäres Lebenswerk den Alternativen Ehren-Nobelpreis.

Jack London

(12. 1. 1876–22. 11. 1916)

Der amerikanische Abenteurer und Schriftsteller beschrieb in seinen Werken den Überlebenskampf in der Natur. Londons sozialistische Gesinnung stand in krassem Widerspruch zu seinen literarisch beschworenen Übermenschen.

London wurde in San Francisco als John Griffith Chaney geboren. Sein Vater, ein 50jähriger umherziehender Astrologe, stritt die Vaterschaft ab. Ein Jahr nach Geburt des Jungen heiratete die Mutter einen Tischler. 1880 zog die Familie auf eine Farm in Alameda/Kalifornien, ab 1886 betrieb Londons Stiefvater eine Pension in Oakland. Jack trug als Zeitungsbote zum Lebensunterhalt bei.

1879–1900: Unruhige Jahre Als 13jähriger beendete er die Grundschule und arbeitete in einer Konservenfabrik. Zwei Jahre später erwarb London ein Boot und räuberte vor der Küste Austernbänke aus. 1893 heuerte er auf einem Robbenfängerschiff an. Die dort gemachten Erfahrungen verarbeitete er in der Erzählung «Taifun vor der japanischen Küste» («Typhoon off the Coast of Japan», 1893), mit der er einen Literaturwettbewerb gewann. Danach brach London eine Lehre als Elektromechaniker ab und zog als Tramp durch die USA. 1896 bestand er die Aufnahmeprüfung der Universität Berkeley. Er verfaßte Aufsätze und Erzählungen und schrieb Zeitungsartikel über wirtschaftliche und politische Fragen, was den überzeugten Sozialisten in Konflikt mit konservativen Professoren brachte. Aus diesem Grund brach London das Studium ab. Als die Versuche, sich als Schriftsteller zu etablieren, scheiterten, schiffte er sich 1897 als Goldsucher nach Alaska ein. Erfolglos und an Skorbut erkrankt, kehrte er nach Oakland zurück. Die angebotene Stellung im Postdienst lehnte London ab, weil er an seinem Wunsch festhielt, Schriftsteller zu werden.

1900: Erster Kurzgeschichtenband 1900 veröffentlichte er die Kurzgeschichtensammlung «Ein Sohn des Wolfs» («A Son of the Wolf»). In den spannenden Stories breitete er keinen romantischen Schleier über die Geschehnisse in der Natur, sondern beschrieb sie in ihrer ganzen Brutalität. Im selben Jahr heiratete er die Privatlehrerin Elizabeth Maddern (zwei Kinder; Scheidung 1905).

Neben seinen zahlreichen Erzählungen schrieb er politische Essays und sozialkritische Reportagen, z.B. «Menschen der Tiefe» («The People of the Abyss», 1903) über das Leben der Arbeiter in einem Elendsviertel. Seine sozialistische Haltung stand in krassem Gegensatz zu seinem literarischen Menschenbild: Er propagierte eine Männerwelt, in der Frauen keinen Platz haben, sowie die Macht des Stärkeren und die Überlegenheit der weißen Rasse.

1903 erschien der Kurzroman «Ruf der Wildnis» («The Call of the Wild») über die Erlebnisse des Hundes Buck, der seinem Herrn gestohlen und als Schlittenhund nach Alaska verkauft wird. Das Tier verinnerlicht das Gesetz der Wildnis und wird Anführer eines Wolfsrudels.

Jack London

1904: «Der Seewolf» Der brutale Kampf ums Dasein steht auch im Mittelpunkt von «Der Seewolf» («The Sea-Wolf», 1904). Geschildert wird die Auseinandersetzung zwischen dem menschenverachtenden Kapitän Wolf Larsen und dem schiffbrüchigen Schriftsteller Humphrey Van Weyden, der als Moralist die Würde des Menschen verteidigt. Kritiker warfen London vor, durch seine unverhohlene Sympathie für die Figur Larsens einem Übermenschentum im Sinne des Philosophen Friedrich Nietzsche zu huldigen.
1904 war London Korrespondent im Russisch-Japanischen Krieg. Ohne Erlaubnis der Behörden schlug er sich an die Front durch und wurde von den Japanern verhaftet. Ein Jahr später heiratete er Charmian Kittredge und warb auf Vortragsreisen durch die USA für den Sozialismus.

1909: «Martin Eden» 1906 schloß London den Roman «Die eiserne Ferse» («The Iron Heel») ab, eine frühe Voraussage des Faschismus: Die Kapitalbesitzer eignen sich diktatorisch die Macht an, nachdem die Vertreter der Arbeiterschaft die Parlamentswahlen gewonnen hatten. In der Mehrzahl seiner Romane und Erzählungen, die ab 1905 entstanden, variierte London seine Natur- und Wildnisthemen – z. B. in «Wolfsblut» («White Fang», 1906) und in «Lockruf des Goldes» («Burning Daylight», 1910). 1907 startete er mit seiner Frau zu einer Weltumseglung, die zwei Jahre später vorzeitig endete. An Bord schrieb er den Roman «Martin Eden» (1909): Ein Matrose verliebt sich in eine Tochter aus gutem Hause. Aus Liebe eignet er sich das Rüstzeug an, um Schriftsteller zu werden und in der bürgerlichen Welt bestehen zu können. Doch der Erfolg als Literat bringt nicht die erhoffte Erfüllung.

Ab 1910: Zunehmende Alkoholprobleme In dem Roman «König Alkohol» («John Barleycorn. Alcoholic Memoirs», 1913) berichtete London von seinem lebenslangen Kampf gegen den Alkohol. Zu diesem Zeitpunkt überließ er sich immer öfter dem Trunk. Eheprobleme und das Gefühl, von der Umwelt mißverstanden zu werden, stürzten ihn in tiefe Depressionen. 1916 vergiftete sich London mit 40 Jahren auf seiner Ranch in Glen Allen/Kalifornien.

Lu Xun

(25. 9. 1881 – 19. 10. 1936)

▸ Erneuerer der chinesischen Literatur ◂

Der Essayist, Lyriker und Erzähler begründete 1918 mit seinem «Tagebuch eines Verrückten» die moderne chinesische Literatur. Lu Xun setzte sich in seinen Werken für die Erneuerung der chinesischen Gesellschaft und gegen die Unterdrückung der sozial Schwachen ein.

Lu Xun kam als Zhou Shuren in Shaoxing/Zhejiang zur Welt und entstammte einer Mandarinfamilie, alteingesessenen chinesischen Intellektuellen. Im Familienkreis wurde er in die traditionelle chinesische Literatur eingeführt. Als 17jähriger begann er ein Studium an den Bergbau- und Marineakademien in Nanjing. Westliche Kultur lernte er ab 1902 in Japan kennen, wo Lu Xun zunächst Medizin studierte, die Ausbildung aber bald abbrach, um sich mit der Lektüre von Philosophie und Literatur zu befassen.

Um 1905: Politische Essays In Japan festigte sich seine Überzeugung, daß sein Heimatland nur durch die Auseinandersetzung mit westlichen Werten die Chance habe, sich aus seiner Rückständigkeit zu lösen. Er verfaßte erste gesellschaftskritische Essays, kehrte als 27jähriger nach China zurück und bekam eine Anstellung als Lehrer der Naturwissenschaften in Hangzhou und seinem Geburtsort Shaoxing. Nach dem Ende der Mandschu-Dynastie leitete der Sozial- und Wirtschaftsreformer Sun Yatsen durch die Revolution von 1911 eine kurzzeitige Phase der Demokratie ein. Lu Xun übernahm einen Posten im Erziehungsministerium und begann mit der Übersetzung westlicher Werke.

1918: Erste Erzählung Die einsetzende Restauration und die gravierenden sozialen Mißstände in der chinesischen Gesellschaft desillusionierten Lu Xun; er begann, sich als Literat aktiv einzumischen. 1918 – die Gesellschaft steckte im Bürgerkrieg zwischen den Reformern und den traditionellen Konfuzianern, die die Militärdiktatur von General Yuan Shikai unterstützten – wurde Lu Xun Redakteur bei der Zeitschrift «Xin qing-nian» («Neue Jugend») und verfaßte seine erste Erzählung, «Tagebuch eines Verrückten» («Kuangren riji»). In diesem Werk führte er die Umgangssprache in die nationale Literatur ein und wandte sich konsequent gegen die alte Ordnung. Die Erzählung im Stil des europäischen Realismus avancierte zu einer Art literarischem Manifest der Reformbewegung, die 1919 unter dem Namen «4. Mai» bekannt wurde.

1921: «Die wahre Geschichte von Ah Queh» 1921 erschien Lu Xuns bekannteste Erzählung, «Die wahre Geschichte von Ah Queh» («A Q zhengzhuan»), eine realistische Wiedergabe der zumeist schicksalsergebenen Haltung der Bevölkerung und der daraus resultierenden unbefriedigenden Revolution: Der «Jedermann» Ah Queh schlägt sich als Tagelöhner durch das Leben und besitzt nur eine einzige Fähigkeit: Er versteht es, seinen uninteressanten Alltag durch prahlerische Geschichten schönzureden. Alle Tätigkeiten enden mit einer Niederlage; auch die Revolution, der er sich anschließt, erweist sich als Flop.

In den folgenden rund 30 Erzählungen und zahlreichen Essays engagierte sich Lu Xun weiterhin für die Unterdrückten und forderte die schnelle Modernisierung der Gesellschaft mit humanen Mitteln. 1922 erschien «Kampfruf» («Nahan»), drei Jahre später folgte die Sammlung «Auf der Suche» («Panghuang»). In diesen Werken setzte Lu Xun seinen literarischen Realismus fort, bediente sich aber auch der Elemente klassischer chinesischer Erzähltradition. Als Ziel seines teilweise autobiographischen Schaffens, das von hohem Sprachgefühl und oft ironischem Humor gekennzeichnet ist, sah er die Aufklärung des Volkes an. 1924–26 wurden die bedeutendsten Prosagedichte Lu Xuns in der insgesamt 23 Werke umfassenden Sammlung «Wilde Gräser» (auch veröffentlicht unter «Unkraut»/«Yecao») publiziert. Weitere erzählerische Arbeiten, die Lu Xun um 1927 zusammenstellte, sind unter dem Titel «Das Totenmal» erschienen.

Um 1930: Hinwendung zum Kommunismus Lu Xun ließ sich 1927 als freier Schriftsteller in Shanghai nieder und unterstützte während des Bürgerkriegs kleinere reformerisch orientierte Gruppen. Einem Konflikt mit den mächtigen Nationalisten (Kuomintang) um Chiang Kaishek wich er aus, indem er seine politischen Essays unter mehr als 50 Pseudonymen veröffentlichte. Darüber hinaus machte er sich als Kunstfreund einen Namen, der westliche Malerei (u.a. von Käthe Kollwitz) populär machen wollte. Ende der 20er Jahre wandte sich Lu Xun zunehmend den Kommunisten um Mao Zedong zu, ohne jedoch Parteimitglied zu werden oder sich in seinem undogmatischen Werk für die Ziele der chinesischen KP vereinnahmen zu lassen. Aus den 30er Jahren gilt die Essaysammlung «Der Einsturz der Lei-feng-Pagode» (1973 auf deutsch erschienen) als wichtigste Veröffentlichung, in der Lu Xun verschiedene gesellschaftspolitische Fragen (z.B. Erziehung, Emanzipation) aufgriff. Im Alter von 55 Jahren starb der Mitbegründer einer Liga linksgerichteter Schriftsteller 1936 in Shanghai an Tuberkulose.

Lu Xun

Wladimir Wladimirowitsch Majakowski

(19.7.1893–14.4.1930)

Der sowjetische Lyriker und Dramatiker stellte sein Werk in den Dienst des Kommunismus. Ende der 20er Jahre kritisierte Majakowski die ausufernde Bürokratie und geriet dadurch in Gegensatz zur offiziellen Kulturpolitik.

Majakowski wurde als Sohn eines verarmten Adeligen, der als Forstbeamter arbeitete, in Bagdadi bei Kutaisi/Georgien geboren. Nach dem Tod des Vaters zog die Familie 1903 nach Moskau. Ein Jahr später wurde Majakowski wegen politischer Agitation der Schule verwiesen. Mehrfach kam er wegen seines Engagements für die Bolschewiken in Haft.

Ab 1911/12: Futurist Ab 1911 besuchte Majakowski die Kunstschule in Moskau, interessierte sich jedoch mehr für das Dichten und fand Zugang zum Kreis der sog. Kubofuturisten, die frühere Kunst strikt ablehnten und die Umgangssprache als künstlerisches Ausdrucksmittel propagierten. Erste Gedichte publizierte der 19jährige in «Eine Ohrfeige für den öffentlichen Geschmack» («Poschtschotschina obschtschestwennomu wkusu», 1912), dem Almanach der Futuristen. In seinen ersten Lyrikbänden «Eine Wolke in Hosen» («Oblako w schtanach», 1915) und «Die Wirbelsäulenflöte» («Flejta-poswotschnik», 1915) verwob Majakowski persönliche Bekenntnisse mit gesellschaftlichen Anklagen. Dabei bediente er sich gebrochener Verse, verkürzter Sätze sowie einer allen Regeln zuwiderlaufenden Interpunktion.

Ab 1917: Lyrische Agitation 1915 leistete er seinen Militärdienst als technischer Zeichner und lebte die folgenden vier Jahre in St. Petersburg. Seine anfangs selbstbezogene Lyrik wandelte sich zu leidenschaftlichen Anklagen gegen Kapitalismus und Bürgertum, z. B. in der Versdichtung «Krieg und Welt» («Wojna i mir», 1917) und in der autobiographischen Parodie «Ein Mensch» («Tschelowek», 1917). Majakowski fand seinen eigenen Stil, der sich durch Variabilität, Freiheit des Reimes und graphische Hervorhebungen auszeichnet. Majakowski verstand sich selbst als «Trommler der Revolution». Er trug seine Gedichte mit aggressiver Stimme öffentlich vor und beschimpfte Andersdenkende; nicht selten endeten seine Lesungen in Schlägereien. Am ersten Jahrestag der Oktoberrevolution verherrlichte er 1918 den Aufstand in seiner Dichtung «Linker Marsch» («Lewyj mars») und in dem Drama «Mysterium buffo» («Misterija-buff»). Das Agitationsstück, eines der ersten Massenschauspiele des Landes, schildert in Anspielung auf die biblische Sintflutlegende den Zusammenbruch des Kapitalismus und den Sieg der Unterdrückten.

1923: Gründung der LEF 1919 kehrte Majakowski nach Moskau zurück, wo die Dichtung «150 000 000» entstand, deren Titel sich auf die Einwohnerzahl der Sowjetunion bezog: Die Bauern der UdSSR gewinnen die USA für den Kommunismus. Neben der dichterischen Arbeit nutzte Majakowski auch die Zeichnung als Werbemittel für den Kommunismus. Für die Presseagentur ROSTA schuf er die sog. ROSTA-Fenster, etwa 500 Plakate zur politischen Aufklärung, die in Schaufenstern gezeigt wurden. 1923 gründete Majakowski die Zeitschrift «LEF» («Linke Front der Kunst»). Ein Jahr später legte er mit dem Gedicht «Wladimir Iljitsch Lenin» eine Verherrlichung des Parteiführers vor. In «Gut und schön» («Choroscho!», 1927) zeichnete Majakowski ein enthusiastisches Bild des sowjetischen Aufbaus.

Wladimir Majakowski, 1924

Ende der 20er Jahre: Ernüchterung

Die öffentliche Abkehr von revolutionären Idealen und ausufernde Bürokratie trieben ihn gegen Ende der 20er Jahre in die Resignation. In seinen letzten beiden Stücken griff er die Fehlentwicklungen offen an. «Die Wanze» («Klop», 1928) richtet sich gegen Revolutionäre, der sich zu bürgerlichen Spießern wandeln und am Ende als Beispiel für Vertreter eines überwundenen Gesellschaftsstadiums im Zoo ausgestellt werden. In dem Drama «Das Schwitzbad» («Banja», 1929) versucht die Parteibürokratie den Gebrauch einer neuentwickelten Zeitmaschine zu verhindern und wird schließlich Opfer der Maschine. Majakowski setzte die bürokratisch gestelzten Phrasen als bewußtes Stilmittel ein.
Die Parteipresse bezeichnete die Stücke als subversiv und griff den Dichter wegen dessen fehlender Parteizugehörigkeit an. Zwar trat Majakowski demonstrativ dem antifuturistischen kommunistischen Schriftstellerverband RAPP bei, was seine Freunde als Verrat empfanden, er wurde von den Funktionären jedoch weiter bekämpft. Majakowski fühlte sich zunehmend isoliert, zumal seine Stücke abgesetzt wurden und die Behörden ihm ein Auslandsvisum verweigerten. Als ihn zusätzlich eine unglückliche Liebe erschütterte, erschoß sich Majakowski 1930 im Alter von 36 Jahren in Moskau.
Erst 1935 erregte sein Werk wieder Aufmerksamkeit, als Stalin ihn als «besten und begabtesten Lyriker unserer Sowjetepoche» hervorhob. Majakowskis Bühnenstücke blieben allerdings bis nach Stalins Tod (1953) in der UdSSR verboten.

André Malraux

(3.11.1901–23.11.1976)

▸ Ein Weltbürger als Zeitzeuge ◂

Der französische Schrifsteller und Politiker war in Werken und Taten auf der Suche nach dem Sinn der menschlichen Existenz. Malraux' Romane beeinflußten die sog. Littérature engagée von Albert Camus und Jean-Paul Sartre.

Der Sohn eines Bankiers wurde in Paris geboren und wuchs nach der Scheidung seiner Eltern bei Mutter und Großmutter auf. Mit 17 Jahren brach Malraux die gymnasiale Ausbildung ab, arbeitete in Pariser Verlagen und Buchhandlungen und widmete sich in seiner Freizeit seinen Interessen – Kunst, Archäologie und Sinologie. 1920 erschien sein erster Essay über die Ursprünge kubistischer Poesie, ein Jahr später die erste Erzählung («Papiermonde»/«Lunes en papier»). Ebenfalls 1921 heiratete er die Deutsche Clara Goldschmidt. Gemeinsam starteten sie zwei Jahre später zu einer Expeditionsreise nach Indochina in die französischen Kolonien Kambodscha und Laos. Dort wurde Malraux wegen Diebstahls von Kunstgegenständen verurteilt, kam aber durch Fürsprache befreundeter Schriftsteller wieder frei.

Ab 1928: Asiatische Trilogie In Vietnam engagierte sich der 23jährige 1925 als Herausgeber der Zeitung «Indochine» für die kommunistische Unabhängigkeitsbewegung des Landes. 1926 war er in der Propagandaabteilung für die Kuomintang während der Revolution in China tätig. Zurück in Paris, schrieb er seine Reiseerfahrungen in «Die Lockung des Westens» («La tentation de l'Occident», 1926) und in der Erzählung «Das geniale Königreich» («Le royaume farfelu», 1928) nieder.
Ebenfalls 1928 verfaßte Malraux, ab 1927 Direktor des Pariser Verlags Gallimard, seinen erfolgreichen Roman «Die Eroberer» («Les conquérants», 1928) über die chinesische Revolution. Diesem ersten Teil der Asiatischen Trilogie folgte «Der Königsweg» («La voie royale», 1930), eine Auseinandersetzung mit der Lage in Indochina. Ein weiteres Kernthema seiner von Surrealismus und Existentialismus beeinflußten Werke ist die Suche nach dem Sinn der menschlichen Existenz. Gegen die Sinnlosigkeit des Lebens, die durch den Tod noch verstärkt wird, müsse der Mensch durch Taten, Freiheitsdrang und den Willen ankämpfen, um – selbstbestimmt – eine würdevolle Existenz aufzubauen.
Hauptwerk der Trilogie ist «So lebt der Mensch» («La condition humaine», 1933). Darin entwickelte er erstmals seine Gedanken zur Solidarität, durch die die Angst vor dem Tod überwunden werden kann. Hintergrund des philosophischen Romans, für den er den Prix Goncourt erhielt, ist der Konflikt zwischen der Kuomintang Chiang Kaisheks und den prosowjetischen Kommunisten um Mao Zedong.

Ab 1935: Einsatz gegen Faschismus
1935 erschien sein Roman «Die Zeit der Verachtung» («Le temps du mépris»), in dem sich Malraux mit der faschistischen Gefahr in Europa auseinandersetzte. Getreu dem Motto, daß die Existenz durch solidarische Taten bestimmt wird, kämpfte er ab 1936 als Kommandant einer internationalen Brigade im Spanischen Bürgerkrieg, wurde zweimal verwundet und warb auf Reisen durch die USA für die Unterstützung der Republikaner. 1938 erschien sein Roman «Die Hoffnung» («L'espoir»), ein Werk über den Bürgerkrieg.
Ab 1940 kämpfte Malraux als Freiwilliger im 2. Weltkrieg gegen die Truppen Nazi-Deutschlands. Im selben Jahr wurde er gefangengenommen. Nach geglückter Flucht schloß er sich der Résistance an, wurde 1944 wiederum inhaftiert und entkam nur knapp der Hinrichtung. Ein Jahr später veröffentlichte er «Die Nußbäume von Altenburg» («Les noyers d'Altenburg»), ein Teil seines Romans «Kampf mit dem Engel» («La lutte avec l'ange»), in den Malraux' Erfahrungen während des 2. Weltkriegs einflossen. Der zweite Abschnitt des Romans war durch die Gestapo vernichtet worden.

Ab 1945: Sinnsuche durch die Kunst
Vom langen Kampf desillusioniert, wandte sich Malraux von politischem Aktionismus und kommunistischen Idealen ab und war 1945/46 als Informationsminister der Regierung Charles de Gaulles tätig, in dessen Partei er ab 1947 mitwirkte. Ein Jahr zuvor hatte er die Witwe seines im Krieg gefallenen Bruders Roland geheiratet. In den Mittelpunkt der

André Malraux, 1952

menschlichen Sinnsuche stellte er nun die Kunst, die im Gegensatz zum handelnden Individuum unvergänglich sei. Nur durch sie könne die Menschheit dauerhafte Humanität kennenlernen. Neben zahlreichen Schriften zur Kulturphilosophie und zur «Psychologie der Kunst» («La psychologie de l'art», 1949–51) veröffentlichte Malraux 1951 «Stimmen der Stille» («Les voix du silence»), eine Sammlung früherer Arbeiten.
1959 wurde er zum Kulturminister ernannt und setzte sich für die Restaurierung französischer Kunst ein. Außerdem nutzte er sein Amt (bis 1969), um allen Bürgern Kunstwerke in eigens eingerichteten, dezentralen Kulturhäusern zu präsentieren. Neun Jahre vor seinem Tod (1976 in Créteil) erschienen Malraux' «Antimemoiren» («Antimémoires»), sowohl sein Lebensrückblick als auch eine Jahrhundertbilanz, wie sich der Mensch gegen ein sinnloses Schicksal zur Wehr setzen kann.

Heinrich Mann

(27.3.1871–12.3.1950)

▸ Mit spitzer Feder gegen die Bourgeoisie ◂

Der deutsche Gesellschaftskritiker prangerte in zumeist satirischer Form das autoritätsgläubige Bürgertum der wilhelminischen Ära an. In Romanen und Essays setzte sich Mann für einen demokratischen Sozialismus ein und warnte vor Krieg und Faschismus.

Das älteste von fünf Kindern des Lübecker Kaufmanns Thomas Johann Heinrich Mann verließ mit 18 Jahren das ungeliebte Gynasium in seiner Heimatstadt, brach eine Lehre als Buchhändler in Dresden ab und volontierte ab 1890 beim S. Fischer Verlag in Berlin. Nach einer Lungenblutung reiste er durch Kurorte und wohnte zeitweilig mit Bruder Thomas in Italien. Nach dem Tod des Vaters (1891) befaßte sich der 20jährige ausschließlich mit seinen Hobbys – der Malerei und Schriftstellerei.

Ab 1894: Veröffentlichung erster Romane Schon als Jugendlicher hatte er Essays und Tagebücher geschrieben. Nach Erscheinen seines Erstlingsromans «In einer Familie» (1894) gab Mann die deutschnationale, antisemitische Monatsschrift «Das Zwanzigste Jahrhundert. Blätter für deutsche Art und Wohlfahrt» (bis 1896) heraus. In dem konservativen Werk «Im Schlaraffenland. Ein Roman unter feinen Leuten» (1900) beschrieb er die Berliner Gesellschaft vor der Jahrhundertwende und eignete sich die Erzähltechniken für seine Romane an.

Ab 1905: Radikaldemokrat In der Folgezeit entwickelte sich Mann zum Kritiker der Gesellschaft. In dem Roman «Professor Unrat oder Das Ende eines Tyrannen» (1905) rechnete er mit der Moral des wilhelminischen Bürgertums ab. Dazu bediente er sich einer satirischen Sprache, durch die er die Individuen mit ihren Fehlern entlarvte. 1930 verfilmte Regisseur Josef von Sternberg Manns Roman «Professor Unrat» unter dem Titel «Der blaue Engel» mit Marlene Dietrich.

Ab 1914: Trilogie «Das Kaiserreich» Mann, vom Expressionismus beeinflußt, sah sich als politischer Schriftsteller, der durch Anprangerung der Mißstände zu deren Überwindung beitragen wollte. 1912 begann Mann mit der Niederschrift von «Der Untertan» (1914; erschienen 1918). Das Hauptwerk der Trilogie «Das Kaiserreich» thematisiert den Aufstieg des «Untertanen» Diederich Heßling vom kränkelnden Kind zum skrupellosen Unternehmer. Mit der Charakterstudie karikierte Mann den Prototyp des autoritätsgläubigen deutschen Spießbürgers. Eine erste Veröffentlichung als Fortsetzungsroman in einer Münchner Zeitschrift wurde im 1. Weltkrieg am 13.8.1914 abgebrochen. Einen Tag zuvor hatte er die Prager Schauspielerin Maria Kanova geheiratet (Scheidung 1930; ein Kind). Als weitere Teile von Manns Trilogie folgten «Die Armen» (1917) und «Der Kopf» (1925).

1933: Emigration Mann setzte sich gegen Krieg und Obrigkeitsstaat ein. Sein Plädoyer für Demokratie und Pazifismus («Zola»; Essay 1915) führte zum Bruch mit seinem Bruder Thomas, der militärische Auseinandersetzung und Kaiserreich verteidigte. Heinrich Mann unterstützte die Weimarer Demokratie, setzte sich für die Aussöhnung mit Frankreich ein und warnte vor antihumanistischen Tendenzen im Deutschen Reich. Nachdem der Schriftsteller Heinrich Mann 1931 zum Präsidenten der Sektion Dichtkunst der Preußischen Akademie der Künste berufen worden war, schlossen ihn die Nationalsozialisten 1933 zwei Wochen nach Hitlers Machtantritt aus der Organisation aus und erkannten ihm die deutsche Staatsangehörigkeit ab. Die Gesellschaftsanalyse aus dem «Untertan» war bittere Realität geworden.

30er Jahre: Hauptwerk über Heinrich IV. Mann emigrierte nach Nizza, wo er sich 1935 um die Deutsche Volksfront bemühte und dem vorbereitenden Ausschuß angehörte. Im selben Jahr kam der Roman «Die Jugend des Königs Henri Quatre» (Fortsetzung: «Die Vollendung des Königs Henri Quatre»; 1938) heraus, in dem er dem Faschismus seine humanistische Weltsicht entgegenstellte und die Verantwortung des Individuums für die internationale Verständigung betonte. Wie in fast allen seinen Werken wird auch hier Manns Nähe zur französischen Philosophie des späten 19. Jahrhunderts sichtbar. Nachdem er 1939 Nelly Kroeger geheiratet hatte (Freitod 1944), mußte Mann 1940 in die USA fliehen. In Los Angeles und Hollywood entstand sein autobiographisches Werk «Ein Zeitalter wird besichtigt» (1945): Manns Abgesang auf den Imperialismus und sein Glaube an eine demokratische Zukunft setzt sich auch in den späten Romanen «Der Atem» (1949) und «Empfang bei der Welt» (postum 1956) fort. 1949 wurde Heinrich Mann zum Präsidenten der Deutschen Akademie der Künste in der DDR gewählt und erhielt den ersten Nationalpreis des neuen Staates. Eine Übersiedlung in die DDR kam nicht mehr zustande: 78jährig starb der Schriftsteller in Santa Monica/Kalifornien.

Heinrich Mann

Thomas Mann

(6.6.1875–12.8.1955)

▸ Verfall als literarisches Motiv ◂

Der Schriftsteller gilt als bedeutendster deutscher Autor des Jahrhunderts. Das Werk Johann Wolfgang von Goethes diente Mann als Regulativ eigenen Schaffens und als Vorbild bei der Themenfindung. Hauptsujet ist der Verfall des Bürgertums, beispielhaft geschildert in dem Roman «Buddenbrooks».

Mann wurde als zweiter Sohn des Kaufmanns Thomas Johann Heinrich Mann in Lübeck geboren. 1893 legte er die Mittlere Reife ab. Der faule Schüler verließ die verhaßte Schule und zog mit Mutter und Geschwistern nach München, wo er bei einer Versicherungsgesellschaft volontierte und 1895/96 an der Technischen Hochschule studierte.

1901: «Buddenbrooks» Nachdem er bereits in Lübeck Autor und Mitherausgeber des «Frühlingssturm. Monatsschrift für Kunst, Literatur und Philosophie» gewesen war, schrieb er für die deutschnationale, antisemitische Zeitschrift «Das Zwanzigste Jahrhundert. Blätter für Deutsche Art und Wohlfahrt», die von seinem bewunderten Bruder Heinrich herausgegeben wurde. Wichtiger für die Entwicklung des Bismarck-Anhängers aber waren erste lyrische Arbeiten.

Nach einer Italienreise mit Heinrich (1896–98), einer Arbeit als Redakteur des «Simplicissimus» (1898/99), seinem Militärdienstjahr (1900) und der Veröffentlichung erster Novellen (z.B. «Der kleine Herr Friedemann», 1901) publizierte Mann 1901 den Roman «Buddenbrooks». In seinem Welterfolg schilderte er in teilweise satirischer Form den Verfall einer Lübecker Kaufmannsfamilie über vier Generationen. Die Werte des Bürgertums (z.B. Fleiß, Sparsamkeit und Pflichterfüllung) werden durch künstlerische, intellektuelle Lebensinhalte sowie durch Laster, Luxus, Müßiggang, Religion, Krankheit und Tod zerstört.

1903: «Tristan» Manns zweiter Erfolg war die Erzählung «Tonio Kröger», die im Rahmen der sechs Novellen umfassenden Sammlung «Tristan» (1903) erschien. «Tonio Kröger» spiegelt den Gegensatz von Kunst und bürgerlichem Leben. Der Protagonist erkennt die Leere des Lebens und entsagt so der Möglichkeit von Liebe und Erfüllung. 1905 heiratete Mann die Professorentochter Katia Pringsheim (sechs Kinder, u. a. die späteren Schriftsteller Erika, 1905; Klaus, 1906; Golo, 1909). Durch die Ehe und den damit verbundenen gesellschaftlichen Aufstieg im Großbürgertum festigten sich seine konservativen politischen Anschauungen. 1912 folgte «Der Tod in Venedig», die Geschichte eines Künstlers, der an dekadenter Lebensweise zugrunde geht: Die Liebe zu dem Jungen Tadzio endet mit dem Tod des Künstlers in Venedig.

1918: Bruch mit Heinrich Den 1. Weltkrieg verteidigte Mann mit deutschnationaler Euphorie («Betrachtungen eines Unpolitischen», 1918) und wandte sich gegen Pazifismus, gesellschaftliche Veränderung und damit auch gegen Heinrich, der sich zum demokratischen Wandel bekannte. Nach dem Mord an Außenminister Walther Rathenau (1922) vollzog Thomas den Bruch mit bisherigen politischen Anschauungen und bekannte sich fortan zu Republik und Demokratie, was zur Versöhnung mit Heinrich führte.

1924: «Der Zauberberg» «Der Zauberberg» (1924) ist die Geschichte des Ingenieurs Hans Castorp, der seinen Vater in einem Sanatorium besucht und dort selbst zum «Fall» wird. Auch in diesem Werk unterliegt der Held der Macht der Liebe und des Todes. Am Ende triumphiert nicht die Hoffnung auf bessere Zeiten, sondern wiederum der Zerfall. 1929 erhielt Mann den Literatur-Nobelpreis, 1933 emigrierte er in die Schweiz, wo er sich in Küsnacht bei Zürich niederließ. Im selben Jahr erschien der erste Band der Romantetralogie «Joseph und seine Brüder», thematisch angelehnt an das biblische Vorbild. Joseph wird vom Träumer zum verantwortungsbewußten Staatsmann. Erstmals beschrieb Mann damit einen Charakter, der nicht dem Verfall geweiht ist, sondern Zuversicht für die Zukunft gibt. Das Werk ist eine Anspielung auf die eigene politische Entwicklung und eine Hoffnung auf Überwindung des Faschismus.
1936 wurde ihm die deutsche Staatsbürgerschaft aberkannt. Er nahm die

Thomas Mann

tschechoslowakische an und siedelte 1938 in die USA über, wo 1939 «Lotte in Weimar» erschien. In dem Goethe-Roman stellte Mann sein großes Vorbild als unverstandenen, vereinsamten Menschen dar.

1947: «Doktor Faustus» 1947 veröffentlichte der US-Bürger (ab 1944), der im 2. Weltkrieg antifaschistische Radioprogramme für deutsche Hörer produziert hatte, seinen Roman «Doktor Faustus». Darin legte er sein Verständnis der Nazi-Zeit dar, die sich nicht zufällig, sondern als Folge deutscher Geschichte entwickelt habe. 1952 kehrte Mann in die Schweiz zurück, wo er 1954 «Die Bekenntnisse des Hochstaplers Felix Krull» herausbrachte: Die Lebensbeichte des narzißtischen Künstlers Krull, der der Gesellschaft zu den gewünschten Illusionen verhilft, konnte Mann nicht mehr fortsetzen: 1955 starb er mit 80 Jahren in Zürich.

Arthur Miller

(* 17. 10. 1915)

▸ Sozialkritiker der US-Gesellschaft ◂

Der Schriftsteller gilt als einer der bedeutendsten amerikanischen Dramatiker des Jahrhunderts. Millers Protagonisten setzen sich in einer rauhen Gesellschaft mit ihrer individuellen Schuld und Verantwortung auseinander, um moralisch vor dem eigenen Gewissen bestehen zu können.

Miller kam im Stadtteil Harlem in New York zur Welt. Sein Vater, ein jüdischer Einwanderer aus Österreich-Ungarn, betrieb ein Textilgeschäft und mußte nach der Weltwirtschaftskrise 1929 Konkurs anmelden. Die unsichere wirtschaftliche Situation prägte den sportbegeisterten Jungen nachhaltig. Sein Studium (Literaturwissenschaften und Englisch in Ann Arbor/Michigan, 1934–38) finanzierte er u. a. als Redakteur des «Michigan Daily». In dieser Zeit schrieb Miller erste Dramen, die an der Universität ausgezeichnet wurden.

1947: «Alle meine Söhne» 1938 ging Miller nach New York zurück und arbeitete bei einem Theaterprojekt der Bundesregierung mit, das 1939 wegen vermeintlicher kommunistischer Tendenzen eingestellt wurde. 1940 heiratete er seine Freundin Mary Slattery (zwei Kinder). Nach ersten Romanen, Reportagen und einem wenig erfolgreichen Drama («Der Mann, der das Glück gepachtet hat», 1944) schaffte Miller mit dem Theaterstück «Alle meine Söhne» («All My Sons», 1947) den Durchbruch: Ein Kriegsgewinnler verliert seine Söhne, die mit den Geschäftspraktiken des Vaters nicht zurechtgekommen sind, und nimmt sich das Leben. Ebenso wie in allen folgenden Werken setzte sich Miller kritisch mit der Gesellschaft auseinander, wobei ihm die Dramen des Norwegers Henrik Ibsen als Vorbild dienten.

1949: «Tod eines Handlungsreisenden» Sein größter Erfolg gelang Miller zwei Jahre später mit «Tod eines Handlungsreisenden» («Death of a Salesman»). In dem 1985 von Volker Schlöndorff verfilmten Drama schilderte er die Zerstörung von Willy Loman, der nach langer Berufstätigkeit von seiner Firma entlassen wird. In Rückblenden läßt er verpaßte Chancen Revue passieren, wendet sich dem Privatleben zu, wird von seinen Söhnen abgelehnt und setzt seinem Leben ein Ende. Charakteristikum von Millers Dramen ist der Versuch der Protagonisten, sich vor ihrem Gewissen zu verantworten. Über ihre moralische Haltung erhalten Millers Charaktere einen Platz in der Gesellschaft, wobei die Individuen immer wieder an den gesellschaftlichen Ansprüchen scheitern. Ihre Einsamkeit und die Auseinandersetzung mit der eigenen Schuld werden so zu Hauptthemen, mit denen sich Miller auch in zahlreichen Essays beschäftigte. Ebenfalls 1949 erhielt er den Pulitzerpreis.

50er Jahre: Konflikt mit McCarthy Die Gesellschaftskritik Millers, der zwischenzeitlich sozialistischen Ansichten nahegestanden hatte, rief den Ausschuß für unamerikanische Umtriebe auf den Plan. Dessen Vorsitzenden, Joseph R. McCarthy, hatte Miller in seinem Stück «Hexenjagd» («The Crucible», 1953; verfilmt 1956, Drehbuch Jean-Paul Sartre) kritisiert: Die Einwohner einer Stadt werden von puritanischen Moralaposteln zu einer grausamen Jagd auf das Laster angestachelt; Haß und Denunziation breiten sich aus. Folge des Dramas: Miller wurde der Unterstützung des Kommunismus bezichtigt und 1957 nach Aussageverweigerung wegen Mißachtung des Ausschusses zu einem Jahr Gefängnis auf Bewährung und einer Geldstrafe verurteilt (1958 revidiert).

1964: «Nach dem Sündenfall» In die Schlagzeilen geriet Miller außerdem durch seine Ehe mit der Schauspielerin Marilyn Monroe (1956–61), für die er das Drehbuch zu dem Film «Nicht gesellschaftsfähig» («The Misfits», 1959; verfilmt 1960) schrieb. Nach Monroes Freitod heiratete er 1962 die Österreicherin Inge Morath (ein Kind). Den Selbstmord des Sexsymbols sowie seine privaten Probleme der 50er Jahre verarbeitete Miller in dem Drama «Nach dem Sündenfall» («After the Fall», 1964), dem Versuch einer Selbstfindung, aus der die Kraft für einen Neubeginn erwächst. Im selben Jahr wurde «Zwischenfall in Vichy» («Incident at Vichy») uraufgeführt. Darin schilderte Miller, wie beliebige Passanten als «Juden» von NS-Schreibtischtätern inhaftiert und verhört werden,

Arthur Miller, 1962

und zeigte die Reaktion der Betroffenen. Wiederum die NS-Zeit nahm Miller in dem TV-Drehbuch «Spiel um Zeit» («Playing for Time», 1980) auf, wobei er sich diesmal mit dem Lagerorchester von Auschwitz beschäftigte. Mit seinen Dramen der 70er und 80er Jahre konnte er nicht mehr an frühere Erfolge anknüpfen. 1987 veröffentlichte er seine Memoiren («Zeitkurven»; «Timebends»).

Weitere Dramen Millers

1955 Erinnerungen an zwei Montage (A Memory of Two Mondays): Autobiographisches Werk um Millers Erfahrungen in einem Kfz-Ersatzteillager Anfang der 30er Jahre.
1955 Blick von der Brücke (A View from the Bridge): Soziale Anklage und Eifersuchtsdrama im Milieu sizilianischer Einwanderer in New York.
1968 Der Preis (The Price): Zwei Brüder setzen sich rückblickend mit Schuld und Verantwortung ihres Lebens auseinander.

Henry Miller

(26. 12. 1891 – 7. 6. 1980)

▸ Sexualität als Mittel zur Befreiung ◂

Der amerikanische Schriftsteller ging durch die Beschreibung ausschweifender Sexualität als Skandalautor in die Literaturgeschichte ein. Im Mittelpunkt von Millers Werken, in denen er gegen bürgerliche Moral und zivilisatorische Ordnung opponierte, steht die Befreiung der eigenen Gefühlswelt.

Miller kam in Yorkville/New York als Sohn eines Schneiders zur Welt und wuchs in Brooklyn auf. Geprägt durch das Leben auf den Straßen der Stadt, rebellierte er früh gegen Ordnung und Autoritäten. Der Jugendliche verließ die Schule, um sich selbst alles Wichtige über Literatur, Musik und Malerei beizubringen. Seine Theaterleidenschaft wurde durch den Besuch eines Vaudeville-Theaters geweckt, in dem eine unbekleidete Frau auftrat. Neben seinem kulturellen Interesse war Miller ein begeisterter Sportler: Seinen Traum, Radsport-Weltmeister zu werden, gab der Boxfan nach fünf Jahren harten Trainings jedoch auf.

Bis 1924: Zwischen Bürgertum und Rebellion Nach einer Tätigkeit als Finanzangestellter flüchtete der 21jährige vor der Zivilisation in den ländlichen Westen. Millers Abneigung gegen alles Geordnete wurde durch Schriften der Anarchistin Emma Goldman verstärkt. Er beschäftigte sich mit Literatur, Mystik und Theosophie, mußte 1914 jedoch nach New York zurückkehren, um im Geschäft seines Vaters zu arbeiten. In den nächsten zehn Jahren versuchte Miller, eine bürgerliche Existenz aufzubauen, was seinen Haß gegen die Zivilisation und die USA als deren Musterland noch steigerte. 1917 heiratete er die Pianistin Beatrice Sylvas Wickens (Scheidung 1924, ein Kind; zweite Ehe mit June Smith, Scheidung 1934) und war als Kartenabreißer, Tellerwäscher, Müllkutscher sowie im illegalen Alkoholgeschäft tätig. Nach vierjähriger Arbeit als Leiter des Einstellungsbüros einer Telegraphengesellschaft beschloß er 1924, sich nie mehr als Angestellter zu verdingen.

1934: Durchbruch nach zehn Jahren Millers Schreibversuche – das unveröffentlichte Manuskript «Beschnittene Flügel» («Clipped Wings») und eine Sammlung von Prosagedichten («Mezzotintos», 1925) – sowie ein Intermezzo als Maler blieben erfolglos. Erst durch die Freundschaft zu Anaïs Nin fand Miller in Paris das richtige Umfeld für seine literarische Karriere. Sein Hauptproblem, nicht zu einem eigenen Thema und Stil zu finden, löste sich: Mit einfacher, oft symbolhafter Sprache stellte Miller fortan die Weiblichkeit in den Mittelpunkt seiner autobiographisch geprägten Arbeiten. Seine freizügigen sexuellen (oft mystisch unterlegten) Schilderungen befreiten ihn von den Blockaden und Zwängen der Vergangenheit und machten ihn zum Idol der sog. Lost generation, brachten ihm aber auch den Vorwurf ein, Pornographie zu schreiben. Sein erster Erfolg wurde 1934 «Wendekreis des Krebses» («Tropic of Cancer»): In der Anklage gegen Moral und bürgerliche Existenz schilderte Miller das Boheme-Leben eines Amerikaners in Paris, der Erfüllung in Sex, Essen und Philosophieren findet.

1939: «Wendekreis des Steinbocks» In «Schwarzer Frühling» («Black Spring», 1936) und «Wendekreis des Steinbocks» («Tropic of Capricorn», 1939) schilderte Miller in oft surrealistischer Form das menschenfeindliche Leben in New York. Darüber hinaus arbeitete er in «Wendekreis des Steinbocks» seine gescheiterten Ehen auf. Der Roman, der erst 1962 in den USA erscheinen durfte, wurde durch tabulosen Umgang mit Sexualität zum Kultbuch der Beatgeneration der 60er Jahre. In den USA verarbeitete er eine Griechenlandreise in «Der Koloß von Maroussi» («The Colossus of Maroussi», 1941). Im selben Jahr entstand «Stille Tage in Clichy» («Quiet Days in Clichy»), die Beschreibung seiner Boheme-Zeit in Paris (Neubearbeitung 1957).

Bis 1960: Trilogie 1944 heiratete Miller, der nun auch als Aquarellmaler erfolgreich war, in dritter Ehe die Polin Janina M. Lepska (Scheidung 1951; zwei Kinder). In dieser Zeit entstanden weitere kritische Romane zum Leben in den USA. «Der klimatisierte Alptraum» («The Air-Conditioned Nightmare», 1945) und «Land der Erinnerung» («Remember to Remember», 1947) enthalten

Henry Miller

erstmals auch versöhnliche Gedanken über seine Heimat. In «Big Sur und die Orangen des Hieronymus Bosch» («Big Sur and the Oranges of Hieronymus Bosch», 1957) stand Millers Leben in der kalifornischen Stadt Big Sur (ab 1944) im Mittelpunkt. Nachdem er 1953 Eve McClure geheiratet hatte († 1965; fünfte Ehe ab 1967 mit der Japanerin Hoki Tokuda, Scheidung 1978), stellte er die Roman-Trilogie «Die fruchtbare Kreuzigung» («The Rosy Crucifixion») fertig, die aus «Sexus» (1949), «Plexus» (1953) und «Nexus» (1960) besteht. Darin beschrieb er in Form eines Bekenntnisromans «die Geschichte der entscheidenden sieben Jahre meines Lebens» zwischen 1923 und 1930 vor der Abreise nach Paris. In den 60er und 70er Jahren veröffentlichte er weitere Arbeiten, u. a. Briefsammlungen an Freunde. Mit 88 Jahren starb Miller 1980 in seinem Wohnort Pacific Palisades.

Alberto Moravia

(28. 11. 1907–26. 9. 1990)

▸ Vom Zerfall des Bürgertums ◂

Der italienische Schriftsteller rechnete in seinen Romanen mit Dekadenz und Verlogenheit des Bürgertums ab. Wegen freizügiger sexueller Darstellungen sorgten Moravias Werke immer wieder für Skandale.

Moravia wurde als Alberto Pinchole in Rom geboren. Sein Vater war ein wohlhabender jüdischer Architekt, seine Mutter eine slawische Adlige. Als Neunjähriger erkrankte Pinchole an Knochentuberkulose und verbrachte die folgenden neun Jahre zumeist in Sanatorien.

1925: Romandebüt Mit 16 Jahren begann er mit der Arbeit an seinem ersten Roman «Die Gleichgültigen» («Gli indifferenti»), den er 1925 abschloß und vier Jahre später unter dem Pseudonym Alberto Moravia veröffentlichte. Das Werk schildert den Zerfall einer bürgerlichen Familie: Eine alternde Witwe wird von ihrem Liebhaber hintergangen, der ein Verhältnis mit ihrer Tochter beginnt und versucht, die bankrotte Familie um den Rest ihres Besitzes zu bringen. Zwar durchschauen alle Beteiligten die Intrigen der anderen, sind aber unfähig zu einem Neuanfang. Nach der fünften Auflage wurde das Buch wegen seiner pessimistischen Grundtendenz verboten. Die Themen des Buchs – Sexualität, Geldgier und Dekadenz – durchziehen sein gesamtes späteres Werk.
Nach Aufenthalten in London und Paris (1930–35) arbeitete Moravia bis zum Eintritt Italiens in den 2. Weltkrieg als Journalist in Rom, ehe er mit der Schriftstellerin Elsa Morante (Heirat 1941) nach Capri zog.

1941–44: Schreibverbot und Verfolgung Durch den Roman «Maskerade» («La mascherata», 1941), eine Satire auf einen imaginären mittelamerikanischen Diktator, fühlte sich Italiens Duce Benito Mussolini verunglimpft, verhinderte eine zweite Auflage und erteilte Moravia Veröffentlichungsverbot. Im selben Jahr entstanden die Kurzromane «Agostino» (veröffentlicht 1944) sowie «Der Ungehorsam» («La disubbidienza», veröffentlicht 1948), die sich mit Pubertätsproblemen im bürgerlichen Milieu befassen. In seine Darstellung bezog Moravia Erkenntnisse der Psychoanalyse mit ein.
1943 wurde Moravia vom Regime als «subversive Person» eingestuft und auf eine Fahndungsliste gesetzt. Er floh mit Morante in die Berge bei Fondi, wo sie sich ein Dreivierteljahr versteckt hielten. Nach der Befreiung Roms (1944) kehrte das Paar zurück. Ebenfalls 1944 entstand der Essay «Die Hoffnung» («La speranza»), in dem sich Moravia der marxistischen Ideologie annäherte.

1947–60: Neorealistische Phase 1947 gelang Moravia mit «Die Römerin» («La romana») ein großer Erfolg.

Die Geschichte eines Mädchens, das zur Prostituierten wird, verkaufte sich mehr als 1mio.mal. Vier Jahre später folgte das Psychogramm eines faschistischen Mitläufers («Der Konformist»; «Il conformista»). 1952 setzte die katholische Kirche Moravias Gesamtwerk wegen obszöner Darstellungen auf den Index.
Moravias in den 50er Jahren verfaßte Erzählbände sind wie seine Romane stark vom italienischen Neorealismus beeinflußt. In seinen Geschichten berichtete er vom anderen Rom, vom Alltag der kleinen Leute und ihrem Leben in den grauen Vorstädten. Am bekanntesten wurden die Bände «Die Mädchen vom Tiber» («Racconti romana», 1954) und «Die Lichter von Rom» («Nuovi racconti romani», 1959).
Eine Anklage gegen den Krieg ist der 1957 erschienene Resistenza-Roman «Cesira» («La Ciociara»): Eine Kleinhändlerin flieht mit ihrer Tochter vor dem Krieg aus Rom, doch auch in den Bergen wird sie mit dem Grauen der Kämpfe konfrontiert. Allerdings lernt sie, die politischen Zusammenhänge zu erkennen.

Ab 1960: Spätwerk Mit dem Roman «La Noia» («La noia», 1960), der wegen seiner freizügigen erotischen Passagen zum Skandalerfolg wurde, kehrte der Schriftsteller zur Analyse des Bürgertums zurück: Ein reicher Bürgersohn, der an Lebensüberdruß leidet und sich eine Existenz als Maler aufbauen will, verliebt sich in das Aktmodell eines Künstlerkollegen. Nach dessen Tod beginnt er ein Verhältnis mit ihr und wird ihr hörig, sie aber sträubt sich konsequent gegen jegliche Besitzansprüche.

Alberto Moravia

1962 trennte sich Moravia von Morante und lebte in den folgenden 24 Jahren mit der Schriftstellerin Dacia Maraini zusammen. Seine in den 60er Jahren verfaßten Theaterstücke blieben erfolglos. 1971 gelang Moravia mit «Ich und Er» («Io e lui») erneut ein Bestseller. Geschildert wird das Streitgespräch zwischen einem aufstrebenden jungen Mann («Ich») und seinem aufsässigen Geschlechtsteil («Er»). Mit den sozialen Prozessen, die ein heranwachsendes Mädchen aus wohlhabendem, gutbürgerlichem Elternhaus in den Terrorismus treiben, setzte sich Moravia 1978 in seinem Werk «Desideria» («La vita interiore») auseinander.
1984 entsandte die kommunistische PCI den 77jährigen als unabhängigen Kandidaten ins Europaparlament. Zwei Jahre später heiratete Moravia die 32jährige spanische Historikerin und Schriftstellerin Carmen Llera. Im Alter von 82 Jahren starb er 1990 in Rom.

Toni Morrison

(* 18. 2. 1931)

Die amerikanische Schriftstellerin setzt sich in ihren Romanen mit Geschichte und Gegenwart der Schwarzen in den USA auseinander. Als erste Afroamerikanerin erhielt Morrison 1993 den Literatur-Nobelpreis.

Morrison wurde in Lorain/Ohio als Chloe Anthony Wofford geboren. Die Tochter eines schwarzen Arbeiterehepaares studierte Literatur in Washington und an der renommierten Cornell University. 1954 machte sie ihren Abschluß und erhielt einen Lehrauftrag in Texas. Drei Jahre später ging sie als Dozentin nach Washington D.C. In der amerikanischen Hauptstadt heiratete sie und bekam zwei Kinder. Nach ihrer Scheidung kehrte sie 1964 in ihren Geburtsort Lorain zurück.

1970: Romandebüt Ab Mitte der 60er Jahre arbeitete Morrison als Lektorin beim New Yorker Verlag Random House, wo sie vornehmlich für Literatur von Schwarzen zuständig war. Daneben engagierte sie sich in der Bürgerrechtsbewegung. Explizit setzte sie sich für eine schwarze Ästhetik in Kunst und Literatur ein, die sich nicht an den von Weißen vorgegebenen Werten orientierte.
Aus kleineren Erzählungen, die sie während ihrer Lehrtätigkeit verfaßt hatte, entstand Morrisons Erstlingsroman «Sehr blaue Augen» («The Bluest Eyes», 1970). Er schildert das Schicksal des schwarzen Mädchens Pecola Breedlove, das sich nichts sehnlicher wünscht als blaue Augen und blonde Haare, um damit die Liebe ihrer Mutter zurückzugewinnen. Deren Zuneigung scheint allein der Tochter der weißen Familie zu gehören, bei der sie arbeitet. Am Ende wird Pecola von ihrem Vater vergewaltigt, schwanger und wird bei der Geburt des Kindes wahnsinnig. Morrisons Roman wendet sich gegen ein von Weißen bestimmtes Schönheitsideal und gegen das Aussehen als Wertmaßstab für eine Frau.

1977: Literarischer Durchbruch 1974 folgte mit «Sula» ein Roman über die Freundschaft zweier Frauen, die einen unterschiedlichen Lebensweg einschlagen. Im Mittelpunkt steht Sula, die zur Außenseiterin der schwarzen Gemeinde wird, weil sie eine kompromißlose Selbstverwirklichung anstrebt. Wie in allen ihren Romanen zeigte Morrison zum einen die bedrängte soziale Lage der Schwarzen in den USA, zum anderen galt ihr Augenmerk speziell der Situation der schwarzen Frau.
Der literarische Durchbruch gelang Morrison 1977 mit der Familiensaga «Solomons Lied» («Song of Solomon»). Der Protagonist Milkman erkundet auf der Suche nach seiner Bestimmung die Geschichte seiner Familie, die er bis in die Zeit der Sklaverei zurückverfolgt. Erst als er sich von den kulturellen und materi-

ellen Werten der Weißen löst und sich als Angehöriger des schwarzen Volkes mit seiner eigenen Geschichte und Kultur begreift, findet er seine Identität.
Auch Morrisons nächster Roman, «Teerbaby» («Tar Baby», 1981), befaßt sich mit dem Thema der Selbstfindung: Die auf einer Karibikinsel angesiedelte Geschichte erzählt von der scheiternden Liebe zwischen einem weitgereisten Fotomodell und einem Mann, der ganz in der ländlich-traditionellen Gemeinschaft der Insel verwurzelt ist.

1987: «Menschenkind» 1983 nahm Morrison einen Ruf an die State University of New York in Albany an, wo sie sechs Jahre lang talentierte Nachwuchsschriftsteller unterrichtete. 1987 erschien «Menschenkind» («Beloved»), die Geschichte der Sklavin Sethe. Der im 19. Jahrhundert spielende Roman greift auf einen Bericht zurück, nach dem eine Sklavin ihre Tochter tötete, um ihr das Schicksal der Sklaverei zu ersparen. Nachdem die Mutter aus dem Gefängnis entlassen worden ist, wird Sethe von der schwarzen Gemeinde als Kindsmörderin zunächst gemieden. In einer jungen Frau glaubt sie, ihr totes Kind wiedergefunden zu haben, und verfällt nach dem Verschwinden der Frau allmählich dem Wahn. Doch durch die Solidarität der Schwarzen findet sie einen Weg aus ihrem Leid. Morrison verband virtuos literarische Techniken der Moderne (Multiperspektivität und innerer Monolog) mit traditionellen Erzählformen der Schwarzen. Schonungslos zeigte sie die Verbrechen der Sklaverei und verzichtete auf

Toni Morrison, 1993

Beschönigungen zum Schutz der Weißen, wie dies die sog. Slave Narratives tun. Damit rief sie die verdrängte Geschichte der Schwarzen ins öffentliche Bewußtsein zurück.

1993: Nobelpreis Morrison wechselte 1989 als Professorin für Geisteswissenschaften an die Universität von Princeton. In dem drei Jahre später erschienenen Roman «Jazz» entwarf sie anhand der Geschichte eines Mordes ein Panorama vom Leben der Schwarzen im Harlem der 20er und 30er Jahre. 1993 erhielt sie als erste Afroamerikanerin den Nobelpreis für Literatur.

Alice Walker (*9.2.1944)

Die Amerikanerin zählt neben Morrison zu den bedeutendsten schwarzen Schriftstellerinnen ihres Landes. Themen der engagierten Bürger- und Frauenrechtlerin sind Rassismus, Emanzipation und Lebensbedingungen schwarzer Frauen, z. B. in ihrem Bestseller «Die Farbe Lila» («The Color Purple», 1982), für den sie 1983 den Pulitzerpreis erhielt.

Robert Musil

(6. 11. 1880 – 15. 4. 1942)

▸ Desorientierung als Prinzip eines Jahrhunderts ◂

Der österreichische Schriftsteller gehörte zu den Begründern des modernen Romans. In seinen Werken beschrieb Musil, der von der Philosophie Friedrich Nietzsches beeinflußt war, eine zersplitterte Wirklichkeit, die für den Menschen nicht mehr faßbar ist.

Musil wurde als einziger Sohn eines Ingenieurs in Klagenfurt geboren und wuchs in Steyr/Oberösterreich und Brünn auf. Ab 1892 besuchte er die Kadettenanstalten in Eisenstadt und Mährisch-Weißkirchen, wo er bei der Artillerie seine technischen Fähigkeiten und Interessen entdeckte. Nach der Offiziersausbildung studierte der 18jährige Maschinenbau an der Technischen Hochschule in Brünn (Abschluß 1901). Anschließend diente er in einem Infanterieregiment und nahm an der TH Stuttgart eine Assistentenstelle an, die er allerdings schnell als unbefriedigend empfand. Er gab die Stelle auf und studierte ab 1903 in Berlin Philosophie und Experimentelle Psychologie. Drei Jahre später entwickelte er den nach ihm benannten Farbkreisel, eine Methode zur Untersuchung des menschlichen Farbempfindens.

1906: Romandebüt Seit 1902 hatte Musil an seinem ersten Roman gearbeitet, der vier Jahre später veröffentlicht wurde: Mit «Die Verwirrungen des Zöglings Törleß», einem Werk, das auf seine Erfahrungen in der Kadettenanstalt zurückging, begründete Musil seinen Ruf als psychologisch exakt analysierender Erzähler. Im Mittelpunkt des Romans stehen drei Internatsschüler, die einen Mitschüler als Dieb entlarven. Anstatt ihn zu verraten, foltern sie ihn auf dem Dachboden. Törleß, der an den Handlungen eher beobachtend teilnimmt, gerät in einen Zustand zunehmender Entfremdung und moralischer Desorientierung: Der Heranwachsende muß einsehen, daß es die verläßlichen Eigenschaften, nach denen er sucht, nicht gibt.

Ab 1911: Novellen und Dramen 1908 promovierte Musil mit einer Arbeit über die Lehren des Physikers Ernst Mach zum Dr. phil. Die angebotene wissenschaftliche Laufbahn schlug er aus, um sich ganz auf die Schriftstellerei zu konzentrieren. 1911 erschien sein Novellenband «Vereinigungen», dessen Protagonisten sich in einen Bereich psychischer Erfahrungen zwischen Bewußtsein und Unterbewußtem begeben. Im selben Jahr heiratete Musil Martha Marcovaldi, die er 1907 in Berlin kennengelernt hatte. Seinen Lebensunterhalt verdiente er als Bibliothekar, ehe er 1914 Redakteur der «Neuen Rundschau» wurde.

Während des 1. Weltkriegs kämpfte Musil an der Front in Italien; ab 1917 war er Herausgeber der «Soldaten-Zeitung». In den Nachkriegsjahren machte sich Musil als Theaterkritiker einen Namen und arbeitete an eigenen Stücken. In den beiden Dramen «Die Schwärmer» (1921) und «Vinzenz und die Freundin bedeutender Männer» (1923) zeigte Musil in schonungslosen psychologischen Analysen Personen, die versuchen, sich der nicht faßbaren Wirklichkeit zu bemächtigen. 1924 erschien mit «Drei Frauen» ein weiterer Novellenband, doch konzentrierte sich Musil bereits ganz auf die Arbeit an einem momumentalen Romanwerk.

Robert Musil, um 1930

1931–43: «Der Mann ohne Eigenschaften» 1933 verließ Musil nach Hitlers Machtübernahme Deutschland und siedelte nach Wien über. Im selben Jahr erschien der erste Teil des zweiten Bandes seines Romanwerks «Der Mann ohne Eigenschaften» (erster Band 1931). Der zu Lebzeiten wenig anerkannte Schriftsteller lieferte darin eine Bestandsaufnahme des Denkens und Fühlens im Westeuropa der Jahrhundertwende: Ein hochrangig besetztes Komitee – darunter Ulrich, der «Mann ohne Eigenschaften» – soll das 70jährige Regierungsjubiläum des österreichisch-ungarischen Kaisers Franz Joseph I. vorbereiten, der genau 40 Jahre länger auf dem Thron sitzt als der deutsche Kaiser Wilhelm II. Während der Planungen bricht der 1. Weltkrieg aus, das Jubiläumsjahr 1918 bedeutet den Untergang beider Monarchien. Musil entlarvte in seinem Roman die zeitgenössischen Ideologien und dokumentierte die geistige Orientierungslosigkeit. Vernunft war für Musil nur denkbar als Ablehnung all dessen, was einer Zeit als vernünftig galt. Folgerichtig zieht sich Ulrich, der sich für keine der vorhandenen Ordnungen entscheiden kann, mit seiner Schwester Agathe vom Leben zurück, beide begeben sich auf einer Mittelmeerinsel in die selbstgewählte Isolation.

Die komplizierte Struktur des Romans, in dem sich Musil mit den Erkenntnissen aus nahezu allen Wissenschaftsdiziplinen auseinandersetzte, verhinderte einen großen Publikumserfolg. Dennoch arbeitete der Österreicher unter größten finanziellen Schwierigkeiten und teilweise von Schreiblähmungen befallen, weiter. 1936 erlitt er einen Schlaganfall. Zwei Jahre später emigrierte er nach dem sog. Anschluß Österreichs an das Deutsche Reich nach Zürich, 1939 zog er nach Genf. In seiner Heimat wurden Musils Bücher verboten. Menschlich vereinsamt, widmete sich der Schriftsteller der Fortsetzung seines Hauptromans, der jedoch ein Fragment blieb. 1942 starb Musil mit 61 Jahren an einem Gehirnschlag.

Vladimir Nabokov

(22.4.1899–2.7.1977)

Der 1940 in die USA emigrierte sowjetische Schriftsteller schuf komplex aufgebaute, zumeist psychologische Romane. Weltweit bekannt wurde er durch den Skandal um seinen Roman «Lolita» (1955).

Der Sohn einer angesehenen und wohlhabenden Familie – sein Vater war Jurist und Politiker – wurde in St. Petersburg geboren. Während seiner Schulzeit verfaßte Nabokov erste Gedichte, die er als Privatdrucke veröffentlichte. 1919 floh die Familie vor dem Bürgerkrieg über Griechenland und Frankreich nach England. Im selben Jahr begann er in Cambridge ein Studium der Französischen und Russischen Literatur.

1926–37: Russische Romane Nach dem Studienabschluß übersiedelte Nabokov 1921 nach Berlin, wo er seinen Lebensunterhalt als Privatlehrer und mit Veröffentlichungen in Emigrantenblättern bestritt. 1925 heiratete er die russische Jüdin Véra Slonim. Im Folgejahr erschien sein Roman «Maschenka», die Geschichte eines Emigranten in Berlin, dessen Gedanken um eine in der Heimat zurückgebliebene Freundin kreisen. 1928 wurde die Dreiecksgeschichte «König, Dame, Bube» («Korol, dama, valet») publiziert, in der Nabokov mit Kartenmetaphern arbeitete, u. a. paßte er die Anzahl der Kapitel der Kartenzahl einer Farbe an.
Zentrale Themen von Nabokovs Romanen bis Mitte der 30er Jahre sind die Frage nach dem Sinn des Lebens sowie die Auseinandersetzung mit dem Emigrantendasein. In «Der Späher» («Sogljadataj», 1930) erzählte er die Geschichte eines Emigranten, der einen Selbstmordversuch überlebt und die Welt fortan aus der Perspektive des Toten sieht. In «Einladung zur Enthauptung» («Priglaschenije na kasn», 1935) beschrieb Nabokov die Grundspannung zwischen Leben und Tod: Ein Mann weiß, daß er sterben wird. Er kennt die Art und den Grund seines Todes, nur nicht den Zeitpunkt seines Ablebens. «Die Gabe» («Dar», 1935–37) handelt von einem nach Berlin emigrierten russischen Dichter. Der Roman ist sowohl die Geschichte eines künstlerischen Reifeprozesses als auch eine Auseinandersetzung mit den verschiedenen Formen der Literatur.

Ab 1941: Erste englische Romane 1937 emigrierte Nabokov mit Frau und Kind aus Nazi-Deutschland nach Frankreich. Dort schrieb er seinen ersten englischsprachigen Roman, «Das wahre Leben des Sebastian Knight» («The Real Life of Sebastian Knight», erschienen 1941) – die Lebensgeschichte eines ausgewanderten Schriftstellers, die von seinem Halbbruder erzählt wird.
1940 verließ Nabokov kurz vor der deutschen Invasion Frankreich und

emigrierte in die USA, wo er fortan Literatur lehrte. 1947 veröffentlichte er den Roman «Das Bastardzeichen» («Bend Sinister»), der das Leben vor dem Hintergrund des Nationalsozialismus schildert: Adam Krug versucht, die Realität seiner Vorstellung von der Welt unterzuordnen, und wird von einem diktatorischen Regime, das er falsch einschätzt, vernichtet. Wie in nahezu allen Romanen wählte Nabokov eine komplizierte Erzählstruktur mit häufigen Perspektivwechseln.

1955: Skandalwerk Nabokovs Roman «Lolita» sorgte bereits vor Erscheinen für Aufsehen, da sich mehrere amerikanische Verlage weigerten, das Buch zu veröffentlichen. Gründe waren das behandelte Tabuthema der Liebe zu einer Minderjährigen sowie die freizügige Darstellung von Sexualität. Schließlich erschien das Werk 1955 bei einem auf Pornographie spezialisierten französischen Verlag, drei Jahre später auch in den USA. Der Roman ist in Form einer Verteidigungsschrift abgefaßt, in der ein inhaftierter Mann von seiner verbotenen Liebe berichtet. Thema des Werks ist die unerfüllbare Leidenschaft, die das zerstört, was sie in Besitz nehmen will.

Ab 1959: In der Schweiz Erneut die Geschichte eines russischen Emigranten erzählte Nabokov in «Pnin» (1957), dem Porträt eines liebenswürdigen Assistenzprofessors, der bei seinem Versuch, sich dem Gastland USA anzupassen, scheitert. Wie die meisten Romane Nabokovs erlaubte auch dieses ständig zwischen Gegenwart und Vergangenheit pen-

Vladimir Nabokov, 1968

delnde Werk verschiedene Lesarten. 1959 gab Nobokov seine Lehrtätigkeit auf und ließ sich in Montreux (Schweiz) nieder, wo er mit seiner Frau in einer Hotelsuite lebte.
1962 legte Nabokov mit «Fahles Feuer» («Pale Fire») eine Reflexion über das literarische Schaffen vor; fünf Jahre später folgten seine Memoiren («Erinnerung, sprich»/«Speak, Memory»). 1969 veröffentlichte er seinen Roman «Ada oder Das Verlangen» («Ada or Ador: A Family Chronicle»), ein Werk über eine inzestuöse Beziehung; gleichzeitig eine Abhandlung über das Phänomen der Zeit.
In den 70er Jahren brachte Nabokov zahlreiche Erzählbände und seinen letzten Roman heraus: «Sieh doch die Harlequins!» («Look at the Harlequins!», 1974), die Lebensbeichte eines Schriftstellers mit zahllosen verschlüsselten Hinweisen auf Nabokovs Werk. 1977 starb Nabokov im Alter von 78 Jahren in Lausanne an einer Bronchialinfektion.

Pablo Neruda

(12.7.1904–23.9.1973)

▸ Die poetische Stimme Lateinamerikas ◂

Der chilenische Lyriker verschaffte der Literatur Lateinamerikas mit seinen sozialen und politischen Gedichten Weltgeltung. In dem Versepos «Der große Gesang» vermittelte er Geschichte und Gegenwart seines Kontinents.

Neruda wurde als Neftalí Ricardo Reyes Basoalto in Parral im Süden Chiles geboren. Sein Vater war Lokomotivführer, seine Mutter, die kurz nach seiner Geburt starb, Lehrerin. Schon als 15jähriger redigierte er die Literaturbeilage der heimatlichen Provinzzeitung. Um diese Zeit legte er sich aus Verehrung für den tschechischen Dichter Jan Neruda das Pseudonym Pablo Neruda zu. 1924 gewann er mit ersten Gedichten einen Literaturwettbewerb und erhielt ein Stipendium. Drei Jahre studierte er Französisch in Santiago, dann arbeitete er als Journalist.

1924: «Zwanzig Liebesgedichte...» Eine erste Gedichtsammlung Nerudas erschien 1923 unter dem Titel «Crepusculario». Die ein Jahr später veröffentlichten «Zwanzig Liebesgedichte und ein Lied der Verzweiflung» («Veinte poemas de amor y una canción desesperada») wurden zum meistverkauften Lyrikband Lateinamerikas. Vor dem Hintergrund einer Liebesgeschichte entwarf Neruda Stimmungen und Sehnsüchte und schuf eine Ode an die Frau, die Objekt der Begierde, Zufluchtsort und kosmische Macht in einem ist.

1927–36: Diplomat 1927 trat er in den diplomatischen Dienst ein und war sechs Jahre lang Konsul in Südostasien. In dieser Zeit, die Neruda wegen der dortigen sozialen Probleme als «schmerzlichste Epoche» seines Lebens bezeichnete, entstand das zweibändige Werk «Aufenthalt auf Erden» («Residencia en la tierra», 1935). Die Melancholie früherer Gedichte wich der direkten Darstellung der Leiden der Welt. Dem zentralen Thema des Verfalls entsprechen auch die eigenwillige Metrik und Sprache. Neruda verzichtete auf strenge Strophen und Versformen, jedes Gedicht zeichnet sich durch einen individuellen Rhythmus aus.
1934 kam Neruda nach Spanien, wo er sich der Dichtergruppe «Generation von 1927» anschloß, die von Symbolismus, Surrealismus und Futurismus beeinflußt war. Bei Ausbruch des Bürgerkriegs stellte er sich gegen Franco und wurde daraufhin aus dem diplomatischen Dienst entlassen. Aus Betroffenheit über den Bürgerkrieg entstand 1937 der Gedichtband «Spanien im Herzen» («España en el corazón»).

1950: «Der große Gesang» 1939 wurde Neruda erneut Diplomat und ging als Generalkonsul nach Mexiko (bis 1943). Sechs Jahre später trat er der Kommunistischen Partei Chiles bei und wurde Senator. Wegen seiner

Kritik an Präsident González Videla erklärte ihn die Regierung 1948 zum Staatsfeind und ließ ihn steckbrieflich suchen. Als Mönch verkleidet, gelang ihm die Flucht nach Argentinien. Die folgenden Jahre lebte er in Westeuropa, der UdSSR und China. 1950 erschien der lyrische Zyklus «Der große Gesang» («Canto general»). In dem hymnischen Werk, das von Anklage und Mitgefühl getragen ist, versuchte Neruda, Lateinamerika in seiner Gesamtheit in Mythen und Geschichte, Natur und politisch-sozialen Verhältnissen darzustellen. Er wählte eine marxistische Sichtweise der Geschichte mit unverhohlener Bewunderung für Stalin.

Pablo Neruda

50er Jahre: Bewußte Einfachheit 1952 kehrte Neruda nach Chile zurück und veröffentlichte anonym den Gedichtband «Die Verse des Kapitäns» («Los versos del Capitán»), zu dem er sich erst zehn Jahre später offiziell bekannte. Grund: Mit der lyrischen Liebeserklärung an Matilde Urrutia, die er 1955 in dritter Ehe heiratete, wollte er seine vorherige Frau nicht kränken. In seinen Werken verzichtete Neruda zunehmend auf die bisherigen, oft schwer zugänglichen Metaphern. So bestehen die Verse der «Elementaren Oden» («Odas elementares», 1954; «Nuevas odas elementares», 1956; «Tercer libro de las odas», 1957), einer Bestandsaufnahme menschlichen Daseins, überwiegend aus ein- und zweisilbigen Wörtern.

Das aufgedeckte Ausmaß des Stalin-Terrors erschütterte Nerudas Weltbild. Seine Skepsis wurde in der autobiographischen Reflexion «Extravaganzenbrevier» («Estravaganzio», 1958) und im fünfbändigen «Memorial von Isla Negra» («Memorial de Isla Negra», 1964) deutlich.

1971: Literatur-Nobelpreis 1969 bestimmte die KP Neruda zum Präsidentschaftskandidaten, 1970 zog er die Kandidatur zugunsten der Volksfront unter Salvador Allende zurück, der ihn zum Botschafter in Frankreich ernannte. Im folgenden Jahr erhielt Neruda den Literatur-Nobelpreis. In dem Gedichtband «Aufforderung zum Nixoncid und Lob der chilenischen Revolution» («Incitatión al nixoncidio y alabanza de la revolutión chilena», 1973) kritisierte er den Versuch der USA, die Linksregierung zu destabilisieren. 1973 erkrankte Neruda an Krebs. Wenige Tage nach dem Militärputsch gegen Allende starb Neruda 69jährig in Santiago. Postum erschienen seine Memoiren «Ich bekenne, ich habe gelebt» («Confieso que ho vivido»).

Eugene O'Neill

(16.10.1888–27.11.1953)

Der bedeutende amerikanische Dramatiker verhalf dem modernen Theater in den USA zum Durchbruch. O'Neill setzte sich in seinen pessimistischen Stücken mit der Suche nach dem Sinn des Lebens auseinander.

O'Neill wurde in New York als Sohn eines irischstämmigen Schauspielers geboren. Ab 1906 studierte er ein Jahr an der Princeton University. Mit 21 Jahren heiratete O'Neill Kathleen Jenkins (ein Kind; zweite Ehe ab 1918 mit Agnes Boulton, zwei Kinder; dritte Ehe ab 1929 mit Carlotta Monterey). In der Folgezeit suchte er sein Glück vergeblich als Seefahrer, Goldsucher in Manila und Mitglied der Schauspieltruppe seines Vaters. Ohne Lebensperspektive, unternahm O'Neill 1911 einen Selbstmordversuch, wurde jedoch gerettet und heuerte erneut auf einem Schiff an. 1912 erkrankte er an Tuberkulose. Während der Rekonvaleszenz schrieb er erste Einakter und las Werke von Henrik Ibsen, Friedrich Nietzsche und August Strindberg.

1916: Bühnendebüt Ab 1914 belegte O'Neill Dramaturgievorlesungen in Harvard und schloß sich der experimentellen Princeton-Theatergruppe an. Zwei Jahre später wurde sein Erstling von der Gruppe erfolgreich uraufgeführt: «Im Nebel vor Cardiff» («Bound East for Cardiff») ist ein psychologisches Stück über einen Matrosen in Erwartung des Todes. Nach weiteren Einaktern sorgte sein Monodrama «Kaiser Jones» («The Emperor Jones», 1920) für eine Sensation: Erstmals stand ein Schwarzer im Zentrum des Bühnengeschehens, das – wie häufig bei O'Neill – in derber Alltagssprache geschildert wird: Nach zweifachem Mord flieht der Schwarze auf eine westindische Insel, wo er zum Kaiser ernannt wird. Mit dem fast dialogfreien Stück wollte O'Neill kritisch auf menschliche Selbstherrlichkeit hinweisen.
In dem Dreiakter «Anna Christie» (1921) griff O'Neill auf seine Erfahrungen als Seemann zurück. Ein Kapitän sieht an Bord nach langen Jahren seine Tochter wieder, die sich in den Schiffsheizer Mat verliebt. Obwohl sie den Männern ihr Vorleben als Hure beichtet, macht ihr Mat einen Heiratsantrag, da sie ihm versichert, nur ihn geliebt zu haben. Für das dem Realismus verpflichtete Stück erhielt O'Neill 1922 zum zweitenmal den Pulitzerpreis (erstmals 1920, außerdem 1928 und 1940).

20er Jahre: Sozialkritik In der Folgezeit waren Sozialkritik und O'Neills Hang zum Fatalismus die Themen seiner Dramen; laut eigenen Worten Arbeiten über die «hoffnungslose Hoffnung». In «Der haarige Affe» («The Hairy Ape», 1922) beschrieb er die Unfähigkeit des Menschen zu sinnvollen Sozialbeziehungen: Der Schiffsheizer Yank scheitert bei allen

Versuchen, sich unter Menschen zurechtzufinden, und findet nur bei einem Affen Gehör, der ihn schließlich umbringt. Neuartige Techniken, um psychisch gestörte Charaktere in ihren Selbstgesprächen darstellen zu können, verwendete er in «Seltsames Zwischenspiel» («Strange Interlude», 1928), der in Resignation endenden Geschichte einer Frau.

1931: Hauptwerk Während eines Frankreichaufenthalts faßte O'Neill seine Erfahrungen als Dramatiker 1929 in seiner Trilogie «Trauer muß Elektra tragen» («Mourning Becomes Elektra», UA 1931) zusammen. Er übertrug die Atridensage in das Neuengland des 19. Jahrhunderts. Nicht die Götter entscheiden über das Schicksal (wie in der Vorlage), sondern die Triebe der Protagonisten. Der Mensch wird zum Sklaven seiner eigenen Leidenschaft. 1936 erhielt O'Neill den Literatur-Nobelpreis. 1939 entstand «Der Eismann kommt» («The Iceman cometh», UA 1946), ein Stück, in dem Glück nur durch Träume erreicht wird. 1940 verfaßte er das Schauspiel «Fast ein Poet» («A Touch of the Poet», UA 1957) um einen heruntergekommenen Wirt, der sich erst zu seiner Existenz bekennt, als ihm alle Lebenslü-

Eugene O'Neill

gen und Illusionen schmerzlich geraubt werden. Ein Jahr später folgte das autobiographische Stück «Eines langen Tages Reise in die Nacht» («Long Day's Journey into Night», UA 1956). 1942 schrieb O'Neill sein letztes Werk, «Ein Mond für die Beladenen» («A Moon for the Misbegotten», UA 1947): Ein alternder Schauspieler findet Momente des Glücks, als sich sein sexuelles Verlangen nach dem Mädchen Josie in Liebe verwandelt, wobei er das Mädchen jedoch wie seine Mutter verehrt. Nach langer Krankheit starb der 65jährige 1953 in Boston.

Weitere Dramen O'Neills

1924 Alle Kinder Gottes haben Flügel (All God's Chillun Got Wings): Tiefenpsychologisches Konfliktstück um einen schwarzen Mann und seine weiße Frau.
1924 Gier unter Ulmen (Desire Under the Elms): Mystisches Stück um eine Frau und ihren Stiefsohn zwischen Liebe und Leiden.
1926 Der große Gott Brown (The Great God Brown): Mythisches Maskendrama um zwei Männer auf der Suche nach dem Lebenssinn.
1933 O Wildnis! (Ah Wilderness!): Einzige Komödie O'Neills um die Beziehung einer Tochter aus puritanischer Familie zu einem schwärmerischen Jungdichter.

George Orwell

(25.6.1903–21.1.1950)

▸ «Big Brother» is watching you... ◂

Der englische Schriftsteller avancierte durch seine Welterfolge «Die Farm der Tiere» und «1984» zum Mahner vor Totalitarismus und Überwachungsstaaten moderner Prägung.

Orwell kam als Eric Arthur Blair in Motihari (Bengalen; heutiges Indien) zur Welt, wo die Familie zur kolonialen britischen Mittelschicht zählte. Mit acht Jahren schickten ihn seine Eltern nach England – zunächst auf eine Privatschule in Eastbourne (bis 1916), später auf eine Schule nach Eton (Abschluß 1921). Zurück in Bengalen, diente Blair bis 1927 als Offizier bei der Indian Imperial Police in Mandalay/Burma. Da er der dortigen europäischen Herrschaft zunehmend kritisch gegenüberstand, zog er 1928 nach England, reiste drei Jahre ziellos herum und bestritt seinen Lebensunterhalt mit Gelegenheitsjobs.

Ab 1933: Pseudonym «George Orwell» Die Erfahrungen seiner Tour, die ihn mehrmals auch nach Paris geführt hatte, schrieb er in dem sozialkritischen Buch «Erledigt in Paris und London» («Down and Out in Paris and London», 1933) unter dem Pseudonym «George Orwell» nieder. Ein Jahr später entstand «Tage in Burma» («Burmese Days»), die Verarbeitung seiner Erlebnisse aus der Militärzeit. Kurz darauf folgten «Eine Pfarrerstochter» («A Clergyman's Daughter», 1935) und «Die Wonnen der Aspidistra» («Keep the Aspidistra Flying», 1936). In einfacher, klarer Prosa versuchte Orwell in den Frühwerken, den englischen Mittelstand für die Probleme der unterprivilegierten Schichten des Landes zu sensibilisieren. Kritik brachte ihm die zunächst mißlungene Absicht ein, die sachlich und nüchtern beschriebene Realität mit fiktionalen Elementen zu verbinden.

1936/37 Im Spanischen Bürgerkrieg Kurz nach seiner Heirat mit der Irin Eileen O'Shaughnessy († 1948, ein Adoptivsohn; zweite Ehe ab 1948) kämpfte Orwell auf seiten der Republikaner im Spanischen Bürgerkrieg. Er wurde Mitglied der trotzkistischen Arbeiterpartei der marxistischen Einigung (POUM) und war mit einem britischen Freiwilligenkorps der Unabhängigen Arbeiterpartei (ILP) an der Front im Einsatz. Aufgrund der Verfolgung der Trotzkisten durch stalinistische Kommissare wurde er zum Gegner des dogmatischen Kommunismus. Schwer verwundet, entkam er nach Auflösung der POUM mit seiner Frau nach Frankreich. Die Erlebnisse in Spanien verarbeitete Orwell 1938 in dem zivilisationskritischen Roman «Mein Katalonien» («Homage to Catalonia»). Ein Jahr später wurde sein Roman «Auftauchen, um Luft zu holen« («Coming up for Air») veröffentlicht, dem 1940 sein Werk «Im Innern des Wals» («Inside the Whale») folgte.

1945: «Die Farm der Tiere» Bei Ausbruch des 2. Weltkriegs meldete sich Orwell freiwillig. Wegen einer Tuberkuloseerkrankung kam er jedoch nicht zu den kämpfenden Einheiten. Bis 1943 war er bei der BBC als Kulturredakteur tätig, wurde dann Literaturkritiker und Herausgeber der sozialistischen Zeitschrift «Tribune» und 1945 Kriegsberichterstatter in Frankreich und Deutschland. Im selben Jahr erschien sein Roman «Die Farm der Tiere» («Animal Farm»). Die beißende, zivilisationskritische Satire setzte sich mit totalitären Staaten auseinander: Gemeinsam befreien sich alle Tiere auf einer Farm von der Unterdrückung durch den Menschen. Die anfängliche Gleichheit wird beendet, als die Schweine die Vormacht erringen und durch Terror sichern. Orwell verstand das Werk als Allegorie auf die russische Oktoberrevolution 1917 sowie ihre stalinistischen Folgen und zog auch Parallelen zu Nazi-Deutschland.

1949: «1984» Trotz fortschreitender Tuberkulose und häufigen Sanatoriumsaufenthalten schrieb Orwell unermüdlich weiter. 1946 erschienen «Kritische Essays» («Critical Essays»), in denen er – ebenso wie in «The English People» («Das Englische Volk», 1947) – vor den Folgen der modernen Zivilisation warnte. An den Erfolg von «Animal Farm» konnte er jedoch nicht anknüpfen.
1949 veröffentlichte der inzwischen todkranke Orwell sein Hauptwerk,

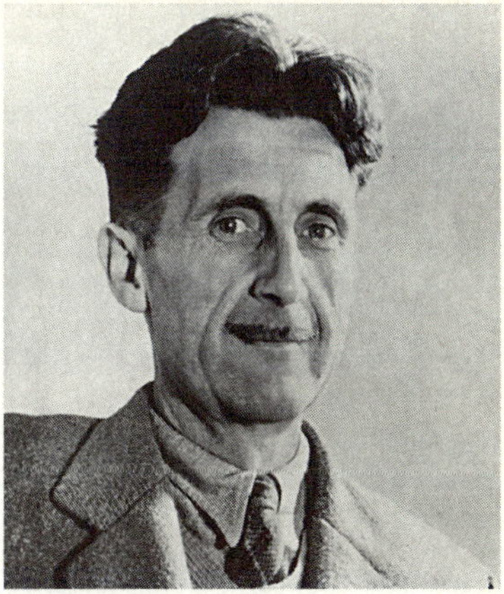
George Orwell

die Anti-Utopie «Nineteen Eighty-Four»: Winston Smith arbeitet im Wahrheitsministerium des Weltstaats Ozeanien, wo er mit der Verfälschung der Geschichte für die Staatspartei beauftragt ist. Gemeinsam mit seiner Geliebten Julia lehnt er sich gegen die organisierte Lüge und gegen die allgegenwärtige Gedankenpolizei auf. Nach Verrat und Folter verrät er Julia und tauscht seinen Traum von der Individualität gegen die Liebe zum alles überwachenden «Großen Bruder». Die Macht einer Elite über Leben und Gedanken der Masse wurde zur nachdrücklichen Warnung vor den Konsequenzen einer totalitären Gesellschaft, aber auch der modernen Informationsgesellschaft.
Wenige Monate nach der Veröffentlichung starb der 46jährige in London an einer Lungenblutung. Postum erschien 1953 sein teilweise autobiographisches Werk «Solcherart waren die Freuden» («Such, such were the Joys»).

Boris Leonidowitsch Pasternak

(10. 2. 1890–30. 5. 1960)

▸ Symbol sowjetischer Zensur ◂

Der sowjetische Lyriker, Erzähler und Kritiker der Kulturbürokratie seines Landes mußte 1958 den Literatur-Nobelpreis ablehnen. Pasternaks Hauptwerk «Doktor Schiwago» erschien in der UdSSR erst nach seinem Tod.

Pasternak wurde als Sohn eines Porträtmalers und Buchillustrators in Moskau geboren. Beeinflußt von der Mutter, einer Pianistin, nahm Pasternak 1905 ein Musikstudium am Moskauer Konservatorium auf, das er vier Jahre später abbrach, um Philosophie zu studieren (Abschluß 1913).

1914: Erster Gedichtband 1913 schloß sich Pasternak der «Zentrifuga» an, einer Literatengruppe innerhalb des Futurismus. Ein Jahr später veröffentlichte er den Gedichtband «Zwilling in Wolken» («Blisnez w tutschach»). Die meisten der darin enthaltenen Poeme übernahm er in seinen zweiten Lyrikband «Über die Schranken hinweg» («Powerch barerow», 1917). Bereits in seinen ersten Werken entwickelte Pasternak, der in einer Fabrikverwaltung und als Hauslehrer arbeitete, einen eigenständigen Stil. Kennzeichen waren ein eigenwilliger Satzbau sowie gewagte Metaphern mit Anklängen an surrealistische Bildwelten. Bei der Komposition der Verse nutzte Pasternak häufig die Klangverwandtschaft von Worten und Lauten und integrierte umgangssprachliche Wendungen.

Ab 20er Jahre: Konflikte 1922 erschien der im Jahr der Oktoberrevolution entstandene Gedichtband «Meine Schwester – das Leben» («Sestra moja schisn»). Im Mittelpunkt von Pasternaks poetischem Universum standen weiterhin intime Gedanken und Gefühle, Liebe und Natur sowie zunehmend das Problem der Kunst. Seine folgenden Werke sind nur schwer zu durchschauen: Pasternak, der u. a. an der von Majakowski gegründeten Zeitschrift LEP mitarbeitete, entwickelte sich zum «Dichter für Dichter».

1922 entstanden mit «Lüwers Kindheit» («Djetstwo Ljuwers») und «Briefe aus Tula» («Pisma is Tuly») erste Prosaarbeiten. Im folgenden Jahr heiratete Pasternak die Malerin Jewgenija Muratowa und legte den Band «Themen und Variationen» («Temy i variazii») vor, der als Höhepunkt seines lyrischen Schaffens gilt. Ab Mitte der 20er Jahre verfaßte er einige kleinere Versepen, in die er das revolutionäre Geschehen miteinbezog. So huldigte er 1931 in «Spektorskij» der vorrevolutionären Generation antizaristischer Rebellen.

Im selben Jahr erschien die autobiographische Erzählung «Geleitbrief» («Ochrannaja gramota»), die Pasternaks Verhältnis zu Kunst, Natur und Leben verdeutlicht. Mit seiner Auffassung, Lyrik solle eine «poetische Wirklichkeit» schaffen, setzte er sich in krassen Gegensatz zu den Ansichten der herrschenden Kulturfunktionäre. Der Konflikt zwischen ihnen und Pasternak wurde durch dessen Weigerung, für propagandistische Zwecke zu schreiben, noch verschärft. Der Dichter geriet in zunehmende Isolierung. Zwar wurde er 1934 ins Präsidium des sowjetischen Schriftstellerverbands gewählt, doch konnte er ab 1936 keine Gedichte mehr veröffentlichen.

In der Folgezeit lebte Pasternak, seit 1934 in zweiter Ehe mit Sinaida Neuhaus verheiratet, von Übersetzungen, vorwiegend der Tragödien William Shakespeares. Seine Übertragung von Werken georgischer Dichter ins Russische stieß auf das Wohlwollen Stalins und bewahrte Pasternak vermutlich vor einer drohenden Deportation.

Während des 2. Weltkriegs konnte er infolge der gelockerten Kulturpolitik zwei Gedichtbände publizieren – «In den Frühzügen» («Na rannich pojesdach», 1943) und «Irdische Weite» («Semnoj prostor», 1945) –, die sein Bemühen um größere Einfachheit und eine Annäherung an klassische Lyriktraditionen zeigen.

1955: «Doktor Schiwago» 1953 legte Pasternak eine Übersetzung von Goethes «Faust» vor, ein Jahr später konnte er unter dem Titel «Swesda» zehn Gedichte aus dem Roman «Doktor Schiwago» veröffentlichen, an dem er seit 1945 arbeitete. 1955 schloß er das Epos, das in den Jahren von Revolution, Bürgerkrieg und beginnendem Stalinismus spielt, ab. Im Mittelpunkt von seinem «entscheidenden und wichtigsten Werk» (wie er es selbst charakterisierte) steht

Boris Pasternak

die Lebensgeschichte des Arztes Juri Schiwago, dem die geistige Unabhängigkeit über alles geht. Der Roman ist geprägt von Schiwagos unerschütterlichem Glauben an eine bessere Zukunft und die Hoffnung auf Freiheit.

Nachdem die sowjetischen Behörden eine Veröffentlichung in der UdSSR untersagt hatten, erschien das Buch 1957 in Italien. In der Folgezeit setzte eine Hetzkampagne gegen Pasternak ein. Die Annahme des Literatur-Nobelpreises mußte der Schriftsteller 1958 ablehnen. Pasternak wurde aus dem Schriftstellerverband ausgeschlossen und blieb verfemt. 1960 starb er 70jährig in Peredelkino bei Moskau. Ein Jahr nach seinem Tod wurde er als Lyriker rehabilitiert; sein Roman «Doktor Schiwago» blieb verboten und durfte erst 1988 in seinem Land erscheinen.

Luigi Pirandello

(28. 6. 1867 – 10. 12. 1936)

Der italienische Schriftsteller beleuchtete in seinem dramatischen und erzählerischen Werk den Zwiespalt des Menschen zwischen eigenen Vorstellungen und der Wirklichkeit. Mit dem Stück «Sechs Personen suchen einen Autor» (1921) gab er dem modernen Theater entscheidende Impulse.

Pirandello wurde als Sohn eines Bergwerksbesitzers in Agrigent/Sizilien geboren. Nach dem Abitur studierte er ab 1886 Romanische Philologie in Palermo und Rom. Unzufrieden mit den Studienbedingungen, ging er Ende der 80er Jahre nach Bonn, wo er 1891 promovierte. Zurück in Rom, arbeitete er ab 1892 für Literaturzeitschriften und publizierte mehrere Gedichtbände, darunter «Rheinische Elegien» («Elegie renane») über seine Zeit in Bonn. 1894 heiratete er die Sizilianerin Maria Antonietta Portulano (drei Kinder).

1904: Romanerfolg Ende der 90er Jahre wandte sich Pirandello Dramatik und Prosa zu. Seine ersten erzählerischen Werke stehen in der Tradition des Verismus, der analog zum deutschen Naturalismus ein genaues Abbild der Wirklichkeit anstrebte. Durch ein Grubenunglück verlor Pirandellos Familie 1903 ihr gesamtes Vermögen. Seine Frau geriet daraufhin in eine schwere Nervenkrise, von der sie sich nicht mehr erholte.
Ein Jahr später erschien der Roman «Die Wandlungen des Mattia Pascal» («Il fu Mattia Pascal»), der bereits die zentralen Motive von Pirandellos Werk zeigt: das unentwirrbare Beziehungsgeflecht von Schein und Sein, Wahn und Wirklichkeit. Mattia, der irrtümlich für tot gehalten wird, nutzt diese Chance, um sich eine neue Identität zuzulegen. Doch er kann sein wahres Ich nicht abstreifen und kehrt in sein Heimatdorf zurück, wo seine Frau inzwischen einen anderen geheiratet hat. Mattia ist nun gezwungen, tatsächlich ein neues Leben zu beginnen. Die gleiche Thematik – Unvereinbarkeit des Strebens nach Freiheit mit dem Wunsch nach Beziehungen – verarbeitete Pirandello in weiteren Romanen und zahlreichen Novellen.

Um 1917: Erste Dramenerfolge Neben den Prosaarbeiten entstanden ab der Jahrhundertwende vereinzelt Dramen. Ganz auf die Theaterarbeit konzentrierte sich Pirandello, von 1908 bis 1922 Italienisch-Professor in Rom, aber erst als 50jähriger. Nachdem ihn ein Freund für die Bühne begeistert hatte, schrieb er um 1917 gleich sechs Stücke. In «Die Narrenkappe» («La giara») behandelte er ein Thema, das er im folgenden immer wieder variierte: Der Mensch legt sich je nach Situation die passende Maske zurecht, die er dann bis zum Letzten verteidigt: Ein Mann muß erkennen, daß seine Frau ihn betrügt, und versucht, die mühsam aufgebaute Fassade seines bürgerlichen Lebens aufrechtzuerhalten. In «So ist es – ist es so?» («Cosi è [se vi pare»]) glaubt ein Mann, seine erste Frau sei gestorben, und heiratet ein zweites Mal. Seine Schwiegermutter behauptet jedoch, daß die angebliche zweite Frau in Wahrheit die erste sei. Getreu seiner Auffassung, die Wahrheit sei unergründbar, bietet Pirandello keine Auflösung an.

1921: «Sechs Personen suchen einen Autor» Ein Welterfolg gelang Pirandello 1921 mit «Sechs Personen suchen einen Autor» («Sei personaggi in cerca d'autore»): Eine Theaterprobe wird von sechs Personen gestört, deren Rollen vom Autor nicht fertig ausgearbeitet wurden. Sie verlangen, ihre Geschichte fertigzuspielen, fühlen sich jedoch nicht verstanden und müssen erkennen, daß das Theater nicht der richtige Ort ist, um ihre Probleme darzustellen. Die Figuren stehen stellvertretend für den sinnsuchenden Menschen, der an der Unvollkommenheit seiner Existenz leidet. Pirandello arbeitete mit harten Kontrasten von Komik und Tragik sowie von realistischen und phantastischen Elementen. Das offen endende Stück, das weder Akteinteilung noch klares Handlungsschema besitzt, sorgte bei der Uraufführung für einen Skandal, entwickelte sich jedoch schnell zum Klassiker mit großem Einfluß auf episches und absurdes Theater.

Im selben Jahr entstand die Tragödie «Heinrich IV.» («Enrico IV.»): Ein Adliger verfällt dem Wahn, der Salierkaiser Heinrich IV. zu sein. Nach seiner Genesung spielt er weiter den Wahnsinnigen, um sich der

Luigi Pirandello

Wirklichkeit nicht stellen zu müssen. Als sein Spiel durchschaut wird, wird er zum Mörder und ist nun gezwungen, sein Spiel weiterzuführen, um nicht bestraft zu werden.

1924: Annäherung an Faschisten 1924 trat Pirandello der faschistischen Partei bei und wurde 1925 Direktor des Teatro d'Arte in Rom. 1926 stellte er seinen letzten Roman fertig: «Einer, keiner, hunderttausend» («Uno, nessuno e centomila») befaßt sich mit dem Phänomen der Persönlichkeitsspaltung. 1928 wurde Pirandellos Theater geschlossen, was bei ihm zu zunehmender Desillusionierung über das Regime führte. 1934 erhielt er den Literatur-Nobelpreis. Pirandello starb 1936 im Alter von 69 Jahren in Rom an einer Lungenentzündung.

Ezra Pound

(30. 10. 1885–1. 11. 1972)

▸ Der Begründer des Imagismus ◂

Der Lyriker gehört mit seinem Monumentalwerk «Cantos» neben T. S. Eliot und James Joyce zu den bedeutendsten Schriftstellern der anglo-amerikanischen Moderne. Pound wurde als faschistischer Propagandist von den USA nach dem 2. Weltkrieg in eine psychiatrische Anstalt eingewiesen.

Pound wurde in Hailey/Idaho als Sohn eines Münzprüfers geboren, der einer alteingesessenen Farmerfamilie entstammte. Er wuchs im Bundesstaat Pennsylvania auf und begann dort nach Beendigung seiner Schulzeit ein Studium der Romanistik und Vergleichenden Literaturwissenschaften, das er an der Universität in Clinton/New York fortsetzte und 1906 abschloß.

Ab 1912: Avantgardist Die folgende Zeit verbrachte Pound in Europa. 1908 lebte er in Italien, wo seine erste Gedichtsammlung, «Bei erloschenem Licht» («A lume spento») als Privatdruck erschien. Ein Jahr später ließ er sich in London nieder und brachte esoterische Lyrikbände heraus (u. a. «Jubel»/«Canzoni», 1911; «Gegenstoß»/«Ripostes», 1912). Zusammen mit James Joyce und T. S. Eliot, als deren Förderer Pound galt, setzte er sich für eine Modernisierung der englischen Literatur ein: 1912 gründete Pound die Dichterbewegung der Imagisten. Ausgangspunkt des Zusammenschlusses war die Abwendung von der Romantik in der Dichtkunst, Ziel war die nüchterne, umgangssprachliche Beschreibung von Gegenständen, die durch tiefsinnige Bildsprache in freien Rhythmen in ihrer ganzen Bedeutung ausgeleuchtet werden sollten. Erste Gedichte wurden in der Chicagoer Zeitschrift «Poetry» veröffentlicht, für die Pound als Korrespondent tätig war.

Eines seiner Hauptwerke im Rahmen der neuen Bewegung war die 1914 erschienenen Anthologie «Die Imagisten» («Some Imagist Poets», 1914). Besonders beeinflußt wurde die Gruppe durch die Auseinandersetzung mit fernöstlicher Literatur: Pound machte sich als Übersetzer klassischer chinesischer Gedichte («Cathay», 1915) und der sog. Nō-Stücke (japanische Theatergattung) einen Namen. Unzufrieden mit dem Fortgang der Bewegung, entwickelte er 1914 den sog. Vortizismus, eine komplizierte ästhetische Theorie, in der Pound den Imagismus mit zeitgenössischer Malerei und Bildhauerei verbinden wollte. Im selben Jahr heiratete der 28jährige Dorothy Shakespear (eine Tochter).

Ab 1919: «Cantos» Pound begann kurz nach Ausbruch des 1. Weltkriegs, seine Idee von einem epischen Monumentalwerk in die Tat umzusetzen: In Anlehnung an die Werke seiner großen Vorbilder Homer («Odyssee»), Dante («Göttliche

Komödie») und Ovid («Metamorphosen») wollte er mit seinen «Cantos» eine welt- und zeitenumspannende Dichtung schaffen. Einfließen sollten die Geschichte seit der Antike, Erkenntnisse zahlreicher Wissenschaften sowie Pounds eigene Ansichten über Politik. Als Ziel verfolgte Pound die Absicht, das ständig wachsende Epos selbst zu einer Art lebendem Organismus werden zu lassen. Die ersten drei «Cantos» erschienen 1919 und wurden skeptisch aufgenommen. Bis Ende der 20er Jahre war das Werk bereits auf 30 Gesänge angewachsen (71 «Cantos» bis 1940; 84 bis 1950; 117 bis 1962). Überwiegend ohne chronologischen Bezug, einheitliche Struktur und logischen Aufbau schuf er mit Hilfe der von Joyce in «Ulysses» entwickelten sog. mythischen Methode ein episches, nur schwer zugängliches Werk, das Elemente verschiedener Gattungen vereinigt und zudem aus Prosa, Versen, Satire, zahlreichen Zitaten und mehrsprachigen Abschnitten besteht.

Ab 20er Jahre: Hinwendung zum Faschismus Durch die Erfahrungen des 1. Weltkriegs stellte Pound in seinen Werken zunehmend politische Aussagen in den Mittelpunkt; beispielsweise in dem autobiograpisch geprägten «Hugh Selwyn Mauberley» (1920) sowie in zahlreichen Essays und Aufsätzen. Der strikte Antikapitalist und Antisemit erhoffte vom italienischen Faschismus eine gerechtere ökonomische Ordnung und stabilen Frieden. 1925 ließ er sich in Rapallo nieder und wurde zum überzeugten Propagandisten für Benito Mussolini. Ein Jahr später erschien

Ezra Pound

Pounds Kurzgedichtsammlung «Personae – Masken» («Personae»), die aufgrund ihrer knappen, suggestiven Sprache zum Erfolg wurde. Darüber hinaus hatte Pound Anfang der 20er Jahre das epische Gedicht «Das wüste Land» («The Waste Land»), das bedeutendste Werk seines langjährigen Freundes Eliot, lektoriert.
Während des 2. Weltkriegs verbreitete Pound antiamerikanische Programme als Mitarbeiter von Radio Rom. 1945 wurde er von den alliierten Truppen gefangengenommen, in den USA des Hochverrats angeklagt und 1946 in eine psychiatrische Anstalt in Washington D.C. eingewiesen. Dort verfaßte Pound die «Pisaner Cantos», die ab 1948 erschienen und zum literarischen Erfolg wurden. Anfang der 60er Jahre stellte er, von Selbstzweifeln geplagt, sein literarisches Schaffen ein und lebte zurückgezogen in Meran. 1972 starb Pound mit 87 Jahren in Venedig.

Marcel Proust

(10. 7. 1871 – 18. 11. 1922)

► Die Suche nach der verlorenen Zeit ◄

Der französische Schriftsteller und Vertreter der literarischen Moderne schilderte die psychische Veränderung des Ich durch die Zeit. Proust befaßte sich mit dem Seelenleben des Menschen, indem er aktuelle und frühere Ereignisse zu einem Gesamtbild verknüpfte.

Proust wurde als Sohn eines wohlhabenden Medizinprofessors in Auteuil geboren und wuchs in Paris auf. Als Zehnjähriger bekam er einen ersten Asthmaanfall – eine Krankheit, die ihn fortan quälte und einen kontinuierlichen Schulbesuch verhinderte. Dennoch schloß Proust die Schule mit Erfolg ab. Nach seinem Militärjahr (1889) kam er in die École des Sciences Politiques und belegte zudem an der Sorbonne die Vorlesungen des Philosophen Henri Bergson. Auf eine Berufsausbildung verzichtete Proust, da der elterliche Besitz ein sorgenfreies Leben ermöglichte. Proust konnte sich ganz seinen ersten schriftstellerischen Versuchen widmen – Prosastücke und Artikel, die ab 1892 in Zeitungen und Zeitschriften veröffentlicht wurden.

1896: «Tage der Freuden» 1895–1900 arbeitete Proust im Unterrichtsministerium. In dieser Zeit entstand seine Erzählungssammlung «Tage der Freuden» («Les plaisirs et les jours», 1896). In dem wenig erfolgreichen Werk beschäftigte er sich erstmals mit seinen zentralen Themen: Isolation in einer als fremd empfundenen Welt sowie dem Einfluß von Liebe, Krankheit und Zeit auf die Suche nach dem eigenen Ich.

1896–1904: Arbeit an «Jean Santeuil» In den folgenden acht Jahren schrieb Proust einen Roman, den er kurz vor seiner Vollendung jedoch enttäuscht zerriß, aber aufbewahrte. Das Werk, erst 1952 unter dem Titel «Jean Santeuil» erschienen, ist eine Art Vorarbeit für Prousts späteres Hauptwerk «Auf der Suche nach der verlorenen Zeit». Im Mittelpunkt von «Jean Santeuil» steht der subjektivistische Erlebnisbericht des Erzählers. Prousts Anliegen war es zu zeigen, daß die Nachempfindung vergangener Ereignisse stärker ist als gegenwärtig Erlebtes. Dafür entwickelte er eine Erzählform, bei der alle Ereignisse doppelt geschildert werden: Zum einen zum Zeitpunkt des tatsächlichen Geschehens, zum anderen später in der Erinnerung.

1904–08: Vervollkommung der Erzähltechnik Das einschneidendste private Ereignis im Leben Prousts war der Tod seiner Mutter (1905), mit der der 34jährige bis dahin zusammengelebt hatte und die die einzige wichtige weibliche Bezugsperson des homosexuellen Schriftstellers gewesen war. Nach Nervenkrise und längerem Kuraufenthalt setzte sich Proust in Essays mit bedeutenden Literaten und Philosophen auseinander, insbesondere mit dem Engländer John Ruskin, dessen Arbeiten er ins Französische übersetzte, und – kritisch – mit Charles Augustin Sainte-Beuve. Angeregt durch Beschäftigung mit der Bergsonschen Erkenntnistheorie verbesserte Proust seine Erzähltechnik. 1908 entstand, erneut als eine Art Vorübung für sein späteres Hauptwerk, «Pastiches» («Pastiches et mélanges»; veröffentlicht 1919).

1913: «Auf der Suche nach der verlorenen Zeit» Ab 1908 arbeitete Proust völlig zurückgezogen ununterbrochen an seinem in sieben Teile gegliederten Hauptwerk, dem Romanzyklus «Auf der Suche nach der verlorenen Zeit» («A la recherche du temps perdu», bis 1927 in 15 Bänden erschienen und in sieben Teile gegliedert). 1913 kam der erste Teil «In Swanns Welt» («Du côté de chez Swann») heraus (Folgebände: «Im Schatten junger Mädchenblüte» / «A l'ombre des jeunes filles en fleurs», 1918; «Die Welt der Guermantes» / «Le côté de Guermantes», 1920/21; «Sodom und Gomorrha» / «Sodome et Gomorrhe», 1921–23; Die Gefangene» / «La prisonnière», 1923; «Die Entflohene» / «Albertine disparue», 1925; «Die wiedergefundene Zeit» / «Le temps retrouvé», 1927). Der Zyklus trägt autobiographische Züge und verbindet zwei parallele Ebenen: das Schreiben des Romans selbst (Vorgang des Erinnerns) und die Erinnerung an Vergangenes in seiner früheren Authentizität. Die einzelnen Episoden aus Prousts Leben verdichten sich zu einem Gesamtbild des Bürgertums und des Niedergangs der Aristokratie, das er

Marcel Proust

in minutiösen Detailstudien darstellte. Dabei verzichtete Proust auf eine chronologische Beschreibung der Ereignisse, um gegenwärtige und vergangene Bewußtseinsinhalte assoziativ verbinden zu können. Durch die Erinnerung wird die Vergangenheit – und so die verlorengeglaubte Zeit (die der inneren Einheit des Ich-Erzählers entspricht) – zurückgeholt. Durch die ständigen Rückblicke entsteht ein immerwährender Kreislauf des Lebens. Konsequenz: Am Schluß des Zyklus entscheidet sich der Dichter (Proust), den (hier vorliegenden) Roman des eigenen Lebens erneut zu schreiben. Als literarische Technik verwendete er insbesondere den inneren Monolog, um alle geschilderten Gedanken unmittelbar wiedergeben zu können. Im Alter von 51 Jahren starb der Schriftsteller 1922 in Paris.

Thomas Pynchon

▸ Der geheimnisvolle Mr. P. ◂

(*8.5.1937)

Der Amerikaner gilt als bedeutendster experimenteller Schriftsteller nach 1945, dessen Romane nur schwer zugänglich sind. Pynchons Biographie ist seit den 60er Jahren ein ebenso gut gehütetes Geheimnis wie sein Aussehen.

Pynchon wurde in Glen Cove/Long Island geboren. Nach dem Abschluß der High-School studierte er Ingenieurswissenschaften und später Englische Literatur an der Cornell University. Zwischenzeitlich diente er bei der Marine, ehe er 1959 sein Studium beendete.

Um 1960: Erste Erzählungen Ab 1960 war Pynchon für den werksinternen Informationsdienst des Flugzeugherstellers Boeing tätig. Zu dieser Zeit hatte er bereits zahlreiche Kurzgeschichten verfaßt, deren Veröffentlichung er erst 1984 nach langem Zögern gestattete («Spätzünder»/«Slow Learner»). Am bekanntesten wurde die 1960 entstandene Erzählung «Entropie» («Entropy»), benannt nach der physikalischen Größe, die in der Wärmelehre das Maß für die Unordnung in einem geschlossenen System angibt – einem der Hauptthemen Pynchons.

1963: «V.» Pynchons Debütroman «V.» machte den Schriftsteller 1963 schlagartig berühmt. Die vielfältigen Ereignisse ranken sich im wesentlichen um zwei Personen: Herbert Stencil findet in der Hinterlassenschaft seines Vaters Hinweise auf eine mysteriöse, als V. bezeichnete Person. Die Suche nach dieser Person wird zum Prozeß der eigenen Identitätsfindung. Lose verbunden mit der Geschichte Stencils ist die von Benny Profane, einem ziellosen jungen Mann, der jede Bindung vermeidet und sich mit der Sinnlosigkeit des Lebens abgefunden hat. Exkurse über (existenz-)philosophische Probleme begleiten die Handlung. Die Perspektiven in dem komplexen, vielfach gebrochenen Erzählgefüge wechseln ständig. Wie alle Werke Pynchons ist der Roman vom Element der Paranoia geprägt: Die Charaktere fühlen sich verloren; sie versuchen, Zusammenhänge zu erkennen und dem Geschehen einen Sinn zu geben. Immer wieder wird der Leser auf die Unzulänglichkeiten des Erzählers hingewiesen und ist gezwungen, eine eigene Bedeutung für die Handlung zu finden.

1966: «Die Versteigerung von No. 49» Nach dem Erfolg seines Erstlings gab Pynchon seine Arbeitsstelle auf und zog sich ganz aus der Öffentlichkeit zurück. 1966 erschien Pynchons zweiter Roman, «Die Versteigerung von No. 49» («The Crying of Lot 49»). Erzählt wird die Geschichte der Oedipa Maas, die von ihrem verstorbenen Liebhaber zur Testamentsvollstreckerin bestimmt wurde. Der Versuch, das Erbe (das gleichbedeutend mit dem Erbe Amerikas ist) zu entschlüsseln, wird für sie zur Suche nach sich selbst. Oedipa stößt auf ein geheimnisvolles Kommunikationssystem, unterhalten von Ausgestoßenen und Entrechteten, die den Zerfall der bestehenden Ordnung betreiben. Je weiter Oedipa bei ihren Nachforschungen kommt, desto mehr beschleicht sie der Verdacht, den eigenen Halluzinationen zu erliegen und paranoid zu werden. Am Ende läßt Pynchon den Leser ratlos zurück, denn im Moment der vermeintlichen Lösung bricht der Roman ab.

Zwar existieren noch Fotos von Thomas Pynchon aus den frühen 60er Jahren, der Autor hat jedoch ihre Veröffentlichung untersagt. Aus späterer Zeit ist kein Bild bekannt.

1973: «Die Enden der Parabel» 1973 legte Pynchon «Die Enden der Parabel» («Gravity's Rainbow») vor, ein Monumentalwerk mit unzähligen Handlungssträngen und über 400 Personen. Die Haupthandlung spielt in den Jahren 1944/45; im Mittelpunkt stehen Entwicklung, Produktion und Einsatz der deutschen V-2-Rakete. Ein GI versucht, hinter das Geheimnis der Waffe zu kommen, doch es gelingt ihm nicht, der als chaotisch erlebten Welt Ordnung und Sinn zu geben. Er verliert seine Identität und zerfällt schließlich als Person. Der metaphernreiche Roman, der Anlaß für vielfältige Interpretationen war, übt Kritik an einer immer inhumaneren Welt. Die Charaktere müssen sich gegen die Bedrohung der eigenen Identität und gegen die Unterdrückung von außen wehren. Immer wieder hob Pynchon die Unsicherheit aller menschlichen Erkenntnis hervor. Wie in allen seinen Romanen kehrte er den herkömmlichen Handlungsroman um: Anstatt den Handlungsknoten zu lösen, knüpfte er ihn immer enger. Die Figuren werden so immer rätselhafter; jede vermeintliche Lösung wirft neue Fragen auf.

1990: «Vineland» Erst 17 Jahre später veröffentlichte Pynchon seinen nächsten Roman, «Vineland», die Geschichte der Blumenkinder der 60er Jahre und ihres Lebenswegs bis Mitte der 80er Jahre. Das gesellschaftskritische Werk ist gleichzeitig ein Exkurs über den Zerfall der westlichen Zivilisation. Im Mittelpunkt der verschachtelten Handlung aus unzähligen Strängen stehen der Jazzmusiker Zoyd Wheeler und seine Frau Frenesi (zusammengesetzt aus «free and easy»), die gegen die Obrigkeit opponieren. Frenesi verliebt sich in einen Beamten der Sicherheitsbehörde, verrät die oppositionelle Bewegung und läßt sich zum Mord an deren Führer verleiten. Auch bei diesem Werk wird die Interpretation dadurch erschwert, daß Pynchon Interviews und Stellungnahmen zu seinem literarischen Schaffen konsequent verweigert.

Rainer Maria Rilke

(4. 12. 1875–29. 12. 1926)

▸ Literarische Bewältigung der Wirklichkeit ◂

Der österreichische Schriftsteller gilt als einflußreichster deutschsprachiger Lyriker des frühen 20. Jahrhunderts. «Die Aufzeichnungen des Malte Laurids Brigge» (1910) gehören zu den Vorläufern des modernen Romans.

Der Sohn deutschsprachiger Eltern wurde in Prag geboren. Als er neun Jahre alt war, trennte sich die Mutter von ihrem Mann, einem Eisenbahnbeamten, und zog mit dem Jungen nach Wien. Da Rilke die gesellschaftliche Position erlangen sollte, die dem Vater verwehrt geblieben war, besuchte er ab 1886 Kadettenanstalten in St. Pölten und Mährisch-Weißkirchen. Wegen seiner schlechten Gesundheit wurde er vor Ende der Ausbildung entlassen und absolvierte die Handelsschule in Linz.

Ab 1896: Leben als Schriftsteller Anfang der 90er Jahre entstanden Rilkes erste Dichtungen. Der 1894 veröffentlichte Band «Leben und Lieder» ist noch der naturalistischen Zeitmode verpflichtet und läßt wenig von Rilkes literarischen Qualitäten erahnen. Mit finanzieller Unterstützung eines Onkels machte Rilke nachträglich Abitur und studierte ab 1895 in Prag Philosophie, Deutsche Literatur und Kunstgeschichte, ehe er ein halbes Jahr später auf die juristische Fakultät wechselte. Weitere sechs Monate später gab er das Studium auf, um ein Leben als Schriftsteller zu führen. In München lernte Rilke die Schriftstellerin Lou Andreas-Salomé kennen, mit der er ab 1897 zusammenlebte.

1899: Erster Erfolg In einer einzigen Nacht des Jahres 1899 schrieb Rilke das Werk, das ihn berühmt machte: seine lyrische Prosadichtung «Die Weise von Liebe und Tod des Cornets Christoph Rilke» (1904 veröffentlicht). Das im 17. Jahrhundert spielende Opus berichtet vor dem Hintergrund der Türkenkriege von der ersten Liebe und dem Tod eines jungen Offiziers. Mit dieser Romantisierung des Soldatentums traf Rilke den Nerv des jugendlichen Bildungsbürgertums, das den «Cornet» zum Verkaufserfolg machte. Im 1. Weltkrieg gehörte das Werk zum Sturmgepäck unzähliger Soldaten.

1903: Begegnung mit Rodin 1900 folgte Rilke der Einladung des Malers Otto Modersohn in die Künstlerkolonie Worpswede. Hier entstanden große Teile des Bandes «Das Stundenbuch» (1905), in dem sich Rilke mit Gott und Religiösität auseinandersetzte. In Worpswede lernte er die Bildhauerin Clara Westhoff kennen, die er 1901 heiratete. Im selben Jahr wurde eine gemeinsame Tochter geboren, kurz darauf trennte sich das Paar. Rilke reiste nach Paris, um eine Monographie über Auguste Rodin zu verfassen. Die Begegnung mit dem Bildhauer, der ihn zeitweilig als Privatsekretär beschäftigte, veränderte Rilkes Lyrik. Statt des empfindenden Menschen rückte nun Gegenständliches ins Zentrum. Die «realen Dinge» wurden in «Kunstdinge» verwandelt, die so wirklich werden sollten, daß sie neben den Dingen der Natur bestehen konnten. Beispiele für diese Kunstauffassung sind «Das Buch der Bilder» (1902; erweitert 1906) und die 1907 veröffentlichte Gedichtsammlung «Neue Gedichte» (darin u. a. «Der Panther» und «Das Karussell»), in der sich Rilke dem Gegenständlichen nach Art des bildenden Künstlers näherte. Die Beobachtung ausgewählter Gegenstände verknüpfte er mit subjektiven Erfahrungen, um Außen- und Innenwelt miteinander zu verbinden.

Rainer Maria Rilke, 1925

1910: Einziger Roman Drei Jahre später schloß Rilke «Die Aufzeichnungen des Malte Laurids Brigge» ab, die er 1904 begonnen hatte. Das fingierte Tagebuch eines jungen dänischen Dichters in Paris besitzt autobiographische Züge und nimmt die Sinn- und Gesellschaftskrise der Jahrhundertwende auf. Brigge versucht, die beängstigende Großstadtwirklichkeit durch ihre Beschreibung innerlich zu verarbeiten. Er will «sehen lernen» und sucht vergeblich nach einer Möglichkeit, seine Identitätskrise literarisch zu überwinden. Der Roman bricht radikal mit der realistischen Literatur: Kontinuierliche Handlung fehlt, bruchstückhafte Erlebnisse und Erinnerungen werden assoziativ miteinander verknüpft.

1911–23: «Duineser Elegien» Nach Abschluß des Romans stürzte Rilke in eine tiefe Schaffenskrise. Ruhelos reiste er umher und verbrachte die meiste Zeit in Häusern von Gönnern. Im 1. Weltkrieg leistete Rilke seinen Militärdienst im Kriegsarchiv in Wien. 1921 stellte ihm der Kunstmäzen Werner Reichardt den Turm von Schloß Muzot als Wohnort zur Verfügung. Hier vollendete Rilke 1923 die «Duineser Elegien», zehn Gesänge in freien, reimlosen Rhythmen, die an die Engel gerichtet sind. Ebenso wie die «Sonette an Orpheus» (1923) spiegeln sie Verzweiflung am Menschen und seiner Situation in der Welt wider. Gleichzeitig sind sie eine Beschwörung des Dichters, der die Wirklichkeit in Sprache verwandelt und sie dadurch bewahrt. Ab Ende 1923 verschlechterte sich der Gesundheitszustand des an Leukämie erkrankten Rilke. Wenige Wochen nach seinem 51. Geburtstag starb er in Valmont bei Montreux.

Joseph Roth

(2.9.1894–27.5.1939)

▸ Der Meister des Zeitungsromans ◂

Der österreichische Schriftsteller befaßte sich mit der Tragik des Judentums und dem Untergang der k.u.k. Monarchie. In seinem Spätwerk setzte Roth dem radikalen Nationalismus den habsburgischen Vielvölkerstaat entgegen.

Der Sohn einer jüdischen Familie wurde in Schwabendorf bei Brody (Galizien) geboren. Der Vater, ein Getreide- und Holzhändler, war auf einer Reise verschollen. Roth wuchs bei Mutter und Großvater auf. In der Schule glänzte der eigenbrötlerische Junge und bestand 1913 das Abitur mit Auszeichnung.

Ab 1918: Für den Sozialismus Von 1913 bis 1916 studierte Roth Germanistik in Brody und Wien. Während des 1. Weltkriegs, den er in einem Feldjägerbataillon erlebte, erschienen erste Gedichte und Artikel in Prager und Wiener Zeitungen. Nach dem Krieg konnte er sein Studium aus Geldmangel nicht wieder aufnehmen und arbeitete als Journalist. Schon in diesen Jahren sprach Roth dem Alkohol übermäßig zu und wurde mehrere Male volltrunken auf der Straße aufgefunden. 1919 lernte er Friederike (Friedl) Richter kennen, die Frau eines Kollegen, und heiratete sie drei Jahre später.
1923 fand Roth eine Anstellung bei der «Frankfurter Zeitung». Im selben Jahr druckte die «Wiener Arbeiterzeitung» seinen ersten Roman, «Das Spinnennetz», ab. Ebenso wie die folgenden Romane «Hotel Savoy» und «Die Rebellion» (beide 1924 vorabgedruckt) ist er von der sozialistischen Einstellung Roths geprägt: Noch vor dem gescheiterten Putsch Hitlers (9.11.1923) beschrieb «Das Spinnennetz» rechtsradikale Aktivitäten am Beispiel des nach Macht strebenden Kleinbürgers.

Ab 1926: Politische Wandlung 1926 bereiste Roth die UdSSR, um für die «Frankfurter Zeitung» eine Artikelserie zu verfassen. Statt der erwarteten Verwirklichung des Sozialismus konstatierte er bürokratische Erstarrung und das Entstehen einer neuen Elite. Bedingt durch diese Erfahrung der sozialistischen Wirklichkeit, wich Roths politisches Engagement zunehmender Resignation. So ist sein 1927 entstandenes Werk «Flucht ohne Ende», das sich mit den Problemen der österreichischen Nachkriegsgeneration befaßt, von Pessimismus geprägt. «Rechts und links» (1929) schildert am Beispiel eines Industriellensohns bürgerlichen Opportunismus; «Der stumme Prophet» (1929 teilveröffentlicht, 1966 vollständig) erzählt von einem russischen Rebellen und ist gleichzeitig negative Bilanz der Oktoberrevolution. In allen drei, im Berichtsstil gehaltenen Romanen nutzte Roth die Lebensbeschreibung seiner Protagonisten zur kritischen Darstellung der politischen Situation.

1930: «Hiob» 1928 erkrankte Roths Frau an Schizophrenie und mußte in einer Heilanstalt untergebracht werden. Der hochverschuldete Schriftsteller suchte Halt im Alkohol. 1930 wurde sein größter Erfolg publiziert: «Hiob. Roman eines einfachen Mannes»: Der Jude Mendel Singer wird – ähnlich der biblischen Gestalt des Hiob – in Leid und Unglück gestürzt. Am Ende geschieht jedoch ein Wunder, und der totgeglaubte Sohn Mendels kehrt als berühmter Komponist aus den USA zurück. Der Roman stellt die Frage nach menschlicher Schuld und Leidensfähigkeit sowie nach dem Sinn der göttlichen Vorsehung. In «Tarabas» (1934) wandte sich Roth wiederum einer religiösen Thematik zu.

1932: «Radetzkymarsch» Als herausragendes Werk Roths gilt «Radetzkymarsch». Der Roman, der die Lebensgeschichte der Familie Trotta über drei Generationen hinweg verfolgt, zeigt den Niedergang Österreich-Ungarns von der Schlacht bei Solferino (1859) bis zum Tod Kaiser Franz Josephs I. (1916). Nach eigenem Bekunden ging es Roth um die Darstellung menschlicher Schicksale abseits der offiziellen Geschichtsschreibung. Im Gegensatz zu seinen bisherigen Romanen kam Roth diesmal nur langsam voran. Den Schluß mußte er improvisieren, da der Vorabdruck lief, während er schrieb.

1933: Emigration Unmittelbar nach Machtergreifung der Nationalsozialisten emigrierte Roth, der zu diesem Zeitpunkt in Berlin lebte, zusammen mit seiner Lebensgefährtin Andrea Magna Bell nach Frankreich. 1935 lernte er die Schriftstellerin Irmgard Keun kennen, die zur neuen Begleiterin wurde (bis 1938). Der 1937 beendete Roman «Das falsche Gewicht» spielt in Roths galizischer Heimat. Im Jahr darauf entstand «Die Kapuzinergruft», ein Roman, der den «Radetzkymarsch» fortsetzt und das Schicksal Österreichs bis zum sog. Anschluß 1938 verfolgt. Der Held, ein bürgerlicher Nachkomme der Trottas, will mit einer bewußt unpolitischen Haltung den Zeitläuften entgehen. Bei dem Einmarsch der Nazis in Österreich zieht er sich in die Gruft der Habsburger (Kapuzinergruft) zurück.

Joseph Roth, 1934

Nach einem Herzinfarkt schrieb Roth 1939 «Die Geschichte der 1002. Nacht», ein ironisches Spiel um erotische Verwicklungen. Im selben Jahr starb Roth infolge seiner Alkoholsucht 44jährig in einem Pariser Armenhospital. Kurze Zeit später erschien seine fiktive Prosa «Die Legende vom heiligen Trinker».

Jean-Paul Sartre

(21. 6. 1905–15. 4. 1980)

Der französische Schriftsteller und Hauptvertreter des Existentialismus versuchte durch sein Schaffen, Einfluß auf politische Entwicklungen zu nehmen. Im Mittelpunkt seines Denkens steht der freie Mensch, der dem Leben nur durch eigenverantwortliches Handeln einen Sinn geben kann.

Sartre kam in Paris zur Welt. Nachdem sein Vater, ein Marineoffizier, gestorben war, kehrte die Mutter in ihre elsässische Heimat zurück. Nach dem Schulbesuch in Paris zog Sartre 1916 mit Mutter und Stiefvater nach La Rochelle. 1919 kehrte er nach Paris zurück, wo er 1922 das Abitur ablegte. Als Student der Philosophie (1924–28) lernte er seine spätere Lebensgefährtin Simone de Beauvoir kennen. Im Anschluß an den Militärdienst als Meteorologe in Tours arbeitete Sartre bis 1936 als Philosophielehrer in Le Havre.

1938: «Der Ekel» Nach einem Jahr als Lehrer in Laon wurde Sartre 1936 an das renommierte Pasteur-Gymnasium in Paris versetzt. 1938 veröffentlichte er seinen ersten Roman, «Der Ekel» («La nausée»): In Form eines fiktiven Tagebuchs wird der Zerfall einer Persönlichkeit dokumentiert. Den Historiker Antoine Roquentin erfaßt zunächst Ekel vor seiner Arbeit, dann vor Dingen und Menschen. Erst auf dem absoluten Punkt der Selbsterkenntnis (hier der Ekel vor sich selbst) erreicht der Mensch völlige Freiheit und muß den Sinn seines Lebens durch eigene Taten selbst bestimmen: Er ist zur Freiheit verurteilt.

1943: Erstes Drama Kurz nach Erscheinen seiner Erzählung «Die Mauer» («Le mur», 1939) zog Sartre in den 2. Weltkrieg und kam 1940 ein Jahr in deutsche Kriegsgefangenschaft. 1943 veröffentlichte er «Die Fliegen» («Les mouches»): In seinem ersten Drama entwickelte Sartre seine existentialistische Vorstellung von der völligen Handlungsfreiheit des Menschen weiter. In Anlehnung an die griechische Atridensage, in der die Stadt Argos von einer Fliegenplage heimgesucht wird, vollzieht der Held Oreste den «Akt der Freiheit», indem er das Tyrannenpaar Klytemnästra und Ägisth ermordet. Das Stück wurde als Appell zum französischen Widerstand gegen die deutschen Besatzer verstanden. Die aus «Die Fliegen» abgeleitete Quintessenz von Sartres Existentialismus, die er im selben Jahr in seinem ersten philosophischen Hauptwerk «Das Sein und das Nichts» («L'être et le néant») niederlegte, ist die Eigenverantwortlichkeit des Individuums, das keinem Gott Rechenschaft schuldet und sich gegen jedes Regime, wenn es die Freiheit einengt, auch zum Mord entscheiden kann.

1944: «Geschlossene Gesellschaft» In dem Drama «Geschlossene Gesellschaft» («Huis clos», 1944) machte Sartre deutlich, daß der Versuch, Freiheit zu erlangen, andere bei deren Freiheitsstreben (Sinnsuche) einschränkt: Drei Menschen sind in einem Zimmer in der Hölle auf Ewigkeit eingesperrt. Das Stück gipfelt in der Erkenntnis: «Die Hölle, das sind die anderen.» 1945 gründete Sartre die philosophische Zeitschrift «Les temps modernes» und avancierte mit seinem Freund Albert Camus zum Hauptvertreter des Existentialismus.

1960: Weiteres philosophisches Hauptwerk Obwohl Sartre in seinem Drama «Die schmutzigen Hände» («Les mains sales», 1948) auch kommunistischen Dogmatismus als inhuman entlarvte, bekannte er sich zum Kommunismus, da nur dieser gesellschaftlichen Wandel ermögliche. Wegen unterschiedlicher politischer und philosophischer Auffassungen kam es 1952 zum Bruch mit Camus. In der Bekenntnisschrift «Kritik der dialektischen Vernunft» («La critique de la raison dialectique», 1960) verband Sartre individuelle Freiheit mit Klassenbewußtsein und Psychoanalyse. Mit seinem autobiographischen Werk «Die Wörter» («Les mots») gestand er 1964 seine politische Wirkungslosigkeit ein und lehnte im selben Jahr den Literatur-Nobelpreis ab. Vier Jahre später distanzierte er sich nach Niederschlagung des Prager Frühlings vom Kommunismus, schöpfte aber durch die Studentenunruhen 1968 neue Hoffnung auf gesellschaftlichen Wandel. Der Autor zahlreicher Essays über Literatur und Kunst setzte sich in den 70er Jahren für eine humane Behandlung von (deutschen) Terroristen ein. Infolge eines Augenleidens fast vollständig erblindet, starb Sartre 1980 mit 74 Jahren in Paris.

Jean-Paul Sartre mit Simone de Beauvoir (im Hintergrund), 1948

Weitere wichtige Dramen

1946 Tote ohne Begräbnis (Morts sans sépulture): Résistance-Kämpfer gehen für ihre Überzeugung in den Tod.
1946 Die ehrbare Dirne (La putain respectueuse): Stück um Rassismus, Korruption und die Unfähigkeit der Unterdrückten, einen gewaltsamen Umsturz herbeizuführen.
1951 Der Teufel und der liebe Gott (Le diable et le bon Dieu): Ein Gläubiger wandelt sich zum revolutionären Existentialisten.
1959 Die Eingeschlossenen (Les séquestrés d'Altona): Stück um die Verantwortung der Mitläufer und -täter im nationalsozialistischen Deutschland.

Arthur Schnitzler

(15.5.1862–21.10.1931)

▸ Von den Innenwelten des Menschen ◂

Der österreichische Schriftsteller porträtierte in seinem Werk die dekadente Wiener Gesellschaft um 1900. Mit der Technik des inneren Monologs übertrug Schnitzler die Prinzipien der Psychoanalyse auf die Literatur.

Der Sohn eines Medizinprofessors wurde in Wien geboren und studierte ab 1879 Medizin an der Wiener Universität (Promotion 1885). Danach arbeitete der 24jährige in der Psychiatrischen Abteilung des Wiener Allgemeinen Krankenhauses. Ab 1887 war Schnitzler zudem Redakteur der «Internationalen Klinischen Rundschau». Ein Jahr später wurde er Assistent seines Vaters, der die Allgemeine Poliklinik leitete. Großes Interesse brachte Schnitzler den Arbeiten Sigmund Freuds entgegen und beschäftigte sich intensiv mit Suggestion und Hypnose.

1896/97: «Reigen» Bereits während der Studienzeit waren erste literarische Arbeiten Schnitzlers entstanden. Durch regelmäßige Veröffentlichung von Lyrik und Prosa in Zeitschriften kam er in Kontakt mit den Schriftstellern Hermann Bahr und Hugo von Hofmannsthal. Mit ihnen bildete er um 1890 den Literatenzirkel «Jung(es) Wien». 1893 eröffnete Schnitzler eine eigene Praxis, übte den Arztberuf jedoch nur selten aus. Statt dessen konzentrierte er sich auf die Schriftstellerei und beschrieb am Beispiel einzelner Menschen die soziale und politische Realität Österreich-Ungarns. Schnitzlers literarische Laufbahn begann mit dem Zyklus «Anatol» (1893). In den sieben Einaktern zeigte er einen «leichtsinnigen Melancholiker». Zwei Jahre später kam mit «Liebelei», einer Kritik an der bürgerlichen Gesellschaft und ihren Moralvorstellungen, der Durchbruch als Dramatiker. Der 1896/97 entstandene «Reigen» wurde zum Skandal: In zehn Szenen treffen sich jeweils zwei Menschen, um sich zu lieben. Jede Szene besteht aus den Gesprächen vor und nach dem Geschlechtsakt. Die Einstellung der Personen zur Sexualität sowie die Äußerungen ihres Trieblebens sind typisch für ihre jeweilige gesellschaftliche Stellung. Schnitzler entwarf das Bild einer in Konventionen erstarrten Gesellschaft, in der nur noch Sexualität die Menschen verbindet. 1904 wurde die Aufführung des «Reigens» verboten.
1899 legte Schnitzler «Der grüne Kakadu» vor, ein Stück zur Französischen Revolution, das das Mißverhältnis zwischen der Realität und dem menschlichen Selbstverständnis zeigt: Eine Tat aus Eifersucht wird zum revolutionären Akt stilisiert.

1900: Innerer Monolog In seiner 1900 erschienenen Novelle «Leutnant Gustl», einer Auseinandersetzung mit dem k.u.k.-Ehrenkodex, verwendete Schnitzler erstmals in der deutschsprachigen Literatur die Technik des inneren Monologs, die das Bewußtsein einer Person unmittelbar wiedergeben will. Minutiös erfaßte er den Gedankenfluß seines Helden, der sich durch einen Bäcker um seine Ehre gebracht fühlt. Da er ihn nicht nach dem Offizierskodex zum Duell fordern kann, will er sich umbringen, verzichtet nach dem natürlichen Tod des Gegners jedoch darauf. Wegen dieses Schlusses löste die Novelle öffentliche Proteste aus, in deren Verlauf Schnitzler der Offiziersrang aberkannt wurde.

1900–12: Theaterstücke In seinen ab 1900 entstandenen Dramen und Erzählungen blieben die Themen zumeist gleich: Schnitzler analysierte Handlungen und Gefühle und kritisierte die geltenden (Moral-)Vorstellungen, die den Menschen unter Zwang setzten. Seine Protagonisten geraten in existentielle Krisen, aus denen sie nicht herausfinden. 1903 entstand mit «Der einsame Weg» Schnitzlers erstes Drama, in dem er mit dem indirekten Dialog arbeitete. In der Tragikomödie «Das weite Land» (1911) zeigte er den Verfall des Privaten in einer Gesellschaft, die in Auflösung begriffen ist.
In der ein Jahr später verfaßten Charakterkomödie «Professor Bernhardi» thematisierte Schnitzler den Gegensatz zwischen Individuum und Gesellschaft. Darüber hinaus ist das Stück eine Auseinandersetzung mit dem Antisemitismus: Ein jüdischer Klinikleiter verweigert einem Priester den Zugang zu einer Todkranken, um sie nicht aus dem Zustand letzter Euphorie zu reißen. Vor dem Hintergrund antisemitischer Stimmungen wird er von einem Gericht verurteilt. Als die Volksmeinung umschwenkt, wird er rehabilitiert.

Arthur Schnitzler

Um 1912: Rückkehr zur Prosa Fortan wandte sich Schnitzler wieder der Prosa zu. «Fräulein Else» (1924) zeigt die seelischen Konflikte eines jungen Mädchens, das sich, um den gesellschaftlichen Status der Familie zu erhalten, vor einem möglichen Geldgeber nackt ausziehen soll. Die 1926 publizierte «Traumnovelle» ist eines der wenigen Werke Schnitzlers, die nicht in einer privaten Katastrophe enden. Ein Paar lernt durch eine Ehekrise gegenseitiges Verständnis. Letztes Werk Schnitzlers war der Roman «Therese» (1928) um ein Mädchen, das wegen eines unehelichen Kindes am Rande der Gesellschaft lebt. Dennoch will es seinen eigenen Weg gehen und lehnt eine «Versorgungsheirat» ab. 1931 starb Schnitzler mit 71 Jahren in Wien.

George Bernard Shaw

(26.7.1856–2.11.1950)

▸ «Der Shakespeare des 20. Jahrhunderts» ◂

Der angloirische Schriftsteller verfaßte sozialkritische Bühnenstücke, in denen er in Komödienform für eine gerechte Gesellschaft kämpfte. Als Fundamente des Wandels sah Shaw menschliche Lebenskraft und den Realismus.

Der Sohn eines protestantischen Kornhändlers und einer Musiklehrerin kam in Dublin zur Welt. Mit 15 Jahren arbeitete er in einem Immobilienunternehmen, ehe Shaw fünf Jahre später nach London ging. Die erhoffte Karriere als Schriftsteller gelang ihm dort jedoch nicht. 1884 trat er der Fabian Society bei, einem Zusammenschluß von Radikalsozialisten, die dem Bürgertum entstammten. Den Zielen der Gesellschaft – Bildung, Aufklärung und demokratische Reformen – versuchte Shaw in seinen Werken Rechnung zu tragen. Ab Mitte der 80er Jahre baute er sich eine Existenz als Musik- und Theaterkritiker auf. Hauptangriffspunkt waren die nach Shaws Meinung zu unpolitischen, rein unterhaltenden englischen Stücke, denen er die gesellschafts- und sozialkritischen Dramen des Norwegers Henrik Ibsen gegenüberstellte.

1892: Erstlingswerk In Shaws erstem Drama, «Die Häuser des Herrn Sartorius» («Widower's Houses»), bekennt sich der Protagonist zu rücksichtslosem Gewinnstreben. Er wirft moralische Bedenken über Bord, um die geliebte luxusgewöhnte Frau zu heiraten. Die kapitalistische Gesellschaft klagte Shaw auch 1894 in seinem zweiten Drama, «Frau Warrens Gewerbe» («Mrs. Warren's Profession», nach Verbot erst 1902 uraufgeführt) an: Eine Tochter erfährt, daß ihre Mutter eine Bordellbesitzerin ist, die ihr so eine qualifizierte Ausbildung ermöglicht hat. Die Tochter wendet sich von der Mutter ab. Die Schuld am Zerwürfnis gab Shaw der Gesellschaft, die Prostitution offiziell ablehnt, sie aber heimlich duldet.

1894: «Helden» Trotz aller Kritik entwickelten sich Shaws Dramen nicht zu moralüberladenen Stücken, sondern fesselten durch witzige Dialoge und charakterstarke, sympathische «(Anti-)Helden». In der Komödie sah Shaw die beste Möglichkeit, um seine Kritik wirksam zu transportieren. Ziel seiner sog. Ideenstücke war die Veränderung der Gesellschaft. In «Helden» («Arms and the Man», 1894) entlarvte er Klischees von romantischer Liebe und heldenhaftem Krieg. Die Protagonisten werden ernüchtert und – befreiter – zur realistischen Sicht der Welt bekehrt. Shaw, Stadtrat im Londoner Viertel St. Pancras (ab 1897), heiratete 1898 die wohlhabende Charlotte Payne-Townsend. 1899 wurde «Cäsar und Kleopatra» («Caesar and Cleopatra») uraufgeführt: Cäsar ist bei Shaw nicht heroischer Staatsmann, sondern ein nüchterner Pragmatiker, der selbstironisch Fehler erkennt und so zu Größe findet.

1913: «Pygmalion» Mit «Mensch und Übermensch» («Man and Superman», 1903; UA 1905) wurde Shaw zur Leitfigur englischer Intellektueller. Das philosophische Drama in Form einer Komödie thematisiert erneut, daß nur durch Realismus gesellschaftlicher Wandel möglich ist. Shaw zog mit seiner Frau nach Ayot St. Lawrence bei Hartford, wo das 1913 uraufgeführte «Pygmalion» entstand. Die erfolgreiche, an die gleichnamige griechische Sage angelehnte Kömodie handelt von dem Blumenmädchen Eliza Doolittle, das von dem Sprachforscher Professor Higgins durch hartes Training vom Gassenkind zur Dame der Gesellschaft erzogen wird. Als reines «Versuchsobjekt» mißbraucht, flieht Eliza aus dem Hause des Professors. Higgins erkennt erst durch den Verlust seine Gefühle für das Mädchen, das sich zu einer selbständigen Frau gewandelt hat. Weltruhm erlangte Shaws Bühnenstück ab 1956 mit der Musical-Berarbeitung «My fair Lady» von Frederick Loewe.

1923: «Die heilige Johanna» Höhepunkt in Shaws Karriere war die dramatische Chronik «Die heilige Johanna» («St. Joan», 1923): In Anlehnung an die historische Gestalt zeichnete er das Bild einer Frau, die keine Kompromisse mit der korrupten Gesellschaft eingeht, da sie ihre Freiheit über alles stellt. Durch ihre Stärke wird Johanna zur Vorkämpferin einer neuen Gesellschaft.
Zwei Jahre später erhielt Shaw den Literatur-Nobelpreis. In der Folgezeit unternahm er ausgedehnte Reisen, u. a. in die UdSSR, die USA und nach Südafrika. 1950 starb der Schriftsteller, der sich selbst gern als Shakespeare des 20. Jahrhunderts bezeichnete, mit 94 Jahren auf seinem Landsitz in Ayot St. Lawrence.

George Bernard Shaw

Weitere Stücke Shaws

1895 Candida: Eine Frau entscheidet sich für ihren vielbeschäftigten Mann und gegen den sie liebenden romantischen Dichter.
1905 Major Barbara: Ein Vater zerstört die religiöse Scheinwelt seiner Tochter, die so zur Realistin wird.
1906 Der Arzt am Scheideweg (The Doctor's Dilemma): Ein Arzt muß entscheiden, welcher Patient «wertvoll» (von ihm zu behandeln) ist und welcher nicht.
1916 Haus Herzenstod (Heartbreak House): Das Stück entlarvt Gewalt, Doppelmoral und Perspektivlosigkeit der Gesellschaft.

Claude Simon

(* 10. 10. 1913)

▸ Vorreiter des Nouveau roman ◂

Der französische Schriftsteller verschaffte dem sog. Nouveau roman internationale Anerkennung. Im Mittelpunkt seines sprachexperimentellen Schaffens (Hauptthemen: Krieg und Kunst) steht die Aufhebung des klassischen zeitlichen Handlungsablaufs.

Simon kam in Tananarivo in der französischen Kolonie Madagaskar zur Welt. Sein Vater fiel 1914 als Offizier im 1. Weltkrieg. Gemeinsam mit seiner Mutter zog der Junge zu den Großeltern nach Perpignan (Frankreich), wo er die Schule besuchte. Sein Abitur legte Simon in Paris ab, studierte anschließend in Oxford und Cambridge und wollte Maler werden. Dieses Ziel gab er nach kurzer Zeit als Assistent des Malers André Lhote wieder auf und wandte sich der Schriftstellerei zu. Nach seinem Militärjahr (1934/35) in Lunéville/Lothringen engagierte sich Simon 1936 im Spanischen Bürgerkrieg auf seiten der internationalen Brigaden. Drei Jahre später kämpfte er als Soldat im 2. Weltkrieg und geriet 1940 in deutsche Kriegsgefangenschaft. Nach einem halben Jahr gelang ihm die Flucht. Bis Kriegsende tauchte er in seiner südfranzösischen Heimat unter.

Ab 1954: Hinwendung zu neuen Formen Sein literarisches Debüt gab Simon 1945 mit «Der Falschspieler» («Le tricheur»). Ebenso wie seine folgenden Arbeiten, das autobiographische Werk «Das Seil» («La corde raide», 1947) und der Roman «Gulliver» (1952), ist der Erstling von einem eher traditionellen Erzählstil geprägt, der an Werken des Amerikaners William Faulkner orientiert ist, aber auch existentialistische Einflüsse aufweist.

Neue literarische Wege beschritt Simon ab Mitte der 50er Jahre: 1954 erschien sein Roman «Frühlingsopfer» («Le sacre du printemps»), in dem sich erstmals der sog. Nouveau roman ankündigt: Die traditionelle realistische Romanhandlung tritt in den Hintergrund, im Mittelpunkt stehen statt dessen nicht-chronologisch verbundene Beschreibungen und Vorstellungen als eine eigenständige literarische Form, die vor allem die «Dingwelt» sprachlich fassen sollte. Psychologische Aspekte, aber auch soziale oder politische Absichten der Autoren spielen dabei keine Rolle mehr. Die Psyche des Menschen wird nur in seinen konkreten Handlungen und in emotionalen Äußerungen sichtbar. Dieser neuen Form der Inhalte, die Alain Robbe-Grillet 1963 in seinem Essay «Für einen neuen Roman» («Pour un nouveau roman») theoretisch formulierte, sollte die jeweilige sprachlich-stilistische Darstellung entsprechen. Raum und Zeit sind aufgehoben, die Erzählperspektiven wechseln ständig.

1960: «Straße nach Flandern» Simons Roman «Der Wind» («Le vent», 1957) handelt vom Wind als Urmacht der Welt und thematisiert zudem ein wortüberladenes barokkes Kunstverständnis. «Das Gras» («L'herbe», 1958) schildert – mehrfach gebrochen – das Leben in einem südfranzösischen Dorf. Dem Titel des Romans entsprechend, «wächst» die Sprache und «überwuchert» zum Schluß die Handlung.
In seinen folgenden Werken widmete sich Simon verstärkt historischen und autobiographischen Stoffen. In seinem Roman «Straße nach Flandern» («La route des Flandres», 1960) spiegelt sich in den Erinnerungen des Erzählers der Tod der Hauptperson (eines Offiziers) im 1. Weltkrieg. Das rückblickend erzählte Leben wird aus dem Gedächtnis abgerufen, verfremdet und in zahlreichen zeitlichen und thematischen Brüchen aneinandergereiht. Nach «Der Palast» («Le palace», 1962), einer Auseinandersetzung mit dem Spanischen Bürgerkrieg, erschien 1967 «Geschichte» («Histoire»), die Beschreibung eines Tages im Leben eines Mannes, der sich in seinem Geburtshaus an die Kindheit zurückerinnert. Auf verschiedenen Zeitebenen spielt auch «Die Schlacht bei Pharsalos» («La bataille de Pharsale», 1969), ein Nebeneinander historischer Schilderungen, Reiseerlebnisse sowie zahlreicher heterogener Einschübe aus anderen Werken. Die atemlosen Wechsel der zeitlichen Ebenen werden durch interpunktionslose Sätze verdeutlicht. In dem Essay «Der blinde Orion» («Orion aveugle») legte Simon 1970 seine Vorstellungen vom Nouveau roman dar.

Claude Simon

1973: «Triptychon» In der Folgezeit intensivierte Simon seine sprachlichen Experimente: Nach «Die Leitkörper» («Les corps conducteurs», 1971), einem Roman im Stil der Bewußtseinsstromtechnik, der durch ein Übermaß an Worten und Sätzen gekennzeichnet ist, erschien 1973 «Triptychon» («Triptyque»): Drei verschiedene banale Handlungsstränge werden zu einer Einheit verbunden und ergeben so eine neue Realität. Simon verfremdete seine Beschreibungen und durchbrach ständig den Handlungsablauf.
Als weitere Romane ab Mitte der 70er Jahre entstanden «Anschauungsunterricht» («Leçon de choses», 1975) und «Georgica» («Les Géorgiques», 1981). In der Folgezeit zog sich Simon in seinen Heimatort Perpignan zurück, wo er Wein anbaut. 1985 erhielt der 72jährige den Literatur-Nobelpreis.

Upton Sinclair

(20.9.1878–25.11.1968)

▸ Bilder aus einer korrupten Gesellschaft ◂

Der amerikanische Schriftsteller zeichnete in seinen Romanen ein kritisches Bild des US-Kapitalismus zu Beginn des Jahrhunderts. Sinclair trat in seinen Werken für soziale Gerechtigkeit und ein menschenwürdiges Leben ein.

Der Sohn einer verarmten Südstaatenfamilie wurde in Baltimore/Maryland geboren. Der Vater, ein Handelsvertreter, war Alkoholiker. Sinclair begann seine «Schriftstellerkarriere» in der Schule, wo er Witze für einen Dollar pro Stück verkaufte. Sein Literaturstudium an der Columbia-Universität in New York (1897–1900) finanzierte er mit dem Schreiben von Jugenderzählungen.

1906: «Der Dschungel» 1904 entstand der Bürgerkriegsroman «Manassas», dessen Titel sich zum einen auf den Namen eines Schlachtfelds bezog, zum anderen ein Wortspiel aus «man as ass» ist. Der Roman zeigt die Wandlung des Sohns eines Plantagenbesitzers zum Gegner der Sklaverei. Im selben Jahr wurde Sinclair, der sozialistischen Ideen nahestand, Schlachthofarbeiter, um für seinen Roman, «Der Dschungel» («The Jungle»), zu recherchieren. Das 1906 veröffentlichte Werk erzählt von einem litauischen Einwanderer, der voller Optimismus in die USA kommt und unter unmenschlichen Bedingungen in den Schlachthöfen Chicagos arbeiten muß. Er verliert Frau und Kind und fristet sein Leben als Krimineller und Handlanger korrupter Politiker, ehe er zum Sozialismus bekehrt wird. In dem naturalistischen Roman wollte Sinclair zeigen, wie anständige Menschen vom Kapitalismus zugrunde gerichtet werden. Allerdings sorgte seine Beschreibung der ausgebeuteten Arbeiter für weit weniger Aufsehen als die Darstellung der unhaltbaren hygienischen Zustände bei der Fleischverarbeitung. Folge: Eine Regierungskommission wurde eingesetzt, die Lebensmittelgesetze wurden verschärft. Sinclair, der sich mit dem Roman den Ruf eines «muckraker» (Schmutzwühler, Bezeichnung für Sensationsjournalisten) erwarb, begleitete diese Folgen mit den Worten: «Ich wollte die Nation ins Herz treffen und traf sie in den Magen.»

1917: Einsatz für Bergarbeiter Von seinen Honoraren gründete er die sozialistische Musterfarm «Helicon Home», die 1908 abbrannte. Fünf Jahre später heiratete Sinclair, der jährlich mehrere Romane schrieb, Mary Kimborough, die mit ihren Ideen an der Entstehung vieler seiner Werke beteiligt war.

Das Elend der Bergarbeiter prangerte er in «König Kohle» («King Coal», 1917) an. Hintergrund des Romans waren ein Bergarbeiterstreik und die Forderung der Arbeiter nach gewerkschaftlicher Organisation. Sinclair ließ sich als Streikposten einteilen, um auf die Mißstände aufmerksam zu machen. Die Geschichte eines jungen Sozialisten erzählte Sinclair in «Jimmy Higgins» (1919): Der Mann, der im 1. Weltkrieg gegen die Deutschen kämpft, ist brutalen Repressionen ausgesetzt, als er gegen die US-Intervention in Rußland protestiert. 1920 setzte sich Sinclair in «The Profits of Religion» kritisch mit der Kirche auseinander. Im selben Jahr gründete er die Zeitschrift «Upton Sinclair's» und verlegte seine Bücher fortan selbst.

1928: «Boston» In seinen Romanen der 20er Jahre thematisierte Sinclair u. a. den käuflichen Journalismus (in «Sündenlohn»/«The Brass Check», 1920), das Erziehungssystem (in «The Goose-Step», 1923 und «The Goslings», 1924) und die Literaturkritik (in «Die goldene Kette»/ «Mammonart», 1925). Am bekanntesten wurden «Petroleum» («Oil», 1927) über die Arbeitsbedingungen in den Ölfeldern, und «Boston» (1928) über den Justizskandal um Sacco und Vanzetti: In mühsam zusammengetragenen Untersuchungsergebnissen zeigte Sinclair, daß die italienischen Einwanderer und Anarchisten Opfer von Polizeiwillkür, politischer Korruption und gefälschtem Beweismaterial geworden waren. Sinclairs Darstellung der Hintergründe des Justizmords, die inzwischen allgemein als korrekt akzeptiert wird, sorgte in den USA für großes Aufsehen.
In den 30er Jahren konzentrierte sich Sinclair vorwiegend auf poilitische Aktivitäten. 1934 trat er bei den Gouverneurswahlen in Kalifornien

Upton Sinclair, 1934

als Kandidat der Demokraten an, unterlag jedoch. In seinem 1937 veröffentlichten Roman «Autokönig Ford» («The Flivver King») schilderte er Aufstieg und Fall eines Automobilfabrikanten, der sich vom sozial orientierten Idealisten zum skrupellosen Ausbeuter entwickelt.

Ab 1940: «Lanny-Budd»-Serie Die 1940 begonnene Romanfolge um seinen Protagonisten Lanny Budd bescherte Sinclair den größten Verkaufserfolg. In der Serie, in der ein junger Amerikaner an allen bedeutenden historischen Ereignissen vom Versailler Vertrag bis zum Koreakrieg teilnimmt, wollte Sinclair seinen Landsleuten sowohl politische Nachhilfe erteilen als auch auch Hintergründe vermitteln. Die Abenteuerstories spiegelten auch Sinclairs Entwicklung zum Antikommunisten. 1962 veröffentlichte er seine Autobiographie, 1968 starb er mit 90 Jahren in Bound Brook/New Jersey.

Isaac Bashevis Singer

(14. 7. 1904–24. 7. 1991)

▸ Chronist des osteuropäischen Judentums ◂

Der amerikanische Erzähler beschäftigte sich in seinen Werken mit der Geschichte des polnischen Judentums zwischen traditioneller Lebensweise und moderner Zivilisation. Die Helden in Singers Romanen meistern ihr Schicksal mit Humor und oft schmerzlicher Rückkehr zum Glauben.

Singer wurde im russischen Ort Radzymin (heute Polen) geboren. Der Vater, ein Rabbiner, sorgte für eine jüdische Erziehung seines Sohnes. Ab 1908 lebte die Familie in Warschau, wo Singer ein Rabbiner-Seminar absolvierte. Im 1. Weltkrieg zog er mit seiner Mutter zu den Großeltern in den Ort Bilgoray.

1935: Erster Roman 1923 wurde Singer Lektor beim jiddischen P.E.N.-Zentrum, verfaßte Erzählungen und übersetzte u. a. Romane von Thomas Mann und Erich Maria Remarque ins Jiddische, das er als Sprache für seine Manuskripte stets beibehielt. Seine Werke erschienen ab den 50er Jahren jedoch zumeist in englisch (oft übersetzt von Saul Bellow), um ein breites Publikum zu erreichen.
1932 wurde er in Warschau Mitherausgeber der jiddischen Zeitschrift «Globus», in der 1935 sein erster Roman, «Satan in Goray» («Schatn in Goraj») als Vorabdruck erschien. In dem Werk beschrieb er Probleme des östlichen Judentums im 17. Jahrhundert. Ebenfalls 1935 folgte er seinem Bruder Israel Joshua in die USA und erhielt durch dessen Vermittlung eine Stelle beim «Jewish Daily Forward» in New York. Fünf Jahre später heiratete Singer in zweiter Ehe Alma Haimann (zwei Stiefkinder; ein Kind aus erster Ehe); 1943 erhielt er die amerikanische Staatsbürgerschaft.

50er Jahre: Erste Erfolge 1945 erschien «Die Familie Moschkat» («Di familje Muschkat»). Mit teils realistischem, teils phantastischem Erzählstil an jüdische Traditionen anknüpfend, beschrieb Singer in diesem erfolgreichen Generationenroman das Leben einer jüdischen Familie und den Zerfall des orthodo-

---

Saul Bellow (* 10. 7. 1915)

Der amerikanische Schriftsteller jüdischen Glaubens schilderte zumeist intellektuelle Helden, die mit ihrer oberflächlichen Umwelt nicht zurechtkommen und zu Pessimisten werden. Ihre Lebenskrisen analysierte Bellow häufig mit psychologischer Schärfe und ordnete die Romane in philosophische Gedankengänge ein. Für seine Hauptwerke «Das Opfer» («The Victim», 1947), «Der Regenkönig» («Henderson the Rain King», 1959), «Herzog» (1964) und «Mr. Sammlers Planet» («Mr. Sammler's Planet», 1969) erhielt er 1976 den Nobelpreis.

---

xen Judentums. Neben seinen Romanen schrieb Singer Erzählungen, Kinderbücher und Kurzgeschichten, u. a. «Gimpel, der Narr» («Gimpel the Fool», 1957), eine Sammlung, in der Fabelwesen auf die Welt der osteuropäischen Juden einwirken, was Singer durch surrealistische Verfremdung unterstrich.

1962: «Jakob, der Knecht» In «Der Zauberer von Lublin» («Der kunznmacher von Lublin», 1960) schilderte Singer das Schicksal eines reisenden Zauberers, der erotischen Abenteuern nicht abgeneigt ist. Durch sein lasterhaftes Gauklerleben versucht er sich von inneren (dämonischen) Zwängen zu befreien und sieht den Irrtum seines Verhaltens erst nach dem Selbstmord seiner Freundin ein. Eine ähnliche Problematik griff Singer in «Jakob, der Knecht» («The Slave», 1962) auf: Ein durch die Welt ziehender Jude ist im 17. Jahrhundert auf der Suche nach der eigenen Identität. Wie viele von Singers Protagonisten kommt er nur schwer mit dem Widerspruch zwischen der traditionellen jüdischen Welt in Osteuropa und dem Einbruch der Moderne zurecht, verliert aber weder Humor noch Lebensmut und rettet sich in Demut und Glauben.
Die gleiche Thematik klingt in Singers Familienromanen «Das Landgut» («The Manor», 1967) und der Fortsetzung «Das Erbe» («The Estate», 1970) an. Seine Kindheitserinnerungen legte Singer 1966 in der Autobiographie «Mein Vater, der Rabbi» («My Father's Court») vor.

1978: Nobelpreis In seinem Spätwerk wandte sich Singer der Situation jüdischer Einwanderer in New York zu. Im Mittelpunkt des tragikomischen Romans «Feinde, die Geschichte einer Liebe» («Enemies», 1972) steht ein Jude, der den Nazis entkommen ist, sich in New York zurechtfinden und sich zwischen drei Frauen entscheiden muß. Seine Erfahrungen in den USA arbeitete Singer in «Verloren in Amerika» (1981) auf, das in englischer Sprache ab 1976 in mehreren Einzelwerken erschienen war. 1978 erhielt Singer den Nobelpreis für Literatur.
In seinem letzten großen Roman, «Der Büßer» («The Penitent», 1983) kommt ein New Yorker Jude mit der bewunderten Zivilisation der US-Großstadt nicht zurecht und flüchtet nach Israel in die haltgebende Welt des traditionellen Glaubens. Wegen seiner zunehmend schlechteren Gesundheit zog Singer Mitte der 80er Jahre in ein Pflegeheim in Miami/Florida, wo er mit 87 Jahren starb.

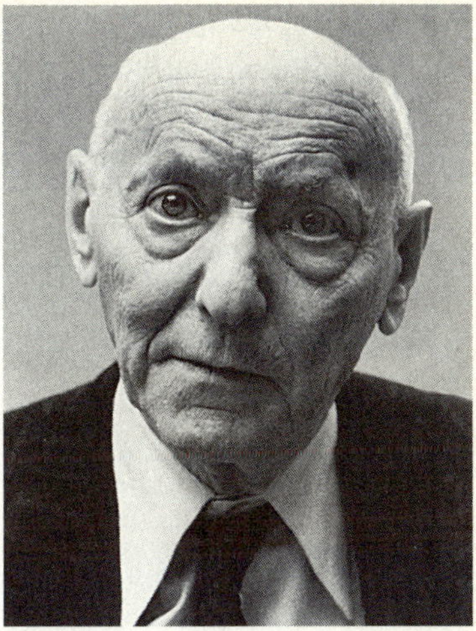

Isaac Bashevis Singer

Alexander Issajewitsch Solschenizyn

(* 11. 12. 1918)

Der sowjetisch-russische Schriftsteller wurde wegen seiner Kritik am Stalinismus und seiner Berichte über sowjetische Konzentrationslager 1974 aus der UdSSR ausgewiesen. Im Exil kritisierte Solschenizyn auch die westliche Kompromißbereitschaft gegenüber der sowjetischen Führung.

Solschenizyn kam in Kislowodsk im Nordkaukasus zur Welt, kurz nachdem sein Vater, ein Armeeoffizier, gestorben war. Mit fünf Jahren zog der Junge mit seiner Mutter nach Rostow, wo er 1936 das Abitur ablegte und Physik und Mathematik studierte (Examen 1941). Ende der 30er Jahre hatte er zudem im Fernunterricht Kurse am Moskauer Institut für Philosophie und Literatur belegt. 1940 heiratete er Natalia Reschetowskaja (ein Stiefkind; zweite Ehe ab 1973 mit Natalia Swetlowa; drei Kinder). Als 22jähriger bekam er eine Anstellung als Physiklehrer in Morosowsk nahe Rostow und kämpfte ab 1942 als Hauptmann im 2. Weltkrieg an der Front. Als er sich Anfang 1945 in Feldpostbriefen negativ über Josef Stalin äußerte, wurde Solschenizyn verhaftet und zu acht Jahren Straflager verurteilt.

Ab 1945: Gefangener Nach Kriegsende kam Solschenizyn in ein Gefängnis nahe Moskau, 1950 wurde er in ein Lager für politische Gefangene nach Ekibastus/Kasachstan gebracht, wo er bis 1953 blieb. Als persona non grata wurde Solschenizyn danach in die Verbannung geschickt: In dem kasachischen Dorf Kok-Terek durfte er seinen Beruf als Lehrer ausüben. Ein in dieser Zeit erkanntes Krebsleiden wurde in Taschkent/Usbekistan geheilt. 1956 wurde Solschenizyn durch die vom neuen Parteichef Nikita Chruschtschow eingeleitete Entstalinisierung rehabilitiert und arbeitete als Lehrer in Rjasan.

Ab 1962: Schriftsteller Nachdem Solschenizyn zwei wenig beachtete Theaterstücke geschrieben hatte, erschien 1962 «Ein Tag im Leben des Iwan Denissowitsch» («Odin den Iwana Denissowitscha»). Durch den Erfolg der Erzählung animiert, beschloß er, sich ganz der Schriftstellerei zu widmen. Das antistalinistische Werk über Zwangsarbeit wurde von Chruschtschow gebilligt, Solschenizyn 1963 in den sowjetischen Schriftstellerverband aufgenommen. Mit den Erzählungen «Matrjonas Hof» («Matrenin dwor», 1963) und «Im Interesse der Sache» («Dlja polsu dela», 1963) geriet er jedoch in die Schußlinie der Partei: Durch die Darstellung der Probleme von Wissenschaftlern mit der KPdSU wurde er 1964 von der Liste der vorgesehenen Leninpreisträger gestrichen. Die Romane «Der erste Kreis der Hölle» («W kruge pervom», 1964) sowie «Krebsstation» («Rakowyj korpus», 1966), in denen er seine Erfahrungen während der Verbannung beschrieb, konnten nur illegal erscheinen und wurden 1968 im westlichen Ausland publiziert. Ab 1966 erhielt Solschenizyn Ausreiseverbot, drei Jahre später folgte sein Ausschluß aus dem Schriftstellerverband.

1973–75: «Der Archipel GULAG»
1970 erhielt Solschenizyn den Literatur-Nobelpreis, den er erst 1974 entgegennehmen konnte, und trat einer vom sowjetischen Physiker Andrej Sacharow geleiteten Bürgerrechtlergruppe bei. Nachdem der Geheimdienst KGB Kenntnis vom ersten Teil des 1958 begonnenen Dokumentarberichts «Der Archipel GULAG» («Archipelag GULag») erhalten hatte, wurde Solschenizyn 1974 des Landes verwiesen. In dem ab 1973 in Paris verlegten dreibändigen Werk schilderte er die Existenz und Praxis sowjetischer Konzentrationslager und klagte die Inhumanität des Machtapparats an.
Solschenizyn lebte nach seiner Ausweisung kurzzeitig bei dem deutschen Schriftsteller Heinrich Böll, ehe er in die Schweiz übersiedelte. 1976 ließ er sich in Cavendish/Vermont (USA) nieder. In der Folgezeit wandte er sich in offenen Briefen an die sowjetische Führung, die er zu demokratischen Reformen und zur Auflösung der UdSSR aufforderte. Westliche Politiker kritisierte er wegen ihrer Kompromißbereitschaft gegenüber den sowjetischen Machthabern. In dem autobiographischen Bericht «Die Eiche und das Kalb» («Bodalsja telenok s dubom», 1975) setzte sich Solschnizyn kritisch mit dem Literaturbetrieb in seiner Heimat auseinander.

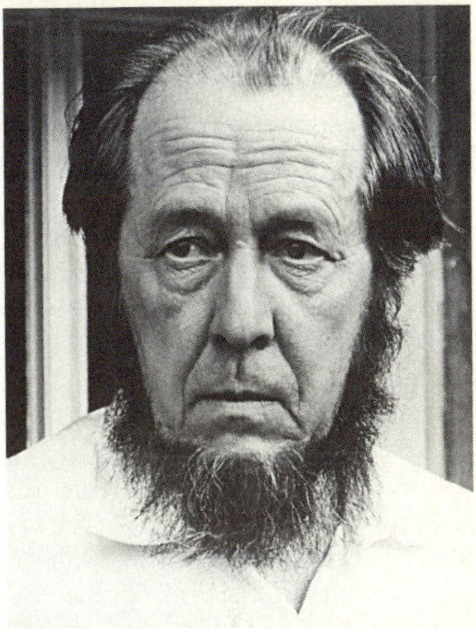
Alexander Solschenizyn

80er Jahre: Historischer Romanzyklus Fortan arbeitete er an seinem auf 20 Bände angelegten Monumentalwerk «Das rote Rad» («Krasnoje kolesso») über die Oktoberrevolution: 1983 erschien eine erweiterte Ausgabe des 1971 veröffentlichten Bandes «August Vierzehn» («Awgust 1914»), gefolgt von «November Sechzehn» («Nojabr 1916», 1986) und dem dreibändigen «März Siebzehn» («Mart 1917», 1987). Der erhoffte Erfolg blieb jedoch aus. Konsequenz: 1991 stellte der 72jährige die Arbeit an dem Zyklus ein.
Nach dem Umbruch in seiner Heimat wurde Solschenizyn 1989 wieder in den Schriftstellerverband aufgenommen, 1990 verfügte Michail Gorbatschow die Rückgabe der Bürgerrechte. 1991 wurde die Ausweisung offiziell aufgehoben, 1994 kehrte er nach Rußland zurück und kritisierte vor dem Parlament den fehlerhaften Weg Rußlands zur Demokratie.

Oluwole Akinwande (Wole) Soyinka

(* 13. 7. 1934)

▸ Zwischen Mystik und Moderne ◂

Der nigerianische Schriftsteller erhielt als erster Afrikaner 1986 den Literatur-Nobelpreis. In seinen Werken thematisiert Soyinka die Spannungen zwischen afrikanischen Traditionen und europäischer Lebensweise.

Soyinka kam in Abeokuta (Nigeria) als Sohn eines Volksschullehrers zur Welt. Er wuchs in einem Umfeld auf, das vom christlichen Glauben der Eltern und den Mythen des Yoruba-Stamms geprägt war. Mit vier Jahren kam Soyinka in die Volksschule, absolvierte später das Gymnasium und das College in Ibadan. Ab 1954 studierte er Theater- und Literaturwissenschaften in Leeds (England; Abschluß 1958). Als Dramaturg am Royal Court Theatre in London tätig, verfaßte Soyinka erste Stücke, die vom Sieg der Tradition über die Moderne handeln. 1958 wurde sein Stück «Sumpfbewohner» («The Swamp Dwellers»), ein Jahr später «Der Löwe und die Perle» («The Lion and the Jewel») uraufgeführt: Ein alter Mann setzt sich gegen einen jungen Schullehrer beim Streit um die Dorfschönste durch.

60er Jahre: Eigene Theatergruppe
1960 ging Soyinka in die Heimat zurück, studierte Afrikanische Dramatik und nahm eine Lehrtätigkeit für Literatur und Dramaturgie auf. Im selben Jahr erhielt er den Auftrag, ein Theaterstück für den Unabhängigkeitstag zu verfassen. Das erarbeitete Werk «Tanz der Wälder» («A Dance of the Forests», UA 1960) fand jedoch keinen Anklang bei den Auftraggebern, da Soyinka kein Jubelstück geschrieben hatte, sondern in ironisch-satirischer Form vor Mißständen und Machtmißbrauch warnte. Nach Ablehnung der Arbeit rief Soyinka eine eigene Theatergruppe ins Leben («The 1960 Masks»), mit der er eigene Stücke fortan auf Tourneen präsentierte. Soyinka fungierte dabei als Ensembleleiter, Regisseur und Schauspieler.
Auch in der Folgezeit verknüpfte er traditionell afrikanische Themen mit modernem europäischem Theater, wobei er sich an das absurde Theater anlehnte: 1963 schrieb er «Der starke Stamm» («The Strong Breed»), ein Stück über die Bedeutung von Tradition und sozialer Verantwortung in einer wertelosen Welt. In dem philosophischen Schauspiel «Die Straße» («The Road», UA 1965) stellte Soyinka die Frage nach der Bedeutung des Todes angesichts einer als sinnlos empfundenen Existenz. Ebenfalls 1965 kam «Kongis Ernte» («Kongi's Harvest») auf die Bühne. Darin griff Soyinka Tyrannei und Größenwahn der neuen afrikanischen Machthaber an, die die Kolonialregierungen abgelöst hatten.
Ebenfalls 1965 erschien Soyinkas erster Roman: «Die Ausleger» («The Interpreters»), das bis dahin umfangreichste Erzählwerk eines afri-

kanischen Autors, wurde wegen des schwierigen Zugangs zu Struktur, Sprache und Aussage mit Werken von James Joyce verglichen. Im Mittelpunkt stehen Gespräche nigerianischer Intellektueller, die sich in Clubs treffen und betrinken.

1967: Inhaftierung Als sich Biafra, die Ostregion Nigerias, 1967 für unabhängig erklärt hatte, und Regierungstruppen gegen die Separatisten vorgingen, setzte sich Soyinka für einen Waffenstillstand ein und besetzte eine Radiostation. Die Regierung nahm den Schriftsteller 1967 gefangen; Soyinka verbrachte 22 Monate in Isolationshaft. 1967 hatte er eine erste Gedichtsammlung veröffentlicht («Idanre und andere Gedichte», «Idanre and Other Poems»); in dem lyrischen Werk «Gedichte aus dem Gefängnis» («Poems from Prison») setzte sich Soyinka mit der Haft auseinander. Seine Erfahrungen schrieb er zudem in der Arbeit «Der Mann ist tot» («The Man Died», 1972) nieder.

Nach Kriegsende erschien 1971 sein bitter-satirisches Drama «Verrückte und Spezialisten» («Madmen and Specialists») um Inhumanität und Habgier im Bürgerkrieg. Im selben Jahr verließ Soyinka seine Heimat. Im Exil in England entstand 1972 «Ein Weberschiffchen in der Gruft» («A Shuttle in the Crypt»), ein Band mit metaphysisch-religiösen Gedichten. 1973 erschien Soyinkas Roman «Zeit der Gesetzlosigkeit» («Season of Anomy»). Darin verband er den Mythos von Orpheus und Eurydike mit der Geschichte eines Revolutionärs des Yoruba-Stammes und kritisierte die soziale Lage in Nige-

Wole Soyinka, 1994

ria. Ebenfalls 1973 hatte «Die Bakchen des Euripides» («The Bacchae of Euripides») Premiere: Wie in «Opera Wonyosi» (1977), einer Bearbeitung von Brechts «Dreigroschenoper», gestaltete er einen europäischen Stoff für das afrikanische Theater um. «Der Tod und der Reitergeneral des Königs» («Death and the King's Horseman», 1976) beschreibt erneut Probleme von afrikanischer Tradition und europäischer Moderne. Fünf Jahre nach der zweiten Autobiographie «Aké, Jahre der Kindheit» («Aké, the Years of Childhood», 1981) erhielt Soyinka 1986 als erster Afrikaner den Literatur-Nobelpreis. Kritik an der Regierung in Nigeria erschwerte fortan seine Arbeitsbedingungen. 1994 erschien «Ìsarà», der Roman über ein afrikanisches Dorf der 30er und 40er Jahre aus Sicht eines Frosches. Ende 1994 verließ Soyinka heimlich sein Land und ließ sich in Paris nieder.

John Steinbeck

(27.2.1902–20.12.1968)

▸ Die Stimme der Unterdrückten ◂

Der amerikanische Schriftsteller schilderte in seinen sozialkritischen Romanen die Hoffnung unterdrückter Landarbeiter auf eine gerechtere Zukunft. Steinbeck verwendete häufig biblische Themen als Hintergrund seiner Werke, beispielsweise den Exodus der Juden in seinem erfolgreichsten Roman, «Früchte des Zorns» (1939).

Steinbeck wurde in Salinas/Kalifornien als Sohn eines aus Deutschland eingewanderten Müllers und einer Lehrerin geboren. Nach Beendigung seiner Schulzeit nahm er 1920 ein durch Gelegenheitsjobs in der Landwirtschaft finanziertes Studium der Meeresbiologie am Pacific-Grove-Forschungsinstitut und der Literaturwissenschaften in Stanford auf. Fünf Jahre später brach er die akademische Ausbildung ab und versuchte vergeblich, als Journalist in New York Fuß zu fassen. Steinbeck kehrte nach Kalifornien zurück. 1929 erschien sein Erstlingswerk, die romantische Erzählung «Eine Handvoll Gold» («Cup of Gold») um einen Freibeuter in der Karibik. Ein Jahr später heiratete Steinbeck seine Freundin Carol Henning (zweite Ehe ab 1943 mit Gwyndolen Conger; dritte Ehe ab 1950 mit Elaine Scott).

Ab 1936: Sozialkritischer Realismus
Als Hintergrund vieler Romanhandlungen wählte Steinbeck das heimische Salinastal und beschrieb die Situation der dort lebenden einfachen Menschen. Nach weniger bedeutenden Werken, u.a. dem Roman «Das Tal des Himmels» («The Pastures of Heaven», 1932) gelang ihm mit dem Roman «Die wunderlichen Schelme von Tortilla Flat» («Tortilla Flat», 1935) ein erster Achtungserfolg. Den Durchbruch schaffte Steinbeck aber erst mit seinen sozialkritischen Romanen ab Mitte der 30er Jahre: In «Stürmische Ernte» («In Dubious Battle», 1936) schilderte er einen Streik von Wanderarbeitern als Kampf gegen soziale Ungerechtigkeit, durch den die (teilweise inhumanen kommunistischen) Organisatoren des Ausstandes aber auch neues Unrecht provozieren.
Nach «Gabilan, das rote Pony» («The Red Pony», 1937) und den zu einem Roman zusammengefaßten Geschichten von Kindheit und Jugend eines Jungen im Salinastal erschien «Von Mäusen und Menschen» («Of Mice and Men», 1937). Auch in diesem Erfolgsroman beschrieb Steinbeck in der Tradition des amerikanischen Naturalismus das ihm bekannte Milieu landwirtschaftlicher Wanderarbeiter: Ein schwachsinniger, aber gutmütiger Fellfetischist wird aufgrund seiner unkontrollierbaren Kraft zum Mörder; sein einziger Freund schützt ihn vor der Lynchjustiz der Einheimischen, indem er ihn selbst tötet. Der von beiden jahrelang gehegte Traum

von einer gemeinsamen Farm als Vision einer besseren Zukunft erweist sich als Lebensillusion.

1939: «Früchte des Zorns» Nach der Veröffentlichung des Erzählbands «Das lange Tal» («The Long Valley», 1938) erschien ein Jahr später Steinbecks Roman «Früchte des Zorns» («The Grapes of Wrath»; 1940 von John Ford verfilmt) aus dem Amerika der Depressionsjahre. Für seine Kritik an den wirtschaftlich herrschenden Schichten erhielt Steinbeck 1940 den Pulitzerpreis. Im Mittelpunkt der Handlung steht das Schicksal der wandernden Landarbeiterfamilie Joad, die aufgrund ihrer katastrophalen ökonomischen Lage ausgebeutet und von Grundbesitzern zusammen mit anderen Wanderarbeitern als Streikbrecher eingesetzt wird. Steinbeck beließ es jedoch nicht bei düsterem Pessimismus, denn trotz aller Entbehrungen geben die Joads ihre Hoffnung auf eine bessere Zukunft, die sie aus eigener Kraft zu erreichen versuchen, nicht auf. Steinbeck propagierte die Solidarität der Unterdrückten. Der einzelne kann seine Situation nur verbessern, indem sich die Lage aller Abhängigen ändert.

Ab 40er Jahre: Desillusionierung Durch den 2. Weltkrieg und Erfahrungen als Kriegsberichterstatter in Europa veränderte sich Steinbecks Weltsicht: In «Der Mond ging unter» («The Moon Is Down», 1942), der Geschichte von Bewohnern einer skandinavischen Gemeinde, die den deutschen Besatzern Widerstand leisten, setzt sich das Individuum – und nicht das Kollektiv – zur Wehr. Steinbeck wandte sich von der Sozialkritik in seinen Werken ab und wurde zunehmend unpolitischer. In «Die Straße der Ölsardinen» («Cannery Row», 1945) kehrte er zum heiter-ironischen Ton seiner frühen Schelmenromane zurück. In «Die Perle» («The Pearl», 1947), nahm Steinbeck in Form einer Parabel den biblischen Sündenfall auf – ebenso wie in seinem letzten großen Erfolg, «Jenseits von Eden» («East of Eden», 1952; 1955 von Elia Kazan mit James Dean verfilmt). In seinem nach eigener Ansicht bedeutendsten Werk schilderte er die Beziehung zweier Brüder zu einer Verbrecherin und die Geschichte ihrer ungleichen Söhne. 1962 erhielt Steinbeck den Literatur-Nobelpreis. Im selben Jahr erschien sein letzter Roman, «Meine Reise mit Charley» («Travels with Charley in Search of America»), ein gelungenes Tagebuch seiner Reisen mit seinem Hund durch die USA. 1965 war er als Kriegsberichterstatter in Vietnam tätig. Drei Jahre später starb Steinbeck 66jährig in New York.

John Steinbeck

August Strindberg

(22. 1. 1849–14. 5. 1912)

▸ Wegweiser des modernen Dramas ◂

Der Schriftsteller wurde mit stark autobiographisch geprägten Romanen und Dramen zum Wegbereiter des schwedischen Naturalismus. Strindberg übte großen Einfluß auf expressionistisches Drama und absurdes Theater aus.

Strindberg, in Stockholm als Sohn eines erfolglosen Kaufmanns geboren, wuchs in bescheidenen Verhältnissen auf. 1867 begann er in Uppsala ein Medizinstudium, das er sich als Privat- und Volksschullehrer finanzierte. Zwei Jahre später brach er die Ausbildung ab, um sich als Schauspieler zu versuchen, scheiterte jedoch und unternahm einen Selbstmordversuch. Ab 1870 studierte er in Uppsala Philosophie.

1879: Begründer des schwedischen Naturalismus Von 1872 an arbeitete Strindberg in Stockholm als Journalist. Im selben Jahr entstand das historische Drama «Meister Olof» («Mäster Olof») um den schwedischen Reformator Olaus Petri. Zunächst als Prosa geschrieben, wurde es 1876 in eine Versfassung umgewandelt. 1874 nahm Strindberg eine Stelle an der Königlichen Bibliothek in Stockholm an. Drei Jahre später heiratete er die finnische Schauspielerin Siri von Essen (Scheidung 1891; zweite Ehe mit der Wiener Journalistin Frida Uhl, 1893/94; dritte Ehe mit der norwegischen Schauspielerin Harriet Bosse, 1901–04). Seine 1879 folgende Gesellschaftssatire «Das rote Zimmer» («Röda rummet») gilt als erster naturalistischer Roman in Schweden.

Ab 1886: Frauenfeindlichkeit Der zweibändige Novellenband «Heiraten» («Giftas I und II») befaßt sich mit dem Zusammenleben von Mann und Frau. Im ersten Band (1884) trat Strindberg vehement für die Gleichstellung der Frau ein, im zweiten Band (1886) schlug diese Einstellung in Frauenfeindlichkeit um, die sich durch alle weiteren Werke zieht. Grund für diesen Umschwung waren massive Proteste der Frauenbewegung gegen die sexuell freizügigen Darstellungen des ersten Bandes, der ihm zudem ein Verfahren wegen Gotteslästerung einbrachte.

1887/89: Naturalistisches Theater Ende der 80er Jahre verfaßte Strindberg seine bekanntesten naturalistischen Stücke. Die Protagonisten erscheinen als Produkte von Vererbung, Milieu und Zeit. «Der Vater» («Fadren», 1887) handelt von einem Mann, der von seiner Frau in den Wahnsinn getrieben wird. In «Fräulein Julie» («Fröken Juli», 1889) setzte Strindberg seine programmatischen Forderungen an das naturalistische Drama um, wie er sie im Vorwort zu dem Stück formuliert hatte: verknappte Handlung, Psychologisierung der Figuren sowie Übergang vom Charakter zum Typus. Das Drama erzählt von einem adeligen Fräulein, das sich von ihrem Diener verführen läßt und anschließend aus Reue Selbstmord begeht.

Ab 1900: Moderne Dramen 1894 zog Strindberg nach Paris, wo er eine geistig-religiöse Krise durchlebte, die er in mehreren literarischen Werken verarbeitete, so in dem Roman «Inferno» (1897) und dem Drama «Nach Damaskus» («Till Damaskus», 1899). In dem Stück, das keine durchgängige Handlung hat, hob er Raum und Zeit auf und verschmolz Traum und Wirklichkeit. Strindberg zeigte Stationen aus dem Leben eines Unbekannten, der sich immer weiter von Gott entfernt, dann aber doch zum Glauben findet und sich von der Welt abwendet.
Strindbergs Stücke ab der Jahrhundertwende gelten als Vorläufer von Symbolismus, Expressionismus und Surrealismus. «Totentanz» («Dödsdansen», 1901) behandelt eines der Hauptthemen Strindbergs, die selbst erlebte Ehehölle: Ein Paar existiert allein um des gegenseitigen Hasses willen und zerstört sich selbst. «Ein Traumspiel» («Drömspel», 1902) ist der literarische Versuch, das zusammenhanglose und doch logische Muster des Traums auf die Bühne zu bringen. Das Drama zeigt Strindbergs Glauben an die Unzulänglichkeit allen menschlichen Seins.
1906 schloß Strindberg seine vierbändige Autobiographie über die Jahre 1849–87 ab: «Der Sohn der Magd. Entwicklungsgeschichte einer Seele» («Tjänstekvinnans son. En själs utvecklingshistoria») offenbart, wie sehr er unter der minderen Bildung seiner Mutter gelitten hatte. Ein Jahr später entstanden vier

August Strindberg

Kammerspiele, von denen «Gespenstersonate» («Spöksonaten») am bekanntesten wurde. Das mystische Spiel ist durch fließenden Übergang von Traum und Wirklichkeit geprägt. 1907 gründete Strindberg das «Intime Theater», wo seine Kammerspiele aufgeführt wurden.
In dem Roman «Schwarze Fahnen» («Svarta fanor», 1907) griff er das konservative Establishment an. Um 1910 kam es zur sog. Strindberg-Fehde zwischen traditionalistischen und fortschrittlichen Kräften über Fragen von Literatur und Politik. Sein letztes Stück war «Die große Landstraße» («Stora Landsvägen», 1910) um einen Jungen, der nur beobachten möchte, aber immer in die Dramen des Lebens hineingezogen wird. Mit 62 Jahren starb Strindberg 1912 in Stockholm.

Rabīndranāth Tagore

(7.5.1861–7.8.1941)

▸ Dichter, Humanist und Kulturvermittler ◂

Der Lyriker, Dramatiker, Romanautor, Philosoph, Maler und Musiker gilt als Vermittler zwischen traditioneller indischer Kultur und westlicher Moderne. Für sein lyrisches Hauptwerk erhielt Tagore 1913 den Literatur-Nobelpreis.

Das vierzehnte Kind eines Gutsherrn und hinduistischen Religionsreformers kam als Rabīndranāth Ṭhākur (engl.: Tagore) in Kalkutta, der Haupstadt des damaligen Britisch-Indien, zur Welt. Die Schule besuchte der Junge nur kurzzeitig; die Ausbildung übernahm der Vater, der Tagores religiöse und weltliche Einstellung prägte. Mit 17 Jahren besuchte er eine Schule in Brighton. Nach abgebrochenem Studium fuhr er 1880 nach Indien zurück und schrieb sein erstes Musikdrama. Nach seiner Heirat (1883) kümmerte er sich um den Familienbesitz.

1901: Gründung einer Privatschule Ab Mitte der 80er Jahre entstanden etliche umfangreiche Gedichtbände, Geschichten und Dramen, die der Herausgeber verschiedener Zeitungen – wie alle seine Werke – in bengalischer Sprache verfaßte und teilweise selbst ins Englische übersetzte. 1901 gründete er auf dem heimischen Landsitz Śāntiniketan («Wohnung des Friedens») die gleichnamige Privatschule, die 50 Jahre später als staatliche internationale Universität anerkannt wurde. Unter Tagores Leitung entwickelte sich die Schule zu einer Art Brücke zwischen östlichen und westlichen Kulturen. Zudem wollte der überzeugte Humanist, der das Erziehungssystem in der britischen Kolonie heftig kritisierte, der indischen Bevölkerung zu einem eigenständigen Bewußtsein verhelfen.

1910: Wichtigster Roman 1903 erschien «Sand im Auge» («Cokher bāli»), der erste dem Realismus verpflichtete psychologische Roman in bengalischer Sprache. Ebenso wie in dem folgenden Roman «Der Schiffbruch» («Naukāḍubi», 1906) setzte sich Tagore mit liebes- und gefühlsfeindlichen Zwängen der hinduistischen Gesellschaft auseinander. In «Gorā» (1910), seinem bedeutendsten Prosawerk, plädierte Tagore für politische und religiöse Toleranz.

Ab 1910: «Gītāñjali»-Periode Mit 49 Jahren veröffentlichte Tagore «Liedopfer» («Gītāñjali»), das den Ausschlag für die Entscheidung gab, ihm 1913 den Nobelpreis zu verleihen. In diesem lyrischen Hauptwerk rief er seine Landsleute – ebenso wie in seinen religiös-moralistischen Gedichtbänden «Opfer» («Naibedya», 1901) und «Überfahrt» («Kheyā», 1906) – zur Politisierung und Betonung indischer Werte auf. Das Werk umfaßt 115 zumeist melancholische Gedichte (51 in der Übersetzung), die in eine von Tagore selbst vertonte Liedform übergehen. In ihnen verschmelzen seine Hauptthemen – Gottessehnsucht, Natur und Liebe – zu einer mystischen Einheit mit starker philosophischer Symbolik. Die gleiche Thematik findet sich in seinem vom Symbolismus beeinflußten Drama «Das Postamt» («Dākghar», 1912) sowie den Lyriksammlungen «Liederkranz» («Gīti-mālya», 1914) und «Liederreihe» («Gītāli», 1914). In der Folgezeit wurde der Erneuerer der bengalischen Literatur, dessen lyrisches und philosophisches Werk 28 Bände umfaßt, in seiner Heimat wie ein Heiliger verehrt.

20er Jahre: Humanistische Werke 1912 erschienen die Memoiren «Lebenserinnerungen» («Jībansmṛiti»). In der Folgezeit hielt Tagore Vorträge in den USA und Europa über Nationalismus und sein Ziel einer Verbindung von westlicher und asiatischer Kultur. 1915 wurde er vom britischen König geadelt, gab den Titel aber vier Jahre später nach dem Massaker von Amritsar zurück.
Mit den folgenden Werken forderte er Solidarität aller Rassen und Klassen, z. B. in dem Roman «Das Heim und die Welt» («Ghare-Bāire», 1916). Darüber hinaus thematisierte er den Gegensatz von menschlicher Würde einerseits sowie Technisierung der Gesellschaft und Totalitarismus andererseits. Im Kampf mit derartigen menschenfeindlichen Entwicklungen behielt Tagores Humanismus am Ende stets die Oberhand (so in den Dramen «Die Wiederkehr des Frühlings»/«Phālgunī», 1916, und «Roter Oleander»/«Raktakarabī», 1924).

30er Jahre: Maler In den 30er Jahren war Tagore als Maler aktiv, brachte aber auch weitere Sammlungen mit Gedichten und Liedern heraus, die er teilweise selbst vertonte. Bis 1940 entstanden rund 2000 Bilder mit oft phantastischen Fabelwesen, die – ebenso wie die späten schriftstellerischen Arbeiten – Tagores Hinwendung zum Expressionismus belegen. Sein letzter Roman, «Vier Kapitel» («Cār adhyāy», 1934) handelt noch einmal von der Liebe.
Mit der faschistischen Gefahr und dem drohenden Weltkrieg verstärkte Tagore sein politisches Engagement noch einmal: Er stellte sich nachdrücklich gegen Nazi-Deutschland, was auch 1941 in dem Essay «Die Krise der Zivilisation» («Sabhyatār sānkaṭ») zum Ausdruck kam. Im selben Jahr starb Tagore mit 80 Jahren in Kalkutta. Sein 1911 entstandenes Lied «Du bist der Herrscher über die Seelen aller Menschen» wurde 1950 zur indischen Nationalhymne.

Rabīndranāth Tagore

Georg Trakl

(3.2.1887–3.11.1914)

▸ Exzesse als Basis des Schreibens ◂

Der österreichische Lyriker gehört zu den bedeutendsten Vertretern des Frühexpressionismus. Trakls phantastisch-metaphorische Dichtung ist von Trauer und Schwermut geprägt.

Trakl wurde als Sohn eines Eisenhändlers in Wien geboren. Er besuchte das Humanistische Stadtgymnasium in Salzburg, das er in der siebten Klasse wegen ungenügender Leistungen verlassen mußte. Auf der Suche nach einer geeigneten Beschäftigung fand Trakl Zugang zu Literatenzirkeln und gehörte u.a. den Gruppen «Apollo» und «Minerva» an. Nachdem er in Dichterkreisen mehrfach mit Selbstmord gedroht hatte, galt er bald als Sonderling und Eigenbrötler.

1906: Einakter Schon als Jugendlicher führte Trakl ein ausschweifendes Leben: Er rauchte opiumgetränkte Zigaretten und verkehrte in Wirtshäusern und Bordellen. Bei seinen dichterischen Versuchen sollten ihn Chloroformräusche in die richtige Stimmung versetzen. Seine ersten schriftstellerischen Arbeiten standen unter dem Einfluß Charles Baudelaires und Maurice Maeterlincks.
1906 hatten in Salzburg zwei Einakter Trakls Premiere: «Totentanz» und «Fata Morgana». Die Protagonisten der als verschollen geltenden Stücke zerbrechen daran, daß sich ihre bisherige Welt als Illusion entpuppt. Während «Totentanz» ein Erfolg wurde, fiel «Fata Morgana» beim Publikum durch.

Nicht zuletzt wegen seiner Vorliebe für Rauschmittel entschloß sich Trakl 1905 für ein dreijähriges Praktikum in einer Apotheke. Ab 1908 studierte der 21jährige Pharmazie in seiner Heimatstadt.

1913: Gedichte 1912 lernte Trakl den Herausgeber der literarischen Zeitschrift «Der Brenner», Ludwig von Ficker, kennen, der ihn fortan unterstützte und ihm als väterlicher Freund zur Seite stand. Unter dem Einfluß des französischen Lyrikers Arthur Rimbaud, mit dessen Werk er sich intensiv auseinandergesetzt hatte, entwickelte Trakl in der Folgezeit seinen eigenen unverwechselbaren Stil und wurde neben Georg Heym und Franz Werfel zu einem führenden Vertreter des (Früh-)Expressionismus. Er verzichtete in seiner Sprache auf alles schmückende und erklärende Beiwerk. Worte und Bilder, die häufig vom Drogenkonsum beeinflußt waren, verknüpfte er jenseits logischer Gesetze miteinander. Die dunkle Stimmung der Gedichte war Ausdruck von Trakls persönlichem Leiden an der bürgerlich-geregelten Welt. Eine weitere wichtige Erfahrung war die inszestuöse Beziehung zu seiner Schwester, die er immer wieder als Figur in seine Gedichte einbaute.

Franz Werfel (10.9.1890–26.8.1945)

Der österreichische Schriftsteller war ab 1910 Verlagslektor in Leipzig, wo er ab 1913 die avantgardistische Buchreihe «Der jüngste Tag» , ein Forum expressionistischer Dichter, herausgab. Werfel wurde vor dem 1. Weltkrieg mit zwei Gedichtbänden bekannt: «Der Weltfreund» (1911) und «Wir sind» (1912) sind von weltumspannender Liebe erfüllt. Sein Stück «Die Troerinnen» (nach Euripides, 1915) ist von radikalem Pazifismus geprägt. Ab Ende der 20er Jahre konzentrierte sich Werfel zunehmend auf Dramen und Erzählungen. In «Die vierzig Tage des Musa Dagh» (1933) verarbeitete er den vom jungtürkischen Regime begangenenen Völkermord an den Armeniern (1915–17). 1938 mußte Werfel, verheiratet mit Alma Mahler, der Witwe des Komponisten Gustav Mahler, Österreich verlassen und emigrierte nach Frankreich. Von dort flüchtete er nach dem Einmarsch deutscher Truppen 1940 in die USA. Werfels Spätwerk ist von katholischer Frömmigkeit geprägt – beispielsweise in «Der veruntreute Himmel» (1939) und «Das Lied von Bernadette» (1941). Zu einem großen Erfolg wurde Werfels Komödie «Jakobowsky und der Oberst» (1944), das Drama der Flucht eines polnischen Juden und eines Obersten der polnischen Armee. Postum wurde 1946 «Stern der Ungeborenen» veröffentlicht. Der utopische Reiseroman beschreibt das sog. astromentale Zeitalter, das zwar technisch perfekt, menschlich jedoch verarmt ist.

1913 erschien der Band «Gedichte», Trakls einzige Buchveröffentlichung zu Lebzeiten. Nach symbolistischen

Georg Trakl

Anfängen hatte er hier zu reimlosen freien Rhythmen gefunden. Trakl zerstörte konsequent konventionelle Sprach- und Ausdrucksmuster. In den metaphernreichen, nur schwer zu entschlüsselnden Werken dominieren Trauer und Schwermut. Weitere Themen sind Tod, Schrecken und Verwesung.

1914: Psychische Zerstörung Im 1. Weltkrieg wurde Trakl als Sanitäter eingezogen und kam an die Ostfront. Die Kriegsgreuel verstörten den Lyriker bis zum Wahnsinn. Nach der Schlacht bei Gródek, die er in dem Gedicht «Grodek» verarbeitete, unternahm er einen Selbstmordversuch und kam in eine psychiatrische Klinik in Krakau, wo der 27jährige an einer Überdosis Kokain starb. Postum erschien der Gedichtband «Sebastian im Traum» (1914), der Trakl für die literarische Nachwelt zu einem der «Frühvollendeten» machte.

Kurt Tucholsky

(9. 1. 1890–21. 12. 1935)

Der deutsche Journalist und Schriftsteller gilt als bedeutendster politischer Kritiker in der Weimarer Republik. In ironisch-satirischen Glossen, Kommentaren, Kulturkritiken, Essays sowie als Kabarettist, Romanautor und Dichter engagierte sich Tucholsky gegen Spießbürgertum und Militarismus sowie für Humanismus und Demokratie.

Tucholsky wurde als ältestes von drei Kindern eines wohlhabenden jüdischen Kaufmanns in Berlin geboren. Nach Schulbesuch in Stettin und Berlin beendeten die immer stärkere Antipathie gegen die Schule, der Tod des Vaters (1905) und das folgende Zerwürfnis mit der Mutter die glückliche Kindheit. Als Unterprimaner ging er von der Schule ab und bestand das Abitur 1909 als Externer nach privater Vorbereitung.

1912: «Rheinsberg» Schon als Schüler hatte Tucholsky Gedichte geschrieben; mit 17 Jahren wurde erstmals ein Tucholsky-Text veröffentlicht: Das «Märchen», erschienen in der satirischen Berliner Zeitschrift «Ulk», entlarvte die Ignoranz Kaiser Wilhelms II. gegenüber der zeitgenössischen Kunst. Während seines Jurastudiums in Berlin und Genf erschien 1912 «Rheinsberg – Ein Bilderbuch für Verliebte». Der heitere, ironische Roman erzählt von einem Wochenend-Liebesausflug eines studentischen Paares. Besonders bei Jugendlichen hatte das Werk Erfolg, da Tucholsky auf übliche romantische oder schwermütige Gefühlsdarstellungen verzichtete, sondern in natürlicher, einfacher Sprache erzählte.

Ab 1913: Redakteur der «Schaubühne» Nachdem er einige Glossen und Rezensionen im SPD-Parteiblatt «Vorwärts» veröffentlicht hatte, schrieb der 23jährige für die «Schaubühne», die Berliner Theaterzeitschrift seines Freundes Siegfried Jacobsohn. Unter seinen vier Pseudonymen, die für unterschiedliche journalistische Genres standen, avancierte Tucholsky zum spitzzüngigen, oft polemischen Kritiker der Theater- und Kulturlandschaft sowie der wilhelminischen Politik: Ignaz Wrobel war für bissige politische Artikel zuständig, Peter Panter der Fachmann für Literatur und Theater. Theobald Tiger steuerte pointierte Verse zum Zeitgeschehen bei. Nach 1918 kam der Gesellschaftskritiker Kaspar Hauser hinzu.

1918–20: Chef beim «Ulk» 1914/15 bestand Tucholsky seine juristische Doktorprüfung in Jena und mußte danach als Soldat an die Ostfront. Nach Kriegsende setzte er seinen kultur- und gesellschaftskritischen Journalismus fort: Er schrieb für die «Schaubühne», die 1918 in «Weltbühne» umbenannt worden war, und ihren kulturkritischen Schwerpunkt zugunsten einer Politisierung aufgegeben hatte. In seinen Artikeln setzte sich der undogmatische Sozialist vehement für die Weimarer Republik ein. Auch als satirischer Autor und Justizkritiker machte sich Tucholsky einen Namen. Darüber hinaus arbeitete er bis 1920 als Chefredakteur des «Ulk». Im selben Jahr heiratete er die spätere Ärztin Else Weil (Scheidung 1922; zweite Ehe mit Mary Gerold, Scheidung 1933). Ebenfalls um 1922 schlug die Hoffnung Tucholskys auf gesellschaftlichen Wandel in Zukunftsangst um: Schon Anfang der 20er Jahre sah er das Ende der Republik und den Aufstieg der Nationalsozialisten voraus. Das Mitglied der USPD (1920–22) geriet in eine Schaffenskrise und begann 1923 aus finanziellen Gründen ein Volontariat in einem Bankhaus.

1926/27: Herausgeber der «Weltbühne» Als freier Journalist siedelte Tucholsky 1924 nach Paris über. Nach dem Tod Jacobsohns kehrte er nach Berlin zurück und wurde Ende 1926 Herausgeber der «Weltbühne», dem bedeutendsten Forum für Linksintellektuelle. Zehn Monate später gab er den Posten an Carl von Ossietzky ab und kehrte nach Paris zurück. 1927 erschien der philosophische Reisebericht «Ein Pyrenäenbuch»; ein Jahr später kam «Mit fünf PS» heraus, ein Sammelband seiner Schriften, wobei sich «PS» auf die Pseudonyme Tucholskys bezieht.

1931: «Schloß Gripsholm» Desillusioniert von der eigenen Wirkungslosigkeit, reduzierte er die journalistische Arbeit, wanderte 1929 nach Schweden aus und hatte mit Büchern Erfolg: «Das Lächeln der Mona Lisa» (1930) und «Lerne Lachen ohne zu weinen» (1931) sind Zusammenstellungen seiner journalistischen Werke, in «Deutschland, Deutschland über alles» (1930) reagierte er mit bitterer Polemik auf die politische Situation. 1931 erschien das Gegenstück – der heiter-ironische Roman «Schloß Gripsholm»: Anhand eines Urlaubs in Schweden skizzierte Tucholsky das Leben in einer humanistischen Gesellschaft.

Kurt Tucholsky

Aus Verzweiflung über den Aufstieg Hitlers stellte er 1932 alle Publikationen ein. 1933 wurde ihm die deutsche Staatsbürgerschaft aberkannt, seine Bücher wurden verbrannt. In den letzten drei Lebensjahren entstanden die 1978 publizierten «Q-Tagebücher», scharfsinnige Glossen zur Lage Europas, ein wichtiges Werk deutscher Exilliteratur. Vereinsamt, depressiv und von mehreren Operationen geschwächt, nahm sich der 45jährige in Hindås bei Göteborg das Leben.

John Updike

(* 18. 3. 1932)

▸ Chronist des amerikanischen Jedermann ◂

Der amerikanische Schriftsteller beschreibt in seinen Gesellschaftsromanen, Essays und Kurzgeschichten das Leben weißer Mittelständler aus der US-Provinz. Hauptthemen sind die Ängste und Hoffnungen seiner Protagonisten, dargestellt an den Themen Religion, Sexualität und Tod.

Updike wurde in der Kleinstadt Shillington/Pennsylvania als Sohn eines aus den Niederlanden stammenden Lehrers und Diakons und einer deutschstämmigen Mutter geboren. Die Erziehung übernahmen seine Großeltern, die Johns religiöse Einstellung im Sinne der unitarischen Lehre prägten. Nach der Schulzeit in seiner Heimatstadt studierte er ab 1950 Englische Literatur an der Harvard-Universität. 1953 heiratete er Mary Entwistle Pennington (Scheidung 1976; vier Kinder; zweite Ehe seit 1977 mit Martha Ruggles Bernhard). Nach erfolgreichem Examen absolvierte er 1954 ein zweisemestriges Studium der Malerei an einer Kunstschule in Oxford (England). Den Jugendtraum, als Zeichner für Walt Disney zu arbeiten, konnte sich Updike nicht erfüllen. Statt dessen nahm er 1955 eine Stelle als Redakteur beim Magazin «New Yorker» an, in dem er seine ersten Kurzgeschichten veröffentlichte. Während der zweijährigen Tätigkeit war Updike für Literaturkritiken zuständig.

1959: Erster Roman Da seine ersten literarischen Versuche auf rege Publikumsresonanz stießen, entschloß sich Updike 1957 zu einer Karriere als Schriftsteller. Er zog nach Beverly Farms nahe Boston/Massachusetts und veröffentlichte in der Folgezeit fast jedes Jahr ein größeres Werk. Seinem Erstling, dem Lyrikband «Gezimmertes Huhn und sonstige zahme Wesen» («The Carpentered Hen and other Tame Creatures», 1958) folgten die Gedichtsammlung «Dieselbe Tür» («The Same Door», 1959) und der erste Roman, «Das Fest am Abend» («Poorhouse Fair», 1959). Das Werk, das die Auseinandersetzung zwischen den Insassen eines Armenhauses und dem Heimleiter zeigt, überzeugt durch detaillierte und stilistisch hervorragende Beschreibungen.

Ab 1960: «Rabbit»-Tetralogie 1960 erschien Band eins der sog. Rabbit-Tetralogie. Darin schilderte Updike das Leben von Harry Angstrom (genannt «Rabbit»), einem typischen Normalbürger in einer Provinzstadt. Rabbit, ein begeisterter Basketballspieler, versucht, gegen die Mittelmäßigkeit seiner Umgebung zu rebellieren, arrangiert sich schließlich aber nach gesellschaftlichem und materiellem Aufstieg mit dem freudlosen Einerlei seiner als absurd erkannten Existenz. Mit detailgenauer Beobachtung zeichnete Updike nicht nur das Bild des Durchschnittsamerikaners, sondern auch der politisch-gesellschaftlichen Entwicklung der USA seit den 60er Jahren.

1968: Bestseller Mit «Ehepaare» («Couples», 1968) landete Updike den bis dahin größten Verkaufserfolg seiner Karriere. Wiederum im Kleinbürgertum Neuenglands angesiedelt, beschreibt der Roman drastisch den Einbruch der Sexwelle in dieses Milieu. Seine Hauptthemen (Religion und Sexualität) verquickte Updike in seinen Romanen «Der Sonntagsmonat» («A Month of Sundays», 1975) und «Das Gottesprogramm» («Roger's Version», 1986), was ihm Bewunderung als christlicher Schriftsteller, aber auch Kritik einbrachte. Zurückhaltend wurden auch die Werke aufgenommen, in denen er sich ironisch mit der Emanzipation beschäftigte: In «Die Hexen von Eastwick» («The Witches of Eastwick», 1984) gehen drei moderne «Hexen» (geschiedene Ehefrauen) eine Affäre mit dem «Teufel» (einem Großstadt-Junggesellen) ein. In «S.» (1988) flieht eine wohlhabende Frau aus der Ehe und schließt sich einer religiösen Sekte an.

John Updike

Die Rabbit-Romane

1960 Hasenherz (Rabbit Run): Nach der Collegezeit versucht Rabbit, aus seinem öden Alltag und der Verantwortung für Frau und Kind auszubrechen, was ihm am Ende durch Flucht zu gelingen scheint.
1971 Unter dem Astronautenmond (Rabbit Redux): Rabbit schafft die ersehnte Selbstverwirklichung und Identitätssuche nicht und kehrt zu Frau und Kind zurück. Vor dem Hintergrund von Hippie- und schwarzer Bürgerrechtsbewegung wird auch die Rolle der USA zwischen Triumph (Mondlandung) und Trauma (Vietnamkrieg) zum Thema.
1981 Bessere Verhältnisse (Rabbit Is Rich): Rabbit findet sich mit seinem Leben als erfolgreicher Geschäftsmann, Vater, Ehemann und Golfspieler ab. Wohlstand und Sex werden zu den wichtigsten Dingen. Die frühere Sinnsuche spielt – ebenso wie in der US-Gesellschaft – keine Rolle mehr.
1990 Rabbit in Ruhe (Rabbit at Rest): Reichtum wird für Rabbit im Amerika der Reagan-Ära zum beherrschenden Ziel, zumal der Sex durch Aids beeinträchtigt ist. Beim Basketballspiel erleidet Rabbit einen Herzinfarkt und stirbt, sein Sohn rückt fortan in den Mittelpunkt des Romans.

Paul Valéry

(30. 10. 1871 – 20. 7. 1945)

Der französische Schriftsteller gehört zu den Hauptvertretern des Symbolismus. In seinen Gedichten, Essays und Prosastücken setzte er sich immer wieder mit dem dichterischen Schaffensprozeß auseinander.

Paul Ambroise Valéry wurde als Sohn eines korsischen Zollbeamten und einer italienischen Adligen in der südfranzösischen Hafenstadt Sète geboren. Nach dem Schulbesuch studierte er ab 1888 Jura in Montpellier, doch schon bald interessierte sich Valéry mehr für Naturwissenschaften, Musik und Literatur. 1892 siedelte er nach Paris über, um sich ganz der Schriftstellerei zu widmen. Dort geriet er in eine tiefe Krise, als er erkannte, daß sein Traum von Schönheit und Wahrheit in der Dichtung nicht zu verwirklichen war. In der Nacht vom 4. auf den 5. 10. 1892 beschloß Valéry, auf eine literarische Karriere zu verzichten. Statt dessen wollte er sich mit Mathematik und anderen «exakten Wissenschaften» beschäftigen, um so zum reinen Denken zu gelangen.

Ab 1894: «Cahiers» 1894 begann Valéry, seine Gedanken täglich niederzuschreiben. Innerhalb von 51 Jahren entstanden 271 Hefte, die «Cahiers» (veröffentlicht 1957–62), eine Bewußtseinsanalyse des Menschen in der Postmoderne. Valéry, den eine lebenslange Freundschaft mit André Gide verband, bezeichnete in seinem Briefwechsel mit dem Schriftsteller die «Cahiers» als Möglichkeit, Herr über sein Denken zu bleiben. Die Hefte enthalten Gedanken zu Kultur, Politik, Religion, Philosophie sowie Prosagedichte, Zeichnungen und Aquarelle.

Ab 1896: «Teste»-Zyklus Als Idealtyp des Menschen betrachtete Valéry Leonardo da Vinci, der sich durch abstraktes Denken auf höchstem Niveau – verbunden mit voller künstlerischer Gestaltungskraft – auszeichne («Leonardo»/«Introduction à la méthode de Leonardo da Vinci», Essay 1895). 1896 legte Valéry mit «Une soirée avec Monsieur Teste» den Auftakt des sog. Teste-Zyklus vor, der aus insgesamt zehn Stücken besteht (veröffentlicht 1946). Im Mittelpunkt der Texte, in denen Valéry die Darstellung des Geistigen anstrebte, steht der Börsenspekulant Monsieur Teste, der in strenger geistiger Askese lebt.

1922: «Zaubersprüche» 1897 nahm Valéry den Posten eines Schriftführers im Kriegsministerium an. Drei Jahre später heiratete er Jeannie Gobillard und ging zur Nachrichtenagentur Havas (bis 1920). 1917 beendete Valéry nach vierjähriger Arbeit sein erstes großes Gedicht, «Die junge Parze» («La jeune Parque»). Die 512 Verse des Werks bestehen aus klassischen Alexandrinern. Die jüngste der drei Schicksalsgöttinnen, die den Lebensfaden spinnen und zerreißen, steht stellvertretend für die neuerwachte Schöpferkraft des Dichters. Darüber hinaus verdeutlicht das Gedicht Valérys Ringen um eine ästhetische Theorie und deren praktische Umsetzung. Entscheidend war für Valéry die Form: Er betrachtete die Dichtkunst als «komplexes Universum», d. h., ein Gedicht sollte wie eine Partitur gelesen werden, hinter der kein Sinngehalt zu suchen ist. «Die junge Parze» wurde in der symbolistischen Lyriksammlung «Zaubersprüche» («Charmes», 1922) veröffentlicht, die der sog. reinen Dichtung (poésie pure) folgte und eine autonome Welt des Schönen erzeugen sollte. Bekanntestes Gedicht der Sammlung ist «Der Friedhof am Meer» («Le cimetière marin»), eine poetische Meditation über Tod und Leben, Zeit und Ewigkeit, 1925 von Rainer Maria Rilke ins Deutsche übersetzt. «Pythia» («La Pythie») um die gleichnamige Priesterin des Orakels von Delphi behandelt die Frage, ob der Künstler seiner Inspiration folgen oder sein Werk erarbeiten soll. Für Valéry war der Arbeitsvorgang stets wichtiger als dessen Ergebnis. Um das dichterische Schaffen kreiste auch das Gedicht «Die Palme» («La palme»).

Paul Valéry, um 1920

Ab 1924: «Variété» In der Folgezeit entstanden vorwiegend Essays, z. B. die Künstlermeditation «Eupalinos oder Der Architekt» («Eupalinos ou l'architecte», 1923), und philosophische Dialoge wie «Die Seele und der Tanz» («L'âme et la danse», 1923), in dem Sokrates, Eriximachos und Phaidos über den Tanz einer Frau disputieren. In seinen Essays nahm Valéry zahlreiche moderne Konzeptionen der Dichtung vorweg, z. B. das absurde Theater und die moderne Poesie, die er als «reine Sprachkunst» definierte. 1925 wurde Valéry in die Académie française gewählt. Ein Jahr später erschien die Aphorismensammlung «Rhumbs», 1927 der Folgeband «Autre rhumbs». 1937 erhielt Valéry eine Professur für Poetik am Collège de France. Vier Jahre später kamen die Theaterszenen «Mein Faust» («Mon Faust») heraus, Ergebnis der Beschäftigung mit Goethe, den er als Persönlichkeit betrachtete, die Denken und Sein in unnachahmlicher Weise vereinigte. Im Mittelpunkt steht der Gelehrte Faust, der seiner Sekretärin sein letztes Werk – eine Art Memoiren, die Summe und Würdigung seiner Existenz sind – diktiert. 1945 starb Valéry 73jährig in Paris. Er wurde mit einem Staatsbegräbnis geehrt.

Robert Walser

(15.4.1878–25.12.1956)

Der Schweizer Schriftsteller schilderte in seinen Erzählungen und autobiographischen Romanen Beobachtungen und Begebenheiten des Alltags. Walsers herausragende Stellung in der Weltliteratur wurde erst in den 50er Jahren von Publikum und Kritik anerkannt.

Der Sohn eines Kaufmanns wurde in Biel/Bern geboren. Als 14jähriger begann er eine dreijährige Banklehre in seiner Heimatstadt. Danach ging Walser nach Stuttgart, wo er mit dem Versuch, Schauspieler zu werden, scheiterte. In der Freizeit verfaßte er erste Gedichte, die 1898 veröffentlicht wurden. Seine lyrischen Arbeiten machten Franz Blei auf Walser aufmerksam, der ihn in den Literatenkreis um die Zeitschrift «Die Insel» einführte. Seinen Lebensunterhalt bestritt der in Zürich lebende Walser als Büro- und Bankangestellter. 1905 siedelte er nach Berlin über, wo er bei seinem Bruder Karl, einem Maler und Bühnenbildner, lebte und eine Dienerschule besuchte. Noch im selben Jahr nahm er für einige Monate eine Stelle als Diener auf Schloß Dambrau/Oberschlesien an. Nach seiner Rückkehr überredete ihn der Verleger Bruno Cassirer, einen Roman zu schreiben.

1907: «Geschwister Tanner» In dem autobiographischen Roman verarbeitete Walser die Erlebnisse seiner Züricher Zeit und schilderte Milieu und Arbeit der Angestellten sowie deren Entfremdung in der Alltagsroutine. In einzelnen Episoden beschrieb er das Vagabundenleben des 20jährigen Simon Tanner, dessen Außenseitertum eine Form der Verweigerung ist. Er betrachtet das Leben als ein sich ständig veränderndes Provisorium, das sich leichter ertragen läßt als mit faulen Kompromissen erkaufte «stabile» Verhältnisse.

1908: «Der Gehülfe» In seinem zweiten Romanwerk griff Walser auf seine Erfahrungen als Assistent bei einem Züricher Ingenieur zurück. Das Buch schildert den gescheiterten Versuch des 24jährigen Joseph Martin, in der Gesellschaft Fuß zu fassen, ohne sich dabei völlig aufzugeben. Als einziger Angestellter des Erfinders Tobler glaubt er, Geborgenheit gefunden zu haben. Schon bald zeigt sich, daß Tobler verzweifelt um das finanzielle Überleben kämpft und alle noch vorhandenen Mittel aufwendet, um nach außen hin den Schein des Wohlstands zu wahren und die gesellschaftliche Anerkennung nicht zu verlieren. Walser erzählte den Roman aus Martins Sicht; komplizierte Satzgefüge verdeutlichen ironisch Martins Bemühen, durch das Zurechtbiegen der Realität seine Illusionen aufrechtzuerhalten. Am Ende ist er jedoch genauso stellen- und identitätslos wie am Anfang.

1909: «Jakob von Gunten» In diesem Schul- und Erziehungsroman berichtete Walser in Tagebuchform von Jakob von Gunten, der die menschliche Würde wahren will und deshalb in das Erziehungsinstitut Benjamenta geht: Das dortige Erziehungsziel ist bedingungslose Unterordnung und völliger Gehorsam, weil nur so Sinnansprüche unterbleiben, die bei den Menschen zwangsläufig zu Angst und Enttäuschung führen. Allerdings unterwirft sich Jakob nicht, sondern setzt sich in seinem Tagebuch kritisch mit dem System auseinander. Nach außen hin zeigt er sich jedoch fügsam. Am Ende bricht er mit dem Institutsleiter in die von ihm erträumte «Wüste» auf. Doch seine Vorstellung von einer hierarchielosen Gesellschaft bleibt Illusion.

Ab 1910: Kleine Prosa Alle drei Romane Walsers entzogen sich jeder Einordnung und waren in Literatenkreisen hochgeschätzt. Zu Walsers prominentesten Fürsprechern gehörten die Schriftsteller Hermann Hesse, Franz Kafka und Robert Musil. Gesellschaftliche Anerkennung war Walser gleichgültig, vielmehr sah er in der eigenen Erfolglosigkeit eine Form der Verweigerung gegen herrschende Normen.
Aus finanziellen Gründen ging Walser 1913 zurück nach Biel. Er konzentrierte sich auf das Schreiben von Prosastücken und Erzählungen, darunter «Der Spaziergang» (1917). Wie in seinen Romanen wurde auch hier das bewußte Kleinsein des Menschen zur wahren Größe, die Erfolglosigkeit bedeutete den eigentlichen Erfolg der Individuen.

Robert Walser

Um 1920 setzte Walser die Arbeit an seinen Dramoletten fort, mit denen er bereits um die Jahrhundertwende begonnen hatte. Dabei entstanden u. a. einige Märchendramolette, deren Thema die Spannung zwischen Traum und Leben ist. So möchte in «Aschenbrödel» das arme Mädchen das schöne Kleid, das ihm der Prinz geschenkt hat, zunächst nicht tragen. Erst allmählich gewöhnt sie sich an das neue prunkvolle Leben, das ihr allerdings auch zahlreiche Zwänge auferlegt.
1921 übersiedelte Walser nach Bern, wo er einige Zeit als Bibliothekar im Staatsarchiv arbeitete. Er führte ein einsames Leben und bestritt seinen Unterhalt mit kurzen Prosastücken für Zeitungen und Zeitschriften. 1929 kam Walser infolge einer Psychose in die psychiatrische Heilanstalt Waldau; vier Jahre später wurde er nach Herisau/Appenzell verlegt. Dort starb Walser 1956 im Alter von 78 Jahren.

Frank Wedekind

(24.7.1864–9.3.1918)

▸ Bürgerschreck des Wilhelminischen Zeitalters ◂

Der deutsche Schriftsteller wandte sich in seinen Dramen gegen bürgerliche Moralvorstellungen. Wedekind betonte den sexuellen Trieb als eigentliche Natur des Menschen.

Benjamin Franklin Wedekind wurde in Hannover geboren. Der Vater, ein erklärter Gegner Bismarcks, war von Beruf Arzt, arbeitete jedoch als Journalist. 1871 emigrierte die achtköpfige Familie in den Schweizer Kanton Aargau. Schon in der Schulzeit verfaßte Wedekind erste Szenen und Gedichte. Im Mai 1884 begann er in Lausanne, Germanistik und Französische Literatur zu studieren, Ende des Jahres wechselte Wedekind nach München, wo er sich für ein Jurastudium einschrieb.

1889: Neuer Dramenstil 1886 beschloß er, sich ganz der Schriftstellerei zu widmen. Um sich den Lebensunterhalt zu sichern, übernahm Wedekind die Leitung des Pressebüros der Firma Maggi. Mitte 1887 gab er die Stelle auf und führte ein Wanderleben zwischen Zürich, München, Berlin, Paris und London, das ihn ins Artistenmilieu führte. 1889 entstand Wedekinds erstes Drama, das völlig unabhängig von allen Zeit- und Modeströmungen war: In «Kinder und Narren» (späterer Titel: «Die junge Welt») wandte er sich gegen Frauenbewegung und Naturalisten, allen voran Gerhart Hauptmann.

1891: Gegen die bürgerliche Sexualmoral Das 1891 veröffentlichte Stück «Frühlings Erwachen» über die Pubertätsnöte Jugendlicher griff ein Tabuthema auf. Wedekind kritisierte die Folgen sexualfeindlicher Moralvorstellungen des Bürgertums, die der erwachenden Liebe keine Chance ließen: Die Schülerin Wendla stirbt bei einem von der Mutter veranlaßten Abtreibungsversuch. Ihr Freund und Mitschüler Melchior kommt in eine Erziehungsanstalt, aus der er flieht, um sich zu töten. Wedekind löste – wie auch in seinen folgenden Stücken – den klassischen Dramenaufbau weitgehend auf und arbeitete mit offenen, nur lose verbundenen Szenenfolgen.

1895: «Erdgeist» In seinen nächsten Werken hob Wedekind die triebhafte Natur des Menschen hervor und wandte sich gegen Versuche, diese zu verurteilen. Zeitgenössischer Prüderie setzte er eine «Moral der Amoralität» entgegen, deutlich ablesbar an «Erdgeist» (1895): Am Beispiel symbolischer Gestalten und Handlungen führte Wedekind die sexuelle Triebgebundenheit des Menschen vor. Im Mittelpunkt des Stückes steht Lulu, die den reinen Geschlechtstrieb verkörpert und an der die bürgerliche Moral zerbricht. Obwohl oder gerade weil sie sich über alle Moralbegriffe hinwegsetzt, verfallen ihr die

Männer. Mitschuldig an ihrem Werdegang ist ihr Mentor Dr. Schön, der sie als Zwölfjährige auf der Straße aufgelesen und zu seiner Mätresse gemacht hatte. Aus Rücksicht auf seine bürgerliche Existenz lehnt er zunächst eine Heirat ab. Als er sie schließlich als dritter Mann heiratet, wird Schön mit ihrer Triebhaftigkeit nicht fertig und will Lulu zum Selbstmord zwingen, doch sie erschießt ihn. Die Fortsetzung, «Die Büchse der Pandora» (1902), zeigt den Abstieg Lulus, die am Ende als Hure arbeitet und von einem Lustmörder umgebracht wird.

1899/90: Haft Ab 1896 gehörte Wedekind zu den Mitarbeitern der Satirezeitschrift «Simplicissimus». Sein dort 1898 veröffentlichtes Gedicht «Palästinafahrt», eine beißende Kritik an Kaiser Wilhelm II., brachte ihm wegen Majestätsbeleidigung sieben Monate Festungshaft ein. 1899 erschien sein Schauspiel «Der Marquis von Keith». Wiederum stehen sich Lebensgenuß, der bis zum Verbrechen geht, und Moral unversöhnlich gegenüber. Am Ende scheitern sowohl der Hochstapler Keith als auch der Idealist Scholz. Doch Keith läßt sich nicht unterkriegen und ergreift seine nächste Chance, während der Idealist Scholz, aller Illusionen beraubt, resigniert.
1901 verfaßte Wedekind seinen einzigen Roman, «Mine-Haha», ein parodistisches Werk über «körperliche Erziehung der jungen Mädchen». In dem ein Jahr später fertiggestellten Parabelstück «König Nicolo» setzte sich Wedekind mit den Beziehungen zwischen Kunst, Staat und Publikum auseinander.

Frank Wedekind

1906: Durchbruch Ab 1901 trat er u. a. im Münchner Kabarett «Die elf Scharfrichter» sowie im «Überbrettl» auf, wo er eigene Lieder, Balladen und Moritaten vortrug. 1906 brachte Max Reinhardt «Frühlings Erwachen» auf die Bühne. Zwar wurde das Stück sofort nach der Uraufführung verboten, doch bedeutete es für Wedekind den Durchbruch als Dramatiker: Der Kritiker Herwarth Walden setzte sich für die Aufführung seiner Stücke ein, Karl Kraus inszenierte einige von ihnen.
1906 heiratete er Mathilde (Tilly) Newes, die in der Uraufführung der «Büchse der Pandora» die Lulu verkörpert hatte. 1912 und 1914 spielte das Deutsche Theater Berlin einen Zyklus von Wedekind-Stücken. Zu Beginn des 1. Weltkriegs wurden sämtliche Werke wieder verboten. 1918 starb der 53jährige in München.

Peter Weiss

(8. 11. 1916 – 10. 5. 1982)

▸ Auf der Suche nach Zugehörigkeit ◂

Der deutsch-schwedische Schriftsteller, Graphiker und Maler zählt zu den wichtigsten deutschsprachigen Dramatikern der Nachkriegszeit. Weiss' dokumentarisches Theater beschäftigte sich mit den Themen Revolution, Faschismus und Widerstand.

Weiss kam als Sohn einer Schweizer Schauspielerin und eines aus Böhmen stammenden jüdischen Textilfabrikanten, der zum Christentum konvertiert war, in Nowawes nahe Potsdam zur Welt. Er wuchs in Bremen, Berlin und Böhmen auf, lebte 1934 kurzzeitig in England, wohin die Familie emigriert war, und bis 1939 in Prag. Dort absolvierte er die Kunstakademie (1936–38), um Maler zu werden. 1939 flüchtete Weiss mit seinen Eltern vor den Deutschen nach Schweden und ließ sich in Stockholm nieder, wo er seinen Lebensunterhalt als Zeichner und Mallehrer verdiente. 1945 erhielt er die schwedische Staatsbürgerschaft.

1961: «Abschied von den Eltern» Nach Veröffentlichung erster unbeachteter Gedichte und Erzählungen drehte Weiss in den 50er Jahren Experimental- und Dokumentarfilme mit zumeist surrealistischen und psychoanalytischen Themen. 1960 erschien der bereits 1952 entstandene Erstlingsroman «Der Schatten des Körpers des Kutschers». 1961 kam der Roman «Abschied von den Eltern» heraus, ein Jahr später folgte «Fluchtpunkt». Darin thematisierte Weiss mit Hilfe der Psychoanalyse seine Kindheit, die wegen der vielen Orts- und Sprachwechsel von einem Gefühl der Unzugehörigkeit geprägt war. Das Thema der Suche nach der eigenen Identität, nach einem (politischen und privaten) Standort, durchzog fortan sein Schaffen.

1964: Welterfolg In der Folgezeit gab Weiss die Malerei vollständig auf und wandte sich dem Theater zu: Die Moritat «Nacht mit Gästen» (1963), eine Räubergeschichte aus Kinderversen, fand noch wenig Beachtung, sein zweites Stück wurde jedoch zum Erfolg: «Die Verfolgung und Ermordung Jean Paul Marats, dargestellt durch die Schauspielgruppe des Hospizes zu Charenton unter Anleitung des Herrn de Sade» (1964) ist die Auseinandersetzung des von der Französischen Revolution enttäuschten Individualisten und Materialisten de Sade mit dem revolutionären Ideologen Marat, die beide Gefangene ihrer Ideen sind. Weiss präsentierte das Stück mit verschiedenen Brechungen: So läßt de Sade, der in einer luxuriösen Irrenanstalt eingesperrt ist, die 15 Jahre zurückliegende Ermordung Marats durch die anderen Insassen aufführen, die zumeist ehemalige Revolutionäre sind. Diese Aufführung findet 1808 während der Restauration statt. Folge: Der Anstaltsdirektor greift immer wieder in das Geschehen ein, um der Handlung eine «erträgliche» Wendung zu geben. Weiss versah das Stück mit Elementen des epischen und dokumentarischen Theaters (z. B. Pantomime, Tanz, Gesang, das Spiel im Spiel).

Ab 1965: Politisches Theater «Die Ermittlung» (1965) beschreibt anhand der Aussagen von Augenzeugen, Richtern und Angeklagten den Massenmord im Konzentrationslager Auschwitz, wobei Weiss in seinem Oratorium die Vernichtungsmaschinerie in zuvor ungewohnter Offenheit zeigte. Auch in der Folgezeit nutzte das Mitglied der Kommunistischen Partei die Bühne als politische Plattform. In «Gesang vom Lusitanischen Popanz» (1967), dem «Viet Nam Diskurs» (1968) sowie in «Trotzki im Exil» (1970) thematisierte Weiss erneut Revolution und Befreiungskampf der Entwicklungsländer. In «Hölderlin» (1971), seinem erfolgreichsten Drama dieser Zeit, stellte er den Dichter, der keinen Platz in der Gesellschaft findet und wahnsinnig wird, als Revolutionär dar. Bei der Arbeit an den stilistisch vielfältigen dokumentarischen Stücken wurde er von seiner dritten Frau unterstützt, der schwedischen Bühnenbildnerin Gunilla Palmstierna (Heirat 1963; ein Kind; zwei weitere Kinder aus Weiss' erster und zweiter Ehe).

Ab 1975: Romantrilogie In den 70er Jahren wandte er sich wieder dem Roman zu. In der Trilogie «Ästhetik des Widerstands» (1975–81) zeichnete Weiss das Bild des antifaschistischen Widerstands in Europa nach und legte gleichzeitig eine kritische Bilanz der politischen Linken vor. Einen Schwerpunkt bei dieser Auseinandersetzung bildet die Frage nach der Rolle der Kunst für progressive Politik. Aus dieser Kunst schöpft sein Protagonist, ein junger Arbeiter, die Kraft, sich im Spanischen Bürgerkrieg und im schwedischen Exil während des 2. Weltkriegs gegen den Faschismus einzusetzen. Weiss' bedeutendster Roman verbindet autobiographische Abschnitte, Essays, Gesprächsdialoge und Elemente historischer Romane.

In der Dokumentation «Notizbücher 1971–1980» reflektierte er die Entstehungsgeschichte der Trilogie. Nach Uraufführung seines Dramas «Der neue Prozeß» zog sich Weiss aus der Öffentlichkeit zurück. Mit 65 Jahren starb er 1982 in Stockholm.

Peter Weiss, um 1967

Thornton Wilder

(17.4.1897–7.12.1975)

▸ Hoffnung durch Lebenswillen ◂

Der amerikanische Schriftsteller befaßte sich in seinen Werken, die von christlichem Optimismus geprägt waren, mit zeitlosen menschlichen Problemen. Wilders Dramen weisen fernöstliche Einflüsse sowie Elemente von epischem Theater und antiker Tragödie auf.

Wilder wurde als Sohn eines Zeitungsbesitzers in Madison/Wisconsin geboren. Er besuchte die Missionsschulen in Hongkong und Shanghai, wo sein Vater 1905–09 als Generalkonsul tätig war. Auf der Berkeley High School (ab 1910) verfaßte Wilder sog. Dreiminutenspiele: Einakter, in denen er ständig neue Welten entwarf. Ab 1915 studierte er in Yale Archäologie und Französisch. Nach der Promotion (1920) und archäologischen Studien lehrte er Französisch in New Jersey.

1928: Erster Pulitzerpreis 1926 entstand Wilders Romandebüt «Die Cabala» («The Cabala») um einen jungen Archäologen, der in Rom in dekadente Aristokratenkreise gerät. Ein Jahr später erschien «Die Brükke von San Luis Rey» («The Bridge of San Luis Rey»), wobei er sich mit dem höheren Sinn unfaßbarer Geschehnisse befaßte: Ein Pater beobachtet einen Brückeneinsturz und erforscht das Leben der Opfer. Dabei stellt er fest, daß jedes von ihnen am Ende eines bestimmten Lebenseinschnitts stand, der Tod zum gegebenen Zeitpunkt also «sinnvoll» war. Für den Roman erhielt Wilder 1928 den Pulitzerpreis (zwei weitere Pulitzerpreise 1938 und 1943).

1930 nahm er eine Professur für Klassische Literatur und Kreatives Schreiben an der Universität von Chicago an. Ein Jahr später entstand das Stück «Das lange Weihnachtsmahl» («The Long Christmas Dinner»), das den ewigen Wechsel von Geburt und Tod thematisiert. Das Stück bricht radikal mit den Erwartungen des Zuschauers, denn es verzichtet auf Requisiten und gibt sich stets als Spiel zu erkennen. Vier Jahre später erschien «Dem Himmel bin ich auserkoren» («Heaven's My Destination»), ein Roman, der ironisch vom Schicksal eines guten Menschen in der amerikanischen Gesellschaft berichtet. Nachdem das Werk bei der Kritik duchgefallen war, legte Wilder eine schöpferische Pause als Erzähler ein und widmete sich dem dramatischen Schaffen.

1938–42: Zwei Welterfolge 1938 wurde Wilders Stück «Unsere kleine Stadt» («Our Little Town») uraufgeführt. Das Bühnenwerk, das keine Handlung im klassischen Sinn hat, zeigt Szenen aus dem Alltagsleben in einer Kleinstadt, das sowohl den Lebenden wie den Toten Platz bietet. Wilder schuf ein antiillusionistisches Theater; der Zuschauer sollte sich stets bewußt sein, daß er ein gespieltes Geschehen sah. Hierfür führte Wilder den Spielleiter ein, der zwischen Publikum und Bühne vermittelt und selbst eine Rolle übernimmt. Ein zweiter Welterfolg gelang ihm 1942 mit «Wir sind noch einmal davongekommen» («The Skin of Our Teeth»), das er unter dem Eindruck des 2. Weltkriegs verfaßt hatte. Das Stück um die Durchschnittsfamilie Antrobus zeigt die drohende Vernichtung in drei Stationen: Eiszeit, Sintflut und Bombenkrieg. Stets gelingt es den Menschen, mit ihrem Lebenswillen den Gefahren zu trotzen. Wilder arbeitete in dem Drama mit verschiedenen Darstellungstechniken – von Mysterienspiel bis Broadway-Revue – und wechselte ständig die Zeitebenen. Zudem trieb er die Desillusionierung auf die Spitze: Er bezog das Publikum mit in das Spiel ein und ließ die Schauspieler auf der Bühne ihre Rollen erst proben.

1948: «Die Iden des März» Nach Ende des 2. Weltkriegs, in dem Wilder 1942–45 beim Militärischen Abwehrdienst tätig gewesen war, meldete er sich mit «Die Iden des März» («The Ides of March», 1948) zurück. Wilder selbst hielt den Roman für sein bedeutendstes Werk. Die Ermordung Julius Cäsars wird in vier Büchern geschildert, die das Geschehen aus verschiedenen Perspektiven beleuchten. Dabei ging es Wilder nicht um eine historisch gesicherte Rekonstruktion der Umstände, die zum Tod des römischen Kaisers geführt hatten, sondern er wollte das geistige Klima der damaligen Zeit und die Denkweise des Imperators zeigen. Der Roman setzt sich aus pseudodokumentarischem Material

Thornton Wilder, 1955

(Briefe, Tagebuchnotizen, Reden, amtliche Schriftstücke) zusammen.

1954: Vorlage für Musical-Welterfolg 1950 erhielt Wilder eine Professur für Poesie an der Harvard University. Sein Stück «Die Heiratsvermittlerin» («The Matchmaker», 1954) geht zurück auf eine Posse von Johann Nestroy und bildete die Vorlage für das Musical «Hello Dolly» (1963). 1956 schuf Wilder mit «Alkestiade» eine Bearbeitung des antiken Mythos, den er mit christlichen Motiven verschmolz. 1967 legte er seinen Roman («Der achte Schöpfungstag»/«The Eigth Day») über eine Menschheit im Umbruch vor. Die Botschaft des Werks ist von Wilders unerschütterlichem, im christlichen Glauben fußenden Optimismus auf Zukunftshoffnung geprägt. Das Werk war ebenso erfolglos wie Theophilus North» (1973) über seine Jugenderlebnisse. 1975 starb Wilder 78jährig in Hamden/Connecticut.

Tennessee Williams

(26. 3. 1911 – 24. 2. 1983)

▸ Kulterfolge mit Neurotikern ◂

Der amerikanische Schriftsteller schuf durch lyrische Theaterstücke sowie symbolträchtige Bühneneffekte eine neue Form des Dramas («plastisches Theater»). Seine Werke werden von vereinsamten Südstaatlern beherrscht, die in ihre Lebenslügen verstrickt sind.

Thomas Lanier Williams wurde in Columbus/Mississippi geboren. Sein Vater war als Handelsvertreter für Textilien häufig außer Haus, so daß der Junge von der psychisch labilen Mutter erzogen wurde. Nach Ende des 1. Weltkriegs zog die Familie nach St. Louis, wo Thomas, der wegen einer Diphterieerkrankung zeitweise ein gelähmtes Bein hatte, die Schule beendete. Wegen finanzieller Probleme mußte Williams das 1931 begonnene Journalismus-, Theologie- und Literaturstudium zwei Jahre später abbrechen, um sich in einer Schuhfabrik zu verdingen. Da er in jeder freien Minute schrieb und sich kaum Erholungspausen gönnte, hatte er mit 24 Jahren einen Nervenzusammenbruch. Durch weitere Jobs finanzierte er sein 1936 wiederaufgenommenes Studium in Washington und St. Louis (Abschluß 1938).

1944: Durchbruch Nach dem Mißerfolg seiner ersten Werke legte er sich 1939 den Namen Tennessee Williams zu und versuchte einen Neuanfang als Schriftsteller. Ab 1942 war er in Hollywood als Drehbuchautor tätig, schrieb Theaterstücke und feierte zwei Jahre später seinen ersten Bühnenerfolg mit einem Stück, das als Drehbuch abgelehnt worden war: «Die Glasmenagerie» («The Glass Menagerie») spielt – wie die meisten der folgenden Werke – in den Südstaaten. Williams schilderte das Leben eines Matrosen und gescheiterten Dichters, der die neurotische Mutter und die zerbrechliche Schwester verlassen hat, um aus der trostlosen Welt seiner Kindheit auszubrechen. In dem sog. Erinnerungsdrama setzte Williams seine Idee des «plastischen Theaters» um: Durch musikalische Untermalung, Lichteffekte und Überblendungen schuf er eine poetische, symbolhafte Bühnenwelt.

1947: Erster Pulitzerpreis 1947 wurde Williams' Stück «Endstation Sehnsucht» («A Streetcar Named Desire»), für das er im selben Jahr den Pulitzerpreis erhielt, uraufgeführt. In dem Psychodrama unterliegt eine gescheiterte Lehrerin aus einer einst angesehenen Südstaatenfamilie ihrem polnischstämmigen, grobschlächtigen Schwager, der konsequent ihre Illusionen nach einem erfüllten Leben zerstört. Schließlich wird die Frau in eine psychiatrische Anstalt eingewiesen.
Ende 1950 hatte «Die tätowierte Rose» («The Rose Tattoo») Premiere. Die Komödie schildert das Leben einer Frau, die ihrem verstorbenen

Mann treu bleibt, bis sie von seinen Seitensprüngen erfährt. Danach findet sie – wenn auch enttäuscht – zu Liebe und Leidenschaft zurück. Das Stück, entstanden nach einer Europareise, war einer von Williams' wenigen Versuchen, der Südstaaten-Realität mit ihren triebhaften, neurotischen Protagonisten zu entfliehen, indem er das heitere Leben italienischer Einwanderer beschrieb.

1955: Zweiter Pulitzerpreis Nach «Camino Rcal» (1953), einem wenig erfolgreichen Werk mit philosophischem Charakter, gelang Williams 1955 sein größter Erfolg. In «Die Katze auf dem heißen Blechdach» («Cat on a Hot Tin Roof»; 1958 verfilmt) klagte er in seiner Auseinandersetzung um Betrug und Selbstbetrug in menschlichen Beziehungen Heuchelei und Selbstmitleid der Gesellschaft an: Der spießige Gooper und seine habgierige Frau reden dem krebskranken Vater auf dessen Geburtstagsparty nach dem Mund, um sich die Erbschaft zu sichern. Goopers Bruder Brick, Liebling des Vaters, ist ein sich selbst bemitleidender Alkoholiker mit zerrütteter Ehe. Durch ihren Kampfgeist sorgt Bricks Frau Maggie für eine positive Wende: Sie versöhnt sich mit ihrem Mann und läßt «Big Daddy» nach einer Notlüge (sie behauptet, schwanger zu sein, um das Erbe zu retten) auf ein Enkelkind hoffen.

Nach «Süßer Vogel Jugend» («Sweet Bird of Youth», 1959), einem Stück über die Vergänglichkeit des Lebens und über gescheiterte Existenzen, wurde es ruhiger um Williams. Kritiker monierten fehlende neue Themen; Williams geriet in eine Krise,

Tennessee Williams, 1976

die sich durch Drogenkonsum und Aufenthalte in Sanatorien äußerte. Der Tod seines Lebensgefährten und seiner Schwester verschärfte die Situation weiter. Mitte der 70er Jahre veröffentlichte Williams seine Memoiren (1975) und schrieb weitere, wenig erfolgreiche Bühnenstücke. Mit 71 Jahren erstickte er 1983 in einem New Yorker Hotel an der Verschlußkappe einer Flasche.

Weitere Stücke Williams'

1957 Orpheus steigt herab (Orpheus Descending): Die Liebe eines Paares zerbricht an der feindlichen Umwelt.
1958 Plötzlich letzten Sommer (Suddenly Last Summer): Nach dem Bericht über Tod und Homosexualität ihres über alles geliebten Sohnes will die (neurotische) Mutter die Zeugin für wahnsinnig erklären lassen.
1961 Die Nacht des Leguan (The Night of the Iguana): Alptraumhafte Beziehungen in einem Tropenhotel zwischen gescheiterten Menschen.

Christa Wolf

(*18.3.1929)

Die deutsche Schriftstellerin gehörte zu den herausragenden Literaten der DDR. In ihren Werken plädierte Wolf unter grundsätzlicher Befürwortung des Sozialismus für Möglichkeiten einer individuelleren Lebensgestaltung.

Wolf wurde als Tochter eines Kaufmanns in Landsberg an der Warthe geboren. Gegen Ende des 2. Weltkriegs übersiedelte sie nach Gammelin/Mecklenburg, wo sie eine Stelle als Schreibkraft des Bürgermeisters fand. Als 20jährige trat Wolf der SED bei und begann ein Germanistikstudium, zunächst in Jena, später in Leipzig. 1951 heiratete sie einen Studienkollegen (zwei Kinder), zwei Jahre später schloß sie ihr Studium mit einer Diplomarbeit über «Probleme des Realismus im Werk Hans Falladas» ab. Anschließend arbeitete Wolf als wissenschaftliche Mitarbeiterin im Deutschen Schriftstellerverband. In der zweiten Hälfte der 50er Jahre wurde sie Redakteurin der Zeitschrift «Neue Deutsche Literatur» und schließlich Cheflektorin des Verlags Neues Leben in Berlin. 1959 ging die 30jährige als Lektorin zum Mitteldeutschen Verlag nach Halle.

1962: Erster Erfolg Ab den 50er Jahren verfaßte Wolf essayistische Arbeiten und Rezensionen zeitgenössischer Prosa für Presse und Rundfunk. 1961 legte sie mit der «Moskauer Novelle» ihr erzählerisches Debüt vor. Die Liebesgeschichte in der sowjetischen Hauptstadt zwischen einer Ostberliner Ärztin und einem Russen fand jedoch keine besondere Beachtung.

Bereits mit der zweiten Buchveröffentlichung gelang Wolf ein Erfolg: «Der geteilte Himmel» (1962) erzählt die Geschichte einer Liebe, die an den politischen und sozialen Gegebenheiten scheitert. Die Heldin beschließt, ihrem Geliebten nach dem Mauerbau nicht in den Westen zu folgen, und entscheidet sich bewußt für ein Leben in der DDR. Wegen der undogmatischen Behandlung des Themas Republikflucht und der mitunter kritischen Charakterisierung von Parteifunktionären stieß die Erzählung auf teilweise heftige Kritik. Wolf, 1963–67 Kandidatin des Zentralkomitees der SED, war der Losung «Schriftsteller an die Basis» (sog. Bitterfelder Weg) gefolgt und hatte das Buch auf der Grundlage ihrer Erfahrungen als Arbeiterin in einem Eisenbahnwaggonwerk in Halle verfaßt.

1968/69: Konflikt War «Der geteilte Himmel» von seiten der DDR-Kritik schließlich doch akzeptiert worden (Heinrich-Mann-Preis für Wolf 1963), stieß ihr Werk «Nachdenken über Christa T.» (1969) auf einhellige Ablehnung. Thema des Buchs, in dem sie den Sozialismus grundsätzlich bejahte, ist der Anspruch auf individuelle Selbstverwirklichung in einer Gesellschaft. In der komplexen Erzählstruktur, die im Gegensatz zum staatlich verordneten sozialistischen Realismus stand, verwob Wolf Erinnerungsfetzen, Gedanken über das Schreiben, authentisches Material und fiktive Situationen.

In den Folgejahren schrieb sie zahlreiche Erzählungen, die die Bedrohung der Privatsphäre schildern und in dem Band «Unter den Linden» (1974) erschienen. Die Verbindung von historischen Ereignissen und persönlichen Erfahrungen (sog. subjektive Authentizität) prägte Wolfs Buch «Kindheitsmuster» (1976), in dem sie der eigenen Kindheit und Jugend unter dem Nationalsozialismus nachspürte. Dabei begriff sie den Nationalsozialismus als gesellschaftlichen Zustand, der einen großen Teil der Bevölkerung von DDR und BRD geprägt hat.

Ende der 70er Jahre: Rückgriff auf Romantik In der zweiten Hälfte der 70er Jahre setzte sich Wolf mit der Romantik auseinander, die in der DDR lange als unpolitisch abgelehnt worden war. «Kein Ort. Nirgends». (1979) berichtet vom fiktiven Zusammentreffen zwischen Heinrich von Kleist und Karoline von Günderode. Das besondere Interesse Wolfs galt der Günderode, deren radikale Vorstellungen vom Leben sich nicht verwirklichen ließen und die sie – ebenso wie Kleist – in den Selbstmord trieben. In ihrer 1983 erschienenen Erzählung «Kassandra» läßt die blinde antike Seherin in einem langen inneren Monolog ihr Leben an sich vorüberziehen. Stets hatten die Männer ihre Warnungen vor dem

Christa Wolf, um 1971

Krieg nicht ernst nehmen wollen. In den Frankfurter Poetikvorlesungen, in denen Wolf den Entstehungsprozeß des Werks dokumentierte, vertrat sie die Auffassung, daß gerade die Frauen der bedrohten Welt Frieden geben könnten. Dafür sei jedoch eine Abkehr von den männlichen Machtstrukturen erforderlich. 1987 verarbeitete Wolf die Reaktorkatastrophe in Tschernobyl in «Störfall. Nachrichten eines Tages».

Ab 1990: Diskussion über Rolle in der DDR 1990 veröffentlichte Wolf, die 1989 aus der SED ausgetreten war und in ihrer Haltung zur DDR zwischen Kritik und Anerkennung geschwankt hatte, die autobiographische Erzählung «Was bleibt». In ihr berichtete sie von der Beschattung durch die Staatssicherheit. Damit entfachte sie eine Diskussion um die Mitschuld der Intellektuellen in der DDR. Wolf wurde vorgeworfen, sie habe sich als Priviligierte viel zu selten kritisch geäußert. Im Januar 1993 bekannte sie sich zu ihrer Rolle als Informelle Mitarbeiterin der Stasi (1959–62 als «IM Margarete»).

Virginia Woolf

▸ Klassikerin der Moderne ◂

(25. 1. 1882 – 28. 3. 1941)

Die englische Schriftstellerin und Literaturkritikerin schrieb insgesamt zehn Romane und über 400 Essays. Woolf gilt als eine Begründerin des literarischen Feminismus und prägte die moderne Literatur durch neue Ausdrucksformen, mit denen sie die Gedankenwelt ihrer Protagonisten darstellte.

Adeline Virginia Stephen – Woolfs Mädchenname – kam in London als drittes von vier Kindern des Schriftstellers Leslie Stephen zur Welt. Der ehrgeizige Vater ermöglichte ihr eine umfassende Ausbildung und diskutierte mit ihr über Literatur. 1891–95 verfaßte Virginia mit ihren Geschwistern wöchentlich eine Familienzeitschrift. Vier Jahre später war die behütete Kindheit zu Ende, als die Mutter an Grippe starb. Die sensible Virginia geriet in eine Krise, die sich zum Nervenzusammenbruch ausweitete, als ihr Vater 1904 einem Krebsleiden erlag. Nach Erholungsreisen arbeitete sie als Lehrerin und veröffentlichte ihre ersten Artikel über die Frauenbewegung.

Ab 1905: Bloomsbury-Kreis Mit 23 Jahren stieß sie zum sog. Bloomsbury-Kreis (nach dem Londoner Stadtteil), einer Diskussionsrunde, der außer Schriftstellern und Philosophen auch Künstler und Wissenschaftler angehörten (u. a. Vanessa Bell, Edward Morgan Forster und John Maynard Keynes). In dieser Gruppe, die sich in Kunst und Kultur für Rationalismus, Atheismus und liberale moralische Grundsätze sowie gegen Dogmatismus und Gewalt einsetzte, lernte Stephen auch Leonard Woolf kennen, den sie 1912 heiratete. Im folgenden Jahr beendete Woolf, seit 1910 in der Frauenbewegung engagiert, ihr Romandebüt: «Die Ausfahrt» («Voyage Out», erschienen 1915) ist die autobiographisch gefärbte Geschichte von Rachel Vinrace, die sich auf einer Reise nach Südamerika verliebt und schließlich an einer Tropenkrankheit stirbt.

1922: «Jakobs Raum» Aus Unsicherheit darüber, ob der Roman von einem Verlag angenommen würde, fiel Woolf erneut in Depressionen und unternahm einen Selbstmordversuch. Mit Hilfe ihres Mannes erholte sie sich wieder. Um die Bücher seiner Frau selbst drucken und verlegen zu können und um ihr durch kleinere Schreibarbeiten einen Ausgleich zur anstrengenden Romanschriftstellerei zu ermöglichen, gründete er 1917 den Verlag Hogarth Press. Virginia Woolfs zweiter Roman, «Tag und Nacht» («Night and Day»), ist ein wenig erfolgreiches Werk über eine Liebesbeziehung.
Zum ersten Erfolg wurde der Roman «Jakobs Raum» («Jacobs Room», 1922), in dem Woolf mit konventionellen Erzähltechniken brach: Der Roman verzichtet auf durchgängige, chronologische Handlung. Im Mittel-

punkt stehen Bruchstücke und Szenen, die durch unterschiedliche Erzähltechniken verbunden sind. Wichtigstes Merkmal von Woolfs Werken ist die Darstellung der inneren Gedanken und Empfindungen: In Anlehnung an James Joyce bediente sie sich des sog. Bewußtseinsstroms. Die Charaktere werden in ihrer subjektiven Realität dargestellt, die aus einer Fülle seelischer Details besteht.

1928: «Ein Zimmer für sich allein»
In «Mrs. Dalloway» (1925) verband Woolf zwei Geschichten von ein und demselben Tag, die aber keinen inhaltlichen Bezug haben. Erneut steht die Handlung im Hintergrund; die Gedanken- und Gefühlswelt dominiert. Woolf wollte nicht über Romanfiguren schreiben, sondern in sie dringen, um eine tiefere Wirklichkeit zu erfassen. In der Folgezeit arbeitete sie parallel an einem ihrer erfolgreichsten Romane, «Die Fahrt zum Leuchtturm» («To the Lighthouse», 1927), der vor dem Hintergrund ihrer eigenen Familiengeschichte spielt, und an «Die Wellen» («The Waves», 1931), einem «Dramengedicht in Prosa».
1928 entstanden sowohl die fiktive Biographie «Orlando», die der Lebensgeschichte ihrer engen Freundin, Vita Sackville-West, nachempfunden ist, als auch der Essay «Ein Zimmer für sich allein» («A Room of One's Own»). Diese Arbeit zur Stellung der Frau in der Gesellschaft war nach einem Vortrag über «Frauen und Romankunst» entstanden und führt die Unterdrückung der Frau nicht auf naturgegebene Gründe zurück, sondern zeigt die wirtschaftlichen und sozialen Ursachen auf. Dieses Werk, in den 70er Jahren von der Frauenbewegung «wiederentdeckt», begründete Woolfs Ruf als literarische Vorkämpferin für die Emanzipation. Desselben Themas nahm sie sich in dem Roman «Drei Guineen» («Three Guineas», 1938) an.

Virginia Woolf

Die inzwischen populäre Schriftstellerin, die sich in ihre Arbeit stets so hineinsteigerte, daß schwere Nervenkrisen meist unausweichlich waren, schrieb in fünfjähriger Arbeit ihren größten kommerziellen Erfolg: «Die Jahre» («Years», 1937) ist – im Gegensatz zu den vorherigen Arbeiten – ein eher konventioneller Generationsroman. Nach deutschen Bombenangriffen auf London und der Wahnvorstellung, ihr neuer Roman «Zwischen den Akten» («Between the Acts», postum 1941) könne ein Mißerfolg werden, nahm sich Woolf 1941 mit 59 Jahren das Leben in einem Fluß in Sussex.

William Butler Yeats

(13. 6. 1865–28. 1. 1939)

▸ Rückgriff auf Literaturtraditionen ◂

Der irische Dichter griff in seinen Gedichten auf die keltische Mythologie zurück und leitete eine Renaissance der irischen Nationalliteratur ein. Mit seinen Theaterstücken erneuerte Yeats das poetische Drama.

Der Sohn eines Rechtsanwalts und späteren Malers wurde in Dublin geboren und wuchs in London und Sligo (Irland) auf. Der Vater ermutigte den Sohn früh, einen künstlerischen Beruf zu ergreifen. Ab 1884 besuchte Yeats die Metropolitan School of Arts in Dublin, entschied sich aber zwei Jahre später, Schriftsteller zu werden, nachdem die Universitätszeitung erste Gedichte von Yeats veröffentlicht hatte.

Ab 1887: Einfluß des Fin de siècle 1887 ging Yeats nach London, schloß sich der Theosophischen Gesellschaft an und beschäftigte sich mit Okkultismus, Mystik und Magie. Seine ersten Gedichtbände, beispielsweise das Versepos «Die Wanderungen Oisins» («The Wanderings of Oisins», 1889) sowie die Lyriksammlung «Kreuzwege» («Crossways», 1889), sind vom Symbolismus beeinflußt. Die von rein ästhetischen Gesichtspunkten bestimmten Werke huldigten im Sinne des Fin de siècle einer «L'art pour l'art»-Haltung.

90er Jahre: Irische Renaissance 1889 verliebte sich Yeats die irische Freiheitskämpferin Maude Gonne, doch seine Liebe wurde nicht erwidert. Als er 1896 nach Irland zurückkehrte, schloß er sich unter Gonnes Einfluß kurzzeitig der revolutionären Bewegung an, die für eine Loslösung von Großbritannien kämpfte. In der Folge entwickelte er sich zur treibenden Kraft der sog. Irischen Renaissance, die unter Rückgriff auf keltische Mythen einen irischen Nationalismus propagierte. Beispiele sind die Gedichtbände «Die geheime Rose» («The Secret Rose», 1897) und «The Wind Among the Reeds» («Der Wind im Ried», 1899).

1899: Nationales Theater Beim Versuch, ein nationales irisches Theater zu schaffen, erhielt Yeats Unterstützung von Lady Augusta Gregory. Mit der Witwe eines angloirischen Landbesitzers, die er 1896 kennengelernt hatte, gründete Yeats drei Jahre später in Dublin das Irish Literary Theatre (ab 1904 Abbey Theatre), wo 1899 sein Versdrama «Die Gräfin Cathleen» («The Comtess Cathleen») uraufgeführt wurde. Thema ist das Verhältnis von verzweifelter Tat und moralischem Motiv. Yeats behielt die überlieferten Versmaße bei, setzte ihnen jedoch seinen eigenen Rhythmus auf. Im Einakter «Cathleen, die Tochter Houlihans» («Cathleen ni Houlihan», 1901) unterstellte er die Poesie der Agitation: Ein Bettelweib gewinnt einen jungen Mann für den Freiheitskampf.

Yeats Lyrik zu Beginn des 20. Jahrhunderts ist gekennzeichnet durch Rückgriff auf mystische Symbole, mit denen er das Unsagbare ausdrücken wollte. Seine melancholischen Dichtungen erzeugten verträumte und geheimnisvolle Stimmungen, z. B. in den Bänden «In den sieben Wäldern» («In the Seven Woods», 1903) und «Der grüne Helm» («The Green Helmet», 1910).

Ab 1915: Einflüsse des japanischen Theaters Yeats' dramatisches Schaffen richtete sich gegen den vorherrschenden Realismus; er beabsichtigte, das poetische Drama wiederzubeleben. Unter dem Einfluß des japanischen Nō-Theaters schuf er ab 1915 eine Reihe streng stilisierter Theaterstücke mit Masken, Pantomime, Tanz und Gesang. Dabei ging es ihm darum, Symbole für eine Welt jenseits aller physischen Erfahrungen zu schaffen. Diese Stücke – darunter «An der Habichtsquelle» («At the Hawk's Well», 1916) und «Die Träume der Knochen» («The Dreaming of the Bones», 1919) – hatten großen Einfluß auf das absurde Theater Samuel Becketts.
In seinen ab 1914/15 entstandenen, nur schwer zugänglichen Gedichten versuchte Yeats, die Welt als etwas Mystisches zu fassen, in der das «Individuum Teil der Weltseele und das Einzelding Symbol des einzig realen Spirituellen» ist (z. B. in «Responsibilities»/«Verantwortungen», 1914). Bekannt wurde vor allem die Dichtung «Ostern 1916» («Easter 1916») über den irischen Osteraufstand.

1923: Literatur-Nobelpreis 1917 heiratete Yeats das spiritistische Medium Georgie Hyde-Lees, mit der er zwei Jahre später in einen abgelegenen Turm bei Galway zog. 1922 wurde Yeats Mitglied des irischen Senats; ein Jahr später erhielt er den Literatur-Nobelpreis.

William Butler Yeats

Yeats' Spätwerk war geprägt von seiner Ablehnung der Massengesellschaft und des Fortschrittsglaubens, was exemplarisch in dem 1928 publizierten Gedichtband «Der Turm» («The Tower», 1928) zum Ausdruck kam. In den 30er Jahren stand Yeats den irischen Faschisten, den sog. Blauhemden, nahe. Mit dem Problem des Alterns setzte er sich in seinem letzten Werk, «Last Poems» («Letzte Gedichte», 1939), auseinander. Yeats starb Anfang 1939 mit 73 Jahren im südfranzösischen Cap Martin. Seine sterblichen Überreste wurden neun Jahre später von der irischen Kriegsmarine überführt und in Drumcliffe beigesetzt.

Register

Das Register nennt alle im Buch genannten relevanten Personen. Die halbfetten Seitenzahlen verweisen auf Schriftsteller mit eigenem Artikel.